# CARMEN
# ET
# AUTRES HISTOIRES D'ESPAGNE

---
**LIRE ET VOIR LES CLASSIQUES**

collection dirigée par Claude AZIZA

# Prosper MÉRIMÉE

# CARMEN
# ET
# AUTRES HISTOIRES
# D'ESPAGNE

*Préface et commentaires de*
*Pascaline MOURIER-CASILE*

**Presses Pocket**

Le dossier iconographique a été réalisé par
Sylvie MARCOVITCH

La loi du 11 mars 1957 n'autorisant, aux termes des alinéas 2 et 3 de l'article 41, d'une part, que les « copies ou reproductions strictement réservées à l'usage privé du copiste et non destinées à une utilisation collective » et, d'autre part, que les analyses et les courtes citations dans un but d'exemple et d'illustration, « toute représentation ou reproduction, intégrale ou partielle, faite sans le consentement de l'auteur ou de ses ayants droit ou ayants cause est illicite » (alinéa 1er de l'article 40).

Cette représentation ou reproduction, par quelque procédé que ce soit, constituerait donc une contrefaçon sanctionnée par les articles 425 et suivants du Code pénal.

© Pour la préface, les commentaires et le dossier iconographique,
Presses Pocket, 1990

ISBN 2-266-03355-7

# PRÉFACE

À vingt ans de distance (1825-1845), deux visages de femmes incarnent l'Espagne dans l'œuvre de Mérimée.

Le premier, celui de Clara Gazul, comédienne imaginaire, dramaturge fictive, signale l'entrée dans le monde des lettres d'un écrivain de vingt-deux ans dont la voix, par le biais d'une supercherie littéraire désinvoltement transparente, se donne pour celle même de l'Espagne[1]. D'une certaine Espagne. L'Espagne moderne, venue au monde dans les convulsions de la guerre d'Indépendance, qui tente de se libérer du double carcan de l'absolutisme et du fanatisme religieux. Joseph L'Estrange, en effet, le soi-disant traducteur et préfacier du *Théâtre de Clara Gazul*[2], situe en 1813 (à

---

1. Dans l'édition de 1825 du *Théâtre de Clara Gazul*, le nom de Mérimée n'apparaissait pas. Mais certains volumes, destinés à des lecteurs privilégiés, comportaient un portrait double (dû au peintre Delécluze) de la dramaturge fictive et de l'auteur réel : un jeu de cache, substituant à la mantille et à la robe de la soi-disant Espagnole les cheveux et la redingote d'un Parisien, faisait apparaître l'identité de Clara Gazul et de Prosper Mérimée...
2. L'édition de 1825 rassemble, après une *Notice sur Clara Gazul* signée « Joseph L'Estrange », *Les Espagnols en Danemarck* (précédé d'un « Avertissement » historique et d'un « Prologue » mettant en scène la comédienne dans sa loge), *Une Femme est un Diable*,
*(Suite de la note page suivante)*

la fin de la guerre d'Indépendance) sa première rencontre avec la comédienne et lie très étroitement la vie et l'œuvre de la charmante enfant aux péripéties de la lutte entre libéraux et absolutistes qui a suivi la guerre (cf. Repères historiques, pp. 315-316).

Assurément, par le jeu insistant des exergues (Calderón, Lope de Vega, Cervantès), par la présentation matérielle du volume, qui pastiche l'édition Ladvocat des *Chefs-d'Œuvre du Théâtre espagnol*, par la datation explicite de certaines des « comédies », par la présence envahissante des « familiers »[1] et autres confesseurs, grotesques ou maléfiques, Mérimée feint de se référer à l'Espagne éternelle. Celle, glorieuse, du Siècle d'Or, celle aussi, obscurantiste, de l'Inquisition. Il n'en reste pas moins que l'anticléricalisme virulent — militant — de ce théâtre est assez loin des valeurs de l'Espagne traditionnelle et que ces *comédies*, qui s'achèvent presque toujours dans la catastrophe et le sang, ne sont guère fidèles à leurs modèles affichés. Par ailleurs, bouleversant l'ordre probable de composition[2], Mérimée choisit d'ouvrir le recueil par *Les*

---

*(Suite de la note 2, page 5.)*
*Inès, Mendo ou le préjugé vaincu, Iñès Mendo ou le triomphe du préjugé, L'Amour africain, Le Ciel et l'Enfer*. Toutes ces pièces sont désignées comme des « comédies » au sens espagnol du terme. Mais si *Les Espagnols en Danemarck* et la seconde *Iñès Mendo* se déroulent bien, à la mode espagnole, en trois journées, les autres pièces (en un acte) relèvent plutôt de la *saynète*.

En 1828 paraît, en même temps que *La Jacquerie, scènes féodales*, *La Famille de Carjaval, drame*. Sous la signature, cette fois, de Mérimée. Ce qui explique que, malgré sa couleur (furieusement !) espagnole — la scène est à « la Nouvelle Grenade en 16.. » —, cette pièce ne soit pas reprise dans l'édition de 1830 du *Théâtre de Clara Gazul*. En 1829, la *Revue de Paris* publie *Le Carrosse du Saint-Sacrement*, *saynète* dont l'action se déroule « à Lima en 17.. » et *L'Occasion*, dont « la scène est à La Havane ». Ces deux pièces seront reprises dans l'édition de 1830.

1. Officiers de l'Inquisition.
2. Il semble bien que la première pièce composée ait été *Une Femme est un Diable*. Une lettre de 1823 fait allusion à son héroïne. Et la *Notice* la signale comme la première pièce de Clara Gazul...

*Espagnols en Danemarck*, dont l'action se déroule en 1808, au moment précis où commence la *guerilla* contre l'occupant français, et qui porte en exergue une strophe de la *Marche de Riego*, hymne de la révolution libérale de 1820.

Le second visage, celui de Carmen, marque dans l'œuvre de Mérimée, sinon une rupture radicale, du moins une orientation nouvelle. La recherche érudite, sans doute plus conforme à ses fonctions d'inspecteur des Monuments historiques et surtout à sa toute neuve dignité d'académicien (cf. Repères biographiques, p. 311), va désormais prendre le relais de la fiction romanesque [1]. Et, du même coup, l'Espagne va s'effacer [2]. Au profit de la Russie, de son Histoire, de sa littérature, de sa langue.

Pour être plus exact, si l'Espagne ne se manifeste plus dans l'œuvre, elle reste en revanche très présente dans la vie. Par les voyages réguliers qu'il y fait, par les relations amicales avec la famille de Montijo, par l'intérêt soutenu porté aux Gitans, sur lesquels il semble bien qu'il envisageait d'écrire une monographie savante.

En fait, dans cette double conversion de Mérimée à l'érudition et à la Russie, *Carmen* joue bel et bien le rôle d'un échangeur. Son premier grand ouvrage d'érudition historique est l'*Histoire de Don Pèdre*, publiée en 1847-1848 dans la *Revue des Deux-Mondes*, mais pour laquelle il commence ses recherches dès 1843.

---

1. Vers 1866, Mérimée revient aux nouvelles (*La Chambre bleue, Djoumâne, Lokis*). Mais, à l'exception de *Lokis* publié en 1869, il les « réserve pour (ses) œuvres posthumes ». Peut être le scandale qui suivit *Arsène Guillot* et le relatif insuccès de *Carmen*, dont le mélange de fiction et d'érudition ironique semble avoir été assez mal compris, l'ont-ils convaincu de la difficulté de mener parallèlement deux carrières...
2. L'Espagne a aussi inspiré à Mérimée *Les Âmes du Purgatoire*. Le texte n'a pas été retenu dans la présente édition, en raison de son caractère proprement fantastique qui le rapproche davantage de *La Vénus d'Ille*, de *Lokis*, voire du *Viccolo de Madame Lucrezia* que de ces histoires d'Espagne...

Il en interrompt la rédaction pour écrire (de mai à août 1845 et non pas, comme il l'écrit à M^me de Montijo [1], en « huit jours ») l'histoire des amours tragiques d'une gitane et d'un Navarrais. Comme si la fiction (et avec elle l'éclat rouge et or de la « couleur locale » espagnole) ne se retirait qu'à regret, ne renonçait qu'avec peine à ses prestiges face aux plus austères délices de l'érudition...

Les deux œuvres, d'ailleurs, portent trace de leur rédaction parallèle : la légende de la rue du Candilejo, l'histoire de Maria Padilla, maîtresse du roi et grande reine des gitans, leur sont communes (cf. Documents, p. 375). L'érudit auteur de *Don Pèdre*, qui fouillait assidûment les bibliothèques espagnoles pour y dénicher des manuscrits oubliés et critiquait avec une rigueur toute scientifique les textes des anciens chroniqueurs (tout en réclamant — par souci de couleur locale — des « histoires populaires », des « anecdotes » sur son héros), trouve son double fidèle — à moins que ce ne soit sa contrepartie parodique — dans l'archéologue assuré de l'importance européenne de ses recherches, qui s'en laissera pourtant bien vite détourner par l'éclat « farouche » et « voluptueux » d'un œil noir sous une mantille.

En Don Pèdre, c'est moins le roi d'Espagne dans sa vérité historique qui intéresse Mérimée que le héros national que chantent les *romances* sévillans, tout à la fois redresseur de torts et ange exterminateur. Personnage historique, certes, mais auréolé d'un rayonnement à demi légendaire qui en fait aussi un personnage de fiction (cf. Documents, p. 374). A ce rayonnement, Mérimée s'avoue particulièrement sensible : « Plus j'ai étudié cette histoire du Pèdre et plus je m'aperçois combien la vérité est inférieure à la fable. La tradition

---

1. « Je viens de passer huit jours enfermé à écrire (...) une histoire que vous m'avez racontée il y a quinze ans... » (16 mai 1845) *Correspondance générale*, t. IV, p. 294.

est une admirable magicienne pour arranger les choses poétiquement. On s'échine pour lui ôter cette poésie et l'on parvient à faire quelque chose d'ennuyeux [1]. »

Pierre le Cruel, Pierre l'Energique, Pierre le Mâle, indomptable et pourtant fidèle sa vie durant à un unique visage féminin, Pierre le Juste, qui châtie le tyranneau féodal et soulage la misère du petit peuple : Don Pèdre Ier incarne à la fois l'imaginaire collectif espagnol et le héros romantique par excellence. L'histoire et la légende, la couleur locale et le mythe, la vérité et l'imaginaire se conjuguent pour faire de Don Pèdre une figure ambivalente, ombre et lumière mêlées, qui condense et cristallise l'image mériméenne (et romantique) de l'Espagne.

De l'Espagne à la Russie (qui l'une et l'autre offrent à l'imaginaire de Mérimée — irrémédiablement romantique, en dépit de son ironie, de son scepticisme affichés — une histoire tout imprégnée de violence et de sang, des êtres proches d'une mythique humanité primitive, des âmes pétries d'énergie et de passion), la « bohémienne » andalouse [2] assure le relais : dans la littérature russe, c'est d'abord à Pouchkine que s'intéresse Mérimée. Pouchkine le sang-mêlé, qui chanta Zemphira la Tzigane, sœur lointaine — mais si ressemblante — de Carmen (cf. Dossier, pp. 341-346).

En amont, donc, le visage de Clara Gazul. En aval celui de Carmen. Les traits de ces deux visages, d'ailleurs, se superposent aisément. Il suffit de lire parallèlement leurs deux portraits (pp. 46 et 108), d'entendre résonner dans l'affirmation obstinée de Carmen (« Calli elle est née, calli elle mourra ») l'écho amplifié et

---

[1]. Lettre à Jaubert de Passa, 16 janvier 1847, *Correspondance générale*.
[2]. Sévillan, amoureux — au moins selon la légende — de la reine des gitans (sorcière de surcroît), Don Pèdre n'éloigne guère Mérimée de son Espagne imaginaire, celle de *Carmen*, andalouse et gitane...

assombri de la désinvolte chanson de Clara : « *Cuando me parió mi madre la gitana.* »

L'une comme l'autre sont, certes, espagnoles. Mais l'une comme l'autre, par leur « origine », par leur « race », sont, dans le pays où le hasard les a fait naître, des marginales. Cette origine, cette race, l'une et l'autre — avec, il est vrai, de l'une à l'autre, une véhémence, une conscience (ou une inconscience ?) accrues — la revendiquent.

Joseph L'Estrange laisse à Clara Gazul le soin de raconter sa naissance « sous un oranger, au bord d'un chemin », d'évoquer sa mère qui « faisait profession de dire la bonne aventure ». Même sans l'expression sauvage des yeux, la noirceur des cheveux, la blancheur des dents et le teint olivâtre (qui sont les attributs obligés de toute Espagnole romantique), ces deux détails à eux seuls suffiraient à certifier, sans équivoque possible, son appartenance au peuple des Calés (cf. Dossier, p. 335). En outre, alors que tout bon Espagnol, en ce temps-là — fût-il, comme Don José, basque et navarrais — se prétendait « issu de vieux chrétiens », Clara semble vouloir souligner à plaisir sa différence, son extranéité en se « fabriquant » une généalogie « moresque ». Non-chrétiens (ou chrétiens récents), Maures : on voit se profiler en filigrane ces autres marginaux, ces autres exclus du pays des rois Très Catholiques, les marranes. Ceux-là mêmes que l'archéologue de *Carmen*, s'interrogeant sur l'origine exacte de la séduisante Andalouse qui vient de l'aborder, ne nomme qu'avec réticence (cf. p. 45).

Le « vous voyez bien que je suis bohémienne » de Carmen sonne comme une provocation ; de la marginalité, de l'exclusion qui lui est imposée (cf. : « Le paradis (...) les gens d'ici disent qu'il n'est pas fait pour nous », p. 45), la gitane se fait un titre de gloire. Gitane elle est, gitane elle mourra. Et si, aux yeux des Espagnols, les gitans sont créatures du diable, alors elle sera — mais de sa propre volonté — « le diable, oui, le diable »... (p. 68).

Certes, il peut bien arriver à Carmen de se dire née au pays de Navarre, voire de se déguiser en *señora* ou en Andalouse bon teint ; ce n'est jamais que pour rire. Ou plutôt pour tourner en dérision ces « payllos », sûrs du bon droit que leur confère leur pureté d'âme et de sang, qui méprisent ses frères de race et auxquels elle rend mépris pour mépris. Pour mieux humilier ces « imbéciles », ces « canaris » bien dressés, ces « lillipendis » au « cœur de poulet », fascinés par ses jambes gainées de soie blanche et par son érotique torsion de reins. Carmen n'est pas esclave de ses sens ; elle use de son corps pour ôter aux « payllos » leur masque de respectabilité, pour les forcer à regarder, dans sa nudité sordide, leur propre désir. Les seuls hommes qu'elle reconnaisse comme tels, ce sont les Calés, les Roms, ses frères, ses époux. Sa seule loi est celle d'Egypte qui assigne pour destin aux gitans de « vivre aux dépens des payllos ». Elle oppose sans relâche son identité raciale et culturelle à la société des non-gitans. Son rire irrésistible bafoue avec jubilation les lois qui régissent cette société. Toutes ses paroles, tous ses actes sont des provocations. Car elle se veut, irréductiblement, du parti des « loups » contre celui des « chiens », qui est aussi celui des « moutons ».

Les tranquilles certitudes du vertueux Don José, ses médiocres ambitions militaires sont balayées comme fétus par la violence subversive de la « fille du diable » dont les petits pieds agiles mettent autant d'allégresse à piétiner les valeurs traditionnelles de l'Espagne qu'à écraser *yemas* et *turon*.

Ces valeurs, dans sa vie comme dans « son » théâtre, Clara Gazul les tourne en dérision avec la même alacrité ; mais d'une tout autre manière. Dans une Espagne où perdurent (encore qu'elles commencent à branler sur leurs bases) les forces mortifiantes du passé qui tiennent l'homme en servitude (l'Inquisition, la morgue aristocratique, l'absolutisme réactionnaire), elle a choisi le parti de la liberté (liberté de pensée, liberté de mœurs), le parti de l'avenir. Tout comme les Cortès de Cadix ont remis en question l'autorité absolue du roi, tout comme ils ont aboli l'Inquisition, Clara Gazul secoue la tutelle obscurantiste de Fray Roque. A l'image de Joseph L'Estrange (autant dire du Mérimée des années vingt), Clara Gazul s'affirme « libérale » et « constitutionnelle ». Sa vie fictive connaît les mêmes péripéties que celles des très réels libéraux espagnols : l'insurrection contre l'ordre établi, un éphémère triomphe, puis la « déconfiture », la répression, l'exil.

Cette dimension politique est étrangement absente de *Carmen*. Il est vrai qu'en 1830, date à laquelle est censée se dérouler l'action, Ferdinand VII a fermement repris son royaume en main. Et que, par ailleurs, en 1845, date où il écrit sa nouvelle, Mérimée a quelque peu rabattu de ses convictions libérales : le seul acquis — dérisoire — de la Constitution de 1837 semble bien être à ses yeux d'avoir permis aux « vilains » de conquérir « le droit au *garrote* » (cf. note de Mérimée, p. 51).

À l'exception des *Espagnols en Danemarck*[1], les *comédies* et *saynètes* dont est généreusement créditée la *gitanilla* de treize ans (aussi précocement douée pour les lettres et pour la séduction que la Preciosa de Cervantès, cf. Dossier, p. 338) brossent de l'Espagne un portrait assez horrifique : fanatisme religieux, refoulement sexuel, préjugés de caste, etc. : bref, un pays qui n'a pas réussi à sortir des ténèbres moyenâgeuses. À l'évidence, de cette Espagne-là, Mérimée se désolidarise. Comme l'avaient fait avant lui les philosophes

---

1. La guerre d'Indépendance marque la transformation (véritable renversement du contre au pour) de l'image de l'Espagne dans la mentalité collective en France. Les romantiques libéraux prendront fait et cause pour l'Espagne nouvelle ainsi révélée. Sur ce point comme sur bien d'autres, Mérimée innove peu, il suit le mouvement. Mais avec son art de la concision et de l'économie de moyens, il condense et cristallise, dans le *Théâtre de Clara Gazul* comme dans *Carmen*, des traits épars qui prennent soudain la force de l'évidence. Cf. E.-F. Herr : *Les origines de l'Espagne romantique*, Didier, 1974 et L.-F. Hoffman : *Romantique Espagne*, P.U.F., 1961.

des Lumières, il la condamne au nom des valeurs modernes de tolérance, de rationalité, de liberté, d'égalité.

Plus encore que de la situation politique de l'Espagne contemporaine, le *Théâtre de Clara Gazul* témoigne de celle de la France de la Restauration. La guerre d'Indépendance sert de contrepoids à l'expédition de 1823, commanditée par la Sainte Alliance et menée par les « cent mille fils de Saint Louis » (entre rois, catholiques de surcroît, on se doit entraider...). Quant à l'Inquisition (dont la France, il est vrai, s'est débarrassée depuis de longs siècles), sa présence insistante n'a-t-elle pas valeur d'avertissement contre les dangers que pourraient faire courir à la liberté de pensée les « cagots ralliés » à une Restauration qui, en France comme en Espagne, ne fut pas celle de la seule Royauté ?...

Parallèlement, à un autre niveau de l'actualité, proprement littéraire, les références affichées au théâtre du Siècle d'Or espagnol ne prennent sens qu'à être replacées dans le cadre du combat romantique pour un théâtre rénové, dépouillé de l'emphase du langage poétique néo-classique, débarrassé du carcan des règles qui l'entravaient depuis deux siècles. Cinq ans avant la bataille d'*Hernani*, l'étendard de l'insurrection romantique porte les couleurs de l'Espagne. Le prologue des *Espagnols en Danemarck* transpose dans une loge du théâtre de Cadix une conversation bien parisienne sur les audaces de « messieurs les romantiques » dans leur refus des unités de temps et de lieu, sur le droit de choisir des sujets empruntés à l'histoire contemporaine... Non sans humour — et avec un grain de scepticisme —, Mérimée joue du décalage culturel, ce qui relativise plaisamment les proclamations révolutionnaires des romantiques : dans la loge de Clara Gazul, le poète espagnol, reniant sa propre tradition classique — donc, paradoxalement, novateur, car que font d'autre « messieurs les romantiques » parisiens ? — ne rêve que division en « actes » et héros « morts depuis quatre cents ans au moins » ; *Clara Gazul* de son côté — que les Parisiens jugeront si moderne — s'inscrit dans le droit

droit fil du classicisme (espagnol) en répondant « journées » et actualité...

À lire aujourd'hui le *Théâtre de Clara Gazul* en oubliant de le replacer dans le contexte du combat romantique *contre* les conventions, les convenances néo-classiques et *pour* le réalisme, la vérité des mœurs et du langage, on s'expose à mal comprendre la réaction de cet « abonné » du *Globe* (18 juin 1825), ravi d'avoir « pour la première fois » vu au théâtre « des hommes de notre temps parler comme ils parlent et agir comme ils agissent ». En attendant l'heure où sonnera, avec le lyrisme flamboyant d'*Hernani*, le triomphe du romantisme, l'auteur du *Théâtre de Clara Gazul*, malgré sa concision et sa sécheresse, malgré son refus de l'expansion et de l'élan, apparaît en 1825 comme le champion du goût nouveau (qui n'est encore que le *romanticisme* stendhalien), comme celui qui déboulonne de leur piédestal moisi Racine, La Harpe et leurs imitateurs...

L'Espagne de *Clara Gazul* est une Espagne de convention. Essentiellement livresque, l'abondance des citations explicites et des emprunts masqués en porte témoignage [1]. Une Espagne de circonstance. Un alibi idéologique et esthétique. Les critiques du temps ne s'y sont pas trompés. (Ceux du moins qui ne se laissèrent pas prendre au piège, louant *Clara Gazul* d'avoir fait connaître aux Français « les usages et les habitudes » de son peuple mieux que les plus exacts récits de voyages...) Ainsi, en juin 1825, le critique de la *Revue encyclopédique* remarquait que l'auteur avait su « se donner, à l'abri d'un masque espagnol, entière liberté

---

1. Autant, sinon plus, qu'au théâtre du Siècle d'Or, Mérimée emprunte son Espagne au *Moine* de Lewis. C'est de lui que viennent ses moines poussés au crime par de fascinantes et désirables figures féminines. S'il exhibe ses sources espagnoles, Mérimée s'amuse aussi, mais de façon plus détournée, à signaler sa dette anglaise. Par exemple dans une note signée « C. G. » suivie du texte *anglais* de la chanson de Mariquita... (cf. p. 221).

quant aux préjugés politiques et à ce qu'il appelle des routines littéraires ».

L'Espagne réelle, Mérimée ne la découvre qu'en 1830. Il y séjourne plusieurs mois (début juillet-fin novembre), la parcourant (presque) en tous sens. Il y noue des amitiés. Avec la famille de Montijo, bien sûr, qui ne cessera plus de lui fournir toute sorte d'informations sur l'Espagne et les Espagnols. Mais aussi avec, par exemple, l'écrivain Estebañez Calderón qui lui parle des charmes de l'Andalousie et lui fait partager son intérêt pour les gitans, leur mœurs vagabondes, leur langue étrange.

Ironie du sort, l'Espagne lui fait manquer la révolution de juillet 1830 à Paris, qu'il appelait de ses vœux. En contrepartie, au cours d'un autre voyage, il assistera, à Madrid, à la révolution de 1840 ; mais l'Histoire marche trop lentement : à cette date, ses idées libérales ont perdu beaucoup de leur mordant et la victoire des progressistes lui fait l'effet dérisoire d'un opéra-bouffe...

En Espagne, Mérimée se soumet de bonne grâce — avec même une certaine complaisance — au « devoir » du voyageur en pays étranger qui est de « tout voir ». Et surtout ce qui est « singulier », différent, voire choquant au regard de ses habitudes et de ses valeurs culturelles. Dans les salons madrilènes, il fréquente la bonne société libérale, férue de culture française et plus ou moins imprégnée des idées de la Révolution de 89 ; mais il parcourt aussi les quartiers populaires, avec leur « couleur locale », leur « canaille » pittoresque, *majos* et *manolas* qui le séduisent bien davantage encore que les *afrancesados*, trop semblables à ses fréquentations parisiennes. Il visite les musées et les Eglises, bien entendu ; mais aussi — surtout — il assiste aux courses de *toros*, qui, contrairement à son attente, font plus que l'intéresser. Malgré (ou plutôt sans doute à cause de) leur violence sanguinaire, malgré l'ombre omniprésente de la mort parmi la stridence

15

des couleurs et l'éblouissement solaire. Il se passionne pour l'affrontement de l'homme et du taureau, pour la mise à mort rituelle du monstre, quitte à se réfugier, afin de ne point trop, choquer ses compatriotes, derrière l'autorité d'un saint. Dont il modifie d'ailleurs sans trop de scrupules le témoignage, attribuant à Augustin les goûts barbares de l'un de ses amis... (p. 228).

Les toreros font figure à ses yeux de chevaliers des temps modernes, comme, à un moindre degré, les bandits et les contrebandiers dont chacun lui parle à satiété, contre lesquels il voit les Espagnols se prémunir à grand renfort d'*escopeteros* ou de patenôtres et autres rites propitiatoires. Tout comme le fera Gautier dix ans plus tard, il rêve d'en rencontrer quelques-uns en chair et en os, tout en nourrissant quelque inquiétude pour sa montre de Bréguet et ses chemises en batiste. Mais, comme Gautier, il doit se contenter de rêver sur de belles histoires de brigands au grand cœur, celle de José-Maria, par exemple, auquel il consacre sa troisième *Lettre d'Espagne* et dont il se souviendra encore, de façon moins romantique, dans *Carmen*. En revanche, au hasard des grands chemins, il partage sans rechigner son pain et son *amontillado* avec ses guides locaux, avec des muletiers de rencontre. Ou — plus « couleur locale » encore — avec quelque bagnard en congé, provisoire, de *presidio*.

Il découvre que les *ventas* cervantines et picaresques ne sont pas de pures fictions littéraires mais de bien présentes réalités et fait la petite bouche devant la saveur âpre de l'huile d'olive frite et la pugnacité des piments.

Sur tous ces points, Mérimée ne se distingue guère des autres voyageurs romantiques : toreros, brigands, auberges sans confort et cuisine détestable comptent parmi les motifs obligés, les clichés récurrents de la « couleur locale » espagnole.

Le véritable choc exotique, la véritable séduction de l'Espagne, il l'éprouve en Andalousie, sur cette *tierra de Jesús* où l'âpre langue castillane s'adoucit jusqu'au zézaiement. En cela aussi il se conforme à l'air du temps : depuis longtemps déjà les voyageurs français avaient érigé l'Andalousie et les Andalous(es) en paradigme de l'Espagne et de l'hispanité. Ce qui n'était peut-être à l'origine que concession à la mode devient, avec le temps, une passion personnelle. Les nombreux voyages que fera par la suite Mérimée en Espagne n'y changeront rien : à l'exception de Madrid — ou plutôt de Caravanchel, où il mène, chez M<sup>me</sup> de Montijo, l'agréable vie d'un « pacha ad honores », seule l'Andalousie lui plaît. Barcelone, où l'on ne parle que catalan et où les femmes sont « grasses, grosses, courtes, mal bâties » (Lettre à Stendhal, 30 avril 1835), est abominable. Il s'y sent littéralement en exil de l'Espagne. Quant à la Vieille Castille, « pays bien barbare en vérité », il la compare à un océan de moutarde où il lui est pénible de devoir nager (Lettre à M<sup>me</sup> de Montijo, 16 octobre 1835).

En 1830, donc, il découvre Séville et les gitans de Triana ; Cordoue et les baigneuses demi nues du Guadalquivir ; Cadix où les femmes ont de si jolis petits pieds ; l'aride Ronda dont le décor sauvage conviendrait si bien à une attaque de dil*_*ence ; Málaga et ses Jaques prompts à jouer du couteau et à venger leur honneur de mâles ; Grenade où l'Alhambra, le Generalife et son cyprès sont encore hantés par les ombres des Abencérages et de leurs sultanes, ou par celles, plus inquiétantes mais tout aussi fascinantes, du *Moro Encantado* et du *Caballo Descabezado*...

Après un bref passage par Madrid, il s'attarde longuement à Valence, qui lui procure des plaisirs moins directement culturels. Valence demeure, confie-t-il quelques années plus tard à Stendhal, après Madrid la ville qu'il préférerait habiter. Pourtant, « on y chercherait en vain un savant ou un artiste » ; on n'y trouve « ni bibliothèque ni musée » et « à peine un théâtre ». La ville, il est vrai, a d'autres charmes : « Pour une piastre on vous procure une fille de quinze ans très jolie. Les maquerelles abondent, il suffit de se baisser pour en ramasser. Pour un doublon (42 fr.), on avait un pucelage garanti. [...] J'ai passé vingt et un jours à Valence sans m'ennuyer, mais j'y ai tiré une trentaine de coups. J'avais quatre filles en activité de service, appelées toutes les quatre Vicenta, saint Vincent est le patron de la ville. Pour m'y reconnaître, j'avais Vicenta 1, et V 2, puis Vicentita 1 et Vta 2, classification commode pour la mémoire. » Si l'on ajoute que « les Valenciennes sont cambrées des reins, blanches, sveltes et bien faites », on comprend que Mérimée attire l'attention de Stendhal sur le poste de consul de France à Valence [1]...

Il lui faut, hélas, s'arracher aux délices de Valence, non sans avoir assisté à une mise à mort dans le goût espagnol, qu'il décrit en détail dans la seconde *Lettre d'Espagne*. Sur le chemin du retour en France, Murviedro le retient, non pour l'amour des ruines antiques de Sagonte, dont l'intérêt archéologique ne le touche guère [2], mais pour la grâce d'une « M<sup>lle</sup> Carmencita », « très jolie fille point trop basanée » rencontrée au seuil d'une auberge et qui réussirait presque à lui faire aimer le *gazpacho*. Pour l'en dégoûter, son guide la prétend *putana* et fille de sorcière, sans se douter qu'il la lui rend ainsi deux fois plus attirante...

Réinstallé à Paris, il se met en devoir de faire partager son enthousiasme. À ses amis d'abord (« L'Espagne vient de nous rendre Mérimée qui, l'ayant parcourue seul et en tous sens, ne voit qu'Espagne, Alhambra, Grenade, Burgos et combats de taureaux ; il est

---

1. *Correspondance générale*, t. XVI, p. 89.
2. D'une façon générale, ruines et monuments, voire musées et paysages, laissent en voyage Mérimée plutôt froid. Il en bâcle assez vite, dans ses lettres, l'évocation : « Je ne vous dirai rien de l'Alhambra : vous l'avez dans votre bibliothèque. » Ou « Assez parlé de vieux monuments... » Seule semble vraiment l'intéresser la « couleur locale » *humaine* : types, caractères, mœurs, superstitions...

admirable à entendre conter les mœurs de ces gens-là[1] »), puis aux lecteurs de la *Revue de Paris*.

Dès ce premier voyage, tous les éléments de l'Espagne romanesque de *Carmen* sont déjà en place. Mais, à la différence des autres voyageurs romantiques, à qui un seul séjour — le plus souvent fort bref — semble avoir suffi pour épuiser les charmes du pittoresque espagnol, Mérimée multiplie les voyages. Il ne se déprendra jamais de l'Espagne. Il faudrait plutôt dire de l'Andalousie. Et des gitans.

L'action, dans *Carmen*, se déroule entièrement en Andalousie. De Cordoue à Cordoue, en passant par Séville, Gibraltar, Málaga et Ronda. L'histoire, racontée quinze ans plus tôt par M<sup>me</sup> de Montijo, dont Mérimée a, de son propre aveu, tiré le sujet de sa nouvelle[2], était au départ celle « d'un Jaque de Málaga qui avait tué sa maîtresse, laquelle se consacrait exclusivement au public ». Banale histoire de truand andalou... Le travail d'élaboration romanesque opère une triple distorsion :

— l'intérêt se déplace de l'homme à la femme ;
— la femme, dont l'origine n'était pas spécifiée, devient gitane[3] ;
— ce qui a pour conséquence de faire du mauvais garçon un honnête soldat, *Navarro fino*, séduit par une fille du diable, laquelle le conduit à la dégradation, au vol, au crime et, pour finir, au supplice. Greffé sur la matière andalouse, le thème gitan, la travaillant pendant quinze ans, en a profondément modifié la nature.

Les gitans, en effet, qu'il n'a pu en 1830 qu'entrevoir

---

1. Lettre d'Achille Deveria (2 février 1831), citée par M. Tourneur dans son édition de *Carmen*, Les Cent Bibliophiles, Paris, 1901, p. IV.
2. Lettre à M<sup>me</sup> de Montijo, 16 mai 1845, *Correspondance générale*, t. IV, p. 294.
3. « Comme j'étudie les bohémiens depuis quelque temps avec beaucoup de soin, j'ai fait mon héroïne bohémienne », *ibid*.

à travers les récits d'Estebañez Calderón vont, au cours des années, susciter chez Mérimée un intérêt croissant [1]. À chacun de ses voyages, il cherche à en rencontrer, ravi lorsqu'il peut échanger avec eux quelques mots de *rommani*, lorsqu'il est invité à l'une de leurs *tertulias*. Il lit ce qui se publie sur eux (Pott, Borrow...). Il apprend leur langue, s'interrogeant sur l'hypothétique unité de ses structures profondes comme sur ses variations locales [2]. Il suit les traces de leurs « hordes » errantes à travers l'Europe et l'Orient, soit personnellement, dans la région de Metz par exemple, soit par le truchement de tel de ses correspondants (ainsi É. Grasset pour les γυφτίοι de Janina et de Thessalonique).

À l'évidence, pour les « Bohémiens, Gitanos, Gypsies, Zigeuner, etc. », pour ces « hommes noirs » venus on ne sait trop d'où, irréductibles réfractaires à tout ordre, toute loi, toute foi autre que les leurs, soudés malgré les persécutions, malgré l'errance et la diaspora, en une communauté culturelle que sa seule résistance à toute assimilation rend par nature subversive aux yeux de toute société organisée, pour les gitans, donc, monsieur l'académicien, homme de cour et de salon, homme d'ordre et de culture, éprouve une étrange fascination. Mêlée de quelque répulsion. (Juste assez de répulsion pour que la fascination en soit encore plus délectable !). En dépit de l'étalage (plus ou moins fantaisiste) que fait de son savoir, dans la quatrième partie de la nouvelle,

---

1. Intérêt qui se prolonge bien au-delà de la rédaction de *Carmen*. Sa correspondance en témoigne de façon éloquente. Mais aussi, par exemple, telle note érudite de son édition des *Aventures du baron de Foeneste* en 1855.
2. Il apprend aussi des rudiments de basque. Mais de façon moins systématique (avec les « chambermaids de Vitoria » !). Et pour des motivations plus directement... utilitaires : « J'ai appris à dire : *Escartz me subat*, c.-à-d. embrassez-moi et *Henau su chicoca andria*, c.-à-d. voulez-vous piner, Madame », *Correspondance générale*, t. II, p. 471.

l'archéologue érudit de *Carmen*, on ne peut s'empêcher de penser que quelque chose se joue là qui outrepasse le goût de l'érudition et la curiosité linguistique. Ou la mode romantique de la « couleur locale ».

Ce n'est pas l'Espagne qui fascine Mérimée. (Telle quelle — et malgré sa conversion récente au libéralisme —, elle représenterait plutôt tout ce qu'il récuse...). Mais bien, en la personne des gitans, cette part d'elle-même, obscure, maudite, que l'Espagne cherche à refouler sur ses marges. Peut-être parce qu'il y reconnaît cette part de lui-même, tout aussi obscure, qu'il n'a cessé d'occulter derrière le sourire sceptique de l'homme du monde, derrière le masque gourmé du fonctionnaire irréprochable, de l'académicien érudit.

*Carmen*, qui (la musique rutilante de Bizet et le livret simplificateur de Meilhac et Halévy aidant) est devenue l'emblème de l'espagnolisme (sinon de l'espagnolade) littéraire, est assurément une histoire d'Espagne. Mais ses héros (et pas davantage, on l'oublie trop souvent, Don José que Carmen) ne sont pas, à strictement parler, espagnols. Ils ont en commun d'être *ailleurs*. Étrangers dans leur propre pays. Ils appartiennent l'un et l'autre à des ethnies mystérieuses et plus ou moins méprisées. Ils parlent l'un et l'autre une langue incompréhensible aux Espagnols qui la considèrent (en ce temps-là du moins) soit comme un patois de paysans, soit comme un jargon de voleurs. Au fond, ils sont l'un comme l'autre (certes à des degrés différents) des exclus, des marginaux. (Et Carmen, fine mouche, dès leur rencontre, joue de cette identité pour piéger Don José.)

Mais l'une est, par définition, nomade, sans patrie. Libre de toute racine. L'autre est sédentaire, lié par toutes ses fibres au petit coin de terre qui l'a vu naître. Même devenu gitan, voleur et criminel, c'est toujours — et jusqu'à l'instant de la mort — vers sa province que se tournent ses yeux et son esprit : « Nous réglerons nos comptes à la façon de mon pays » (p. 84) ; « je serai toujours franc Navarrais » (p. 84). Basque de Navarre, nostalgique du jeu de paume et de la *maquila*, fier de la beauté de sa langue, de la vertu et de la foi de ses *pays* et *payses*, Don José méprise les Andalous, lâches et « fanfarons », et redoute les railleries des Andalouses tout autant que leur sensualité sans masque. Il prend grand soin de souligner sa différence, distinguant toujours Basques et Navarrais (« Nous autres Navarrais », « Nous autres gens du pays basque ») des « Espagnols ». Et toujours au profit des premiers : « Quand ils sont de service, les Espagnols jouent aux cartes ou dorment ; moi, comme un franc Navarrais, je tâchais toujours de m'occuper » (p. 54).

Mais son espoir, son idéal est de parvenir à s'intégrer à la société espagnole, d'y faire son chemin. N'est-il pas lui aussi « vieux chrétien » et, bien que sa mère, à Elizondo, ne soit qu'une « bonne femme », n'a-t-il pas tout comme un autre sa « généalogie sur un parchemin » et donc le droit de « prendre le *don* » ? Toute son ambition se borne à devenir officier dans une armée dont, pourtant, les jeunes lieutenants (espagnols de droit, eux), ces « freluquets » assez riches pour se concilier, un temps, les faveurs de Carmen, le dédaignent autant comme Basque que comme simple soldat. À la faveur des révolutions libérales, certains de ses « pays » sont bien devenus « capitaines généraux », voire colonels. En attendant, le grade de maréchal des logis lui paraît déjà une appréciable promotion sociale. Conscient de sa différence — et du statut inférieur qu'elle lui confère —, Don José n'en désire pas moins s'assimiler à une culture dominante qui ne peut l'accepter, sinon au prix du reniement de la spécificité dont il s'enorgueillit.

Carmen, elle, refuse farouchement tout reniement, toute assimilation. La soumission de Don José à des lois, à des valeurs qui ne sont pas les siennes la révolte : « Tu es donc un nègre pour te laisser mener à la baguette ? » (p. 68). Elle sait, d'ailleurs, que, pour les « gens d'Égypte », l'assimilation est un leurre. Certes, l'Espagne de 1830 ne persécute plus ses gitans. Elle leur reconnaît le droit à l'existence. Mais à condition qu'ils ne sortent pas du rôle qu'elle leur a assigné, celui d'amuseurs publics : danseuses, guitaristes, chanteurs, que l'on convoque, que l'on paie et que l'on renvoie à Triana. Ce rôle, qui lui permettrait d'être acceptée, reconnue, Carmen le refuse. À ses risques et périls, elle choisit la vie des voleurs, des contrebandiers. « Vie de hasards et de rébellion », la vraie vie des Calés. Et elle force Don José à la choisir.

Lucide, elle sait que le prix de son refus est la mort. Les cartes et les présages le lui ont dit, certes. Mais, plus encore, trois siècles de persécutions l'ont enseigné à ceux de sa « nation ». Don José veut croire qu'en Amérique, dans un pays neuf où ils ne seront plus ni basques ni gitans, une autre vie est possible. Carmen ne l'entend même pas : pour survivre, il lui faudrait se renier. C'est lui demander l'impossible : « Calli elle est née, Calli elle mourra » (p. 93).

Au dénouement, Carmen se tourne, une fois encore, vers la loi d'Égypte. Mais, pour la première fois, non vers ce qui, de cette loi, concerne les rapports des Calés avec le monde extérieur. Elle n'a plus recours (comme elle le faisait, à sa première apparition dans le récit, au profit — ou plutôt aux dépens — de l'archéologue féru de « sciences occultes » et de pittoresque) à la *bahi*, tout juste bonne à berner les *payllos*, mais (seule, cette fois, sans « caméléon desséché » ni « croix dans la main gauche ») aux pratiques mystérieuses et aux incantations magiques qui règlent secrètement la vie gitane et qui disent, elles, la vérité d'un destin. L'exacte symétrie des deux scènes est signifiante.

Il serait facile à Carmen d'échapper au poignard de José, mais non aux signes obscurs que seuls ceux de sa race savent déchiffrer et qui pour eux seuls font sens.

Comparer *Carmen* comme le fit Sainte-Beuve[1] à *Manon Lescaut* témoigne d'une lecture à tout le moins hâtive de la nouvelle de Mérimée. Et qui en fausse les perspectives. Peut-être Mérimée joue-t-il ici à réécrire le roman de l'Abbé Prévost (il raconte l'histoire d'un jeune homme promis à un bel avenir et qu'une jolie fille amorale mène à la déchéance...). Mais il le fait en s'en jouant (le départ en Amérique dont rêve Don José n'a aucune justification narrative) et en le prenant très exactement à contre-pied. À la différence de Manon, Carmen, à aucun moment, ne manifeste le moindre repentir ; elle n'a plus le moindre amour pour José (elle n'a d'ailleurs plus de désir que pour la mort). Et ce n'est pas d'épuisement et de misère — très moralement rédimée par l'amour et par la souffrance — qu'elle meurt, mais dans une dernière provocation. En toute lucidité les yeux grands ouverts (« je crois voir encore son grand œil noir qui me regarde fixement »), elle affronte le poignard de Don José. Aussi bien, après la mort de Manon, Des Grieux peut-il continuer à vivre, voire rentrer dans l'ordre. Don José, lui, est littéralement « anéanti ».

On oublie trop souvent — et la version lyrique de la nouvelle y est pour beaucoup, dont le succès populaire tient sans doute (outre le charme indéniable de la musique de Bizet !) à la réduction qu'opère le livret d'une histoire somme toute sulfureuse en une fable morale — que *Carmen* n'est pas seulement « l'histoire d'une manutentionnaire en cigares qui séduit un douanier et un contrebandier »[2]. (Laissons ici à Aragon la responsabilité de ce condensé, qui à l'évidence se souvient plus du livret de Meilhac et Halévy que du texte de Mérimée : « [...] l'amie du douanier vient le voir de la part de sa mère [...] »). Contrairement à ce qu'affirme Aragon, « quand le douanier (*sic*) a perdu

1. Article paru in *Le Moniteur universel*, 7 février 1853. *Carmen* ne serait « autre chose qu'une *Manon Lescaut* d'un plus haut goût », « plus poivrée et à l'espagnole ».
2. Aragon : *Traité du style*, Gallimard, 1928, pp. 35-36.

l'honneur », tout n'est pas dit. Et tout n'a pas commencé avec la rencontre de José et de Carmen.

Mérimée n'a pas sans raison mis en place une stratégie narrative assez complexe, que nombre de commentateurs ont d'ailleurs jugée maladroite, l'adjonction de la IV<sup>e</sup> partie, entre autres, avec son mélange de sérieux ethnolinguistique incongru et de fantaisie ironique, en ayant déconcerté plus d'un... Faire l'économie de cette stratégie empêche de bien comprendre l'enjeu véritable du récit. Cet enjeu, il est vrai, Mérimée lui-même a tout fait pour le masquer derrière l'ironie souriante, le détachement affiché du narrateur-archéologue dont les (més)aventures andalouses occupent les deux premiers chapitres. Celui-ci s'efface au dernier chapitre, laissant la parole à l'auteur, qui désamorce brusquement la tension dramatique et, feignant l'objectivité du linguiste chevronné, affirme n'avoir d'autre ambition que de « donner au lecteur de *Carmen* une idée avantageuse de (ses) études sur le rommani » (p. 102).

Mais le narrateur-archéologue est moins détaché qu'il ne voudrait le faire croire de cette histoire de désir, de fascination et de mort dont il se prétend le scribe attentif (p. 52). Il est, dans le récit, le premier à rencontrer Carmen, à faire *voir* au lecteur sa « beauté étrange et sauvage » (p. 47). En lui comme en Don José cette rencontre laisse une trace indélébile : « C'était une figure (...) qu'on ne pouvait oublier » (p. 47) / « C'était un vendredi, et je ne l'oublierai jamais » (p. 55). Don José, d'ailleurs ne s'y trompe pas : « Je vis cette Carmen que vous connaissez... » En dépit de l'alibi scientifique qu'il met complaisamment en avant [(« J'avais encore un autre motif de cultiver sa connaissance (...) et me faisais une fête d'apprendre jusqu'où s'était élevé l'art de la magie chez les Bohémiens », (p. 46)], lorsque l'archéologue suit à travers les rues obscures des mauvais quartiers de Cordoue, la gitane jusqu'à son bouge (où il ne peut ignorer quel sort l'attend, ni quel désir a chance de se réaliser), c'est bien le vertige des bas-fonds et de la déchéance qui l'attire. Un vertige sem-

25

blable à celui qui entraîne le vertueux brigadier Don José, fasciné moins par le galbe d'une jambe parfaite que par le détail sordide d'un bas de soie troué, et découvrant son amour pour Carmen au moment même où elle se vend à un autre. Don José qui sent son désir — et son plaisir — croître au rythme même de sa déchéance. Sans doute Carmen est-elle le diable. Mais les hommes mettent trop de complaisance et trouvent trop de jouissance à se brûler à elle pour que le mal ne soit pas aussi en eux... L'archéologue aurait pu devenir lui-même ce Don José dégradé dont l'intervention le sauve au dernier moment. On songe alors à telle lettre de Mérimée avouant sans fard sa fascination pour « une petite souillon très ressemblante, vérolée jusqu'à la moelle mais qui ne manquait pas d'une certaine grâce » et dont l'attire la ressemblance avec Mariquita, l'héroïne d'*Une Femme est un Diable*...

Pour brève qu'elle ait été, la rencontre de la gitane et de l'archéologue a réveillé — révélé ? — en lui quelque chose d'obscur, qu'il ne parvient pas à nommer (« surtout parce que... parce que... »), dont il refoule soigneusement l'émergence, mais dont il demeure marqué : l'archéologie et l'érudition ont perdu pour lui de leurs charmes et il a « pris en grippe cette belle ville et les baigneuses du Guadalquivir... » (p. 50).

Le masque rassurant de l'archéologue, tout comme celui du fonctionnaire modèle que n'a cessé d'arborer son créateur, semble ne tenir que par de bien fragiles attaches. Il n'en est que d'autant plus nécessaire, pour cacher un visage bien autrement inquiétant... Quand « tout est dit » (Aragon), l'archéologue — et Mérimée aussi bien — rajuste le masque, renoue avec l'érudition et la caution de respectabilité qu'elle fournit à ses fidèles. Mais pour laisser toute la place — et le dernier mot — aux hommes noirs et à leur langue de rebelles et d'errants, langue des bas-fonds et des bouges, qui narguent conjointement — et réduisent au silence — « la bonne compagnie » qui les méprise et les craint, mais qu'ils fascinent.

« En close bouche n'entre point mouche. »

# CARMEN [1]

[1]. Première version, en trois parties, publiée le 1er octobre 1845 dans la *Revue des Deux-Mondes*. Version complète, en quatre parties, publiée en 1847.

Πᾶσα ἀυνη χόλος γστιν' ἔχει δ'ἀγαθάς δύο ὡεας,
Τὴν μίαν ἐν θαλάμῳ, τὴν μίαν ἐν θανάτῳ.

PALLADAS [1]

# I

J'avais toujours soupçonné les géographes de ne savoir ce qu'ils disent lorsqu'ils placent le champ de bataille de Munda dans le pays des Bastuli-Pœni, près de la moderne Monda [2], à quelque deux lieues au nord de Marbella. D'après mes propres conjectures sur le texte de l'anonyme [3], auteur du *Bellum Hispaniense*, et quelques renseignements recueillis dans l'excellente bibliothèque du duc d'Ossuna [4], je pensais qu'il fallait chercher aux environs de Montilla le lieu mémorable où, pour la dernière fois, César joua quitte ou double

---

1. « Toute femme est (amère) comme le fiel, mais elle a deux bons moments, l'un au lit, l'autre à la mort », *Anthologie palatine*.
2. Petite ville à trente kilomètres de Málaga. La bataille de Munda (aujourd'hui Montilla) où, le 5 avril 45 av. J.-C., César défit les armées des deux fils de Pompée, Cnaeus et Sextus, mit fin aux guerres civiles.
3. Cf. *Correspondance générale*, t. V, p. 327 : « Le *Bellum Hispaniense* n'est pas de César, ni même de son secrétaire Hirtius. »
4. Le duc d'Ossuna (1814-1852), douzième du nom, riche aristocrate espagnol, bibliophile et amateur de culture antique.

contre les champions de la république. Me trouvant en Andalousie au commencement de l'automne de 1830, je fis une assez longue excursion pour éclaircir les doutes qui me restaient encore. Un mémoire [1] que je publierai prochainement ne laissera plus, je l'espère, aucune incertitude dans l'esprit de tous les archéologues de bonne foi. En attendant que ma dissertation résolve enfin le problème géographique qui tient toute l'Europe savante en suspens, je veux vous raconter une petite histoire ; elle ne préjuge rien sur l'intéressante question de l'emplacement de Munda.

J'avais loué à Cordoue un guide et deux chevaux, et m'étais mis en campagne avec les *Commentaires* de César et quelques chemises pour tout bagage. Certain jour, errant dans la partie élevée de la plaine de Cachena, harassé de fatigue, mourant de soif, brûlé par un soleil de plomb, je donnais au diable de bon cœur César et les fils de Pompée, lorsque j'aperçus assez loin du sentier que je suivais, une petite pelouse verte parsemée de joncs et de roseaux. Cela m'annonçait le voisinage d'une source. En effet, en m'approchant, je vis que la prétendue pelouse était un marécage où se perdait un ruisseau, sortant, comme il semblait, d'une gorge étroite entre deux hauts contreforts de la sierra de Cabra. Je conclus qu'en remontant je trouverais de l'eau plus fraîche, moins de sangsues et de grenouilles, et peut-être un peu d'ombre au milieu des rochers. À l'entrée de la gorge, mon cheval hennit, et un autre cheval, que je ne voyais pas, lui répondit aussitôt. À peine eus-je fait une centaine de pas, que la gorge, s'élargissant tout à coup, me montra une espèce de cirque naturel parfaitement ombragé par la hauteur des escarpements qui l'entouraient. Il était impossible de rencontrer un lieu qui promît au voyageur une halte plus agréable. Au

---

1. Si Mérimée n'a pas publié de « mémoire » sur la « Munda Boetica », il indique dans un article de la *Revue archéologique*, en juin 1844, que « Montilla occupe l'emplacement de Munda ».

pied de rochers à pic, la source s'élançait en bouillonnant, et tombait dans un petit bassin tapissé d'un sable blanc comme la neige. Cinq à six beaux chênes verts, toujours à l'abri du vent et rafraîchis par la source, s'élevaient sur ses bords, et la couvraient de leur épais ombrage ; enfin, autour du bassin, une herbe fine, lustrée, offrait un lit meilleur qu'on n'en eût trouvé dans aucune auberge à dix lieues à la ronde.

À moi n'appartenait pas l'honneur d'avoir découvert un si beau lieu. Un homme s'y reposait déjà, et sans doute dormait, lorsque j'y pénétrai. Réveillé par les hennissements, il s'était levé, et s'était rapproché de son cheval, qui avait profité du sommeil de son maître pour faire un bon repas de l'herbe aux environs. C'était un jeune gaillard de taille moyenne, mais d'apparence robuste, au regard sombre et fier. Son teint, qui avait pu être beau, était devenu, par l'action du soleil, plus foncé que ses cheveux. D'une main il tenait le licol de sa monture, de l'autre une espingole [1] de cuivre. J'avouerai que d'abord l'espingole et l'air farouche du porteur me surprirent quelque peu ; mais je ne croyais plus aux voleurs, à force d'en entendre parler et de n'en rencontrer jamais. D'ailleurs, j'avais vu tant d'honnêtes fermiers s'armer jusqu'aux dents pour aller au marché [2], que la vue d'une arme à feu ne m'autorisait pas à mettre en doute la moralité de l'inconnu. — Et puis, me disais-je, que ferait-il de mes chemises et de mes *Commentaires* Elzévir [3] ? Je saluai donc l'homme à l'espingole d'un signe de tête familier, et je lui demandai en souriant si j'avais troublé son sommeil. Sans me répondre, il me toisa de la tête aux pieds ; puis, comme satisfait de son examen, il considéra avec la même attention mon guide, qui s'avançait. Je vis celui-ci pâlir et s'arrêter en montrant une terreur évi-

---

1. Fusil à canon évasé que l'on chargeait avec des chevrotines.
2. Cf. *Lettres d'Espagne*, p. 227.
3. Édition imprimée au XVIe siècle et au début du XVIIe par l'un des cinq typographes hollandais de ce nom, tous de la même famille.

dente. Mauvais rencontre ! me dis-je. Mais la prudence me conseilla aussitôt de ne laisser voir aucune inquiétude. Je mis pied à terre ; je dis au guide de débrider, et, m'agenouillant au bord de la source, j'y plongeai ma tête et mes mains ; puis je bus une bonne gorgée, couché à plat ventre, comme les mauvais soldats de Gédéon [1].

J'observais cependant mon guide et l'inconnu. Le premier s'approchait bien à contrecœur ; l'autre semblait n'avoir pas de mauvais desseins contre nous, car il avait rendu la liberté à son cheval, et son espingole, qu'il tenait d'abord horizontale, était maintenant dirigée vers la terre.

Ne croyant pas devoir me formaliser du peu de cas qu'on avait paru faire de ma personne, je m'étendis sur l'herbe, et d'un air dégagé, je demandai à l'homme à l'espingole s'il n'avait pas un briquet sur lui. En même temps je tirai mon étui à cigares. L'inconnu, toujours sans parler, fouilla dans sa poche, prit son briquet, et s'empressa de me faire du feu. Évidemment il s'humanisait ; car il s'assit en face de moi, toutefois sans quitter son arme. Mon cigare allumé, je choisis le meilleur de ceux qui me restaient et je lui demandai s'il fumait.

— Oui, monsieur, répondit-il.

C'étaient les premiers mots qu'il faisait entendre, et je remarquai qu'il ne prononçait pas l'*s* à la manière andalouse\* [2], d'où je conclus que c'était un voyageur comme moi, moins archéologue seulement.

---

1. Allusion aux soldats recrutés par Gédéon parmi les Hébreux pour lutter contre les Madianites, *Livre des Juges*, VII, 5-6.

\* Les Andalous aspirent l'*s* et la confondent dans la prononciation avec le *c* doux et le *z*, que les Espagnols prononcent comme le *th* anglais. Sur le mot *Señor* on peut reconnaître un Andalou.

2. Cf. Cervantès : *La Gitanilla, op. cit.* : « Voulez-vous me donner des étrennes *z*eigneurs » dit Préciosa, qui en sa qualité de gitane prononçait les s en z, ce que font les femmes de cette race, non de nature mais par artifice. »

— Vous trouverez celui-ci assez bon, lui dis-je en lui présentant un véritable régalia[1] de la Havane.

Il me fit une légère inclination de tête, alluma son cigare au mien, me remercia d'un autre signe de tête, puis se mit à fumer avec l'apparence d'un très grand plaisir.

— Ah ! s'écria-t-il en laissant échapper lentement sa première bouffée par la bouche et les narines, comme il y avait longtemps que je n'avais fumé !

En Espagne, un cigare donné et reçu établit des relations d'hospitalité, comme en Orient le partage du pain et du sel. Mon homme se montra plus causant que je ne l'avais espéré. D'ailleurs, bien qu'il se dît habitant du partido[2] de Montilla, il paraissait connaître le pays assez mal. Il ne savait pas le nom de la charmante vallée où nous nous trouvions ; il ne pouvait nommer aucun village des alentours ; enfin, interrogé par moi s'il n'avait pas vu aux environs des murs détruits, de larges tuiles à rebords, des pierres sculptées, il confessa qu'il n'avait jamais fait attention à pareilles choses. En revanche, il se montra expert en matière de chevaux. Il critiqua le mien, ce qui n'était pas difficile ; puis il me fit la généalogie du sien, qui sortait du fameux haras de Cordoue : noble animal, en effet, si dur à la fatigue, à ce que prétendait son maître, qu'il avait fait une fois trente lieues dans un jour, au galop ou au grand trot. Au milieu de sa tirade, l'inconnu s'arrêta brusquement, comme surpris et fâché d'en avoir trop dit. « C'est que j'étais très pressé d'aller à Cordoue, reprit-il avec quelque embarras. J'avais à solliciter les juges pour un procès... » En parlant, il regardait mon guide Antonio, qui baissait les yeux.

L'ombre et la source me charmèrent tellement, que je me souvins de quelques tranches d'excellent jambon

---

1. Variété de cigares.
2. Division administrative (district) d'une province espagnole.

que mes amis [1] de Montilla avaient mis dans la besace de mon guide. Je les fis apporter, et j'invitai l'étranger à prendre sa part de la collation impromptue. S'il n'avait pas fumé depuis longtemps, il me parut vraisemblable qu'il n'avait pas mangé depuis quarante-huit heures au moins. Il dévorait comme un loup affamé. Je pensai que ma rencontre avait été providentielle pour le pauvre diable. Mon guide, cependant, mangeait peu, buvait encore moins, et ne parlait pas du tout, bien que depuis le commencement de notre voyage il se fût révélé à moi comme un bavard sans pareil. La présence de notre hôte semblait le gêner, et une certaine méfiance les éloignait l'un de l'autre sans que j'en devinasse positivement la cause.

Déjà les dernières miettes du pain et du jambon avaient disparu ; nous avions fumé chacun un second cigare ; j'ordonnai au guide de brider nos chevaux, et j'allais prendre congé de mon nouvel ami, lorsqu'il me demanda où je comptais passer la nuit.

Avant que j'eusse fait attention à un signe de mon guide, j'avais répondu que j'allais à la venta del Cuervo [2].

— Mauvais gîte pour une personne comme vous, monsieur... J'y vais, et, si vous me permettez de vous accompagner, nous ferons route ensemble.

— Très volontiers, dis-je en montant à cheval.

Mon guide, qui me tenait l'étrier, me fit un nouveau signe des yeux. J'y répondis en haussant les épaules, comme pour l'assurer que j'étais parfaitement tranquille, et nous nous mîmes en chemin.

Les signes mystérieux d'Antonio, son inquiétude, quelques mots échappés à l'inconnu, surtout sa course

---

1. À Montilla, dans la province de Cordoue, Mérimée avait été reçu dans la propriété des Alvear, amis des Montijo.
2. *L'auberge du Corbeau*. Depuis Cervantès, la *venta*, l'auberge de campagne espagnole, gîte rudimentaire où le voyageur ne trouve que ce qu'il apporte, est devenu un topos du roman picaresque.

de trente lieues et l'explication peu plausible qu'il en avait donnée, avaient déjà formé mon opinion sur le compte de mon compagnon de voyage. Je ne doutai pas que je n'eusse affaire à un contrebandier, peut-être à un voleur ; que m'importait ? Je connaissais assez le caractère espagnol pour être très sûr de n'avoir rien à craindre d'un homme qui avait mangé et fumé avec moi. Sa présence même était une protection assurée contre toute mauvaise rencontre. D'ailleurs, j'étais bien aise de savoir ce que c'est qu'un brigand. On n'en voit pas tous les jours, et il y a un certain charme à se trouver auprès d'un être dangereux, surtout lorsqu'on le sent doux et apprivoisé.

J'espérais amener par degrés l'inconnu à me faire des confidences, et, malgré les clignements d'yeux de mon guide, je mis la conversation sur les voleurs de grand chemin. Bien entendu que j'en parlai avec respect. Il y avait alors en Andalousie un fameux bandit nommé José-Maria [1], dont les exploits étaient dans toutes les bouches. « Si j'étais à côté de José-Maria ? » me disais-je... Je racontai les histoires que je savais de ce héros, toutes à sa louange d'ailleurs, et j'exprimai hautement mon admiration pour sa bravoure et sa générosité.

— José-Maria n'est qu'un drôle [2], dit froidement l'étranger.

« Se rend-il justice, ou bien est-ce excès de modestie de sa part ? » me demandai-je mentalement ; car, à force de considérer mon compagnon, j'étais parvenu à lui appliquer le signalement de José-Maria, que j'avais lu affiché aux portes de mainte ville d'Andalousie. Oui, c'est bien lui... Cheveux blonds, yeux bleus, grande bouche, belles dents, les mains petites ; une chemise fine, une veste de velours à boutons d'argent, des

---

1. Cf. *Lettres d'Espagne*, p. 271 et ss.
2. Mauvais sujet, coquin.

guêtres de peau blanche, un cheval bai[1]... Plus de doute ! Mais respectons son incognito.

Nous arrivâmes à la venta. Elle était telle qu'il me l'avait dépeinte, c'est-à-dire une des plus misérables que j'eusse encore rencontrées[2]. Une grande pièce servait de cuisine, de salle à manger et de chambre à coucher. Sur une pierre plate, le feu se faisait au milieu de la chambre et la fumée sortait par un trou pratiqué dans le toit, ou plutôt s'arrêtait, formant un nuage à quelques pieds au-dessus du sol. Le long du mur, on voyait étendues par terre cinq ou six vieilles couvertures de mulets ; c'étaient les lits des voyageurs. À vingt pas de la maison, ou plutôt de l'unique pièce que je viens de décrire, s'élevait une espèce de hangar servant d'écurie. Dans ce charmant séjour, il n'y avait d'autres êtres humains, du moins pour le moment, qu'une vieille femme et une petite fille de dix à douze ans, toutes les deux de couleur de suie et vêtues d'horribles haillons. — Voilà tout ce qui reste, me dis-je, de la population de l'antique Munda Bætica ! Ô César ! ô Sextus Pompée ! que vous seriez surpris si vous reveniez au monde !

En apercevant mon compagnon, la vieille laissa échapper une exclamation de surprise :

— Ah ! seigneur don José ! s'écria-t-elle.

Don José fronça le sourcil, et leva une main d'un geste d'autorité qui arrêta la vieille aussitôt. Je me tournai vers mon guide, et, d'un signe imperceptible, je lui fis comprendre qu'il n'avait rien à m'apprendre sur le compte de l'homme avec qui j'allais passer la nuit. Le souper fut meilleur que je ne m'y attendais. On nous servit, sur une petite table haute d'un pied, un vieux coq fricassé avec du riz et force piments, puis des

---

1. Cheval à robe rouge et à crins noirs.
2. Cf. *Correspondance générale*, t. I, p. 77 : « Je ne conçois pas ce qu'on peut prendre dans une *venta*, excepté des bancs de bois et la poêle à frire. »

piments à l'huile, enfin du *gaspacho*, espèce de salade de piments [1]. Trois plats ainsi épicés nous obligèrent de recourir souvent à une outre de vin de Montilla qui se trouva délicieux. Après avoir mangé, avisant une mandoline accrochée contre la muraille, — il y a partout des mandolines en Espagne, — je demandai à la petite fille qui nous servait si elle savait en jouer.

— Non, répondit-elle ; mais don José en joue si bien !

— Soyez assez bon, lui dis-je, pour me chanter quelque chose ; j'aime à la passion votre musique nationale.

— Je ne puis rien refuser à un monsieur si honnête qui me donne de si excellents cigares, s'écria don José d'un air de bonne humeur.

Et, s'étant fait donner la mandoline, il chanta en s'accompagnant. Sa voix était rude, mais pourtant agréable, l'air mélancolique et bizarre ; quant aux paroles, je n'en compris pas un mot.

— Si je ne me trompe, lui dis-je, ce n'est pas un air espagnol que vous venez de chanter. Cela ressemble aux *zorzicos* [2], que j'ai entendus dans les *Provinces**, et les paroles doivent être en langue basque.

— Oui, répondit don José d'un air sombre.

Il posa la mandoline à terre, et, les bras croisés, il se mit à contempler le feu qui s'éteignait, avec une singulière expression de tristesse. Éclairée par une lampe posée sur la petite table, sa figure, à la fois noble et farouche, me rappelait le Satan de Milton [4]. Comme

---

1. Le *gaspacho* n'est pas une salade de piments mais une soupe andalouse qui se mange froide ; cf. *Documents*, p. 384.
2. Anciennes danses basques.
* *Les provinces privilégiées*, jouissant de *fueros* [3] particuliers, c'est-à-dire l'Alava, la Biscaïe, la Guipuzcoa et une partie de la Navarre. Le basque est la langue du pays.
3. Droits ou privilèges de certaines provinces, abolis par les libéraux après la mort de Ferdinand VII (1833) ; cf. *Repères historiques*, p. 316.
4. Le personnage de Satan, dans le *Paradis perdu* de Milton (1608-1674), a connu une très grande vogue à l'époque romantique.

lui peut-être, mon compagnon songeait au séjour qu'il avait quitté, à l'exil qu'il avait encouru par une faute. J'essayai de ranimer la conversation mais il ne répondit pas, absorbé qu'il était dans ses tristes pensées. Déjà la vieille s'était couchée dans un coin de la salle, à l'abri d'une couverture trouée tendue sur une corde. La petite fille l'avait suivie dans cette retraite réservée au beau sexe. Mon guide alors, se levant, m'invita à le suivre à l'écurie ; mais, à ce mot, don José, comme réveillé en sursaut, lui demanda d'un ton brusque où il allait.

— À l'écurie, répondit le guide.

— Pour quoi faire ? les chevaux ont à manger. Couche ici, Monsieur le permettra.

— Je crains que le cheval de Monsieur ne soit malade ; je voudrais que Monsieur le vît : peut-être saura-t-il ce qu'il faut lui faire.

Il était évident qu'Antonio voulait me parler en particulier ; mais je ne me souciais pas de donner des soupçons à don José, et, au point où nous en étions, il me semblait que le meilleur parti à prendre était de montrer la plus grande confiance. Je répondis donc à Antonio que je n'entendais rien aux chevaux et que j'avais envie de dormir. Don José le suivit à l'écurie, d'où bientôt il revint seul. Il me dit que le cheval n'avait rien, mais que mon guide le trouvait un animal si précieux, qu'il le frottait avec sa veste pour le faire transpirer, et qu'il comptait passer la nuit dans cette douce occupation. Cependant je m'étais étendu sur les couvertures de mulets, soigneusement enveloppé dans mon manteau, pour ne pas les toucher. Après m'avoir demandé pardon de la liberté qu'il prenait de se mettre auprès de moi, don José se coucha devant la porte, non sans avoir renouvelé l'amorce[1] de son espingole, qu'il eut soin de placer sous la besace qui lui servait d'oreiller. Cinq minutes après nous être mutuellement

---

1. Ce qui sert à produire l'explosion de la charge d'une arme à feu.

souhaité le bonsoir, nous étions l'un et l'autre profondément endormis.

Je me croyais assez fatigué pour pouvoir dormir dans un pareil gîte, mais, au bout d'une heure, de très désagréables démangeaisons m'arrachèrent à mon premier somme[1]. Dès que j'en eus compris la nature, je me levai, persuadé qu'il valait mieux passer le reste de la nuit à la belle étoile que sous ce toit inhospitalier. Marchant sur la pointe du pied, je gagnai la porte, j'enjambai par-dessus la couche de don José, qui dormait du sommeil du juste, et je fis si bien que je sortis de la maison sans qu'il s'éveillât. Auprès de la porte était un large banc de bois ; je m'étendis dessus, et m'arrangeai de mon mieux pour achever ma nuit. J'allais fermer les yeux pour la seconde fois, quand il me sembla voir passer devant moi l'ombre d'un homme et l'ombre d'un cheval, marchant l'un et l'autre sans faire le moindre bruit. Je me mis sur mon séant, et je crus reconnaître Antonio. Surpris de le voir hors de l'écurie à pareille heure, je me levai et marchai à sa rencontre. Il s'était arrêté, m'ayant aperçu d'abord.

— Où est-il ? me demanda Antonio à voix basse.

— Dans la venta ; il dort ; il n'a pas peur des punaises. Pourquoi donc emmenez-vous ce cheval ?

Je remarquai alors que, pour ne pas faire de bruit en sortant du hangar, Antonio avait soigneusement enveloppé les pieds de l'animal avec les débris d'une vieille couverture.

— Parlez plus bas, me dit Antonio, au nom de Dieu ! Vous ne savez pas qui est cet homme-là. C'est José Navarro, le plus insigne bandit de l'Andalousie. Toute la journée je vous ai fait des signes que vous n'avez pas voulu comprendre.

— Bandit ou non, que m'importe ? répondis-je ;

---

1. Cf. *Correspondance générale*, t. I, p. 76 : « Nous dormons enveloppés dans nos manteaux quand les punaises ne sont pas trop affamées. »

il ne nous a pas volés, et je parierais qu'il n'en a pas envie.

— À la bonne heure ; mais il y a deux cents ducats pour qui le livrera. Je sais un poste de lanciers à une lieue et demie d'ici, et avant qu'il soit jour, j'amènerai quelques gaillards solides. J'aurais pris son cheval, mais il est si méchant que nul que le Navarro ne peut en approcher.

— Que le diable vous emporte ! lui dis-je. Quel mal vous a fait ce pauvre homme pour le dénoncer ? D'ailleurs, êtes-vous sûr qu'il soit le brigand que vous dites ?

— Parfaitement sûr ; tout à l'heure, il m'a suivi dans l'écurie et m'a dit : « Tu as l'air de me connaître, si tu dis à ce bon monsieur qui je suis, je te fais sauter la cervelle. » Restez, monsieur, restez auprès de lui ; vous n'avez rien à craindre. Tant qu'il vous saura là, il ne se méfiera de rien.

Tout en parlant, nous nous étions déjà assez éloignés de la venta pour qu'on ne pût entendre les fers du cheval. Antonio l'avait débarrassé en un clin d'œil des guenilles dont il lui avait enveloppé les pieds ; il se préparait à enfourcher sa monture. J'essayai prières et menaces pour le retenir.

— Je suis un pauvre diable, monsieur, me disait-il ; deux cents ducats ne sont pas à perdre, surtout quand il s'agit de délivrer le pays de pareille vermine. Mais prenez garde ; si le Navarro se réveille, il sautera sur son espingole, et gare à vous ! Moi je suis trop avancé pour reculer ; arrangez-vous comme vous pourrez.

Le drôle était en selle ; il piqua des deux, et dans l'obscurité je l'eus bientôt perdu de vue.

J'étais fort irrité contre mon guide et passablement inquiet. Après un instant de réflexion, je me décidai et rentrai dans la venta. Don José dormait encore, réparant sans doute en ce moment les fatigues et les veilles de plusieurs journées aventureuses. Je fus obligé de le secouer rudement pour l'éveiller. Jamais je n'oublierai son regard farouche et le mouvement qu'il fit pour saisir son espingole, que, par mesure de précaution, j'avais mise à quelque distance de sa couche.

— Monsieur, lui dis-je, je vous demande pardon de vous éveiller ; mais j'ai une sotte question à vous faire ; seriez-vous bien aise de voir arriver ici une demi-douzaine de lanciers ?

Il sauta en pieds, et d'une voix terrible :

— Qui vous l'a dit ? me demanda-t-il.

— Peu importe d'où vient l'avis, pourvu qu'il soit bon.

— Votre guide m'a trahi, mais il me le paiera. Où est-il ?

— Je ne sais... Dans l'écurie, je pense... mais quelqu'un m'a dit...

— Qui vous a dit ?... Ce ne peut être la vieille...

— Quelqu'un que je ne connais pas... Sans plus de paroles, avez-vous, oui ou non, des motifs pour ne pas attendre les soldats ? Si vous en avez, ne perdez pas de temps, sinon bonsoir, et je vous demande pardon d'avoir interrompu votre sommeil.

— Ah ! votre guide ! votre guide ! Je m'en étais méfié d'abord... mais... son compte est bon !... Adieu, monsieur. Dieu vous rende le service que je vous dois. Je ne suis pas tout à fait aussi mauvais que vous me croyez... oui, il y a encore en moi quelque chose qui mérite la pitié d'un galant homme... Adieu, monsieur... Je n'ai qu'un regret, c'est de ne pouvoir m'acquitter envers vous.

— Pour prix du service que je vous ai rendu, promettez-moi, don José, de ne soupçonner personne, de ne pas songer à la vengeance. Tenez, voilà des cigares pour votre route ; bon voyage !

Et je lui tendis la main.

Il me la serra sans répondre, prit son espingole et sa besace, et, après avoir dit quelques mots à la vieille dans un argot que je ne pus comprendre, il courut au hangar. Quelques instants après, je l'entendais galoper dans la campagne.

Pour moi, je me recouchai sur mon banc, mais je

ne me rendormis point. Je me demandais si j'avais eu raison de sauver de la potence un voleur, et peut-être un meurtrier, et cela seulement parce que j'avais mangé du jambon avec lui et du riz à la valencienne. N'avais-je pas trahi mon guide qui soutenait la cause des lois ; ne l'avais-je pas exposé à la vengeance d'un scélérat ? Mais les devoirs de l'hospitalité !... Préjugé de sauvage, me disais-je ; j'aurai à répondre de tous les crimes que le bandit va commettre... Pourtant est-ce un préjugé que cet instinct de conscience qui résiste à tous les raisonnements ? Peut-être, dans la situation délicate où je me trouvais, ne pouvais-je m'en tirer sans remords. Je flottais encore dans la plus grande incertitude au sujet de la moralité de mon action, lorsque je vis paraître une demi-douzaine de cavaliers avec Antonio, qui se tenait prudemment à l'arrière-garde. J'allai au-devant d'eux, et les prévins que le bandit avait pris la fuite depuis plus de deux heures. La vieille, interrogée par le brigadier, répondit qu'elle connaissait le Navarro, mais que, vivant seule, elle n'aurait jamais osé risquer sa vie en le dénonçant. Elle ajouta que son habitude, lorsqu'il venait chez elle, était de partir toujours au milieu de la nuit. Pour moi, il me fallut aller, à quelques lieues de là, exhiber mon passeport et signer une déclaration devant un alcade [1], après quoi on me permit de reprendre mes recherches archéologiques. Antonio me gardait rancune, soupçonnant que c'était moi qui l'avais empêché de gagner les deux cents ducats. Pourtant nous nous séparâmes bons amis à Cordoue ; là, je lui donnai une gratification aussi forte que l'état de mes finances pouvait me le permettre.

..................................................................

1. Nom de certains magistrats (juges de paix, par exemple) espagnols.

## II

Je passai quelques jours à Cordoue. On m'avait indiqué certain manuscrit de la bibliothèque des Dominicains, où je devais trouver des renseignements intéressants sur l'antique Munda. Fort bien accueilli par les bons Pères, je passais les journées dans leur couvent, et le soir je me promenais par la ville. À Cordoue, vers le coucher du soleil, il y a quantité d'oisifs sur le quai qui borde la rive droite du Guadalquivir. Là, on respire les émanations d'une tannerie qui conserve encore l'antique renommée du pays pour la préparation des cuirs ; mais, en revanche, on y jouit d'un spectacle qui a bien son mérite. Quelques minutes avant l'*angélus*, un grand nombre de femmes se rassemblent sur le bord du fleuve, au bas du quai, lequel est assez élevé. Pas un homme n'oserait se mêler à cette troupe. Aussitôt que l'*angélus* sonne, il est censé qu'il fait nuit. Au dernier coup de cloche, toutes ces femmes se déshabillent et entrent dans l'eau. Alors ce sont des cris, des rires, un tapage infernal. Du haut du quai, les hommes contemplent les baigneuses, écarquillent les yeux, et ne voient pas grand-chose. Cependant ces formes blanches et incertaines qui se dessinent sur le sombre azur du fleuve, font travailler les esprits poétiques, et, avec un peu d'imagination, il n'est pas difficile de se représenter Diane et ses nymphes au bain, sans avoir à craindre le sort d'Actéon [1]. — On m'a dit que quelques mauvais garnements se cotisèrent certain jour, pour graisser la patte au sonneur de la cathédrale et lui faire sonner l'*angélus* vingt minutes avant l'heure légale. Bien qu'il fît encore grand jour, les nymphes du Guadalquivir n'hésitèrent pas, et se fiant plus à l'*angélus* qu'au soleil elles firent en sûreté de conscience leur toilette de bain qui est toujours des plus simples. Je n'y étais pas. De mon temps le sonneur était incorruptible, le crépuscule peu clair et un chat seulement aurait pu distinguer la plus vieille marchande d'oranges de la plus jolie grisette [2] de Cordoue.

Un soir, à l'heure où l'on ne voit plus rien, je fumais appuyé sur le parapet du quai, lorsqu'une femme, remontant l'escalier qui conduit à la rivière, vint s'asseoir près de moi. Elle avait dans les cheveux un gros bouquet de jasmin, dont les pétales exhalent le soir une odeur enivrante. Elle était simplement, peut-être pauvrement vêtue, tout en noir, comme la plupart des grisettes dans la soirée. Les femmes comme il faut ne portent le noir que le matin ; le soir, elles s'habillent *à la francesa* [3]. En arrivant auprès de moi, ma baigneuse laissa glisser sur ses épaules la mantille qui lui couvrait la tête, et, *à l'obscure clarté qui tombe des étoiles* [4], je vis qu'elle était petite, jeune, bien faite, et qu'elle avait de très grands yeux. Je jetai mon cigare aussitôt. Elle comprit cette attention d'une politesse toute française, et se hâta de me dire qu'elle aimait beaucoup l'odeur du tabac, et que même elle fumait, quand elle trouvait des *papelitos* bien doux [5]. Par bonheur, j'en avais de tels dans mon étui, et je m'empressai de lui en offrir.

---

1. Le chasseur Actéon, ayant surpris au bain Diane, déesse de la chasse, fut par elle changé en cerf et dévoré par ses propres chiens.
2. Jeune fille de condition modeste (couturière, ouvrière...) de mœurs faciles et hardies.
3. À la mode de France, en vêtements colorés.
4. Cf. Corneille, *Le Cid*, IV, 3.
5. Littéralement : « petits papiers ». Cigarettes.

Elle daigna en prendre un, et l'alluma à un bout de corde enflammée qu'un enfant nous apporta moyennant un sou. Mêlant nos fumées, nous causâmes si longtemps, la belle baigneuse et moi, que nous nous trouvâmes presque seuls sur le quai. Je crus n'être point indiscret en lui offrant d'aller prendre des glaces à la *neveria**. Après une hésitation modeste elle accepta ; mais avant de se décider, elle désira savoir quelle heure il était. Je fis sonner ma montre, et cette sonnerie parut l'étonner beaucoup.

— Quelles inventions on a chez vous, messieurs les étrangers ! De quel pays êtes-vous, monsieur ? Anglais sans doute** ?

— Français et votre grand serviteur. Et vous, mademoiselle, ou madame, vous êtes probablement de Cordoue ?

— Non.

— Vous êtes du moins Andalouse. Il me semble le reconnaître à votre doux parler.

— Si vous remarquez si bien l'accent du monde, vous devez bien deviner qui je suis.

— Je crois que vous êtes du pays de Jésus, à deux pas du paradis.

(J'avais appris cette métaphore, qui désigne l'Andalousie, de mon ami Francisco Sevilla, picador bien connu [2].)

— Bah ! le paradis... les gens d'ici disent qu'il n'est pas fait pour nous.

— Alors, vous seriez donc Mauresque, ou... je m'arrêtai, n'osant dire : Juive.

---

\* Café pourvu d'une glacière, ou plutôt d'un dépôt de neige. En Espagne, il n'y a guère de village qui n'ait sa *neveria*.

\*\* En Espagne, tout voyageur qui ne porte pas avec lui des échantillons de calicot ou de soieries passe pour un Anglais, *Inglesito*. Il en est de même en Orient. À Chalcis, j'ai eu l'honneur d'être annoncé comme un Μιλόρδος Φραντσέσος [1].

1. « Milord français ». *Milord* (ou *Mylord*) se dit couramment de tout homme riche et puissant.
2. Cf. *Lettres d'Espagne*, p. 242.

— Allons, allons ! vous voyez bien que je suis bohémienne ; voulez-vous que je vous dise *la baji*\*[1] ? Avez-vous entendu parler de la Carmencita ? C'est moi.

J'étais alors un tel mécréant, il y a de cela quinze ans, que je ne reculai pas d'horreur en me voyant à côté d'une sorcière. « Bon ! me dis-je ; la semaine passée, j'ai soupé avec un voleur de grand chemin, allons aujourd'hui prendre des glaces avec une servante du diable. En voyage il faut tout voir. » J'avais encore un autre motif pour cultiver sa connaissance. Sortant du collège, je l'avouerai à ma honte, j'avais perdu quelque temps à étudier les sciences occultes et même plusieurs fois j'avais tenté de conjurer l'esprit de ténèbres. Guéri depuis longtemps de la passion de semblables recherches, je n'en conservais pas moins un certain attrait de curiosité pour toutes les superstitions, et me faisais une fête d'apprendre jusqu'où s'était élevé l'art de la magie parmi les bohémiens.

Tout en causant, nous étions entrés dans la *neveria*, et nous nous étions assis à une petite table éclairée par une bougie enfermée dans un globe de verre. J'eus alors tout le loisir d'examiner ma *gitana*, pendant que quelques honnêtes gens s'ébahissaient, en prenant leurs glaces, de me voir en si bonne compagnie.

Je doute fort que mademoiselle Carmen fût de race pure, du moins elle était infiniment plus jolie que toutes les femmes de sa nation que j'aie jamais rencontrées. Pour qu'une femme soit belle, disent les Espagnols, il faut qu'elle réunisse trente *si*, ou, si l'on veut, qu'on puisse la définir au moyen de dix adjectifs applicables chacun à trois parties de sa personne. Par exemple, elle doit avoir trois choses noires : les yeux, les paupières et les sourcils ; trois fines, les doigts, les lèvres, les

---

\* La bonne aventure.
1. Cf. Borrow, *The Zincalis, Dossier*, p. 321.

cheveux, etc. Voyez Brantôme pour le reste[1]. Ma bohémienne ne pouvait prétendre à tant de perfection. Sa peau, d'ailleurs parfaitement unie, approchait fort de la teinte du cuivre. Ses yeux étaient obliques, mais admirablement fendus ; ses lèvres un peu fortes, mais bien dessinées et laissant voir des dents plus blanches que des amandes sans leur peau. Ses cheveux, peut-être un peu gros, étaient noirs, à reflets bleus comme l'aile d'un corbeau, longs et luisants. Pour ne pas vous fatiguer d'une description trop prolixe, je vous dirai en somme qu'à chaque défaut elle réunissait une qualité qui ressortait peut-être plus fortement par le contraste. C'était une beauté étrange et sauvage, une figure qui étonnait d'abord, mais qu'on ne pouvait oublier. Ses yeux surtout avaient une expression à la fois voluptueuse et farouche que je n'ai trouvée depuis à aucun regard humain[2]. Œil de bohémien, œil de loup, c'est un dicton espagnol qui dénote une bonne observation. Si vous n'avez pas le temps d'aller au jardin des Plantes pour étudier le regard d'un loup, considérez votre chat quand il guette un moineau.

On sent qu'il eût été ridicule de se faire tirer la bonne aventure dans un café. Aussi je priai la jolie sorcière de me permettre de l'accompagner à son domicile ; elle y consentit sans difficulté, mais elle voulut connaître encore la marche du temps, et me pria de nouveau de faire sonner ma montre.

— Est-elle vraiment d'or ? dit-elle en la considérant avec une excessive attention.

Quand nous nous remîmes en marche, il était nuit close ; la plupart des boutiques étaient fermées et les rues presque désertes. Nous passâmes le pont du Guadalquivir, et à l'extrémité du faubourg, nous nous arrêtâmes devant une maison qui n'avait nullement

---

1. *Recueil des Dames*, « Sur ce qui contente le plus en amour ». Mérimée a édité en 1858-1859 les œuvres de Brantôme avec une introduction et des notes.
2. Cf. Borrow, *op. cit.* ; *Dossier,* p. 337.

l'apparence d'un palais. Un enfant nous ouvrit. La bohémienne lui dit quelques mots dans une langue à moi inconnue, que je sus depuis être la *rommani* ou *chipe calli*, l'idiome des gitanos. Aussitôt l'enfant disparut, nous laissant dans une chambre assez vaste, meublée d'une petite table, de deux tabourets et d'un coffre. Je ne dois point oublier une jarre d'eau, un tas d'oranges et une botte d'oignons.

Dès que nous fûmes seuls, la bohémienne tira de son coffre des cartes qui paraissaient avoir beaucoup servi, un aimant, un caméléon desséché, et quelques autres objets nécessaires à son art. Puis elle me dit de faire la croix dans ma main gauche avec une pièce de monnaie, et les cérémonies magiques commencèrent. Il est inutile de vous rapporter ses prédictions, et, quant à sa manière d'opérer, il était évident qu'elle n'était pas sorcière à demi.

Malheureusement nous fûmes bientôt dérangés. La porte s'ouvrit tout à coup avec violence, et un homme enveloppé jusqu'aux yeux dans un manteau brun, entra dans la chambre en apostrophant la bohémienne d'une façon peu gracieuse. Je n'entendais pas ce qu'il disait, mais le ton de sa voix indiquait qu'il était de fort mauvaise humeur. À sa vue, la gitane ne montra ni surprise ni colère, mais elle accourut à sa rencontre et, avec une volubilité extraordinaire lui adressa quelques phrases dans la langue mystérieuse dont elle s'était déjà servie devant moi. Le mot *payllo* [1], souvent répété, était le seul mot que je comprisse. Je savais que les bohémiens désignent ainsi tout homme étranger à leur race. Supposant qu'il s'agissait de moi, je m'attendais à une explication délicate ; déjà j'avais la main sur le pied d'un des tabourets, et je syllogisais [2] à part moi pour deviner le moment précis où il conviendrait de le jeter

---

1. « Celui qui n'est pas gitan », Borrow, *op. cit.*
2. Raisonner, argumenter. Terme vieilli. Peut-être citation de Rabelais, *Gargantua*, chap. XXIV.

à la tête de l'intrus. Celui-ci repoussa rudement la bohémienne, et s'avança vers moi ; puis reculant d'un pas :

— Ah ! monsieur, dit-il, c'est vous !

Je le regardai à mon tour, et reconnus mon ami don José. En ce moment, je regrettais un peu de ne pas l'avoir laissé pendre.

— Eh ! c'est vous, mon brave, m'écriai-je en riant le moins jaune que je pus ; vous avez interrompu mademoiselle au moment où elle m'annonçait des choses bien intéressantes.

— Toujours la même ! Ça finira, dit-il, entre ses dents, attachant sur elle un regard farouche.

Cependant la bohémienne continuait à lui parler dans sa langue. Elle s'animait par degrés. Son œil s'injectait de sang et devenait terrible, ses traits se contractaient, elle frappait du pied. Il me sembla qu'elle le pressait vivement de faire quelque chose à quoi il montrait de l'hésitation. Ce que c'était, je croyais ne le comprendre que trop à la voir passer et repasser rapidement sa petite main sous son menton. J'étais tenté de croire qu'il s'agissait d'une gorge à couper, et j'avais quelques soupçons que cette gorge ne fût la mienne.

À tout ce torrent d'éloquence, don José ne répondit que par deux ou trois mots prononcés d'un ton bref. Alors la bohémienne lui lança un regard de profond mépris ; puis s'asseyant à la turque dans un coin de la chambre, elle choisit une orange, la pela et se mit à la manger.

Don José me prit le bras, ouvrit la porte et me conduisit dans la rue. Nous fîmes environ deux cents pas dans le plus profond silence. Puis, étendant la main :

— Toujours tout droit, dit-il, et vous trouverez le pont.

Aussitôt il me tourna le dos et s'éloigna rapidement. Je revins à mon auberge un peu penaud et d'assez mauvaise humeur. Le pire fut qu'en me déshabillant, je m'aperçus que ma montre me manquait.

Diverses considérations m'empêchèrent d'aller la

réclamer le lendemain ou de solliciter M. le corrégidor [1] pour qu'il voulût bien la faire chercher. Je terminai mon travail sur le manuscrit des Dominicains et je partis pour Séville. Après plusieurs mois de courses errantes en Andalousie, je voulus retourner à Madrid, et il me fallut repasser par Cordoue. Je n'avais pas l'intention d'y faire un long séjour, car j'avais pris en grippe cette belle ville et les baigneuses du Guadalquivir. Cependant quelques amis à revoir, quelques commissions à faire devaient me retenir au moins trois ou quatre jours dans l'antique capitale des princes musulmans.

Dès que je reparus au couvent des Dominicains, un des pères qui m'avait toujours montré un vif intérêt dans mes recherches sur l'emplacement de Munda, m'accueillit les bras ouverts en s'écriant :

— Loué soit le nom de Dieu ! Soyez le bienvenu, mon cher ami. Nous vous croyions tous mort, et moi, qui vous parle, j'ai récité bien des *pater* et des *ave*, que je ne regrette pas, pour le salut de votre âme. Ainsi vous n'êtes pas assassiné, car pour volé nous savons que vous l'êtes ?

— Comment cela ? lui demandai-je un peu surpris.

— Oui, vous savez bien, cette belle montre à répétition que vous faisiez sonner dans la bibliothèque, quand nous vous disions qu'il était temps d'aller au chœur. Eh bien ! elle est retrouvée, on vous la rendra.

— C'est-à-dire, interrompis-je, un peu décontenancé, que je l'avais égarée...

— Le coquin est sous les verrous, et, comme on savait qu'il était homme à tirer un coup de fusil à un chrétien pour lui prendre une piécette, nous mourions de peur qu'il ne vous eût tué. J'irai avec vous chez le corrégidor, et nous vous ferons rendre votre belle montre. Et puis, avisez-vous de dire là-bas que la justice ne sait pas son métier en Espagne !

— Je vous avoue, lui dis-je, que j'aimerais mieux

---

[1] Premier officier de justice d'une ville ou d'une province.

perdre ma montre que de témoigner en justice pour faire pendre un pauvre diable, surtout parce que... parce que...

— Oh ! n'ayez aucune inquiétude ; il est bien recommandé, et on ne peut le pendre deux fois. Quand je dis pendre, je me trompe. C'est un hidalgo que votre voleur ; il sera donc *garrotté*[1] après-demain sans rémission*. Vous voyez qu'un vol de plus ou de moins ne changera rien à son affaire. Plût à Dieu qu'il n'eût que volé ! mais il a commis plusieurs meurtres, tous plus horribles les uns que les autres.

— Comment se nomme-t-il ?

— On le connaît dans le pays sous le nom de José Navarro, mais il a encore un autre nom basque que ni vous ni moi ne prononcerons jamais. Tenez, c'est un homme à voir, et vous qui aimez à connaître les singularités du pays, vous ne devez pas négliger d'apprendre comment en Espagne les coquins sortent de ce monde. Il est en chapelle, et le père Martinez vous y conduira[2].

Mon dominicain insista tellement pour que je visse les apprêts du « *petit pendement bien choli*[3] », que je ne pus m'en défendre. J'allais voir le prisonnier, muni d'un paquet de cigares qui, je l'espérais, devaient lui faire excuser mon indiscrétion.

On m'introduisit auprès de don José, au moment où il prenait son repas. Il me fit un signe de tête assez froid, et me remercia poliment du cadeau que je lui apportais. Après avoir compté les cigares du paquet que j'avais

---

1. En Espagne, la peine capitale était infligée par le supplice du *garrot*, c'est-à-dire par strangulation.

\* En 1830, la noblesse jouissait encore de ce privilège. Aujourd'hui, sous le régime constitutionnel, les vilains ont conquis le droit au *garrote*.

2. Borrow (*La Bible en Espagne*, t. II, chap. v) évoque, à propos d'une prison espagnole, la petite *capilla*, ou chapelle, où les condamnés à mort passaient leurs trois derniers jours en compagnie de leur confesseur. Cf. aussi *Lettres d'Espagne*, pp. 251 sq.

3. Cf. Molière : *Monsieur de Pourceaugnac*, III, 3.

mis entre ses mains, il en choisit un certain nombre, et me rendit le reste, observant qu'il n'avait pas besoin d'en prendre davantage.

Je lui demandai si, avec un peu d'argent, ou par le crédit de mes amis, je pourrais obtenir quelque adoucissement à son sort. D'abord il haussa les épaules en souriant avec tristesse ; bientôt, se ravisant, il me pria de faire dire une messe pour le salut de son âme.

— Voudriez-vous, ajouta-t-il timidement, voudriez-vous en faire dire une autre pour une personne qui vous a offensé ?

— Assurément, mon cher, lui dis-je ; mais personne, que je sache, ne m'a offensé en ce pays.

Il me prit la main et la serra d'un air grave. Après un moment de silence, il reprit :

— Oserai-je encore vous demander un service ?... Quand vous reviendrez dans votre pays, peut-être passerez-vous par la Navarre, au moins vous passerez par Vittoria qui n'en est pas fort éloignée.

— Oui, lui dis-je, je passerai certainement par Vittoria ; mais il n'est pas impossible que je me détourne pour aller à Pampelune, et, à cause de vous, je crois que je ferai volontiers ce détour.

— Eh bien ! si vous allez à Pampelune, vous y verrez plus d'une chose qui vous intéressera... C'est une belle ville... Je vous donnerai cette médaille (il me montrait une petite médaille d'argent qu'il portait au cou), vous l'envelopperez dans du papier... il s'arrêta un instant pour maîtriser son émotion... et vous la remettrez ou vous la ferez remettre à une bonne femme dont je vous dirai l'adresse. — Vous direz que je suis mort, vous ne direz pas comment.

Je promis d'exécuter sa commission. Je le revis le lendemain, et je passai une partie de la journée avec lui. C'est de sa bouche que j'ai appris les tristes aventures qu'on va lire.

## III

Je suis né, dit-il, à Elizondo, dans la vallée de Baztan. Je m'appelle don José Lizzarrabengoa, et vous connaissez assez l'Espagne, monsieur, pour que mon nom vous dise aussitôt que je suis Basque et vieux chrétien. Si je prends le *don*[1], c'est que j'en ai le droit, et si j'étais à Elizondo, je vous montrerais ma généalogie sur un parchemin. On voulait que je fusse d'Église, et l'on me fit étudier, mais je ne profitais guère. J'aimais trop à jouer à la paume, c'est ce qui m'a perdu. Quand nous jouons à la paume, nous autres Navarrais, nous oublions tout. Un jour que j'avais gagné, un gars de l'Alava me chercha querelle ; nous prîmes nos *maquilas*\*, et j'eus encore l'avantage ; mais cela m'obligea de quitter le pays. Je rencontrai des dragons[2], et je m'engageai dans le régiment d'Almanza, cavalerie. Les gens de nos montagnes apprennent vite le métier militaire. Je devins bientôt brigadier, et on me promettait de me faire maréchal des logis[3], quand, pour mon

---

1. Titre d'honneur, particulier aux nobles en Espagne et qui se place avant le prénom.
\* Bâtons ferrés des Basques.
2. Soldats appartenant à la cavalerie de ligne.
3. Grade d'officier dans la cavalerie.

malheur, on me mit de garde à la manufacture de tabacs à Séville. Si vous êtes allé à Séville, vous aurez vu ce grand bâtiment-là, hors des remparts, près du Guadalquivir. Il me semble en voir encore la porte et le corps de garde auprès. Quand ils sont de service, les Espagnols jouent aux cartes, ou dorment ; moi, comme un franc Navarrais, je tâchais toujours de m'occuper. Je faisais une chaîne avec un fil de laiton, pour tenir mon épinglette [1]. Tout d'un coup les camarades disent : Voilà la cloche qui sonne ; les filles vont rentrer à l'ouvrage. Vous saurez, monsieur, qu'il y a bien quatre à cinq cents femmes occupées dans la manufacture. Ce sont elles qui roulent les cigares dans une grande salle, où les hommes n'entrent pas sans une permission du *Vingt-quatre**, parce qu'elles se mettent à leur aise, les jeunes surtout, quand il fait chaud. À l'heure où les ouvrières rentrent, après leur dîner, bien des jeunes gens vont les voir passer, et leur en content de toutes les couleurs. Il y a peu de ces demoiselles qui refusent une mantille de taffetas, et les amateurs, à cette pêche-là, n'ont qu'à se baisser pour prendre le poisson. Pendant que les autres regardaient, moi, je restais sur mon banc, près de la porte. J'étais jeune alors ; je pensais toujours au pays, et je ne croyais pas qu'il y eût de jolies filles sans jupes bleues et sans nattes tombant sur les épaules**. D'ailleurs, les Andalouses me faisaient peur ; je n'étais pas encore fait à leurs manières : toujours à railler, jamais un mot de raison [2]. J'étais donc le nez sur ma chaîne, quand j'entends des bourgeois qui disaient : Voilà la gitanilla ! Je levai les yeux, et

---

1. Épingle métallique servant à déboucher l'orifice par lequel on mettait le feu à la charge d'un fusil.

\* Magistrat chargé de la police et de l'administration municipale.

\*\* Costume ordinaire des paysannes de la Navarre et des provinces basques.

2. Gautier semble aussi avoir remarqué le goût des Andalous(es) pour la raillerie et parle « *d'andaluzades* de l'originalité la plus piquante ».

je la vis. C'était un vendredi[1], et je ne l'oublierai jamais. Je vis cette Carmen que vous connaissez, chez qui je vous ai rencontré il y a quelques mois.

Elle avait un jupon rouge fort court qui laissait voir des bas de soie blancs avec plus d'un trou, et des souliers mignons de maroquin rouge attachés avec des rubans couleur de feu. Elle écartait sa mantille afin de montrer ses épaules et un gros bouquet de cassie qui sortait de sa chemise. Elle avait encore une fleur de cassie dans le coin de la bouche, et elle s'avançait en se balançant sur ses hanches comme une pouliche du haras de Cordoue. Dans mon pays, une femme en ce costume aurait obligé le monde à se signer. À Séville, chacun lui adressait quelque compliment gaillard sur sa tournure ; elle répondait à chacun, faisant les yeux en coulisse, le poing sur la hanche, effrontée comme une vraie bohémienne qu'elle était. D'abord elle ne me plut pas, et je repris mon ouvrage ; mais elle, suivant l'usage des femmes et des chats qui ne viennent pas quand on les appelle et qui viennent quand on ne les appelle pas, s'arrêta devant moi et m'adressa la parole :

— Compère, me dit-elle à la façon andalouse[2], veux-tu me donner ta chaîne pour tenir les clefs de mon coffre-fort ?

— C'est pour attacher mon épinglette, lui répondis-je.

— Ton épinglette ! s'écria-t-elle en riant. Ah ! monsieur fait de la dentelle, puisqu'il a besoin d'épingles !

Tout le monde qui était là se mit à rire, et moi je me sentais rougir, et je ne pouvais trouver rien à lui répondre.

---

1. Il n'est sans doute pas insignifiant que la rencontre ait lieu un vendredi, jour de la passion du Christ, mais aussi jour consacré à Vénus...
2. Dans l'*Histoire de don Pèdre I<sup>er</sup>*, Mérimée note que l'on se sert encore fréquemment en Andalousie du mot *compère* (« terme d'amitié fort usité au Moyen Âge ») mais « sans y attacher le sens propre ».

— Allons, mon cœur, reprit-elle, fais-moi sept aunes de dentelle noire pour une mantille, épinglier de mon âme !

Et prenant la fleur de cassie qu'elle avait à la bouche, elle me la lança, d'un mouvement du pouce, juste entre les deux yeux. Monsieur, cela me fit l'effet d'une balle qui m'arrivait... Je ne savais où me fourrer, je demeurais immobile comme une planche. Quand elle fut entrée dans la manufacture, je vis la fleur de cassie qui était tombée à terre entre mes pieds ; je ne sais ce qui me prit, mais je la ramassai sans que mes camarades s'en aperçussent et je la mis précieusement dans ma veste. Première sottise !

Deux ou trois heures après, j'y pensais encore, quand arrive dans le corps de garde un portier tout haletant, la figure renversée. Il nous dit que dans la grande salle des cigares, il y avait une femme assassinée, et qu'il fallait y envoyer la garde. Le maréchal me dit de prendre deux hommes et d'y aller voir. Je prends mes hommes et je monte. Figurez-vous, monsieur, qu'entré dans la salle je trouve d'abord trois cents femmes en chemise, ou peu s'en faut, toutes criant, hurlant, gesticulant, faisant un vacarme à ne pas entendre Dieu tonner. D'un côté, il y en avait une, les quatre fers en l'air, couverte de sang, avec un X sur la figure qu'on venait de lui marquer en deux coups de couteau. En face de la blessée, que secouraient les meilleures de la bande, je vois Carmen tenue par cinq ou six commères. La femme blessée criait : Confession ! confession ! je suis morte ! Carmen ne disait rien ; elle serrait les dents, et roulait des yeux comme un caméléon. « Qu'est-ce que c'est ? » demandai-je. J'eus grand-peine à savoir ce qui s'était passé, car toutes les ouvrières me parlaient à la fois. Il paraît que la femme blessée s'était vantée d'avoir assez d'argent en poche pour acheter un âne aumarché de Triana[1]. « Tiens, dit Carmen, qui avait

---

1. *Gitanería* (quartier réservé aux gitans) de Séville, cf. *Dossier*, p. 327.

une langue, tu n'as donc pas assez d'un balai ? »
L'autre, blessée du reproche, peut-être parce qu'elle se
sentait véreuse sur l'article [1], lui répond qu'elle ne se
connaissait pas en balais, n'ayant pas l'honneur d'être
bohémienne ni filleule de Satan, mais que mademoiselle Carmencita ferait bientôt connaissance avec son
âne, quand M. le corrégidor la mènerait à la promenade avec deux laquais par-derrière pour l'émoucher.
« Eh bien, moi, dit Carmen, je te ferai des abreuvoirs
à mouches sur la joue [2], et je veux y peindre un
damier* ». Là-dessus, vli vlan ! elle commence, avec
le couteau dont elle coupait le bout des cigares, à lui
dessiner des croix de Saint-André sur la figure.

Le cas était clair : je pris Carmen par le bras : — Ma
sœur, lui dis-je poliment, il faut me suivre. Elle me
lança un regard comme si elle me reconnaissait ; mais
elle dit d'un air résigné : — Marchons. Où est ma
mantille ? Elle la mit sur sa tête de façon à ne montrer
qu'un seul de ses grands yeux, et suivit mes deux hommes, douce comme un mouton. Arrivés au corps de
garde, le maréchal des logis dit que c'était grave, et qu'il
fallait la mener à la prison. C'était encore moi qui
devais la conduire. Je la mis entre deux dragons, et je
marchais derrière comme un brigadier doit faire en semblable rencontre. Nous nous mîmes en route pour la
ville. D'abord la bohémienne avait gardé le silence ;
mais dans la rue du Serpent [4], — vous la connaissez,

---

1. Fautive en la matière.
2. Expression populaire, voire vulgaire, qui désignait une plaie où les mouches peuvent boire.
* *Pintar un javeque*, peindre un chebec [3]. Les chebecs espagnols ont, pour la plupart, leur bande peinte à carreaux rouges et blancs.
3. Mot d'origine turque. En argot : balafre. Dans sa *Notice sur la vie et l'œuvre de Cervantès*, Mérimée précise que cette coutume, courante au temps de Cervantès jusque dans la « bonne compagnie », n'est plus désormais en usage que dans le « bas peuple ».
4. Une des rues commençantes de Séville. Son nom vient peut-être des serpents qui décoraient l'enseigne d'une taverne.

elle mérite bien son nom par les détours qu'elle fait, — dans la rue du Serpent, elle commence par laisser tomber sa mantille sur ses épaules, afin de me montrer son minois enjôleur, et, se tournant vers moi autant qu'elle pouvait, elle me dit :

— Mon officier, où me menez-vous ?

— À la prison, ma pauvre enfant, lui répondis-je le plus doucement que je pus, comme un bon soldat doit parler à un prisonnier, surtout à une femme.

— Hélas ! que deviendrai-je ? Seigneur officier, ayez pitié de moi. Vous êtes si jeune, si gentil... Puis, d'un ton plus bas : Laissez-moi m'échapper, dit-elle, je vous donnerai un morceau de la *bar lachi*, qui vous fera aimer de toutes les femmes [1].

La *bar lachi*, monsieur, c'est la pierre d'aimant, avec laquelle les bohémiens prétendent qu'on fait quantité de sortilèges quand on sait s'en servir. Faites-en boire à une femme une pincée râpée dans un verre de vin blanc, elle ne résiste plus. Moi, je lui répondis le plus sérieusement que je pus :

— Nous ne sommes pas ici pour dire des balivernes ; il faut aller à la prison, c'est la consigne, et il n'y a pas de remède.

Nous autres gens du pays basque, nous avons un accent qui nous fait reconnaître facilement des Espagnols ; en revanche il n'y en a pas un qui puisse seulement apprendre à dire *baï, jaona**. Carmen donc n'eut pas de peine à deviner que je venais des provinces. Vous saurez que les bohémiens, monsieur, comme n'étant d'aucun pays, voyageant toujours, parlent toutes les langues, et la plupart sont chez eux en Portugal, en France, dans les provinces, en Catalogne, partout ; même avec les Maures et les Anglais, ils se font entendre. Carmen savait assez bien le basque.

---

1. Cf. Borrow, *Dossier,* p. 333.
* Oui, monsieur.

— *Laguna, ene bihotsarena*, camarade de mon cœur, me dit-elle tout à coup, êtes-vous du pays ?

Notre langue, monsieur, est si belle, que, lorsque nous l'entendons en pays étranger, cela nous fait tressaillir... — Je voudrais avoir un confesseur des provinces, ajouta plus bas le bandit. Il reprit après un silence :

— Je suis d'Elizondo, lui répondis-je en basque, fort ému de l'entendre parler ma langue.

— Moi, je suis d'Etchalar, dit-elle. (C'est un pays à quatre heures de chez nous.) J'ai été emmenée par des bohémiens à Séville [1]. Je travaillais à la manufacture pour gagner de quoi retourner en Navarre, près de ma pauvre mère qui n'a que moi pour soutien et un petit *barratcea** avec vingt pommiers à cidre. Ah ! si j'étais au pays, devant la montagne blanche ! On m'a insultée parce que je ne suis pas de ce pays de filous, marchands d'oranges pourries ; et ces gueuses se sont mises toutes contre moi, parce que je leur ai dit que tous leurs *jaques*** de Séville, avec leurs couteaux, ne feraient pas peur à un gars de chez nous avec son béret bleu et son *maquila*. Camarade, mon ami, ne ferez-vous rien pour une payse [2] ?

Elle mentait, monsieur, elle a toujours menti. Je ne sais pas si dans sa vie cette fille-là a jamais dit un mot de vérité ; mais quand elle parlait, je la croyais : c'était plus fort que moi. Elle estropiait le basque, et je la crus Navarraise ; ses yeux seuls et sa bouche et son teint la disaient bohémienne. J'étais fou, je ne faisais plus attention à rien. Je pensais que, si des Espagnols s'étaient avisés de mal parler du pays, je leur

---

1. Carmen utilise ici le préjugé qui faisait des gitans des voleurs d'enfants (cf. Cervantès : *La Gitanilla, Dossier,* p. 338). Mais plus loin elle s'affirmera *calli* (gitane) de naissance et jusqu'à la mort.
* Enclos, jardin.
** Braves, fanfarons.
2. Terme populaire : qui est de la même région.

aurais coupé la figure, tout comme elle venait de faire à sa camarade. Bref, j'étais comme un homme ivre ; je commençais à dire des bêtises, j'étais tout près d'en faire.

— Si je vous poussais, et si vous tombiez, mon pays, reprit-elle en basque, ce ne seraient pas ces deux conscrits de Castillans qui me retiendraient...

Ma foi, j'oubliai la consigne et tout, et je lui dis :

— Eh bien, m'amie, ma payse, essayez, et que Notre-Dame de la Montagne vous soit en aide !

En ce moment, nous passions devant une de ces ruelles étroites comme il y en a tant à Séville. Tout à coup Carmen se retourne et me lance un coup de poing dans la poitrine. Je me laissai tomber exprès à la renverse. D'un bond, elle saute par-dessus moi et se met à courir en nous montrant une paire de jambes !...

On dit jambes de Basque : les siennes en valaient bien d'autres... aussi vites que bien tournées. Moi, je me relève aussitôt ; mais je mets ma lance\* en travers, de façon à barrer la rue, si bien que, de prime abord, les camarades furent arrêtés au moment de la poursuite. Puis je me mis moi-même à courir, et eux après moi ; mais l'atteindre ! Il n'y avait pas de risque, avec nos éperons, nos sabres et nos lances ! En moins de temps que je n'en mets à vous le dire la prisonnière avait disparu. D'ailleurs, toutes les commères du quartier favorisaient sa fuite, et se moquaient de nous, et nous indiquaient la fausse voie. Après plusieurs marches et contre-marches, il fallut nous en revenir au corps de garde sans un reçu du gouverneur de la prison.

Mes hommes, pour n'être pas punis, dirent que Carmen m'avait parlé basque ; et il ne paraissait pas trop naturel, pour dire la vérité qu'un coup de poing d'une tant petite fille eût terrassé si facilement un gaillard de ma force. Tout cela parut louche ou plutôt clair. En

---

\* Toute la cavalerie espagnole est armée de lances.

descendant la garde[1], je fus dégradé et envoyé pour un mois à la prison. C'était ma première punition depuis que j'étais au service. Adieu les galons de maréchal des logis que je croyais déjà tenir !

Mes premiers jours de prison se passèrent fort tristement. En me faisant soldat, je m'étais figuré que je deviendrais tout au moins officier. Longa, Mina, mes compatriotes, sont bien capitaines généraux ; Chapalangarra, qui est un négro[2] comme Mina, et réfugié comme lui dans votre pays, Chapalangarra était colonel, et j'ai joué à la paume vingt fois avec son frère, qui était un pauvre diable comme moi. Maintenant je me disais : Tout le temps que tu as servi sans punition, c'est du temps perdu ; te voilà mal noté : pour te remettre bien dans l'esprit des chefs, il te faudra travailler dix fois plus que lorsque tu es venu comme conscrit ! Et pourquoi me suis-je fait punir ? Pour une coquine de bohémienne qui s'est moquée de moi, et qui, dans ce moment, est à voler dans quelque coin de la ville. Pourtant je ne pouvais m'empêcher de penser à elle. Le croiriez-vous, monsieur ? ses bas de soie troués qu'elle me faisait voir tout en plein en s'enfuyant, je les avais toujours devant les yeux. Je regardais par les barreaux de la prison dans la rue, et, parmi toutes les femmes qui passaient, je n'en voyais pas une seule qui valût cette diable de fille-là. Et puis, malgré moi, je sentais la fleur de cassie qu'elle m'avait jetée, et qui, sèche, gardait toujours sa bonne odeur... S'il y a des sorcières, cette fille-là en était une !

Un jour, le geôlier entre, et me donne un pain d'Alcalà*.

---

1. *Descendre la garde* : rentrer à la caserne à la fin du service de garde.
2. Les libéraux étaient appelés *negros* (noirs) et les royalistes (*realistas*, cf. *Lettres d'Espagne*, p. 247) *blancos* (blancs).
* Alcalà de los Panaderos, bourg à deux lieues de Séville où l'on fait des petits pains délicieux. On prétend que c'est à l'eau d'Alcalà qu'ils doivent leur qualité et l'on en apporte tous les jours une grande quantité à Séville.

— Tenez, dit-il, voilà ce que votre cousine vous envoie.

Je pris le pain, fort étonné, car je n'avais pas de cousine à Séville. C'est peut-être une erreur, pensai-je en regardant le pain ; mais il était si appétissant, il sentait si bon, que sans m'inquiéter de savoir d'où il venait et à qui il était destiné, je résolus de le manger. En voulant le couper mon couteau rencontra quelque chose de dur. Je regarde, et je trouve une petite lime anglaise qu'on avait glissée dans la pâte avant que le pain fût cuit. Il y avait encore dans le pain une pièce d'or de deux piastres [1]. Plus de doute alors, c'était un cadeau de Carmen. Pour les gens de sa race, la liberté est tout, et ils mettraient le feu à une ville pour s'épargner un jour de prison. D'ailleurs la commère était fine, et avec ce pain-là on se moquait des geôliers. En une heure, le plus gros barreau était scié avec la petite lime ; et avec la pièce de deux piastres, chez le premier fripier, je changeais ma capote d'uniforme pour un habit bourgeois. Vous pensez bien qu'un homme qui avait déniché maintes fois des aiglons dans nos rochers ne s'embarrassait guère de descendre dans la rue, d'une fenêtre haute de moins de trente pieds [2] ; mais je ne voulais pas m'échapper. J'avais encore mon honneur de soldat, et déserter me semblait un grand crime. Seulement, je fus touché de cette marque de souvenir. Quand on est en prison, on aime à penser qu'on a dehors un ami qui s'intéresse à vous. La pièce d'or m'offusquait un peu, j'aurais bien voulu la rendre ; mais où trouver mon créancier ? Cela ne me semblait pas facile.

Après la cérémonie de la dégradation, je croyais n'avoir plus rien à souffrir ; mais il me restait encore

---

1. Monnaie espagnole, nommée aussi *peso duro* ou *douro*, qui valait un peu plus de 15 francs (or).
2. Ancienne mesure de longueur française (0,324 mètre).

une humiliation à dévorer : ce fut à ma sortie de prison, lorsqu'on me commanda de service et qu'on me mit en faction comme un simple soldat. Vous ne pouvez vous figurer ce qu'un homme de cœur éprouve en pareille occasion. Je crois que j'aurais aimé autant à être fusillé. Au moins on marche seul, en avant de son peloton ; on se sent quelque chose ; le monde vous regarde.

Je fus mis en faction à la porte du colonel. C'était un jeune homme riche, bon enfant, qui aimait à s'amuser. Tous les jeunes officiers étaient chez lui, et force bourgeois, des femmes aussi, des actrices, à ce qu'on disait. Pour moi, il me semblait que toute la ville s'était donné rendez-vous à sa porte pour me regarder. Voilà qu'arrive la voiture du colonel avec son valet de chambre sur le siège. Qu'est-ce que je vois descendre ?... la gitanilla. Elle était parée, cette fois, comme une châsse, pomponnée, attifée, tout or et tout rubans. Une robe à paillettes, des souliers bleus à paillettes aussi, des fleurs et des galons partout. Elle avait un tambour de Basque à la main. Avec elle il y avait deux autres bohémiennes, une jeune et une vieille. Il y a toujours une vieille pour les mener ; puis un vieux avec une guitare, bohémien aussi, pour jouer et les faire danser. Vous savez qu'on s'amuse souvent à faire venir des bohémiennes dans les sociétés, afin de leur faire danser la *romalis*, c'est leur danse, et souvent bien autre chose.

Carmen me reconnut, et nous échangeâmes un regard. Je ne sais, mais, en ce moment, j'aurais voulu être à cent pieds sous terre.

— *Agur laguna**, dit-elle. Mon officier, tu montes la garde comme un conscrit !

Et, avant que j'eusse trouvé un mot à répondre, elle était dans la maison.

Toute la société était dans le patio, et, malgré la foule, je voyais à peu près tout ce qui se passait, à

---

* Bonjour, camarade.

travers la grille\*. J'entendais les castagnettes, le tambour, les rires et les bravos ; parfois j'apercevais sa tête quand elle sautait avec son tambour. Puis j'entendais encore des officiers qui lui disaient bien des choses qui me faisaient monter le rouge à la figure. Ce qu'elle répondait, je n'en savais rien. C'est de ce jour-là, je pense, que je me mis à l'aimer pour tout de bon ; car l'idée me vint trois ou quatre fois d'entrer dans le patio, et de donner de mon sabre dans le ventre à tous ces freluquets[1] qui lui contaient fleurettes. Mon supplice dura une bonne heure ; puis les bohémiens sortirent, et la voiture les ramena. Carmen, en passant, me regarda encore avec les yeux que vous savez, et me dit très bas :

— Pays, quand on aime la bonne friture, on en va manger à Triana, chez Lillas Pastia.

Légère comme un cabri, elle s'élança dans la voiture, le cocher fouetta ses mules, et toute la bande joyeuse s'en alla je ne sais où.

Vous devinez bien qu'en descendant ma garde j'allai à Triana ; mais d'abord je me fis raser et je me brossai comme pour un jour de parade. Elle était chez Lillas Pastia, un vieux marchand de friture, bohémien, noir comme un Maure, chez qui beaucoup de bourgeois venaient manger du poisson frit, surtout, je crois, depuis que Carmen y avait pris ses quartiers.

— Lillas, dit-elle sitôt qu'elle me vit, je ne fais plus rien de la journée. Demain il fera jour\*\*! Allons, pays, allons nous promener.

---

\* La plupart des maisons de Séville ont une cour intérieure entourée de portiques. On s'y tient en été. Cette cour est couverte d'une toile qu'on arrose pendant le jour et qu'on retire le soir. La porte de la rue est presque toujours ouverte, et le passage qui conduit à la cour, *zaguan*, est fermé par une grille en fer très élégamment ouvragée.
1. Terme familier : homme léger, frivole et sans mérite. Vient de *freluche*, petite houppe de soie, chose frivole et badine.
\*\* *Mañana será otro dia* (proverbe espagnol).

Elle mit sa mantille devant son nez, et nous voilà dans la rue, sans savoir où j'allais.

— Mademoiselle, lui dis-je, je crois que j'ai à vous remercier d'un présent que vous m'avez envoyé quand j'étais en prison. J'ai mangé le pain ; la lime me servira pour affiler ma lance, et je la garde comme souvenir de vous ; mais l'argent, le voilà.

— Tiens ! Il a gardé l'argent, s'écria-t-elle en éclatant de rire. Au reste tant mieux, car je ne suis guère en fonds ; mais qu'importe ? chien qui chemine ne meurt pas de famine*. Allons, mangeons tout. Tu me régales.

Nous avions repris le chemin de Séville. À l'entrée de la rue du Serpent, elle acheta une douzaine d'oranges, qu'elle me fit mettre dans mon mouchoir. Un peu plus loin, elle acheta encore un pain, du saucisson, une bouteille de manzanilla[2] ; puis enfin elle entra chez un confiseur. Là, elle jeta sur le comptoir la pièce d'or que je lui avais rendue, une autre encore qu'elle avait dans sa poche, avec quelque argent blanc[3] ; enfin elle me demanda tout ce que j'avais. Je n'avais qu'une piécette et quelques cuartos[4], que je lui donnai, fort honteux de n'avoir pas davantage. Je crus qu'elle voulait emporter toute la boutique. Elle prit tout ce qu'il y avait de plus beau et de plus cher, *yemas*\*\*, *turon*\*\*\*, fruits confits, tant que l'argent dura. Tout cela, il fallait encore que je le portasse dans des sacs de papier. Vous connaissez peut-être la rue du Candilejo, où il y a une

---

\* *Chuquel sos pirela,*
  *Cocal terela.*
  *Chien qui marche, os trouve.* — Proverbe bohémien[1].
1. Borrow cite ce proverbe en anglais et en espagnol.
2. Excellent vin blanc des environs de Séville.
3. Petites pièces de monnaie en argent.
4. Petite monnaie espagnole en cuivre.
\*\* Jaunes d'œufs sucrés.
\*\*\* Espèce de nougat.

tête du roi don Pedro le Justicier*. Elle aurait dû m'inspirer des réflexions. Nous nous arrêtâmes dans cette rue-là, devant une vieille maison. Elle entra dans l'allée, et frappa au rez-de-chaussée. Une bohémienne, vraie servante de Satan, vint nous ouvrir. Carmen lui dit quelques mots en rommani. La vieille grogna d'abord. Pour l'apaiser, Carmen lui donna deux oranges et une poignée de bonbons et lui permit de goûter au vin. Puis elle lui mit sa mante sur le dos et la conduisit à la porte, qu'elle ferma avec la barre de bois. Dès que nous fûmes seuls, elle se mit à danser et à rire comme une folle, en chantant :

---

\* Le roi don Pèdre, que nous nommons *le Cruel*, et que la reine Isabelle la Catholique n'appelait jamais que *le Justicier*, aimait à se promener le soir dans les rues de Séville, cherchant les aventures, comme le calife Haroûn-al-Raschid. Certaine nuit, il se prit de querelle, dans une rue écartée, avec un homme qui donnait une sérénade. On se battit, et le roi tua le cavalier amoureux. Au bruit des épées, une vieille femme mit la tête à la fenêtre, et éclaira la scène avec la petite lampe, *candilejo*, qu'elle tenait à la main. Il faut savoir que le roi don Pèdre, d'ailleurs leste et vigoureux, avait un défaut de conformation singulier. Quand il marchait, ses rotules craquaient fortement. La vieille, à ce craquement, n'eut pas de peine à le reconnaître. Le lendemain, le Vingt-quatre en charge vint faire son rapport au roi. « Sire, on s'est battu en duel, cette nuit, dans telle rue. Un des combattants est mort. — Avez-vous découvert le meurtrier ? — Oui, sire. — Pourquoi n'est-il pas déjà puni ? — Sire, j'attends vos ordres. — Exécutez la loi. » Or le roi venait de publier un décret portant que tout duelliste serait décapité, et que sa tête demeurerait exposée sur le lieu du combat. Le Vingt-quatre se tira d'affaire en homme d'esprit. Il fit scier la tête d'une statue du roi, et l'exposa dans une niche au milieu de la rue, théâtre du meurtre. Le roi et tous les Sévillans le trouvèrent fort bon. La rue prit son nom de la lampe de la vieille, seul témoin de l'aventure. — Voilà la tradition populaire. Zuniga raconte l'histoire un peu différemment. (Voir *Anales de Sevilla*, t. II, p. 136.) Quoi qu'il en soit, il existe encore à Séville une rue du Candilejo, et dans cette rue un buste de pierre qu'on dit être le portrait de don Pèdre. Malheureusement, ce buste est moderne. L'ancien était fort usé au XVIIe siècle, et la municipalité d'alors le fit remplacer par celui qu'on voit aujourd'hui [1].

1. Dans son *Histoire de Don Pèdre Ier*, Mérimée donne une version légèrement différente de cette anecdote, cf. *Dossier,* p. 375.

— Tu es mon *rom*, je suis ta *romi**.

Moi, j'étais au milieu de la chambre, chargé de toutes ses emplettes, ne sachant où les poser. Elle jeta tout par terre, et me sauta au cou en me disant :

— Je paie mes dettes, je paie mes dettes ! c'est la loi des Calés** !

Ah ! monsieur, cette journée-là ! cette journée-là !... quand j'y pense, j'oublie celle de demain.

Le bandit se tut un instant ; puis, après avoir rallumé son cigare, il reprit :

Nous passâmes ensemble toute la journée, mangeant, buvant, et le reste. Quand elle eut mangé des bonbons comme un enfant de six ans, elle en fourra des poignées dans la jarre d'eau de la vieille. « C'est pour lui faire du sorbet », disait-elle. Elle écrasait des yemas en les lançant contre la muraille. « C'est pour que les mouches nous laissent tranquilles », disait-elle... Il n'y a pas de tour ni de bêtise qu'elle ne fît. Je lui dis que je voudrais la voir danser ; mais où trouver des castagnettes[2] ? Aussitôt elle prend la seule assiette de la vieille, la casse en morceaux, et la voilà qui danse la romalis en faisant claquer les morceaux de faïence aussi bien que si elle avait eu des castagnettes d'ébène ou d'ivoire. On ne s'ennuyait pas auprès de cette fille-là, je vous en réponds. Le soir vint, et j'entendis les tambours qui battaient la retraite.

— Il faut que j'aille au quartier pour l'appel, lui dis-je.

— Au quartier ? dit-elle d'un air de mépris ; tu es

---

\* *Rom*, mari ; *romi*, femme [1].

1. Borrow traduit simultanément *rom* par « homme marié » et par « gitan », *romi* par « femme mariée » et par « gitane », *calo* (féminin : *calli* ; pluriel : *calés*) par « noir » et par « gitan ».

\*\* *Calo* ; féminin, *calli* ; pluriel, *calés*. Mot à mot *noir* — nom que les bohémiens se donnent dans leur langue.

2. Dans une autre des *Nouvelles exemplaires* de Cervantès, « Rinconete et Cortadillo », dont l'action se déroule à Triana, un personnage casse une assiette pour s'en servir comme de castagnettes.

donc un nègre, pour te laisser mener à la baguette ? Tu es un vrai canari, d'habit et de caractère*. Va, tu as un cœur de poulet.

Je restai, résigné d'avance à la salle de police. Le matin, ce fut elle qui parla la première de nous séparer.

— Écoute, Joseito, dit-elle ; t'ai-je payé ? D'après notre loi, je ne te devais rien, puisque tu es un *payllo*, mais tu es un joli garçon, et tu m'as plu. Nous sommes quittes. Bonjour.

Je lui demandai quand je la reverrais.

— Quand tu seras moins niais, répondit-elle en riant. Puis, d'un ton plus sérieux : Sais-tu, mon fils, que je crois que je t'aime un peu ? Mais cela ne peut durer. Chien et loup ne font pas longtemps bon ménage. Peut-être que, si tu prenais la loi d'Égypte, j'aimerais à devenir ta romi. Mais ce sont des bêtises : cela ne se peut pas. Bah ! mon garçon, crois-moi, tu en es quitte à bon compte. Tu as rencontré le diable, oui, le diable ; il n'est pas toujours noir, et il ne t'a pas tordu le cou. Je suis habillée de laine, mais je ne suis pas mouton**. Va mettre un cierge devant ta *majari*\*\*\* ; elle l'a bien gagné. Allons, adieu encore une fois. Ne pense plus à Carmencita, ou elle te ferait épouser une veuve à jambe de bois\*\*\*\*.

En parlant ainsi, elle défaisait la barre qui fermait la porte, et une fois dans la rue elle s'enveloppa dans sa mantille et me tourna les talons.

Elle disait vrai. J'aurais été sage de ne plus penser à elle ; mais, depuis cette journée dans la rue du

---

\* Les dragons espagnols sont habillés de jaune.
\*\* *Me dicas vriardà de jorpoy, bus ne sino braco.* — Proverbe bohémien.
\*\*\* La sainte. — La Sainte Vierge.
\*\*\*\* La potence qui est veuve du dernier pendu [1].
1. En argot (français) *épouser la veuve* signifie *être pendu* ; la même métaphore est utilisée pour la guillotine.

Candilejo, je ne pouvais plus songer à autre chose. Je me promenais tout le jour, espérant la rencontrer. J'en demandais des nouvelles à la vieille et au marchand de friture. L'un et l'autre répondaient qu'elle était partie pour Laloro*, c'est ainsi qu'ils appellent le Portugal. Probablement c'était d'après les instructions de Carmen qu'ils parlaient de la sorte, mais je ne tardai pas à savoir qu'ils mentaient. Quelques semaines après ma journée de la rue du Candilejo, je fus de faction à une des portes de la ville. À peu de distance de cette porte, il y avait une brèche qui s'était faite dans le mur d'enceinte ; on y travaillait pendant le jour, et la nuit on y mettait un factionnaire pour empêcher les fraudeurs. Pendant le jour, je vis Lillas Pastia passer et repasser autour du corps de garde, et causer avec quelques-uns de mes camarades ; tous le connaissaient, et ses poissons et ses beignets encore mieux. Il s'approcha de moi et me demanda si j'avais des nouvelles de Carmen.

— Non, lui dis-je.

— Eh bien, vous en aurez, compère.

Il ne se trompait pas. La nuit, je fus mis de faction à la brèche. Dès que le brigadier se fut retiré, je vis venir à moi une femme. Le cœur me disait que c'était Carmen. Cependant je criai :

— Au large ! On ne passe pas !

— Ne faites donc pas le méchant, me dit-elle en se faisant connaître à moi.

— Quoi ! vous voilà, Carmen !

— Oui, mon pays. Parlons peu, parlons bien. Veux-tu gagner un douro ? Il va venir des gens avec des paquets ; laisse-les faire.

— Non, répondis-je. Je dois les empêcher de passer ; c'est la consigne.

— La consigne ! la consigne ! Tu n'y pensais pas rue du Candilejo.

---

\* La (terre) rouge.

— Ah ! répondis-je, tout bouleversé par ce seul souvenir, cela valait bien la peine d'oublier la consigne ; mais je ne veux pas de l'argent des contrebandiers.

— Voyons, si tu ne veux pas d'argent, veux-tu que nous allions encore dîner chez la vieille Dorothée ?

— Non ! dis-je à moitié étranglé par l'effort que je faisais. Je ne puis pas.

— Fort bien. Si tu es si difficile, je sais à qui m'adresser. J'offrirai à ton officier d'aller chez Dorothée. Il a l'air d'un bon enfant, et il fera mettre en sentinelle un gaillard qui ne verra que ce qu'il faudra voir. Adieu, canari. Je rirai bien le jour où la consigne sera de te pendre.

J'eus la faiblesse de la rappeler, et je promis de laisser passer toute la bohême, s'il le fallait, pourvu que j'obtinsse la seule récompense que je désirais. Elle me jura aussitôt de me tenir parole dès le lendemain, et courut prévenir ses amis qui étaient à deux pas. Il y en avait cinq, dont était Pastia, tous bien chargés de marchandises anglaises. Carmen faisait le guet. Elle devait avertir avec ses castagnettes dès qu'elle apercevrait la ronde, mais elle n'en eut pas besoin. Les fraudeurs firent leur affaire en un instant.

Le lendemain, j'allai rue du Candilejo. Carmen se fit attendre, et vint d'assez mauvaise humeur.

— Je n'aime pas les gens qui se font prier, dit-elle. Tu m'as rendu un plus grand service la première fois, sans savoir si tu y gagnerais quelque chose. Hier, tu as marchandé avec moi. Je ne sais pas pourquoi je suis venue, car je ne t'aime plus. Tiens, va-t'en, voilà un douro pour ta peine.

Peu s'en fallut que je ne lui jetasse la pièce à la tête, et je fus obligé de faire un effort violent sur moi-même pour ne pas la battre. Après nous être disputés pendant une heure, je sortis furieux. J'errai quelque temps par la ville, marchant deçà et delà comme un fou ; enfin j'entrai dans une église, et m'étant mis dans le coin le plus obscur, je pleurai à chaudes larmes. Tout d'un coup j'entends une voix :

— Larmes de dragon ! j'en veux faire un philtre [1].
Je lève les yeux, c'était Carmen en face de moi.
— Eh bien, mon pays, m'en voulez-vous encore ? me dit-elle. Il faut bien que je vous aime, malgré que j'en aie, car, depuis que vous m'avez quittée, je ne sais ce que j'ai. Voyons, maintenant, c'est moi qui te demande si tu veux venir rue du Candilejo.

Nous fîmes donc la paix ; mais Carmen avait l'humeur comme est le temps chez nous. Jamais l'orage n'est si près dans nos montagnes que lorsque le soleil est le plus brillant. Elle m'avait promis de me revoir une autre fois chez Dorothée, et elle ne vint pas. Et Dorothée me dit de plus belle qu'elle était allée à Laloro pour les affaires d'Égypte [2].

Sachant déjà par expérience à quoi m'en tenir là-dessus, je cherchais Carmen partout où je croyais qu'elle pouvait être, et je passais vingt fois par jour dans la rue du Candilejo. Un soir, j'étais chez Dorothée, que j'avais presque apprivoisée en lui payant de temps à autre quelque verre d'anisette, lorsque Carmen entra suivie d'un jeune homme, lieutenant dans notre régiment.

— Va-t'en vite, me dit-elle en basque.

Je restai stupéfait, la rage dans le cœur.

— Qu'est-ce que tu fais ici ? me dit le lieutenant. Décampe, hors d'ici !

Je ne pouvais faire un pas ; j'étais comme perclus. L'officier, en colère, voyant que je ne me retirais pas, et que je n'avais pas même ôté mon bonnet de police, me prit au collet et me secoua rudement. Je ne sais ce que je lui dis. Il tira son épée, et je dégainai. La vieille

---

1. Carmen joue ici sur les mots, mêlant l'animal fabuleux dont certaines parties (dents, griffes ou sécrétions) étaient censées servir à fabriquer des potions magiques, et le soldat de cavalerie qu'est Don José.
2. Selon Borrow, les gitans — qui prétendaient être originaires d'Égypte — utilisaient cette expression pour désigner leurs activités illégales. Cf. aussi « loi d'Égypte », « gens d'Égypte »...

me saisit le bras, le lieutenant me donna un coup au front, dont je porte encore la marque. Je reculai, et d'un coup de coude je jetai Dorothée à la renverse ; puis, comme le lieutenant me poursuivait, je mis la pointe au corps, et il s'enferra [1]. Carmen alors éteignit la lampe, et dit dans sa langue à Dorothée de s'enfuir. Moi-même je me sauvai dans la rue, et me mis à courir sans savoir où. Il me semblait que quelqu'un me suivait. Quand je revins à moi, je trouvai que Carmen ne m'avait pas quitté.

— Grand niais de canari ! me dit-elle, tu ne sais faire que des bêtises. Aussi bien, je te l'ai dit que je te porterais malheur. Allons, il y a remède à tout, quand on a pour bonne amie une Flamande de Rome*. Commence à mettre ce mouchoir sur ta tête, et jette-moi ce ceinturon. Attends-moi dans cette allée. Je reviens dans deux minutes.

Elle disparut, et me rapporta bientôt une mante rayée qu'elle était allée chercher je ne sais où. Elle me fit quitter mon uniforme, et mettre la mante par-dessus ma chemise. Ainsi accoutré, avec le mouchoir dont elle avait bandé la plaie que j'avais à la tête, je ressemblais assez à un paysan valencien, comme il y en a à Séville, qui viennent vendre leur orgeat de *chufas*\*\*. Puis elle me mena dans une maison assez semblable à celle de Dorothée, au fond d'une petite ruelle. Elle et une autre bohémienne me lavèrent, me pansèrent mieux que n'eût pu le faire un chirurgien-major, me firent boire je ne

---

1. Une mésaventure du même ordre arrive à l'amant — devenu gitan par amour — de la Gitanilla de Cervantès.
\* *Flamenca de Roma*. Terme d'argot qui désigne les bohémiennes [2]. *Roma* ne veut pas dire ici la Ville Éternelle, mais la nation des Romi ou des *gens mariés*, nom que se donnent les bohémiens. Les premiers qu'on vit en Espagne venaient probablement des Pays-Bas, d'où est venu leur nom de *Flamands*.
2. Borrow traduit *Roma* par « nom générique de la nation ou secte des gitans ».
\*\* Racine bulbeuse dont on fait une boisson assez agréable [3].
3. Il s'agit du souchet, dont on tire l'*orchata* (orgeat) *de chufa*.

sais quoi ; enfin, on me mit sur un matelas, et je m'endormis.

Probablement ces femmes avaient mêlé dans ma boisson quelques-unes de ces drogues assoupissantes dont elles ont le secret, car je ne m'éveillai que fort tard le lendemain. J'avais un grand mal de tête et un peu de fièvre. Il fallut quelque temps pour que le souvenir me revînt de la terrible scène où j'avais pris part la veille. Après avoir pansé ma plaie, Carmen et son amie, accroupies toutes les deux sur les talons auprès de mon matelas, échangèrent quelques mots en *chipe calli*, qui paraissaient être une consultation médicale. Puis toutes deux m'assurèrent que je serais guéri avant peu, mais qu'il fallait quitter Séville le plus tôt possible : car, si l'on m'y attrapait, j'y serais fusillé sans rémission.

— Mon garçon, me dit Carmen, il faut que tu fasses quelque chose ; maintenant que le roi ne te donne plus ni riz ni merluche*, il faut que tu songes à gagner ta vie. Tu es trop bête pour voler *à pastesas*\**, mais tu es leste et fort : si tu as du cœur, va-t'en à la côte, et fais-toi contrebandier. Ne t'ai-je pas promis de te faire pendre ? Cela vaut mieux que d'être fusillé. D'ailleurs, si tu sais t'y prendre, tu vivras comme un prince, aussi longtemps que les miñons\*\*\* et les gardes-côtes ne te mettront pas la main sur le collet.

Ce fut de cette façon engageante que cette diable de fille me montra la nouvelle carrière qu'elle me destinait, la seule, à vrai dire, qui me restât, maintenant que j'avais encouru la peine de mort. Vous le dirai-je, monsieur ? elle me détermina sans beaucoup de peine. Il me semblait que je m'unissais à elle plus intimement

---

\* Nourriture ordinaire du soldat espagnol.
\*\* *Ustilar à pastesas*, voler avec adresse, dérober sans violence [1].
1. Borrow consacre un paragraphe de ses « pratiques des gitans » à l'*ustilar pastesas*.
\*\*\* Espèce de corps franc [2].
2. Soldats de troupes légères chargés de pourchasser voleurs et contrebandiers.

73

par cette vie de hasards et de rébellion. Désormais je crus m'assurer son amour. J'avais entendu souvent parler de quelques contrebandiers qui parcouraient l'Andalousie, montés sur un bon cheval, l'espingole au poing, leur maîtresse en croupe. Je me voyais déjà trottant par monts et par vaux avec la gentille bohémienne derrière moi. Quand je lui parlais de cela, elle riait à se tenir les côtés, et me disait qu'il n'y a rien de si beau qu'une nuit passée au bivouac, lorsque chaque rom se retire avec sa romi sous sa petite tente formée de trois cerceaux, avec une couverture par-dessus.

— Si je te tiens jamais dans la montagne, lui disais-je, je serai sûr de toi. Là, il n'y a pas de lieutenant pour partager avec moi.

— Ah ! tu es jaloux, répondait-elle. Tant pis pour toi. Comment es-tu assez bête pour cela ? Ne vois-tu pas que je t'aime, puisque je ne t'ai jamais demandé d'argent ?

Lorsqu'elle parlait ainsi, j'avais envie de l'étrangler.

Pour le faire court, monsieur, Carmen me procura un habit bourgeois, avec lequel je sortis de Séville sans être reconnu. J'allai à Jerez avec une lettre de Pastia pour un marchand d'anisette chez qui se réunissaient des contrebandiers. On me présenta à ces gens-là, dont le chef, surnommé le Dancaïre, me reçut dans sa troupe. Nous partîmes pour Gaucin, où je retrouvai Carmen, qui m'y avait donné rendez-vous. Dans les expéditions, elle servait d'espion à nos gens, et de meilleur il n'y en eut jamais. Elle revenait de Gibraltar, et déjà elle avait arrangé avec un patron de navire l'embarquement de marchandises anglaises que nous devions recevoir sur la côte. Nous allâmes les attendre près d'Estepona, puis nous en cachâmes une partie dans la montagne ; chargés du reste, nous nous rendîmes à Ronda. Carmen nous y avait précédés. Ce fut elle encore qui nous indiqua le moment où nous entrerions en ville. Ce premier voyage et quelques autres après furent heureux. La vie de contrebandier me plaisait mieux que la vie de soldat ; je faisais des cadeaux à

Carmen. J'avais de l'argent et une maîtresse. Je n'avais guère de remords, car, comme disent les bohémiens : Gale avec plaisir ne démange pas\*. Partout nous étions bien reçus, mes compagnons me traitaient bien, et même me témoignaient de la considération. La raison, c'était que j'avais tué un homme, et parmi eux il y en avait qui n'avaient pas un pareil exploit sur la conscience. Mais ce qui me touchait davantage dans ma nouvelle vie, c'est que je voyais souvent Carmen. Elle me montrait plus d'amitié que jamais ; cependant, devant les camarades, elle ne convenait pas qu'elle était ma maîtresse ; et même, elle m'avait fait jurer par toutes sortes de serments de ne rien leur dire sur son compte. J'étais si faible devant cette créature, que j'obéissais à tous ses caprices. D'ailleurs, c'était la première fois qu'elle se montrait à moi avec la réserve d'une honnête femme, et j'étais assez simple pour croire qu'elle s'était véritablement corrigée de ses façons d'autrefois.

Notre troupe, qui se composait de huit ou dix hommes, ne se réunissait guère que dans les moments décisifs, et d'ordinaire nous étions dispersés deux à deux, trois à trois, dans les villes et les villages. Chacun de nous prétendait avoir un métier : celui-ci était chaudronnier, celui-là maquignon ; moi, j'étais marchand de merceries, mais je ne me montrais guère dans les gros endroits, à cause de ma mauvaise affaire de Séville. Un jour, ou plutôt une nuit, notre rendez-vous était au bas de Véger. Le Dancaïre et moi nous nous y trouvâmes avant les autres. Il paraissait fort gai.

— Nous allons avoir un camarade de plus, me dit-il. Carmen vient de faire un de ses meilleurs tours. Elle vient de faire échapper son rom qui était au presidio [1] à Tarifa.

Je commençais déjà à comprendre le bohémien, que

---

\* *Sarapia sat pesquital ne punzava.*
1. Bagne, cf. *Lettres d'Espagne*, p. 260.

parlaient presque tous mes camarades, et ce mot de rom me causa un saisissement.

— Comment ! son mari ! elle est donc mariée ? demandai-je au capitaine.

— Oui, répondit-il, à Garcia le Borgne, un bohémien aussi futé qu'elle. Le pauvre garçon était aux galères. Carmen a si bien embobeliné le chirurgien du presidio, qu'elle en a obtenu la liberté de son rom. Ah ! cette fille-là vaut son pesant d'or. Il y a deux ans qu'elle cherche à le faire évader. Rien n'a réussi, jusqu'à ce qu'on s'est avisé[1] de changer le major. Avec celui-ci, il paraît qu'elle a trouvé bien vite le moyen de s'entendre.

Vous vous imaginez le plaisir que me fit cette nouvelle. Je vis bientôt Garcia le Borgne ; c'était bien le plus vilain monstre que la bohême ait nourri : noir de peau et plus noir d'âme, c'était le plus franc scélérat que j'aie rencontré dans ma vie. Carmen vint avec lui ; et, lorsqu'elle l'appelait son rom devant moi, il fallait voir les yeux qu'elle me faisait, et ses grimaces quand Garcia tournait la tête. J'étais indigné, et je ne lui parlai pas de la nuit. Le matin nous avions fait nos ballots, et nous étions déjà en route, quand nous nous aperçûmes qu'une douzaine de cavaliers étaient à nos trousses. Les fanfarons Andalous qui ne parlaient que de tout massacrer firent aussitôt piteuse mine. Ce fut un sauve-qui-peut général. Le Dancaïre, Garcia, un joli garçon d'Ecija, qui s'appelait le Remendado, et Carmen ne perdirent pas la tête. Le reste avait abandonné les mulets et s'était jeté dans les ravins où les chevaux ne pouvaient les suivre. Nous ne pouvions conserver nos bêtes, et nous nous hâtâmes de défaire le meilleur de notre butin, et de le charger sur nos épaules, puis nous essayâmes de nous sauver au travers des rochers par les pentes les plus raides. Nous jetions nos ballots devant nous, et nous les suivions de notre mieux en glissant sur les

---

1. En toute rigueur, *jusqu'à ce que* demande le subjonctif.

talons. Pendant ce temps-là, l'ennemi nous canardait ; c'était la première fois que j'entendais siffler les balles, et cela ne me fit pas grand-chose. Quand on est en vue d'une femme, il n'y a pas de mérite à se moquer de la mort. Nous nous échappâmes, excepté le pauvre Remendado, qui reçut un coup de feu dans les reins. Je jetai mon paquet, et j'essayai de le prendre.

— Imbécile ! me cria Garcia, qu'avons-nous à faire d'une charogne ? achève-le et ne perds pas les bas de coton.

— Jette-le ! Jette-le ! me criait Carmen.

La fatigue m'obligea de le déposer un moment à l'abri d'un rocher. Garcia s'avança et lui lâcha son espingole dans la tête.

— Bien habile qui le reconnaîtrait maintenant, dit-il en regardant sa figure que douze balles avaient mise en morceaux.

Voilà, monsieur, la belle vie que j'ai menée. Le soir, nous nous trouvâmes dans un hallier, épuisés de fatigue, n'ayant rien à manger et ruinés par la perte de nos mulets. Que fit cet infernal Garcia ? il tira un paquet de cartes de sa poche, et se mit à jouer avec le Dancaïre à la lueur d'un feu qu'ils allumèrent. Pendant ce temps-là, moi, j'étais couché, regardant les étoiles, pensant au Remendado, et me disant que j'aimerais autant être à sa place. Carmen était accroupie près de moi, et de temps en temps, elle faisait un roulement de castagnettes en chantonnant, Puis, s'approchant comme pour me parler à l'oreille, elle m'embrassa, presque malgré moi, deux ou trois fois.

— Tu es le diable, lui disais-je.

— Oui, me répondait-elle.

Après quelques heures de repos, elle s'en fut à Gaucin, et le lendemain matin un petit chevrier vint nous porter du pain. Nous demeurâmes là tout le jour, et la nuit nous nous rapprochâmes de Gaucin. Nous attendions des nouvelles de Carmen. Rien ne venait. Au jour, nous voyons un muletier qui menait une femme bien habillée, avec un parasol, et une petite fille qui paraissait sa domestique. Garcia nous dit :

— Voilà deux mules et deux femmes que saint Nicolas nous envoie ; j'aimerais mieux quatre mules ; n'importe, j'en fais mon affaire !

Il prit son espingole et descendit vers le sentier en se cachant dans les broussailles. Nous le suivions, le Dancaïre et moi, à peu de distance. Quand nous fûmes à portée, nous nous montrâmes, et nous criâmes au muletier de s'arrêter. La femme, en nous voyant, au lieu de s'effrayer, et notre toilette aurait suffi pour cela, fit un grand éclat de rire.

— Ah ! les *lillipendi* qui me prennent pour une *erani**!

C'était Carmen, mais si bien déguisée, que je ne l'aurais pas reconnue parlant une autre langue. Elle sauta en bas de sa mule, et causa quelque temps à voix basse avec le Dancaïre et Garcia, puis elle me dit :

— Canari, nous nous reverrons avant que tu sois pendu. Je vais à Gibraltar pour les affaires d'Égypte. Vous entendrez bientôt parler de moi.

Nous nous séparâmes après qu'elle nous eut indiqué un lieu où nous pourrions trouver un abri pour quelques jours. Cette fille était la providence de notre troupe. Nous reçûmes bientôt quelque argent qu'elle nous envoya, et un avis qui valait mieux pour nous : c'était que tel jour partiraient deux milords anglais, allant de Gibraltar à Grenade par tel chemin. À bon entendeur salut. Ils avaient de belles et bonnes guinées [2]. Garcia voulait les tuer, mais le Dancaïre et moi nous nous y opposâmes. Nous ne leur prîmes que l'argent et les montres, outre les chemises, dont nous avions grand besoin.

---

\* Les imbéciles qui me prennent pour une femme comme il faut [1].

1. Borrow traduit *lillipendi* par « sot, imbécile » et *erani* par « dame ».

2. Ancienne monnaie d'or anglaise.

Monsieur, on devient coquin sans y penser. Une jolie fille vous fait perdre la tête, on se bat pour elle, un malheur arrive, il faut vivre à la montagne, et de contrebandier on devient voleur avant d'avoir réfléchi. Nous jugeâmes qu'il ne faisait pas bon pour nous dans les environs de Gibraltar après l'affaire des milords, et nous nous enfonçâmes dans la sierra de Ronda. — Vous m'avez parlé de José-Maria ; tenez, c'est là que j'ai fait connaissance avec lui. Il menait sa maîtresse dans ses expéditions. C'était une jolie fille, sage, modeste, de bonnes manières ; jamais un mot malhonnête, et un dévouement !... En revanche, il la rendait bien malheureuse. Il était toujours à courir après toutes les filles, il la malmenait, puis quelquefois il s'avisait de faire le jaloux. Une fois, il lui donna un coup de couteau. Eh bien, elle ne l'en aimait que davantage. Les femmes sont ainsi faites, les Andalouses surtout. Celle-là était fière de la cicatrice qu'elle avait au bras, et la montrait comme la plus belle chose du monde. Et puis José-Maria, par-dessus le marché, était le plus mauvais camarade !... Dans une expédition que nous fîmes, il s'arrangea si bien que tout le profit lui en demeura, à nous les coups et l'embarras de l'affaire. Mais je reprends mon histoire. Nous n'entendions plus parler de Carmen. Le Dancaïre dit :

— Il faut qu'un de nous aille à Gibraltar pour en avoir des nouvelles ; elle doit avoir préparé quelque affaire. J'irais bien, mais je suis trop connu à Gibraltar.

Le borgne dit :

— Moi aussi, on m'y connaît, j'y ai fait tant de farces aux Écrevisses\* ! et, comme je n'ai qu'un œil, je suis difficile à déguiser.

— Il faut donc que j'y aille ? dis-je à mon tour, enchanté à la seule idée de revoir Carmen ; voyons, que faut-il faire ?

---

\* Nom que le peuple en Espagne donne aux Anglais à cause de la couleur de leur uniforme.

Les autres me dirent :

— Fais tant que de t'embarquer ou de passer par Saint-Roc, comme tu aimeras le mieux, et, lorsque tu seras à Gilbraltar, demande sur le port où demeure une marchande de chocolat qui s'appelle la Rollona ; quand tu l'auras trouvée, tu sauras d'elle ce qui se passe là-bas.

Il fut convenu que nous partirions tous les trois pour la sierra de Gaucin, que j'y laisserais mes deux compagnons, et que je me rendrais à Gibraltar comme un marchand de fruits. À Ronda, un homme qui était à nous m'avait procuré un passeport ; à Gaucin, on me donna un âne : je le chargeai d'oranges et de melons, et je me mis en route. Arrivé à Gibraltar, je trouvai qu'on y connaissait bien la Rollona, mais elle était morte ou elle était allée à *finibus terrae*\*, et sa disparition expliquait, à mon avis, comment nous avions perdu notre moyen de correspondre avec Carmen. Je mis mon âne dans une écurie, et, prenant mes oranges, j'allais par la ville comme pour les vendre, mais en effet, pour voir si je ne rencontrerais pas quelque figure de connaissance. Il y a là force canaille de tous les pays du monde, et c'est la tour de Babel, car on ne saurait faire dix pas dans une rue sans entendre parler autant de langues. Je voyais bien des gens d'Égypte, mais je n'osais guère m'y fier ; je les tâtais, et ils me tâtaient. Nous devinions bien que nous étions des coquins, l'important était de savoir si nous étions de la même bande. Après deux jours passés en courses inutiles, je n'avais rien appris touchant la Rollona ni Carmen, et je pensais à retourner auprès de mes camarades après avoir fait quelques emplettes, lorsqu'en me promenant dans une rue, au coucher du soleil, j'entendis une voix de femme d'une fenêtre qui me dit :

---

\* Aux galères, ou bien à tous les diables [1].
1. *Finibusterre* apparaît dans « Rinconete et Cortadillo » de Cervantès. Il semble que le mot signifie parfois *potence*.

« Marchand d'oranges !... » Je lève la tête, et je vois à un balcon Carmen, accoudée avec un officier en rouge, épaulettes d'or, cheveux frisés, tournure d'un gros mylord. Pour elle, elle était habillée superbement : un châle sur les épaules, un peigne d'or, tout en soie ; et la bonne pièce [1], toujours la même ! riait à se tenir les côtés. L'Anglais, en baragouinant l'espagnol, me cria de monter, que madame voulait des oranges ; et Carmen me dit en basque :

— Monte, et ne t'étonne de rien.

Rien, en effet, ne devait m'étonner de sa part. Je ne sais si j'eus plus de joie que de chagrin en la retrouvant. Il y avait à la porte un grand domestique anglais, poudré, qui me conduisit dans un salon magnifique. Carmen me dit aussitôt en basque :

— Tu ne sais pas un mot d'espagnol, tu ne me connais pas.

Puis, se tournant vers l'Anglais :

— Je vous le disais bien, je l'ai tout de suite reconnu pour un Basque ; vous allez entendre quelle drôle de langue. Comme il a l'air bête, n'est-ce pas ? On dirait un chat surpris dans un garde-manger.

— Et toi, lui dis-je dans ma langue, tu as l'air d'une effrontée coquine, et j'ai bien envie de te balafrer la figure devant ton galant.

— Mon galant ! dit-elle, tiens, tu as deviné cela tout seul ? Et tu es jaloux de cet imbécile-là ? Tu es encore plus niais qu'avant nos soirées de la rue du Candilejo. Ne vois-tu pas, sot que tu es, que je fais en ce moment les affaires d'Égypte, et de la façon la plus brillante ? Cette maison est à moi, les guinées de l'écrevisse seront à moi ; je le mène par le bout du nez ; je le mènerai d'où il ne sortira jamais.

— Et moi, lui dis-je, si tu fais encore les affaires

---

1. Cf. Corneille : *Le Menteur*, IV, 5 : « Voyez la bonne pièce avec ses révérences. »

d'Égypte de cette manière-là, je ferai si bien que tu ne recommenceras plus.

— Ah ! oui-là ! Es-tu mon rom, pour me commander ? Le Borgne le trouve bon, qu'as-tu à y voir ? Ne devrais-tu pas être bien content d'être le seul qui se puisse dire mon *minchorrô*\* ?

— Qu'est-ce qu'il dit ? demanda l'Anglais.

— Il dit qu'il a soif et qu'il boirait bien un coup, répondit Carmen.

Et elle se renversa sur un canapé en éclatant de rire à sa traduction.

Monsieur, quand cette fille-là riait, il n'y avait pas moyen de parler raison. Tout le monde riait avec elle. Ce grand Anglais se mit à rire aussi, comme un imbécile qu'il était, et ordonna qu'on m'apportât à boire.

Pendant que je buvais :

— Vois-tu cette bague qu'il a au doigt ? dit-elle, si tu veux je te la donnerai.

Moi je répondis :

— Je donnerais un doigt pour tenir ton mylord dans la montagne, chacun un maquila au poing.

— Maquila, qu'est-ce que cela veut dire ? demanda l'Anglais.

— Maquila, dit Carmen riant toujours, c'est une orange. N'est-ce pas un bien drôle de mot pour une orange ? Il dit qu'il voudrait vous faire manger du maquila.

— Oui ? dit l'Anglais. Eh bien ? apporte encore demain du maquila.

Pendant que nous parlions, le domestique entra et dit que le dîner était prêt. Alors l'Anglais se leva, me donna une piastre, et offrit son bras à Carmen, comme si elle ne pouvait pas marcher seule. Carmen, riant toujours, me dit :

— Mon garçon, je ne puis t'inviter à dîner ; mais

---

\* Mon amant, ou plutôt mon caprice [1].
1. Selon Borrow : « amant de cœur d'une (prostituée) gitane ».

demain, dès que tu entendras le tambour pour la parade, viens ici avec des oranges. Tu trouveras une chambre mieux meublée que celle de la rue du Candilejo, et tu verras si je suis toujours ta Carmencita. Et puis nous parlerons des affaires d'Égypte.

Je ne répondis rien, et j'étais dans la rue que l'Anglais me criait :

— Apportez demain du maquila ! et j'entendais les éclats de rire de Carmen.

Je sortis ne sachant ce que je ferais, je ne dormis guère, le matin je me trouvais si en colère contre cette traîtresse que j'avais résolu de partir de Gibraltar sans la revoir ; mais, au premier roulement de tambour, tout mon courage m'abandonna : je pris ma natte d'oranges et je courus chez Carmen. Sa jalousie [1] était entrouverte, et je vis son grand œil noir qui me guettait. Le domestique poudré m'introduisit aussitôt. Carmen lui donna une commission, et dès que nous fûmes seuls, elle partit d'un de ses éclats de rire de crocodile [2], et se jeta à mon cou. Je ne l'avais jamais vue si belle. Parée comme une madone, parfumée... des meubles de soie, des rideaux brodés... ah !... et moi fait comme un voleur que j'étais.

— Minchorrô ! disait Carmen, j'ai envie de tout casser ici, de mettre le feu à la maison et de m'enfuir à la sierra.

Et c'étaient des tendresses !... et puis des rires !... et elle dansait, et elle déchirait ses falbalas : jamais singe ne fit plus de gambades, de grimaces, de diableries. Quand elle eut repris son sérieux :

— Écoute, me dit-elle, il s'agit de l'Égypte. Je veux qu'il me mène à Ronda, où j'ai une sœur religieuse... (Ici nouveaux éclats de rire.) Nous passons par un

---

1. Treillis de bois ou de métal à travers lequel on peut voir sans être vu.
2. *Cocodrilo* s'emploie en espagnol pour désigner une personne hypocrite, menteuse. Cf. en français : larmes de crocodile.

endroit que je te ferai dire. Vous tombez sur lui : pillé rasibus [1] ! Le mieux serait de l'escoffier, mais, ajouta-t-elle avec un sourire diabolique qu'elle avait dans de certains moments, et ce sourire-là, personne n'avait alors envie de l'imiter, — sais-tu ce qu'il faudrait faire ? Que le Borgne paraisse le premier. Tenez-vous un peu en arrière ; l'écrevisse est brave et adroit : il a de bons pistolets... Comprends-tu ?...

Elle s'interrompit par un nouvel éclat de rire qui me fit frissonner.

— Non, lui dis-je : je hais Garcia, mais c'est mon camarade. Un jour peut-être je t'en débarrasserai, mais nous réglerons nos comptes à la façon de mon pays. Je ne suis Égyptien que par hasard ; et pour certaines choses, je serai toujours franc Navarrais, comme dit le proverbe*.

Elle reprit :

— Tu es une bête, un niais, un vrai *payllo*. Tu es comme le nain qui se croit grand quand il a pu cracher loin**. Tu ne m'aimes pas, va-t'en.

Quand elle me disait : Va-t'en, je ne pouvais m'en aller. Je promis de partir, de retourner auprès de mes camarades et d'attendre l'Anglais ; de son côté, elle me promit d'être malade jusqu'au moment de quitter Gibraltar pour Ronda. Je demeurai encore deux jours à Gibraltar. Elle eut l'audace de me venir voir déguisée dans mon auberge. Je partis ; moi aussi j'avais mon projet. Je retournai à notre rendez-vous, sachant le lieu et l'heure où l'Anglais et Carmen devaient passer. Je trouvai le Dancaïre et Garcia qui m'attendaient. Nous passâmes la nuit dans un bois auprès d'un feu de pommes de pin qui flambait à merveille. Je proposai à Garcia de jouer aux cartes. Il accepta. À la seconde

---

1. Populaire : à ras, de très près. Ici : de fond en comble.
* *Navarro fino*.
** *Or esorjlé de or narsichislé, sin chismar lachinguel.* — Proverbe bohémien : La prouesse d'un nain, c'est de cracher loin.

partie je lui dis qu'il trichait ; il se mit à rire. Je lui jetai les cartes à la figure. Il voulut prendre son espingole ; je mis le pied dessus, et je lui dis : « On dit que tu sais jouer du couteau comme le meilleur jaque de Malaga, veux-tu t'essayer avec moi ? » Le Dancaïre voulut nous séparer. J'avais donné deux ou trois coups de poing à Garcia. La colère l'avait rendu brave ; il avait tiré son couteau, moi le mien. Nous dîmes tous deux au Dancaïre de nous laisser place libre et franc jeu. Il vit qu'il n'y avait pas moyen de nous arrêter, et il s'écarta. Garcia était déjà ployé en deux comme un chat prêt à s'élancer contre une souris. Il tenait son chapeau de la main gauche, pour parer, son couteau en avant. C'est leur garde andalouse. Moi, je me mis à la navarraise, droit en face de lui, le bras gauche levé, la jambe gauche en avant, le couteau le long de la cuisse droite. Je me sentais plus fort qu'un géant. Il se lança sur moi comme un trait ; je tournai sur le pied gauche et il ne trouva plus rien devant lui ; mais je l'atteignis à la gorge, et le couteau entra si avant, que ma main était sous son menton. Je retournai la lame si fort qu'elle se cassa. C'était fini. La lame sortit de la plaie lancée par un bouillon de sang gros comme le bras. Il tomba sur le nez, raide comme un pieu.

— Qu'as-tu fait ? me dit le Dancaïre.

— Écoute, lui dis-je ; nous ne pouvions vivre ensemble. J'aime Carmen, et je veux être seul. D'ailleurs, Garcia était un coquin, et je me rappelle ce qu'il a fait au pauvre Remendado. Nous ne sommes plus que deux, mais nous sommes de bons garçons. Voyons, veux-tu de moi pour ami, à la vie, à la mort ?

Le Dancaïre me tendit la main. C'était un homme de cinquante ans.

— Au diable les amourettes ! s'écria-t-il. Si tu lui avais demandé Carmen, il te l'aurait vendue pour une piastre. Nous ne sommes plus que deux ; comment ferons-nous demain ?

— Laisse-moi faire tout seul, lui répondis-je. Maintenant je me moque du monde entier.

Nous enterrâmes Garcia, et nous allâmes placer notre camp deux cents pas plus loin. Le lendemain, Carmen et son Anglais passèrent avec deux muletiers et un domestique. Je dis au Dancaïre :

— Je me charge de l'Anglais. Fais peur aux autres, ils ne sont pas armés.

L'Anglais avait du cœur. Si Carmen ne lui eût poussé le bras, il me tuait. Bref, je reconquis Carmen ce jour-là, et mon premier mot fut de lui dire qu'elle était veuve. Quand elle sut comment cela s'était passé :

— Tu seras toujours un *lillipendi* ! me dit-elle. Garcia devait te tuer. Ta garde navarraise n'est qu'une bêtise, et il en a mis à l'ombre de plus habiles que toi. C'est que son temps était venu. Le tien viendra.

— Et le tien, répondis-je, si tu n'es pas pour moi une vraie romi.

— À la bonne heure, dit-elle ; j'ai vu plus d'une fois dans du marc de café que nous devions finir ensemble. Bah ! arrive qui plante[1] !

Et elle fit claquer ses castagnettes, ce qu'elle faisait toujours quand elle voulait chasser quelque idée importune.

On s'oublie quand on parle de soi. Tous ces détails-là vous ennuient sans doute, mais j'ai bientôt fini. La vie que nous menions dura assez longtemps. Le Dancaïre et moi nous nous étions associé quelques camarades plus sûrs que les premiers, et nous nous occupions de contrebande, et aussi parfois, il faut bien l'avouer, nous arrêtions sur la grande route, mais à la dernière extrémité, et lorsque nous ne pouvions faire autrement. D'ailleurs, nous ne maltraitions pas les voyageurs, et nous nous bornions à leur prendre leur argent. Pendant quelques mois je fus content de Carmen ; elle continuait à nous être utile pour nos opérations, en nous avertissant des bons coups que nous pourrions faire. Elle se tenait, soit à Malaga, soit à Cordoue, soit à

---

1. Advienne que pourra.

Grenade ; mais, sur un mot de moi, elle quittait tout, et venait me retrouver dans une venta isolée, ou même au bivouac. Une fois seulement, c'était à Malaga, elle me donna quelque inquiétude. Je sus qu'elle avait jeté son dévolu sur un négociant fort riche, avec lequel probablement elle se proposait de recommencer la plaisanterie de Gibraltar. Malgré tout ce que le Dancaïre put me dire pour m'arrêter, je partis et j'entrai dans Malaga en plein jour, je cherchai Carmen et je l'emmenai aussitôt. Nous eûmes une verte explication.

— Sais-tu, me dit-elle, que, depuis que tu es mon rom pour tout de bon, je t'aime moins que lorsque tu étais mon minchorrô ? Je ne veux pas être tourmentée ni surtout commandée. Ce que je veux, c'est être libre et faire ce qui me plaît. Prends garde de me pousser à bout. Si tu m'ennuies, je trouverai quelque bon garçon qui te fera comme tu as fait au borgne.

Le Dancaïre nous raccommoda ; mais nous nous étions dit des choses qui nous restaient sur le cœur et nous n'étions plus comme auparavant. Peu après, un malheur nous arriva. La troupe nous surprit. Le Dancaïre fut tué, ainsi que deux de mes camarades ; deux autres furent pris. Moi, je fus grièvement blessé, et, sans mon bon cheval, je demeurais entre les mains des soldats. Exténué de fatigue, ayant une balle dans le corps, j'allai me cacher dans un bois avec le seul compagnon qui me restât. Je m'évanouis en descendant de cheval, et je crus que j'allais crever dans les broussailles comme un lièvre qui a reçu du plomb. Mon camarade me porta dans une grotte que nous connaissions, puis alla chercher Carmen. Elle était à Grenade, et aussitôt elle accourut. Pendant quinze jours, elle ne me quitta pas d'un instant. Elle ne ferma pas l'œil ; elle me soigna avec une adresse et des attentions que jamais femme n'a eues pour l'homme le plus aimé. Dès que je pus me tenir sur mes jambes, elle me mena à Grenade dans le plus grand secret. Les bohémiennes trouvent partout des asiles sûrs, et je passai plus de six semaines dans une maison, à deux portes du corrégidor qui me cherchait. Plus d'une fois, regardant derrière un volet, je le vis passer. Enfin, je me rétablis ; mais j'avais fait bien des réflexions sur mon lit de douleur, et je projetais de changer de vie. Je parlai à Carmen de quitter l'Espagne, et de chercher à vivre honnêtement dans le Nouveau-Monde. Elle se moqua de moi.

— Nous ne sommes pas faits pour planter des choux, dit-elle ; notre destin, à nous, c'est de vivre aux dépens des *payllos*. Tiens, j'ai arrangé une affaire avec Nathan Ben-Joseph de Gibraltar. Il a des cotonnades qui n'attendent que toi pour passer. Il sait que tu es vivant. Il compte sur toi. Que diraient nos correspondants de Gibraltar, si tu leur manquais de parole ?

Je me laissai entraîner, et je repris mon vilain commerce.

Pendant que j'étais caché à Grenade, il y eut des courses de taureaux où Carmen alla. En revenant, elle parla beaucoup d'un picador très adroit nommé Lucas. Elle savait le nom de son cheval, et combien lui coûtait sa veste brodée. Je n'y fis pas attention. Juanito, le camarade qui m'était resté, me dit, quelques jours après, qu'il avait vu Carmen avec Lucas chez un marchand du Zacatin[1]. Cela commença à m'alarmer. Je demandai à Carmen comment et pourquoi elle avait fait connaissance avec le picador.

— C'est un garçon, me dit-elle, avec qui on peut faire une affaire. Rivière qui fait du bruit a de l'eau ou des cailloux*. Il a gagné douze cents réaux[2] aux courses. De deux choses l'une : ou bien il faut avoir cet argent ; ou bien, comme c'est un bon cavalier et un gaillard de cœur, on peut l'enrôler dans notre bande. Un tel et un tel sont morts, tu as besoin de les remplacer. Prends-le avec toi.

---

1. Rue de Grenade.
* *Len sos sonsi abela,
   Pani o reblendani terela.* (Proverbe bohémien.)
2. Le *real* est une pièce de monnaie espagnole, subdivision de la piastre.

— Je ne veux, répondis-je, ni de son argent, ni de sa personne, et je te défends de lui parler.

— Prends garde, me dit-elle ; lorsqu'on me défie de faire une chose, elle est bientôt faite !

Heureusement le picador partit pour Malaga, et moi, je me mis en devoir de faire entrer les cotonnades du Juif. J'eus fort à faire dans cette expédition-là, Carmen aussi, et j'oubliai Lucas ; peut-être aussi l'oublia-t-elle, pour le moment du moins. C'est vers ce temps, monsieur, que je vous rencontrai, d'abord près de Montilla, puis après à Cordoue. Je ne vous parlerai pas de notre dernière entrevue. Vous en savez peut-être plus long que moi. Carmen vous vola votre montre ; elle voulait encore votre argent, et surtout cette bague que je vois à votre doigt, et qui, dit-elle, est un anneau magique qu'il lui importait beaucoup de posséder. Nous eûmes une violente dispute, et je la frappai. Elle pâlit et pleura. C'était la première fois que je la voyais pleurer, et cela me fit un effet terrible. Je lui demandai pardon, mais elle me bouda pendant tout un jour, et, quand je repartis pour Montilla, elle ne voulut pas m'embrasser. J'avais le cœur gros, lorsque, trois jours après, elle vint me trouver l'air riant et gaie comme un pinson. Tout était oublié et nous avions l'air d'amoureux de deux jours. Au moment de nous séparer, elle me dit :

— Il y a une fête à Cordoue, je vais la voir, puis je saurai les gens qui s'en vont avec de l'argent, et je te le dirai.

Je la laissai partir. Seul, je pensai à cette fête et à ce changement d'humeur de Carmen. Il faut qu'elle se soit vengée déjà, me dis-je, puisqu'elle est revenue la première. Un paysan me dit qu'il y avait des taureaux à Cordoue. Voilà mon sang qui bouillonne, et, comme un fou, je pars, et je vais à la place[1]. On me montra Lucas, et, sur le banc contre la barrière, je reconnus Carmen. Il me suffit de la voir une minute pour être

---

1. À la *plaza de toros,* aux arènes.

sûr de mon fait. Lucas, au premier taureau, fit le joli cœur, comme je l'avais prévu. Il arracha la cocarde* du taureau et la porta à Carmen, qui s'en coiffa sur-le-champ. Le taureau se chargea de me venger. Lucas fut culbuté avec son cheval sur la poitrine, et le taureau par-dessus tous les deux. Je regardai Carmen, elle n'était déjà plus à sa place. Il m'était impossible de sortir de celle où j'étais, et je fus obligé d'attendre la fin des courses. Alors j'allai à la maison que vous connaissez, et je m'y tins coi toute la soirée et une partie de la nuit. Vers deux heures du matin Carmen revint, et fut un peu surprise de me voir.

— Viens avec moi, lui dis-je.
— Eh bien ! dit-elle, partons.

J'allai prendre mon cheval, je la mis en croupe, et nous marchâmes tout le reste de la nuit sans nous dire un seul mot. Nous nous arrêtâmes au jour dans une venta isolée, assez près d'un petit ermitage. Là je dis à Carmen :

— Écoute, j'oublie tout. Je ne te parlerai de rien ; mais jure-moi une chose : c'est que tu vas me suivre en Amérique, et que tu t'y tiendras tranquille.

— Non, dit-elle d'un ton boudeur, je ne veux pas aller en Amérique. Je me trouve bien ici.

— C'est parce que tu es près de Lucas : mais songes-y bien, s'il guérit, ce ne sera pas pour faire de vieux os. Au reste, pourquoi m'en prendre à lui ? Je suis las de tuer tous tes amants ; c'est toi que je tuerai [1].

Elle me regarda fixement de son regard sauvage et me dit :

— J'ai toujours pensé que tu me tuerais. La première fois que je t'ai vu, je venais de rencontrer un prêtre

---

\* *La divisa*, nœud de rubans dont la couleur indique les pâturages d'où viennent les taureaux. Ce nœud est fixé dans la peau du taureau au moyen d'un crochet, et c'est le comble de la galanterie que de l'arracher à l'animal vivant, pour l'offrir à une femme.
1. Don José semble ici avoir adopté les mœurs des gitans ! Cf. Cervantès : *La Gitanilla, Dossier*, p. 350.

à la porte de ma maison. Et cette nuit, en sortant de Cordoue, n'as-tu rien vu ? Un lièvre a traversé le chemin entre les pieds de ton cheval. C'est écrit.

— Carmencita, lui demandai-je, est-ce que tu ne m'aimes plus ?

Elle ne répondit rien. Elle était assise les jambes croisées sur une natte et faisait des traits par terre avec son doigt.

— Changeons de vie, Carmen, lui dis-je d'un ton suppliant. Allons vivre quelque part où nous ne serons jamais séparés. Tu sais que nous avons, pas loin d'ici, sous un chêne, cent vingt onces[1] enterrées... Puis, nous avons des fonds encore chez le Juif Ben-Joseph.

Elle se mit à sourire, et me dit :

— Moi d'abord, toi ensuite. Je sais bien que cela doit arriver ainsi.

— Réfléchis, repris-je ; je suis au bout de ma patience et de mon courage ; prends ton parti ou je prendrai le mien.

Je la quittai et j'allai me promener du côté de l'ermitage. Je trouvai l'ermite qui priait. J'attendis que sa prière fût finie ; j'aurais bien voulu prier, mais je ne pouvais pas. Quand il se releva j'allai à lui.

— Mon père, lui dis-je, voulez-vous prier pour quelqu'un qui est en grand péril ?

— Je prie pour tous les affligés, dit-il.

— Pouvez-vous dire une messe pour une âme qui va peut-être paraître devant son Créateur ?

— Oui, répondit-il en me regardant fixement.

Et, comme il y avait dans mon air quelque chose d'étrange, il voulut me faire parler :

— Il me semble que je vous ai vu, dit-il.

Je mis une piastre sur son banc.

— Quand direz-vous la messe ? lui demandai-je.

— Dans une demi-heure. Le fils de l'aubergiste de là-bas va venir la servir. Dites-moi, jeune homme,

---

1. *Onza de oro*, ancienne monnaie d'or espagnole.

n'avez-vous pas quelque chose sur la conscience qui vous tourmente ? voulez-vous écouter les conseils d'un chrétien ?

Je me sentais près de pleurer. Je lui dis que je reviendrais, et je me sauvai. J'allai me coucher sur l'herbe jusqu'à ce que j'entendisse la cloche. Alors, je m'approchai, mais je restai en dehors de la chapelle. Quand la messe fut dite, je retournai à la venta. J'espérais que Carmen se serait enfuie ; elle aurait pu prendre mon cheval et se sauver... mais je la retrouvai. Elle ne voulait pas qu'on pût dire que je lui avais fait peur. Pendant mon absence, elle avait défait l'ourlet de sa robe pour en retirer le plomb. Maintenant, elle était devant une table, regardant dans une terrine pleine d'eau le plomb qu'elle avait fait fondre, et qu'elle venait d'y jeter. Elle était si occupée de sa magie qu'elle ne s'aperçut pas d'abord de mon retour. Tantôt elle prenait un morceau de plomb et le tournait de tous les côtés d'un air triste, tantôt elle chantait quelqu'une de ces chansons magiques[1] où elles invoquent Marie Padilla, la maîtresse de don Pédro, qui fut, dit-on, la *Bari Crallisa*[2], ou la grande reine de bohémiens\* :

— Carmen, lui dis-je, voulez-vous venir avec moi ?

Elle se leva, jeta sa sébile, et mit sa mantille sur sa tête comme prête à partir. On m'amena mon cheval, elle monta en croupe et nous nous éloignâmes.

— Ainsi, lui dis-je, ma Carmen, après un bout de chemin, tu veux me suivre, n'est-ce pas ?

— Je te suis à la mort, oui, mais je ne vivrai plus avec toi.

---

1. Cf. *Dossier*, p. 334.
2. Selon Borrow, *Baro* signifie « grand » et *Crallisa* « reine ».
\* On a accusé Marie Padilla d'avoir ensorcelé le roi don Pèdre. Une tradition populaire rapporte qu'elle avait fait présent à la reine Blanche de Bourbon d'une ceinture d'or, qui parut aux yeux fascinés du roi comme un serpent vivant. De là la répugnance qu'il montra toujours pour la malheureuse princesse [3].
3. Cf. *Dossier*, p. 378.

Nous étions dans une gorge solitaire ; j'arrêtai mon cheval.

— Est-ce ici ? dit-elle.

Et d'un bond elle fut à terre. Elle ôta sa mantille, la jeta à ses pieds, et se tint immobile un poing sur la hanche, me regardant fixement.

— Tu veux me tuer, je le vois bien, dit-elle ; c'est écrit, mais tu ne me feras pas céder.

— Je t'en prie, lui dis-je, sois raisonnable. Écoute-moi ! tout le passé est oublié. Pourtant, tu le sais, c'est toi qui m'as perdu ; c'est pour toi que je suis devenu un voleur et un meurtrier. Carmen ! ma Carmen ! laisse-moi te sauver et me sauver avec toi.

— José, répondit-elle, tu me demandes l'impossible. Je ne t'aime plus ; toi, tu m'aimes encore, et c'est pour cela que tu veux me tuer. Je pourrais bien encore te faire quelque mensonge ; mais je ne veux pas m'en donner la peine. Tout est fini entre nous. Comme mon rom, tu as le droit de tuer ta romi ; mais Carmen sera toujours libre[1]. Calli elle est née, calli elle mourra.

— Tu aimes donc Lucas ? lui demandai-je.

— Oui, je l'ai aimé, comme toi, un instant, moins que toi peut-être. À présent, je n'aime plus rien, et je me hais pour t'avoir aimé.

Je me jetai à ses pieds, je lui pris les mains, je les arrosai de mes larmes. Je lui rappelai tous les moments de bonheur que nous avions passés ensemble. Je lui offris de rester brigand pour lui plaire. Tout, monsieur, tout ; je lui offris tout, pourvu qu'elle voulût m'aimer encore !

Elle me dit :

— T'aimer encore, c'est impossible. Vivre avec toi, je ne le veux pas.

La fureur me possédait. Je tirai mon couteau. J'aurais

---

[1]. Carmen parle ici comme Preciosa, la Gitanilla de Cervantès. Cf. *Dossier*, p. 338.

voulu qu'elle eût peur et me demandât grâce, mais cette femme était un démon.

— Pour la dernière fois, m'écriai-je, veux-tu rester avec moi !

— Non ! non ! non ! dit-elle en frappant du pied.

Et elle tira de son doigt une bague que je lui avais donnée, et la jeta dans les broussailles.

Je la frappai deux fois. C'était le couteau du Borgne que j'avais pris, ayant cassé le mien. Elle tomba au second coup sans crier. Je crois voir encore son grand œil noir me regarder fixement ; puis il devint trouble et se ferma. Je restai anéanti une bonne heure devant ce cadavre. Puis, je me rappelai que Carmen m'avait dit souvent qu'elle aimerait à être enterrée dans un bois. Je lui creusai une fosse avec mon couteau, et je l'y déposai. Je cherchai longtemps sa bague et je la trouvai à la fin. Je la mis dans la fosse auprès d'elle avec une petite croix. Peut-être ai-je eu tort. Ensuite je montai sur mon cheval, je galopai jusqu'à Cordoue, et au premier corps de garde je me fis connaître. J'ai dit que j'avais tué Carmen ; mais je n'ai pas voulu dire où était le corps. L'ermite était un saint homme. Il a prié pour elle. Il a dit une messe pour son âme... Pauvre enfant ! Ce sont les *Calés* qui sont coupables pour l'avoir élevée ainsi.

## IV

L'Espagne est un des pays où se trouvent aujourd'hui en plus grand nombre encore, ces nomades dispersés dans toute l'Europe, et connus sous les noms de *Bohémiens, Gitanos, Gypsies, Zigeuner*, etc. La plupart demeurent, ou plutôt mènent une vie errante dans les provinces du Sud et de l'Est, en Andalousie, en Estramadure, dans le royaume de Murcie ; il y en a beaucoup en Catalogne. Ces derniers passent souvent en France. On en rencontre dans toutes nos foires du Midi. D'ordinaire, les hommes exercent les métiers de maquignon, de vétérinaire et de tondeur de mulets ; ils y joignent l'industrie de raccommoder les poêlons et les instruments de cuivre, sans parler de la contrebande et autres pratiques illicites. Les femmes disent la bonne aventure, mendient et vendent toutes sortes de drogues innocentes ou non.

Les caractères physiques des Bohémiens sont plus faciles à distinguer qu'à décrire, et lorsqu'on en a vu un seul, on reconnaîtrait entre mille un individu de cette race. La physionomie, l'expression, voilà surtout ce qui les sépare des peuples qui habitent le même pays. Leur teint est très basané, toujours plus foncé que celui des populations parmi lesquelles ils vivent. De là le nom de *Calés*, les noirs, par lequel ils se désignent souvent\*. Leurs yeux sensiblement obliques, bien fendus, très noirs, sont ombragés par des cils longs et épais. On ne peut comparer leur regard qu'à celui d'une bête fauve. L'audace et la timidité s'y peignent tout à la fois, et sous ce rapport leurs yeux révèlent assez bien le caractère de la nation, rusée, hardie, mais craignant *naturellement les coups* comme Panurge [1]. Pour la plupart les hommes sont bien découplés, sveltes, agiles ; je ne crois pas en avoir jamais vu un seul chargé d'embonpoint. En Allemagne, les Bohémiennes sont souvent très jolies ; la beauté est fort rare parmi les Gitans d'Espagne. Très jeunes elles peuvent passer pour des laiderons agréables ; mais une fois qu'elles sont mères, elles deviennent repoussantes. La saleté des deux sexes est incroyable, et qui n'a pas vu les cheveux d'une matrone bohémienne s'en fera difficilement une idée, même en se représentant les crins les plus rudes, les plus gras, les plus poudreux. Dans quelques grandes villes d'Andalousie, certaines jeunes filles, un peu plus agréables que les autres, prennent plus de soin de leur personne. Celles-là vont danser pour de l'argent, des danses qui ressemblent fort à celles que l'on interdit dans nos bals publics du carnaval. M. Borrow, missionnaire anglais, auteur de deux ouvrages fort intéressants sur les Bohémiens d'Espagne, qu'il avait entrepris de convertir, aux frais de la Société biblique, assure qu'il est sans exemple qu'une Gitana ait jamais eu quelque faiblesse pour un homme étranger à sa race. Il me semble qu'il y a beaucoup d'exagération dans les éloges qu'il accorde à leur chasteté. D'abord, le plus grand nombre est dans le cas de la laide d'Ovide : *Casta quam*

---

\* Il m'a semblé que les Bohémiens allemands, bien qu'ils comprennent parfaitement le mot *Calés*, n'aimaient point à être appelés de la sorte. Ils s'appellent entre eux *Romané tchavé*.

1. Cf. Rabelais : *Pantagruel*, chap. XXI : « De peur des coups, lesquels il craignait naturellement. »

*nemo rogavit* [1]. Quant aux jolies, elles sont comme toutes les Espagnoles, il faut les mériter. M. Borrow cite comme preuve de leur vertu un trait qui fait honneur à la sienne, surtout à sa naïveté. Un homme immoral de sa connaissance offrit, dit-il, inutilement plusieurs onces à une jolie Gitana. Un Andalou, à qui je racontai cette anecdote, prétendit que cet homme immoral aurait eu plus de succès en montrant deux ou trois piastres, et qu'offrir des onces d'or à une Bohémienne, était un aussi mauvais moyen de persuader, que de promettre un million ou deux à une fille d'auberge. — Quoi qu'il en soit, il est certain que les Gitanas montrent à leurs maris un dévouement extraordinaire. Il n'y a pas de danger ni de misères qu'elles ne bravent pour les secourir en leurs nécessités. Un des noms que se donnent les Bohémiens, *Romé* ou les *époux*, me paraît attester le respect de la race pour l'état de mariage. En général on peut dire que leur principale vertu est le patriotisme, si l'on peut ainsi appeler la fidélité qu'ils observent dans leurs relations avec les individus de même origine qu'eux, leur empressement à s'entraider, le secret inviolable qu'ils se gardent dans les affaires compromettantes. Au reste, dans toutes les associations mystérieuses et en dehors des lois, on observe quelque chose de semblable.

J'ai visité, il y a quelques mois, une horde de Bohémiens établis dans les Vosges [2]. Dans la hutte d'une vieille femme, l'ancienne de sa tribu, il y avait un Bohémien étranger à sa famille, attaqué d'une maladie mortelle. Cet homme avait quitté un hôpital où il était bien soigné, pour aller mourir au milieu de ses compatriotes. Depuis treize semaines il était alité chez ses hôtes, et beaucoup mieux traité que les fils et les gendres qui vivaient dans la même maison. Il avait un bon lit de

---

1. Ovide : *Les Amours*, I, 8, vers 43 : « Une femme chaste (est celle) que personne n'a sollicitée. »
2. Mérimée fit, en octobre 1845, un voyage à Metz où il prit contact avec une « horde de Bohémiens ».

paille et de mousse avec des draps assez blancs, tandis que le reste de la famille, au nombre de onze personnes, couchaient sur des planches longues de trois pieds. Voilà pour leur hospitalité. La même femme, si humaine pour son hôte, me disait devant le malade : *Singo, singo, homte hi mulo* [1]. Dans peu, dans peu, il faut qu'il meure. Après tout, la vie de ces gens est si misérable, que l'annonce de la mort n'a rien d'effrayant pour eux.

Un trait remarquable du caractère des Bohémiens, c'est leur indifférence en matière de religion ; non qu'ils soient esprits forts ou sceptiques. Jamais ils n'ont fait profession d'athéisme. Loin de là, la religion du pays qu'ils habitent est la leur ; mais ils en changent en changeant de patrie. Les superstitions qui, chez les peuples grossiers, remplacent les sentiments religieux, leur sont également étrangères. Le moyen, en effet, que des superstitions existent chez des gens qui vivent le plus souvent de la crédulité des autres. Cependant, j'ai remarqué chez les Bohémiens espagnols une horreur singulière pour le contact d'un cadavre. Il y en a peu qui consentiraient pour de l'argent à porter un mort au cimetière.

J'ai dit que la plupart des Bohémiennes se mêlaient de dire la bonne aventure. Elles s'en acquittent fort bien. Mais ce qui est pour elles une source de grands profits, c'est la vente des charmes et des philtres amoureux. Non seulement elles tiennent des pattes de crapauds pour fixer les cœurs volages, ou de la poudre de pierre d'aimant pour se faire aimer des insensibles ; mais elles font au besoin des conjurations puissantes qui obligent le diable à leur prêter son secours. L'année dernière, une Espagnole me racontait l'histoire suivante : Elle passait un jour dans la rue d'Alcalà [2], fort triste et préoccupée ; une Bohémienne accroupie sur le

---

1. Borrow traduit *singo* par « rapidement » et *mulo* par « mort ».
2. Rue de Madrid.

trottoir lui cria : « Ma belle dame, votre amant vous a trahie. » C'était la vérité. « Voulez-vous que je vous le fasse revenir ? » On comprend avec quelle joie la proposition fut acceptée, et quelle devait être la confiance inspirée par une personne qui devinait ainsi, d'un coup d'œil, les secrets intimes du cœur. Comme il eût été impossible de procéder à des opérations magiques dans la rue la plus fréquentée de Madrid, on convint d'un rendez-vous pour le lendemain. « Rien de plus facile que de ramener l'infidèle à vos pieds, dit la Gitana. Auriez-vous un mouchoir, une écharpe, une mantille qu'il vous ait donnée ? » On lui remit un fichu de soie. « Maintenant cousez avec de la soie cramoisie, une piastre dans un coin du fichu. — Dans un autre coin cousez une demi-piastre ; ici, une piécette ; là, une pièce de deux réaux. Puis il faut coudre au milieu une pièce d'or. Un doublon [1] serait le mieux. » On coud le doublon et le reste. « À présent, donnez-moi le fichu, je vais le porter au Campo-Santo, à minuit sonnant. Venez avec moi, si vous voulez voir une belle diablerie. Je vous promets que dès demain vous reverrez celui que vous aimez. » La Bohémienne partit seule pour le Campo-Santo, car on avait trop peur des diables pour l'accompagner. Je vous laisse à penser si la pauvre amante délaissée a revu son fichu et son infidèle.

Malgré leur misère et l'espèce d'aversion qu'ils inspirent, les Bohémiens jouissent cependant d'une certaine considération parmi les gens peu éclairés, et ils en sont très vains. Ils se sentent une race supérieure pour l'intelligence et méprisent cordialement le peuple qui leur donne l'hospitalité. — Les Gentils sont si bêtes, me disait une Bohémienne des Vosges, qu'il n'y a aucun mérite à les attraper. L'autre jour, une paysanne m'appelle dans la rue, j'entre chez elle. Son poêle fumait, et elle me demande un sort pour le faire aller. Moi, je me fais d'abord donner un bon morceau de

---

1. Monnaie d'or espagnole.

lard. Puis, je me mets à marmotter quelques mots en rommani. « Tu es bête, je disais, tu es née bête, bête tu mourras... » Quand je fus près de la porte, je lui dis en bon allemand : « Le moyen infaillible d'empêcher ton poêle de fumer, c'est de n'y pas faire de feu. » Et je pris mes jambes à mon cou.

L'histoire des Bohémiens est encore un problème. On sait à la vérité que leurs premières bandes, fort peu nombreuses, se montrèrent dans l'est de l'Europe, vers le commencement du XVe siècle ; mais on ne peut dire ni d'où ils viennent, ni pourquoi ils sont venus en Europe, et, ce qui est plus extraordinaire, on ignore comment ils se sont multipliés en peu de temps d'une façon si prodigieuse dans plusieurs contrées fort éloignées les unes des autres. Les Bohémiens eux-mêmes n'ont conservé aucune tradition sur leur origine, et si la plupart d'entre eux parlent de l'Égypte comme de leur patrie primitive, c'est qu'ils ont adopté une fable très anciennement répandue sur leur compte.

La plupart des orientalistes qui ont étudié la langue des Bohémiens, croient qu'ils sont originaires de l'Inde. En effet, il paraît qu'un grand nombre de racines et beaucoup de formes grammaticales du rommani se retrouvent dans des idiomes dérivés du sanscrit. On conçoit que dans leurs longues pérégrinations, les Bohémiens ont adopté beaucoup de mots étrangers. Dans tous les dialectes du rommani, on trouve quantité de mots grecs. Par exemple : *cocal*, os, de κόκκαλον ; *pétalli*, fer de cheval, de πέταλον ; *cafi*, clou, de καρφι, etc. Aujourd'hui, les Bohémiens ont presque autant de dialectes différents qu'il existe de hordes de leur race séparées les unes des autres. Partout ils parlent la langue du pays qu'ils habitent plus facilement que leur propre idiome, dont ils ne font guère usage que pour pouvoir s'entretenir librement devant des étrangers. Si l'on compare le dialecte des Bohémiens de l'Allemagne avec celui des Espagnols, sans communication avec les premiers depuis des siècles, on reconnaît une très grande quantité de mots communs ; mais la langue originale partout, quoiqu'à différents degrés, s'est notablement altérée par le contact des langues plus cultivées, dont ces nomades ont été contraints de faire usage. L'allemand, d'un côté, l'espagnol, de l'autre, ont tellement modifié le fond du rommani, qu'il serait impossible à un Bohémien de la Forêt Noire de converser avec un de ses frères andalous, bien qu'il leur suffit d'échanger quelques phrases pour reconnaître qu'ils parlent tous les deux un dialecte dérivé du même idiome. Quelques mots d'un usage très fréquent sont communs, je crois, à tous les dialectes ; ainsi, dans tous les vocabulaires que j'ai pu voir : *pani* veut dire de l'eau, *manro*, du pain, *mâs*, de la viande, *lon*, du sel.

Les noms de nombre sont partout à peu près les mêmes. Le dialecte allemand me semble beaucoup plus pur que le dialecte espagnol ; car il a conservé nombre de formes grammaticales primitives, tandis que les Gitanos ont adopté celles du castillan. Pourtant quelques mots font exception pour attester l'ancienne communauté de langage. — Les prétérits du dialecte allemand se forment en ajoutant *ium* à l'impératif qui est toujours la racine du verbe. Les verbes, dans le rommani espagnol, se conjuguent tous sur le modèle des verbes castillans de la première conjugaison. De l'infinitif *jamar*, manger, on devrait régulièrement faire *jamé*, j'ai mangé, de *lillar*, prendre, on devrait faire *lillé*, j'ai pris. Cependant quelques vieux bohémiens disent par exception : *jayon, lillon*. Je ne connais pas d'autres verbes qui aient conservé cette forme antique.

Pendant que je fais ainsi étalage de mes minces connaissances dans la langue rommani, je dois noter quelques mots d'argot français que nos voleurs ont empruntés aux Bohémiens. *Les mystères de Paris* ont appris à la bonne compagnie que *chourin* voulait dire couteau [1]. C'est du rommani pur ; *tchouri* est un de

---

[1]. Ce roman d'Eugène Sue, dont un des héros porte le surnom de Chourineur, parut en feuilleton dans le *Journal des Débats* de juin 1842 à octobre 1844.

ces mots communs à tous les dialectes. M. Vidocq [1] appelle un cheval *grès*, c'est encore un mot bohémien *gras, gre, graste, gris*. Ajoutez encore le mot *romanichel* qui dans l'argot parisien désigne les Bohémiens [2]. C'est la corruption de *romané tchave*, gars bohémiens. Mais une étymologie dont je suis fier, c'est celle de *frimousse*, mine, visage, mot que tous les écoliers emploient ou employaient de mon temps. Observez d'abord que Oudin [3], dans son curieux dictionnaire, écrivait en 1640, *firlimousse* [4]. Or, *firla, fila* en rommani veut dire visage, *mui* a la même signification, c'est exactement *os* des Latins. La combinaison *firlamui* a été sur-le-champ comprise par un Bohémien puriste, et je la crois conforme au génie de sa langue.

En voilà assez pour donner aux lecteurs de *Carmen* une idée avantageuse de mes études sur le rommani. Je terminerai par ce proverbe qui vient à propos : *En retudi panda nasti abela macha*. En close bouche, n'entre point mouche.

---

1. Vidocq, chef de la police, dont les célèbres *Mémoires* ont été publiés à partir de 1828, fournit dans *Les Voleurs*, en 1837, un dictionnaire d'argot.
2. Le mot se trouve dans le dictionnaire de Vidocq. Borrow emploie la forme *romamik*.
3. Auteur des *Curiosités françaises pour servir de supplément aux dictionnaires* (1640), où il recueille des mots et expressions vieillis, populaires, voire argotiques, en tout cas non reconnus par les théoriciens du « beau langage ».
4. Pour l'étymologie de ce mot dont Oudin dit qu'il est « fait à plaisir », Mérimée une fois encore a recours à Borrow qui lui fournit les définitions de *fila* et de *mui*.

# THÉÂTRE DE CLARA GAZUL [1]
*(Extraits)*

---

1. Publié en 1825, sous le nom de Clara Gazul, comédienne espagnole, avec une préface signée « Joseph L'Estrange ». Réédité en 1830, augmenté du *Carrosse du Saint-Sacrement* et de *L'Occasion*, publiés en 1829 dans la *Revue de Paris*.
Nous ne donnons ici que la *Notice sur Clara Gazul, Les Espagnols en Danemarck* et *Une Femme est un Diable*.

# THÉÂTRE DE CLARA GAZUL

## COMÉDIENNE ESPAGNOLE

> Pensaràn vuesas mercedes ahora que
> es poco trabajo hinchar un perro.
> MIGUEL DE CERVANTES.

# NOTICE SUR CLARA GAZUL

C'est à Gibraltar, où j'étais en garnison avec le régiment suisse de Watteville, que je vis pour la première fois mademoiselle Gazul. Elle avait alors quatorze ans (1813). Son oncle, le licencié Gil Vargas de Castañeda, commandant d'une guérilla[1] andalouse, venait d'être pendu par les Français, en laissant doña Clara confiée à la tutelle du père Fray Roque Medrano, son parent, et inquisiteur au tribunal de Grenade.

Ce vénérable personnage avait défendu à sa pupille de lire d'autres livres que ses Heures ; et, pour rendre sa défense plus efficace, il avait fait brûler tous les volumes que le pauvre licencié Gil Vargas avait légués à sa nièce. De là vient, je crois, la haine de l'auteur pour ces membres d'un ordre religieux que la sagesse du roi d'Espagne vient de supprimer[2]. J'avais dans mon petit bagage trois ou quatre volumes dépareillés ; je les donnai à Clara, et ce cadeau, qui lui parut fort précieux, commença notre connaissance. Je l'ai cultivée toujours avec soin pendant le long séjour que je fis en

---

1. Troupe menant une guerre de partisans, de francs-tireurs.
2. Après la révolution de 1820, Ferdinand VII, sous la pression des libéraux, supprima l'Inquisition, qu'il avait rétablie à son retour en Espagne (1813). Cf. *Repères Historiques,* p. 316. Sur l'Inquisition, cf. *Une Femme est un Diable*, p. 207, n. 1.

Espagne, après la guerre de l'indépendance [1], et plus qu'un autre je suis en état de démêler la vérité d'une foule de mensonges que l'on débite dans son pays sur le compte de cette femme singulière.

On ne sait presque rien de ses premières années. Voici cependant ce que je tiens d'elle-même. Un soir que nous fumions, serrés autour de son *brazero* [2], un curé qui se trouvait parmi nous lui demanda où et de qui elle était née ; sur quoi Clara, qui était en humeur conteuse, nous conta l'histoire suivante, que je suis loin de garantir.

« Je suis née, nous dit-elle, sous un oranger sur le bord d'un chemin, non loin de Motril, dans le royaume de Grenade. Ma mère faisait profession de dire la bonne aventure. Je l'ai suivie, ou plutôt elle m'a portée sur son dos jusqu'à l'âge de cinq ans. Alors elle me mena chez un chanoine de Grenade (le licencié Gil Vargas), lequel nous reçut avec de grandes démonstrations de joie. Ma mère me dit : « Saluez votre oncle. » Je le saluai. Elle m'embrassa, et partit à l'instant. Je ne l'ai jamais vue depuis. »

Et, pour arrêter nos questions, doña Clara prit sa guitare et nous chanta la chanson de la bohémienne : *Cuando me pariò mi madre la gitana* [3].

Quant à sa généalogie, elle s'en est fabriqué une à sa manière. Bien loin de se prétendre issue de vieux chrétiens [4], elle se dit de sang moresque, et arrière-petite-fille du tendre Maure Gazul, si fameux dans les vieilles romances espagnoles. Quoi qu'il en soit, l'expression un peu sauvage de ses yeux, ses cheveux longs et d'un noir de jais, sa taille élancée, ses dents blanches et bien rangées, et son teint légèrement olivâtre, ne démentent pas son origine.

---

1. 1808-1813, cf. *Repères Historiques*, p. 315.
2. Petit foyer à charbon de bois, utilisé pour le chauffage.
3. *Lorsque me mit au monde ma mère la Gitane.*
4. Les espagnols de pure souche se faisaient gloire d'être chrétiens depuis des générations, pour mieux se distinguer, par exemple, des marranes...

Quand la tranquillité fut rétablie dans le sud de l'Espagne, doña Clara et son tuteur revinrent habiter Grenade. Ce tuteur était une espèce de cerbère, grand ennemi des sérénades. À peine un barbier faisait-il résonner sa mandoline fêlée, que Fray Roque, voyant partout des amants, grimpait à la chambre de sa pupille, lui reprochait amèrement le scandale que causait sa coquetterie, et l'exhortait à faire son salut en entrant au couvent (probablement il l'engageait aussi à renoncer en sa faveur à la succession du licencié Gil Vargas). Enfin il ne la quittait qu'après s'être assuré que les verrous et les barres de sa fenêtre lui répondaient de sa sagesse.

Un jour il monta si doucement dans la chambre de Clara, qu'il la surprit écrivant, non une comédie, elle n'en faisait pas encore, mais le plus passionné des billets doux [1]. La colère du révérend père fut proportionnée au délit : la coupable fut enfermée dans un couvent.

Quinze jours après son entrée au cloître, elle en disparut en escaladant les murs, et pendant trois mois elle échappa à toutes les recherches.

Au bout de ce temps, Fray Roque apprit avec horreur que la timide colombe confiée à ses soins venait de débuter avec succès au Grand Théâtre *(Teatro Mayor)* de Cadiz, dans le rôle de doña Clara, de la *Mojigata*.

Il quitta Grenade, se disposant à venir l'arracher de l'asile singulier qu'elle avait choisi. Les amateurs de scandale se réjouissaient en pensant au procès futur entre un inquisiteur et un directeur de théâtre, quand un accès de goutte remontée priva le Saint-Office [2] d'un membre zélé, et Clara d'un tuteur incommode.

On a supposé bien des motifs pour son entrée au théâtre. Les uns l'attribuent à un goût naturel pour la

---

1. Dans tout ce passage, « Joseph L'Estrange » se souvient des rapports de Bartholo et de Rosine dans *Le Barbier de Séville*.
2. Cf. *Une Femme est un Diable*, p. 211, n. 1.

profession d'acteur ; d'autres à une inclination pour le *joven galan**[1] du Grand Théâtre ; d'autres enfin veulent que la pauvreté ait décidé Clara à se faire comédienne.

Quelque temps avant l'insurrection des troupes cantonnées dans l'île de Léon, dona Clara avait recueilli l'héritage de son oncle, et sa maison était le rendez-vous de tous les beaux esprits et de tous les constitutionnels de Cadiz[2]. Sa réputation d'exaltée pensa lui coûter cher lors du massacre du 10 mars. Un des *leales*[3] *de Fernando Septimo*, la rencontrant dans la rue, avait levé son sabre pour lui fendre la tête, lorsqu'un de ses camarades l'arrêta en lui disant : « Ne vois-tu pas, imbécile, que c'est la Clarita, qui nous a fait tant rire dans la *saynète*[4] de la *Gitana* ? — Oui, dit l'autre, mais c'est une ennemie de Dieu et du roi. — N'importe, répondit son camarade, je veux la voir encore jouer la *Gitana*. » Et il la sauva ainsi.

Les jours suivants, Clara parut sur la scène avec la cocarde nationale, et chanta des hymnes patriotiques avec tant de grâce qu'elle fit tourner la tête aux *serviles*[5] eux-mêmes. Tous les officiers du corps de Quiroga en avaient fait la dame de leurs pensées.

Deux jeunes officiers du bataillon d'Amérique se prirent de querelle à son sujet. Elle avait donné à l'un d'eux une cocarde de rubans verts faite de ses propres mains, et l'autre, disait-on, avait voulu l'enlever à son camarade. Les deux rivaux sortirent pour se battre. Clara l'apprit, et se rendit aussitôt sur le champ de

* Jeune premier.
1. Pléonasme : le *galán* — jeune premier — de la comédie espagnole est, par définition, toujours jeune.
2. En 1812, les libéraux avancés des Cortès de Cadix étaient partisans de la Constitution et opposés à la royauté absolue.
3. Partisans.
4. Petite pièce en un acte, comique ou satirique, jouée soit à la fin du spectacle, soit en intermède, entre deux actes du drame principal.
5. Royalistes.

bataille. On n'a jamais su de quel moyen elle s'est servie pour calmer leur fureur. Ce qu'il y a de certain, c'est qu'elle rentra le soir dans Cadiz donnant le bras aux deux militaires réconciliés, qu'elle les mena souper chez elle, et que jamais querelle ne vint depuis troubler leur amitié.

Sa réputation littéraire commença par la petite pièce intitulée : UNE FEMME EST UN DIABLE. Le public ignorait complètement le sujet de la comédie, et l'on peut juger de la surprise d'un parterre espagnol qui voyait pour la première fois sur les planches des inquisiteurs en grand costume. Cette bluette [1] eut un succès fou ; c'étaient des écoliers qui voyaient fesser leur régent.

Cependant les cagots [2] qui commençaient à se rallier crièrent au scandale. Trois ou quatre duchesses ou marquises, désespérées de voir leurs salons désertés pour celui de doña Clara, obligèrent leurs maris à faire des plaintes au gouvernement. Mais Clara avait aussi des protections puissantes. La comédie ne fut point défendue, et l'on se contenta d'y ajouter, pour la morale, le prologue que nous donnons en tête de la traduction. Clara se proposait de faire représenter la seconde partie d'UNE FEMME EST UN DIABLE ; mais son confesseur, aumônier du régiment de la Constitution, en fut tellement choqué, qu'il obtint d'elle que ce petit ouvrage serait jeté au feu.

Depuis ce moment sa réputation ne fit qu'augmenter, et ses comédies se succédèrent rapidement jusqu'à sa fuite en Angleterre, lors de la Restauration. Cependant, comme elles n'ont été imprimées qu'en 1822, et qu'elles ne furent jouées qu'assez tard sur le théâtre de Madrid, on n'en connaissait presque rien à Paris, où depuis quelque temps on semble rechercher les ouvrages étrangers.

On avait fait à Cadiz une édition de ses Œuvres

---

1. Petit ouvrage littéraire, spirituel et sans prétention.
2. Dévots excessifs, hypocrites, tartuffes.

111

complètes en deux volumes petit in-quarto ; mais, aussitôt après la déconfiture des constitutionnels [1], les juntes royalistes se hâtèrent de la mettre à l'index. Aussi l'original est-il extrêmement rare. La traduction que nous donnons aujourd'hui peut être considérée comme très fidèle, ayant été faite en Angleterre sous les yeux de doña Clara, qui a même eu la bonté de me donner une de ses pièces inédites pour joindre à son recueil. C'est la dernière du volume, LE CIEL ET L'ENFER, qui n'a été représentée qu'à Londres et sur un théâtre de société [2].

JOSEPH L'ESTRANGE.

1825.

---

1. Les Libéraux, qui étaient au pouvoir depuis la Révolution de 1820, doivent céder la place aux royalistes en 1823. (Cf. *Repères historiques*, p. 315.)
2. Dont les représentations ont lieu dans les salons de la bonne société. (Cf. les lectures du *Théâtre de Clara Gazul* dans les salons parisiens avant publication.)

# LES ESPAGNOLS EN DANEMARCK

## COMÉDIE EN TROIS JOURNÉES

> Que el orbe se admire,
> Y en nosostros mire
> Los hijos del Cid [1].

---

1. « Que l'univers s'émerveille et en nous admire les fils du Cid. »

# AVERTISSEMENT

« Le marquis de La Romana, général espagnol, naquit dans l'île de Majorque, d'une famille illustre, et était neveu du célèbre général Ventura Caro.

» Son éducation fut très soignée. Il possédait plusieurs langues, et montrait pour les sciences une passion et une aptitude dont les armes changèrent bientôt la direction. Il fit, avec son oncle, la campagne de 1793 contre les Français, et se distingua dans plusieurs occasions, entre autres à la défense du poste de Biriatou ; plus tard il fut blessé. En 1795, il concourut à la défense de la Catalogne. La paix lui permettant de voyager, il vint d'abord en France, et parcourut ensuite les principales villes de l'Europe.

» En 1807, l'empereur Napoléon ayant obtenu du roi Charles IV 15 000 hommes pour seconder dans le nord les opérations de son armée, le marquis de La Romana en prit le commandement. Aussitôt après l'arrivée de ces troupes à leur destination, plusieurs corps entrèrent en ligne, et rendirent d'importants services. La cavalerie surtout eut des engagements très brillants avec l'ennemi.

» Le marquis de La Romana était encore sous les drapeaux français dans l'île de Fionie, lorsqu'il apprit les événements de Madrid du 2 mai 1808[1], et, en même temps que les projets de Napoléon sur le trône d'Espagne avaient cessé d'être un mystère. Le marquis de La Romana résolut de rentrer dans sa patrie, et de se réunir aux défenseurs de l'indépendance nationale ; mais il fallait négocier avec les envoyés espagnols à Londres et avec le gouvernement anglais à l'insu du prince de Ponte-Corvo, aujourd'hui roi de Suède, commandant en chef de l'armée française. Il y parvint au moyen du capitaine de vaisseau don Rafael Lobo, qui faisait partie de l'escadre anglaise dans la Baltique, et il fit embarquer secrètement toutes ses troupes, ne laissant que quelques centaines d'hommes en Zélande et en Jutland, lesquels furent bientôt entourés et désarmés par les troupes danoises.

» De retour en Espagne, le marquis de La Romana se joignit aux insurgés. Ses talents et son courage ne purent éviter à son parti de nombreuses défaites. Celle d'Espinosa fut des plus désastreuses. Néanmoins il ne perdit pas courage. Vers la fin de 1808, il rallia les corps dispersés dans le royaume de Léon, et en forma l'*armée de gauche*. Au commencement de 1809, il eut une affaire très vive avec un des corps français qui poursuivaient l'armée anglaise, alors en pleine retraite. Il disputa le terrain avec la plus grande valeur, mais il perdit ses meilleures troupes. Les Anglais parvinrent enfin à se rembarquer ; le marquis de La Romana se replia sur la province d'Orense, où il prit position, ce qui lui permit d'entraver les opérations de l'armée française en la harcelant journellement dans sa marche. C'est en suivant ce système qu'il s'empara de Villa-Franca et passa dans les Asturies, où il continua le même genre d'attaques. La province de Valence le nomma membre de la junte de Séville. Il quitta alors son comman-

---

[1]. Le 2 mai 1808, les Madrilènes se soulevèrent contre l'occupant français. Le lendemain, Murat commença une répression sanglante de l'insurrection. Cf. *Les fusillades du Trois Mai* de Goya.

dement militaire, et se rendit à sa nouvelle destination. Son expérience et ses lumières furent justement appréciées par ses collègues, et il contribua puissamment à toutes les mesures importantes qui furent prises à cette époque. En 1810, par suite de l'entrée des Français en Andalousie et du départ de Séville de la junte, il alla prendre le commandement de l'armée stationnée sur les bords de la Guadiana, puis fit sa jonction avec le duc de Wellington, lorsque ce général se retira dans les lignes de Torres-Vedras.

» La Romana défendit ensuite avec le général Hill la rive gauche du Tage, dont le maréchal Masséna, malgré ses habiles manœuvres, ne put s'emparer. Sa santé s'était beaucoup affaiblie par les fatigues de la guerre, et il mourut à Cartaxo, en Portugal, le 28 janvier 1811.

» Ses compatriotes et les Français eux-mêmes rendaient justice à sa bravoure, à ses talents et à sa loyauté. Les premiers l'ont placé au rang de leurs généraux modernes les plus distingués. »

*(Biographie nouvelle des Contemporains[1].)*

---

1. Cette note sur le marquis de La Romana se trouve dans le tome XI, publié en 1823, de la *Biographie nouvelle des Contemporains* dont les vingt volumes parurent de 1820 à 1825.

# PROLOGUE

## PERSONNAGES DU PROLOGUE
UN GRAND. UN CAPITAINE. UN POÈTE. CLARA GAZUL.

*La loge de Clara Gazul.*
UN GRAND, UN CAPITAINE, UN POÈTE, CLARA

LE GRAND. — Enfin vous êtes habillée !
LE POÈTE. — Et toujours jolie comme un ange.
LE CAPITAINE. — Eh quoi ! sans basquina et sans mantilla\* ?
CLARA. — C'est que je n'ai pas à jouer un rôle espagnol.
LE CAPITAINE. — Tant pis !
LE GRAND. — Qu'est-ce que l'auteur ?
CLARA. — Je ne sais.
LE POÈTE. — Toujours discrète ! Ah ! que nous vous avons d'obligations, nous autres pauvres auteurs !
*Ils s'asseyent tous.*

---

\* La basquina est un jupon étroit et court, et la mantilla un voile noir sans lequel les dames espagnoles sortent rarement.

CLARA. — Voilà qui est bien, messieurs ! Vous vous asseyez ici, comme si vous aviez envie de passer la soirée dans cette loge. — Excellentissime seigneur, si vous vous mettez dans un fauteuil, vous allez vous endormir et manquer la comédie.

LE GRAND. — Vous savez bien que je ne viens jamais qu'à la seconde journée.

LE POÈTE. — Oh ! j'espère que la pièce nouvelle est divisée en actes.

CLARA. — C'est ce qui vous trompe. Mais la comédie en restera-t-elle plus mauvaise ?

LE POÈTE. — Hé ! elle n'en devient pas meilleure. — D'abord le titre n'a pas le sens commun, puisque jamais Espagnols, que je sache, n'ont été en Danemarck. N'est-ce pas, excellence ?

LE GRAND. — Est-ce que du temps des guerres de Pavie ?... Sous le grand capitaine... — Ils se seront peut-être avisés de traverser... Il me semble qu'il n'y a pas grand-chose à traverser... pour aller en Danemarck... Hein, seigneur licencié ?

LE POÈTE, *s'inclinant*. — Sans doute. — Mais la route la plus directe...

LE CAPITAINE. — Vous dites, seigneur licencié, que les Espagnols ne sont jamais allés en Danemarck ? Eh ! n'y suis-je pas allé, moi, avec le grand marquis de La Romana ? et n'ai-je pas manqué, vive Dieu ! d'y laisser mon nez ? Je l'ai eu gelé, parbleu ! qu'on l'aurait pris pour un morceau de glace.

CLARA. — Bravo, capitaine ! vous avez deviné le sujet de la comédie.

TOUS. — Quoi ! le marquis de La Romana !

CLARA. — Précisément.

LE CAPITAINE. — Eh bien, morbleu ! la comédie doit être excellente, c'est moi qui vous le dis. Le marquis était un grand homme. — Il a organisé chez nous la guerre des Quadrilles\*, qui a chassé les Français de notre vieille Espagne.

---

\* La guerre des partisans.

LE GRAND. — Appeler La Romana un grand homme ! Il était d'une injustice !... Il n'a pas voulu seulement me donner un régiment à commander... à moi !

LE POÈTE. — Mais c'est impossible de faire une comédie sur des gens qui sont à peine morts.

CLARA. — À peine morts !... Plût au ciel que le pauvre marquis ne fût pas tout à fait mort !

LE CAPITAINE. — Vive Dieu ! je me souviens encore du jour où nous rencontrâmes en Galice\* nos anciens alliés de Pologne. Nous avions l'air de tomber des nues... Malheureusement La Romana n'était pas avec nous... et...

LE GRAND. — Dites-nous un peu, Clarita, qu'est-ce que chante cette comédie ?

CLARA. — Patience, et vous verrez.

LE POÈTE. — Sur ce pied-là, la comédie commence en Danemarck et finit à Espinosa en Galice. — Le trajet est court... — Mais messieurs les romantiques ont des voitures si commodes !

CLARA. — Vous ne savez ce que vous dites. Toute la pièce se passe dans l'île de Fionie[1].

LE CAPITAINE. — Oui, justement, l'île de Fionie ; c'est là que j'ai manqué laisser mon nez en gage.

LE POÈTE. — Et... les unités ?

CLARA. — Ma foi ! je ne sais pas ce qu'il en est. Je ne vais pas m'informer, pour juger d'une pièce, si l'événement se passe dans les vingt-quatre heures, et si les personnages viennent tous dans le même lieu, les uns comploter leur conspiration, les autres se faire assassiner, les autres se poignarder sur le corps mort, comme cela se pratique de l'autre côté des Pyrénées.

LE GRAND, *qui n'a entendu que la fin de la phrase.* — En vérité ? les Français s'entr'égorgent-ils de cette

---

\* À Espinosa. Le marquis de La Romana était alors en Angleterre.
1. L'île de Fyn, au Danemarck. *Le Globe* du 21 mai 1825 donne comme titre de cette pièce : *Les Espagnols dans l'île de Fionie*.

manière ? Pourtant, lorsque j'étais en France, jamais je n'ai rien vu de semblable, et certainement je connaissais tout le monde à Paris.

LE POÈTE, *à part*. — Il est d'une bêtise ! Faut-il qu'un homme comme moi en soit réduit à faire des vers pour un homme comme lui ! *(Haut.)* Mais pour en revenir à nos unités...

LE CAPITAINE. — Allons, monsieur le licencié, qu'est-ce que cela vous fait, qu'il y ait de l'unité ou qu'il n'y en ait pas ? Mais vous êtes toujours à éplucher les autres.

LE POÈTE. — Ce que j'en fais, c'est seulement dans l'intérêt de l'art. Qu'il serait à désirer que nous imitassions nos voisins les Français !...

LE CAPITAINE. — Non, non ! en rien ! excepté dans la charge en douze temps, qu'ils font avec plus d'élégance que nous.

LE GRAND. — Et dans leur respect pour la noblesse ! En France, c'est toujours à un grand seigneur que l'on donne les ministères ; tandis que chez nous maintenant*...

CLARA. — Sans doute, et voilà qui est criant... Cette maudite constitution !... Un ministère vous irait si bien !

LE GRAND. — Pourquoi pas ? N'ai-je pas de la naissance et des talents politiques ? — Demandez au seigneur licencié... il s'y connaît.

LE POÈTE. — Nous n'avons pas de famille plus ancienne que celle de votre excellence.

LE CAPITAINE. — Morbleu ! vive l'égalité ! il y a bien assez longtemps que je suis capitaine ; faut-il encore qu'un blanc-bec de grand seigneur vienne m'enlever mes galons de colonel, que j'attends depuis si longtemps ?

---

* Il faut se rappeler que cette comédie fut composée sous le régime constitutionnel.

Le grand. — Capitaine, capitaine... ce n'est pas à un guerrilléro*...

Clara. — Ne vous disputez pas, messieurs, ou je vous mets tous à la porte. — Mais vous allez entendre la pièce nouvelle, qui, je l'espère, vous mettra tous d'accord. Vous, excellentissime seigneur, vous vous intéresserez à un noble marquis. — Vous, capitaine, votre héros sera l'aide de camp de La Romana, qui porte un nom cher à tous les Espagnols...

Le capitaine. — Et quel nom ? J'ai connu un aide de camp de La Romana qui avait gagné ses galons dans les antichambres de Godoy.

Clara. — Le nom de votre héros, capitaine, est don Juan Diaz...

Le capitaine. — Don Juan Diaz Porlier** ? Vive Dieu ! El marquesito ?

Clara. — Je ne dis pas cela, mais il s'appelle Juan Diaz... Vous, seigneur licencié, qui aimez tout ce qui est français, je vais vous charmer en vous apprenant que l'héroïne est une Française.

Le poète. — Comment ! une Française en Danemarck ! Qu'y vient-elle faire ?

---

\* Soldat d'une compagnie franche.
\*\* Il paraît que Clara Gazul a voulu représenter le célèbre et malheureux Porlier, plus connu en Espagne sous le nom *del Marquesito*, le petit marquis, sobriquet que ses soldats lui avaient donné. J'ignore s'il suivit le marquis de La Romana dans l'île de Fionie. Ce qu'il y a de certain, c'est qu'après la rentrée de Ferdinand VII dans ses États, Porlier se prononça ouvertement pour la constitution des Cortès, qu'il avait défendue avec éclat dans la guerre de l'indépendance. Une tentative qu'il fit, au mois de septembre 1815, pour proclamer la constitution à La Corogne, n'obtint aucun succès. Trahi par ses indignes compagnons, Porlier fut livré à l'autorité militaire, condamné à mort, et fusillé le 3 octobre 1815. Voici son épitaphe composée par lui-même : « Ici reposent les cendres de don Juan Diaz Porlier, général des armées espagnoles, qui a été heureux dans ce qu'il a entrepris contre les ennemis de son pays, mais qui est mort victime des dissensions civiles. Âmes sensibles, respectez les cendres d'un infortuné ! »

LE GRAND. — La Romana était de tous les hommes le plus injuste : la comédie doit être mauvaise.

LE CAPITAINE. — Au diable la pièce et l'auteur si la dame est française !

CLARA. — Eh bien ! pas un de vous n'est content ? Certes, je joue de malheur. Comment ! capitaine, vous n'applaudirez pas votre général ?

LE CAPITAINE. — Oui, si l'on y dit beaucoup de mal des Français.

CLARA. — Et vous, seigneur escolàstico [1]... puisqu'il y a des Français dans la pièce ?

LE POÈTE. — À la bonne heure, si c'étaient des gens morts depuis quatre cents ans au moins.

CLARA. — Et s'ils n'étaient morts que depuis trois cent cinquante ans, est-ce que la comédie ne pourrait pas être bonne ?

LE POÈTE. — C'est difficile.

CLARA. — Alors elle deviendra bonne avec le temps. Oh ! que je voudrais revenir dans quatre cents ans pour la voir applaudir ! — Et vous, excellence, applaudissez, je vous en prie, un marquis espagnol.

LE GRAND. — Une famille qui m'a volé sept de mes noms !

CLARA. — Que le diable vous emporte tous ! *(Au public.)* Vous, messieurs, vous êtes des gens raisonnables, écoutez avec indulgence la pièce nouvelle ; l'auteur se recommande à vous.

---

1. Érudit, savant.

# LES ESPAGNOLS EN DANEMARCK

## PERSONNAGES DE LA COMÉDIE

LE MARQUIS DE LA ROMANA.
DON JUAN DIAZ.
LE RÉSIDENT FRANÇAIS[1] dans l'île de Fionie.
CHARLES LEBLANC, officier français.
WALLIS, officier anglais.
L'HÔTE de l'auberge des Trois-Couronnes.
MADAME DE TOURVILLE, ou madame LEBLANC.
MADAME DE COULANGES, ou mademoiselle LEBLANC.

*La scène se passe dans l'île de Fionie, en 1808.*

---

1. Diplomate représentant le gouvernement français dans un pays étranger.

# PREMIÈRE JOURNÉE

### SCÈNE I
*Le cabinet du Résident.*

*On entend une musique militaire espagnole dans le lointain.*

LE RÉSIDENT, *seul*. — La, la, la ; au diable leur chienne de musique ! — La parade est finie. Je n'aime pas à me trouver au milieu de ces vieux soldats basanés. *(Regardant à la fenêtre.)* Ah ! voilà le général La Romana qui rentre chez lui, reposons-nous. Dieu ! quel rude métier ! Mes instructions m'obligent à me trouver sans cesse avec leurs officiers. — Je viens encore de me promener une heure durant avec eux... Pouah ! mes habits sentent le tabac à faire évanouir. — À Paris, j'en aurais pour six semaines avant d'oser me montrer... mais dans l'île de Fionie, dans ce barathrum[1], on n'est pas si délicat. *(Il s'assied.)* Ouf ! Ils me faisaient presque peur avec leurs longues moustaches et leurs yeux noirs et farouches. C'est qu'ils ne paraissent pas nous aimer beaucoup, nous autres Français... et ces

---

1. Mot grec : *abîme*. À Athènes on y jetait les criminels.

diables d'Espagnols sont tellement ignorants !... Ils ne peuvent comprendre comment notre grand monarque ne veut que leur bonheur en leur donnant pour roi son auguste frère... Ils trouvent l'île un peu froide... Parbleu ! et moi aussi. — Je paye bien cher l'honneur que rapporte une mission comme la mienne... Morbleu ! quand je me lançai dans la diplomatie, je m'imaginais qu'on allait m'envoyer d'abord à Rome ou à Naples, dans un pays de bonne compagnie enfin... — Je vais solliciter le ministre... dans la conversation j'ai le malheur de dire que je sais l'espagnol. — « Vous savez l'espagnol ? me dit-il. » — Me voilà ravi. — En rentrant chez moi, je trouve des passeports et des instructions ; — c'est pour Madrid, à ce que je crois... — Pas du tout... pour la division espagnole de La Romana dans l'île de Fionie !... l'île de Fionie ! Bon Dieu ! qu'ils doivent être étonnés à Paris de me savoir dans l'île de Fionie !... Avec cela, on me fait trotter de çà, de là, comme si j'étais un militaire. Encore si j'étais en Danemarck avec l'armée du prince*, je trouverais des Français à qui parler. — Mais, hélas ! il faut que je reste ici avec un tas d'Espagnols... des Danois, des Hanovriens, des Allemands... tant qu'on en veut. Tous ces braves gens-là s'aiment comme chiens et chats. Il faut les espionner, les amuser, leur parler le langage de la raison, de la nature et de la civilisation, comme mes instructions me le prescrivent... C'est, ma foi, difficile... Ils ne veulent pas se mettre dans la tête que les Anglais avec leur sucre sont leurs ennemis mortels. Ils voudraient prendre du café des îles et cent autres choses ; mais, puisque nous nous en passons, ils peuvent bien, eux aussi, s'en passer. — Mon Dieu ! quand prendrons-nous l'Angleterre ? Ce sont les Anglais qui me font rester dans cette maudite île avec ces baragouineurs d'Espagnols. — Ah ! l'air était si humide aujourd'hui !... bien heureux si je n'attrape pas une bonne

---

* Bernadotte, alors prince de Ponte-Corvo.

fluxion de poitrine. — Je serais tenté de me mettre au lit ; — mais il faut pourtant faire mon rapport. — Chien de métier ! — jamais un instant de repos ! Un rapport ! Eh ! que dire ?... Le prince m'écrit qu'il a lieu de soupçonner la fidélité du marquis de La Romana, qu'il me faut observer de près sa conduite et sonder les dispositions de ses soldats... Oui, sonder, voilà qui est bien aisé à dire ; — allez donc regarder ce qu'ils ont sur le cœur... leur peau est si noire, à ces moricauds, qu'on ne peut voir leur cœur au travers [1]. — Ah parbleu ! voilà qui est bien trouvé ! — Je m'en vais écrire cela au prince de Ponte-Corvo ; cela le fera rire, et c'est en faisant rire les gens que l'on avance. — C'est cela. — Je leur écrirai aussi cela à Paris. — *(Il écrit.)* L'idée n'est pas mauvaise...

UN DOMESTIQUE, *entrant*. — Une dame demande à parler à monsieur.

LE RÉSIDENT. — Une dame ! et quelle espèce de dame ?

LE DOMESTIQUE. — Mais, monsieur, c'est une Française... Elle est bien habillée, et elle a bien bonne tournure.

LE RÉSIDENT. — Une Française dans l'île de Fionie ! une Française à Nyborg ! Ô bonheur inespéré ! Lafleur, donnez-moi mon habit bleu et ma montre à breloques. — Un peigne. Bon. Faites entrer.

*Entre madame de Coulanges en habit de voyage.*

LE DOMESTIQUE, *annonçant*. — Madame de Coulanges.

*Il sort.*

LE RÉSIDENT, *à part*. — Peste ! c'est sans doute la femme d'un général. *(Haut.)* Je suis désespéré, madame,

---

1. Mérimée prend plaisir à faire débiter par le Résident (qui, comme la soi-disant Mme de Tourville, donne des Français une bien piètre image) tous les lieux communs et clichés les plus éculés sur les Espagnols.

de vous recevoir au milieu des horreurs diplomatiques d'un cabinet qui...

MADAME DE COULANGES. — Monsieur, veuillez avoir la bonté de lire cette lettre.

LE RÉSIDENT. — Madame, avant tout, prenez la peine de vous asseoir.

MADAME DE COULANGES. — Monsieur...

LE RÉSIDENT. — Ah ! de grâce, prenez ce fauteuil.

MADAME DE COULANGES. — Si...

LE RÉSIDENT, *sans lire la lettre*. — Madame arrive de Paris, sans doute ?

MADAME DE COULANGES. — Oui, monsieur. Cette lettre...

LE RÉSIDENT, *de même*. — J'ose à peine espérer, madame, que vous daignerez prolonger votre séjour dans cet affreux pays !...

MADAME DE COULANGES. — Je ne sais ; mais si vous preniez la peine de lire cette lettre...

LE RÉSIDENT, *de même, très vite*. — Nyborg est fort triste. C'est ici que sont cantonnés les Espagnols. Ils s'y ennuient à qui mieux mieux avec les Allemands. Nous n'avons presque pas de Français. Ils sont malheureusement en Danemarck, de l'autre côté du Belt [1], avec le Prince de Ponte-Corvo. Cependant, madame, votre séjour à Nyborg suffirait pour y attirer tout l'état-major du prince. — Un désert habité par un cénobite [2] comme vous...

MADAME DE COULANGES. — Monsieur, si...

LE RÉSIDENT, *de même*. — À propos, et Talma [3], que devient-il ?

MADAME DE COULANGES. — Je vais peu au spectacle. Si vous...

---

1. Le détroit du Petit Belt sépare l'île de Fyn du Jylland ; celui du Grand Belt la sépare de l'île de Sjarland.
2. Moine vivant en communauté dans le désert.
3. François-Joseph Talma (1763-1826), le plus grand acteur tragique — et le plus célèbre — de son temps.

LE RÉSIDENT, *de même*. — Je ne puis vous exprimer, madame, à quel point je suis charmé de rencontrer au milieu des neiges éternelles... une rose de Paris... hi ! hi ! hi ! une compatriote aussi aimable... Je désirerais vivement pouvoir vous être utile à quelque chose. Si vous aviez besoin, madame...

MADAME DE COULANGES. — De grâce, prenez la peine de lire cette lettre.

LE RÉSIDENT. — Puisque vous le permettez... *(Il ouvre la lettre et lit.)* Brr, brr, brr... Ho ! ho ! Peste ! il ne faut pas rougir pour cela... Mais que diable voulez-vous que je vous dise, ma belle dame ?

MADAME DE COULANGES. — Faites-moi connaître le marquis de La Romana.

LE RÉSIDENT. — Mais... que voulez-vous que je vous dise ? — Je l'ai bien observé. Il n'y a rien à faire avec un homme comme lui. Il est boutonné jusqu'au menton. Et puis, voyez-vous, il est vieux... et, quelque jolis que soient vos yeux, ils n'ont pas le pouvoir de ranimer un mort, hé ! hé ! hé !

*Il approche son fauteuil de madame de Coulanges.*

MADAME DE COULANGES, *se reculant*. — Peut-être a-t-il un ami... un ami intime, qui possède toute sa confiance ?

LE RÉSIDENT. — Oui, il en a bien un... et même un drôle de corps. C'est son aide de camp et son neveu. Il n'a pas de secret pour lui, à ce qu'on m'a rapporté. Au reste, cet aide de camp est un mauvais sujet, un bretteur... qui, il n'y a pas quinze jours, a tué en duel un officier français de la plus haute espérance. Et savez-vous pourquoi ! Parce que cet officier français lui a dit, en lui proposant la santé de sa majesté l'empereur, qu'il lui couperait les oreilles s'il ne buvait pas. Il n'a pas bu, et l'a tué.

MADAME DE COULANGES. — Du reste, quelle espèce d'homme est-il ?... Son caractère ?...

LE RÉSIDENT. — Son caractère ?... ma foi... que voulez-vous que je vous dise ?... Je ne sais... il est toujours à friser sa moustache... Ah ! et puis c'est un fumeur, un fumeur déterminé. Oui, il passe quelquefois des heures entières, enfermé avec le marquis, à fumer d'une drôle de façon... avec de petits cigares de papier qu'ils font eux-mêmes. Ce que je vous dis est exact, je les ai vus.

Madame de Coulanges. — Sans doute on vous aura remis quelques notes sur son compte ?

Le Résident. — À vous dire vrai, on m'en a bien remis quelques-unes. Mais, ma foi, je ne sais ce qu'elles sont devenues. J'ai tant de papiers !... C'était peu de chose, puisque je ne m'en souviens plus.

Madame de Coulanges. — Fort bien. Mais au moins quel est son nom ?

Le Résident. — Il se nomme don... vous savez que tous les Espagnols s'appellent don... don Juan Diaz... Ils ont des noms uniques !... don Juan Diaz... Il a bien encore un autre nom, mais pour le moment je ne m'en souviens plus... Il demeure aux Trois-Couronnes, une auberge sur le bord de la mer.

Madame de Coulanges. — Cela suffit. J'ai de grands remerciements à vous faire pour vos informations. — Il me faudrait mille écus.

Le Résident, *écrivant un billet*. — Vous les aurez. Vous avez un crédit illimité dans la lettre, et sur votre figure... Hé ! hé ! hé !

Madame de Coulanges. — Me serait-il possible, monsieur, de faire passer par votre entremise de l'argent franc de port à un frère que j'ai sergent dans la garde ?... Cet argent provient de quelques marchandises françaises que j'ai vendues en Allemagne.

Le Résident. — Sans la moindre difficulté. J'envoie tous les jours à mes amis du bœuf fumé par le courrier diplomatique. Mais pourrai-je compter sur un peu de reconnaissance ? Hé ! hé !

Madame de Coulanges. — Le billet est à vue ?

Le Résident. — À vue sur messieurs Moor et compagnie. — Ce monsieur Juan Diaz est un heureux coquin... Car nous autres qui faisons de la diplomatie, nous comprenons tout de suite le fin des choses... Vous allez le séduire... Hé ! hé ! j'ai envie de me faire conspirateur, moi, hé ! hé ! hé !

MADAME DE COULANGES. — Ce ne serait pas chose aisée, monsieur, que de pénétrer vos secrets. Je suis bien fâchée de vous avoir dérangé, pour si peu de chose, de vos occupations diplomatiques.

LE RÉSIDENT. — Vous me permettrez, belle dame, de venir quelquefois me délasser de la politique auprès de vous ?...

MADAME DE COULANGES. — Pardon, monsieur ; vous ne réfléchissez pas, sans doute, que je ne dois pas recevoir le résident français dans l'île de Fionie.

LE RÉSIDENT. — Diable ! Vous avez bien quelque espèce de raison... Mais avec un grand manteau sombre, comme en portent les Espagnols... un soir... par un temps de brouillard...

MADAME DE COULANGES. — Non, voici ma première et ma dernière visite. Ma mère se chargera de vous porter les notes que j'adresserai au prince.

*Elle met son voile et se dispose à sortir.*

LE RÉSIDENT. — Permettez du moins...

LE DOMESTIQUE, *entrant*. — Cet aide de camp que vous savez bien... l'aide de camp du général La Romana, désire vous parler.

LE RÉSIDENT. — Qu'il aille au diable ! Lafleur, conduisez madame par le petit escalier dérobé. Vite, vite ! Adieu, sirène ! *(Madame de Coulanges sort.)* Quel dommage ! jamais je ne me suis senti tant d'esprit. Et j'étais en si beau chemin ! Au diable le fâcheux ! N'avoir pas un moment à soi !

*Entre don Juan.*

Ah ! monsieur, j'ai l'honneur de vous présenter mes hommages : comment vous portez-vous ! — J'en suis charmé. Et le cher général ? Toujours de même ? — Enchanté ! Prenez donc la peine de vous asseoir.

Don Juan. — Voulez-vous prendre la peine de m'écouter ?

Le résident. — Entièrement à vos ordres. Disposez de moi.

Don Juan. — Il y a six mois, monsieur, que nous sommes sans nouvelles d'Espagne. Diverses raisons nous ont portés à croire, moi et d'autres officiers de notre division, que vous, monsieur, aviez des ordres de votre gouvernement pour les arrêter, et...

Le résident. — Pardonnez-moi, monsieur le colonel, vous êtes entièrement dans l'erreur, et, pour achever de vous détromper, je me fais un véritable plaisir de vous communiquer des dépêches de votre pays que je reçois à l'instant même. Voici une proclamation de son altesse le grand-duc de Berg ; voici un bulletin annonçant...

Don Juan. — Eh ! que m'importent vos proclamations et vos bulletins ? C'est bien cela dont nous nous soucions ! Des nouvelles de nos familles, et non de celles du grand-duc de Berg, voilà ce que nous vous demandons.

Le résident. — Monsieur, il y a tant d'accidents qui peuvent empêcher une lettre de parvenir à son adresse ! Peut-être, par exemple, aura-t-on oublié d'affranchir vos lettres en Espagne, ce qui arrive très fréquemment ; ou bien...

Don Juan. — Plaisante excuse !

Le résident. — Voulez-vous me faire l'honneur de déjeuner avec moi ?

Don Juan. — Grand merci, monsieur le résident. J'ai chez moi du chocolat de contrebande qui m'attend, et vous m'excuserez si je le préfère à votre café impérial.

Le résident. — Ah ! jeune homme, jeune homme ! se peut-il que vous oubliiez le tort irréparable que vous faites au commerce ! Ce chocolat ne vous est-il pas apporté par nos plus cruels ennemis ?

Don Juan. — Que m'importe, pourvu qu'il soit bon ?

LE RÉSIDENT. — Monsieur, monsieur, le chocolat des tyrans des mers doit toujours paraître détestable à un officier qui a l'honneur de servir sous les drapeaux toujours victorieux de sa majesté impériale.

DON JUAN. — Et sa majesté impériale nous dédommage assurément de toutes les drogues continentales qu'elle nous fait avaler, grâce à son blocus !

LE RÉSIDENT. — Sans doute, monsieur. Sa majesté ne veut-elle pas faire briller au-dessus des Pyrénées le soleil de la civilisation, dont les brouillards de l'anarchie ne vous ont laissé voir jusqu'à présent qu'une faible lueur ?

DON JUAN, *riant*. — Ha ! ha ! ha ! Quels soins paternels ! que cela est touchant ! Mais, franchement, monsieur, je vous avoue que nous aimons l'ombre en Espagne, et nous nous passerions fort bien de son soleil.

LE RÉSIDENT. — Nouvelle preuve du besoin que vous avez d'un législateur qui vous retrempe. Permettez-moi, monsieur le colonel, d'exprimer ici toute ma pensée. Vous n'êtes pas, vous autres Espagnols, à la hauteur du siècle ; et même, qui le croirait ? vous voulez repousser la lumière qu'on vous apporte. — Tenez, monsieur, je parie que vous n'avez jamais lu Voltaire !

DON JUAN. — Je vous demande pardon, monsieur ; je sais par cœur une grande partie de ses œuvres.

LE RÉSIDENT. — En ce cas je ne vous en parlerai pas. — Mais enfin, vous êtes encore entichés... (non pas vous, monsieur, qui êtes un esprit fort comme un Français, mais la masse de vos compatriotes), vous êtes encore entichés de vos superstitions. Vous en êtes encore à n'avoir de respect que pour la monacaille... N'est-ce pas vous rendre service que de vous importer la philosophie du dix-neuvième siècle, et vous débarrasser de vos antiques préjugés, enfants de l'ignorance et de l'erreur ?

DON JUAN. — Monsieur, nous recevrons toujours la philosophie à bras ouverts quand on nous l'enverra dans des caisses de bons livres. Mais, d'honneur, le cortège de quatre-vingt mille soldats qui l'accompagne aujourd'hui ne nous la rend pas très aimable.

LE RÉSIDENT. — Sa majesté veut vous arracher au joug des despotes insulaires.

DON JUAN. — À propos, on dit qu'en Portugal, sur le bord de la mer, auprès de certain bourg nommé Vimeiro*...

LE RÉSIDENT. — Oh ! monsieur, vous êtes assurément mal informé.

DON JUAN. — Comment ! je ne vous ai rien dit encore.

LE RÉSIDENT. — Mais je devine ce que vous allez dire. Permettez-moi de rétablir les faits. Les Anglais sont débarqués à Vimeiro, il est vrai ; jusqu'ici vous êtes bien informé. Mais nous avons été les attaquer ; nous les avons tournés, coupés... Enfin on en a fait un carnage effroyable. — Il paraît même que beaucoup de leurs généraux ont été tués. Leur armée a été mise dans la plus épouvantable désorganisation... à la suite de quoi nos braves troupes, d'après des ordres supérieurs, se sont embarquées pour Brest en France. Telle est, monsieur, l'exacte vérité.

DON JUAN. — Voilà qui est admirable ! mille remerciements. Je vais faire part à mes amis des nouvelles que vous m'avez données...

LE RÉSIDENT. — Si vous le permettez, je vous remettrai une relation moins succincte et plus claire.

DON JUAN. — Oh ! votre relation est excellente et fort claire... et je m'y tiens. Adieu, monsieur, bon appétit ! Il en faut pour prendre le café de la grande nation.

*Il sort.*

LE RÉSIDENT. — Serviteur, monsieur ; mes respects à monsieur le marquis. *(Seul.)* Mauvais ricaneur ! Qu'il

---

* Bataille de Vimeiro, gagnée le 21 juin 1808 par sir Arthur Wellesley (le duc de Wellington) sur le général Junot et l'armée française, qui capitula à Cintra, et s'embarqua pour la France.

rie tant qu'il voudra, je l'ai bien attrapé avec ma relation de la bataille de Vimeiro. C'est extraordinaire ! depuis que je suis dans la diplomatie, je me sens un aplomb, une intrépidité pour débiter des bourdes, dont je ne me serais pas cru capable il y a un an. Me voilà faisant des bulletins, en vérité, aussi bien qu'un major général. Patience, patience ! Je ne suis pas cloué à cette île. On avance vite au service de l'empereur. Qui sait ? un jour peut-être bien me réveillerai-je avec le portefeuille des affaires étrangères sous mon chevet.

*Il sort.*


## SCÈNE II

*Un salon de compagnie dans l'auberge des Trois-Couronnes.*

LE MARQUIS, *seul, se promenant avec inquiétude.*

*Il tire sa montre.*

Il devrait être arrivé depuis une heure !... Je ne puis tenir en place !... Peut-être que d'ici je découvrirai quelque chose. *(Il ouvre la fenêtre qui donne sur la mer.)* Non, pas un bateau en mer... Aussi loin que la vue peut s'étendre, les vagues, rien que les vagues... pas un point noir pour me donner une lueur d'espérance !... *(Il se promène.)* Peut-être ont-ils craint ce mauvais temps... c'était au contraire celui qu'ils devaient choisir... Seulement, si je pouvais être sûr qu'ils ne se sont pas embarqués !... *(Regardant à la fenêtre.)* Le sloop[1] a pris le large. Allons ! ils me tiendront encore un jour à la torture... Cependant... quelque temps qu'il fasse, m'écrivait l'amiral, vous aurez de mes nouvelles... Il me semble que je brûle... Pas une embarcation !... S'ils avaient été arrêtés, malgré leurs

---

1. Petit navire à voiles.

passeports, par quelque garde-côte ?... Auront-ils pris toutes leurs précautions pour cacher leurs dépêches ?... Je leur avais tant recommandé ! Quel tourment que l'incertitude !... J'aimerais mieux mille fois me trouver au milieu des boulets d'un champ de bataille que dans cette chambre attendant ce bateau, sans pouvoir hâter d'un seul instant son arrivée...

DON JUAN, *derrière la scène*. — Lorenzo, desselle la jument, il fait trop mauvais temps pour sortir. — *(Entrant.)* Au diable ce pays de brouillards et de pluies ! — Ah ! général, je baise les mains de votre excellence. Toujours à regarder par la fenêtre depuis que je vous ai quitté ? — Eh ! dites-moi, avez-vous compté combien il y a de vagues dans le Belt ?

LE MARQUIS. — Don Juan, comment trouves-tu ce pays ?

DON JUAN. — Comme une antichambre du purgatoire ; et j'espère qu'on me rabattra dans l'autre monde les années que j'y ai passées sur celles que je dois rôtir en expiation de mes péchés...

LE MARQUIS, *à part*. — La mer n'est plus tenable. J'espère qu'ils ne se sont pas embarqués.

DON JUAN, *continuant*. — Il y pleut toujours, quand il n'y neige pas. Les femmes y sont toutes ou blondes ou rousses ; jamais grand comme la main de bleu dans le ciel, pas un pied mignon, pas un œil noir ! Oh ! Espagne ! Espagne, quand reverrai-je tes basquinas, tes jolis escarpins, tes yeux noirs, brillants comme des escarboucles !

LE MARQUIS. — Don Juan, ne désires-tu revoir l'Espagne que pour les yeux noirs et les pieds mignons qu'elle renferme ?

DON JUAN. — Voulez-vous que je vous parle sérieusement ?

LE MARQUIS. — Oui, mais es-tu capable d'une pensée sérieuse ?

DON JUAN. — Vive Dieu ! si vous n'étiez pas mon général, je vous dirais une raison bien sérieuse qui me fait désirer de revoir l'Espagne.

LE MARQUIS. — Parle en toute assurance.

DON JUAN. — Vous ne me mettrez pas aux arrêts, vous me le promettez ?

LE MARQUIS. — Toujours des plaisanteries !

DON JUAN. — Vous voulez du sérieux ? Eh bien ! si je veux revoir l'Espagne, c'est pour me trouver face à face avec ses oppresseurs, c'est pour planter en Galice l'étendard de la liberté, c'est pour y mourir, si je ne puis y vivre libre.

LE MARQUIS, *lui serrant la main.* — Ô don Juan ! tu as le cœur d'un véritable Espagnol, malgré ta légèreté apparente. C'est à ce cœur, don Juan, que je veux confier un secret qu'il est digne d'apprendre. Bien que nous ne portions pas de chaînes, nous sommes tout aussi captifs dans cette île que nous le serions dans un immense cachot. Ici une armée nombreuse d'auxiliaires nous observe. De l'autre côté du Belt, l'armée du prince de Ponte-Corvo pourrait en quelques jours se réunir aux Danois et aux Allemands pour nous écraser. Mais cette mer, qui nous ferme le chemin de notre patrie, cette mer...

> *Entrent madame de Coulanges, madame de Tourville, l'hôte, une femme de chambre. Don Juan les observe, et le marquis se retire dans le fond à la fenêtre.*

L'HÔTE. — Voici le salon de compagnie : ainsi vous n'aurez que le carré à traverser ; la société la plus distinguée s'y rassemble. Le général La Romana occupe en ce moment l'aile de la maison en face de votre appartement. Vous voyez qu'il est impossible de trouver un hôtel mieux fréquenté. Le cercle noble de la ville s'y réunit tous les soirs[*].

MADAME DE TOURVILLE. — Cela est fort agréable.

MADAME DE COULANGES. — Louise, faites porter mes malles dans nos chambres.

---

[*] Usage allemand.

MADAME DE TOURVILLE. — Je vais avec vous. Je suis bien aise de me mettre au fait de la maison. *(Bas à madame de Coulanges.)* Allons, ferme ! Te voilà en présence de l'ennemi ; l'important est de bien débuter.

MADAME DE COULANGES. — Bon. Je reste ici pendant que tu rangeras un peu. *(Affectant de la surprise.)* Ah ! mais il y a quelqu'un ici !

L'HÔTE. — C'est le général dont je vous parlais, et son premier aide de camp.

DON JUAN, *bas au marquis.* — Excellence, voyez donc ce qui nous arrive ; de véritables prunelles andalouses, ou le diable m'emporte !

LE MARQUIS. — Don Juan, viens.

L'HÔTE. — Monsieur le marquis, une dame française qui va être votre voisine ! — Madame de Coulanges. — Madame, monsieur le général de La Romana, le colonel don Juan Diaz.

MADAME DE COULANGES, *à l'hôte.* — Ainsi vous vous chargez de me procurer un domestique ?

L'HÔTE. — Je vais de ce pas le chercher. Excusez-moi si je vous quitte ; sans doute, ces messieurs se feront un plaisir...

DON JUAN. — Madame, c'est à nous, comme aux plus anciens locataires, à faire les honneurs de ce triste hôtel. Veuillez donc prendre la peine de vous asseoir. Ce ne peut être qu'un naufrage, madame, qui vous amène dans cette île maudite ; il y a bien longtemps que j'en demandais un au ciel, mais je n'espérais pas qu'il nous envoyât une...

MADAME DE COULANGES. — Pardon, monsieur le colonel, vos vœux n'ont pas été exaucés, car je suis arrivée hier par le paquebot ; et moi qui ne me pique pas de courage, je n'ai pas eu un instant de frayeur. En voyant la mer aujourd'hui, je me félicite d'avoir passé hier.

LE MARQUIS. — Don Juan ?...

DON JUAN. — Vous parlez trop bien espagnol, madame, pour n'être pas une de nos compatriotes. Vous avez eu compassion de nous autres, malheureux exilés.

MADAME DE COULANGES. — Non, monsieur, je ne suis pas Espagnole, mais j'ai longtemps habité votre beau pays.

DON JUAN. — J'aurais juré que vous étiez Andalouse, à votre excellente prononciation, et surtout à vos yeux et à vos pieds tout à fait *gaditanos*. N'est-ce pas, excellence, que vous auriez cru que madame était de Cadiz\* ?

MADAME DE COULANGES. — Pour moi, à vos compliments, j'étais tentée de vous prendre pour un Parisien ; vous m'avez dit trois paroles, et c'étaient autant de compliments. Je vous préviens que je ne les aime pas.

DON JUAN. — Ah ! madame, il faut me les pardonner : il y a si longtemps que je n'ai vu de jolie femme !

LE MARQUIS. — Don Juan, j'ai à te parler chez moi.

*Il sort.*

MADAME DE COULANGES. — Le général semble avoir quelque chose à vous dire.

DON JUAN. — Oh bien ! qu'il attende ; je ne quitterai pas la compagnie d'une dame pour aller parler de casernes et de corps de garde avec un vieux général. — Pouvons-nous espérer, madame, que nous vous conserverons longtemps ?

MADAME DE COULANGES. — Je ne sais. Depuis la mort de mon mari, j'ai quitté la Pologne, et j'attends ici mon oncle, qui doit faire partie de votre corps d'armée.

DON JUAN. — Un militaire ?

MADAME DE COULANGES. — Il est colonel de dragons.

DON JUAN. — Et le numéro de son régiment ?

MADAME DE COULANGES, *à part*. — Je tremble ! *(Haut.)* Mais le... le quatorzième, je crois...

---

\* Les Andalouses, et surtout les femmes de Cadiz, sont renommées dans toute l'Espagne pour la petitesse de leurs pieds et la douceur de leur parler.

Don Juan. — C'est donc le colonel Durand, avec lequel j'ai servi. Mais son régiment était en Holstein, et il est parti depuis quelque temps pour l'Espagne.

Madame de Coulanges. — Le nom de mon oncle est M. de Tourville... Mais il est maintenant, je crois, attaché à l'état-major... Il a commandé autrefois ce régiment, ou bien peut-être ai-je confondu les numéros.

Don Juan. — Vous avez quitté l'Espagne avant l'invasion... *(se reprenant)* avant que les Français n'entrassent en Espagne.

Madame de Coulanges. — Oui, monsieur. — Les Français sont bien détestés en Espagne aujourd'hui.

Don Juan. — Des Françaises comme vous, madame, sont aimées en tout pays ; et je suis sûr que nos rebelles, comme vous les appelez...

Voix *derrière la scène*. — Ils sont perdus ! ils sont dans le courant.

Don Juan. — Ô Dieu ! quelques malheureux qui font naufrage !

*Ils vont à la fenêtre.*

Madame de Coulanges. — Oh ! cette barque là-bas, avec ces trois hommes. Ciel ! quelle énorme vague !

Don Juan. — Ils vont se briser sur les récifs, si l'on ne va à leur secours ! Mais personne n'ose, à ce qu'il paraît.

Madame de Coulanges. — Oh ! si j'étais homme !

Don Juan, *déboutonnant son habit*. — J'y vais, moi.

Madame de Coulanges. — Arrêtez ! qu'allez-vous faire ? monsieur, vous allez vous perdre ; restez, je vous en supplie !

Don Juan. — Non, non ! je ne puis demeurer tranquille quand je vois des hommes en danger de périr.

Madame de Coulanges. — Mais vous n'êtes pas marin... Arrêtez, au nom du ciel ! monsieur, vous allez périr avec eux, restez, restez ! *(Elle le prend par l'habit. Don Juan le lui laisse entre les mains, et sort.)* Il veut mourir ! quel secours pouvez-vous leur porter !... monsieur ! *(À la fenêtre.)* Colonel ! colonel don Juan !... Le voici qui entre dans une petite chaloupe, avec deux hommes braves comme lui ; malheureux ! et les vagues sont plus hautes que la maison.

*Entre le marquis.*

LE MARQUIS. — Qu'est-ce ? Pourquoi ce bruit ?

MADAME DE COULANGES. — Hélas ! monsieur !... votre aide de camp...

LE MARQUIS. — Eh bien ?

MADAME DE COULANGES. — Il s'est élancé... malgré moi...

LE MARQUIS. — Où est-il ?

MADAME DE COULANGES. — Tenez, le voyez-vous ?... Hélas !...

LE MARQUIS, *à la fenêtre*. — Don Juan ! don Juan !

MADAME DE COULANGES. — Dieu ! quelle affreuse tempête !... et leur chaloupe est si petite !

LE MARQUIS. — Messieurs, allez, arrêtez cette barque ! ils courent à leur perte. Tenez, voici ma bourse... mais partez !

MADAME DE COULANGES. — Hélas ! le danger est si affreux, que personne n'ose la ramasser.

LE MARQUIS. — Comment ! lâches ! laisserez-vous périr ainsi vos camarades sous vos yeux ? Ah ! je suis ébloui !... je ne vois plus rien... Dites-moi, le voyez-vous encore ?

MADAME DE COULANGES. — Oui, toujours. Ils sont couchés sur leurs rames...

LE MARQUIS. — Mon Dieu ! le rendras-tu victime de sa générosité ?

MADAME DE COULANGES. — Ah !... ils sont submergés, miséricorde !

LE MARQUIS. — Non, la barque de don Juan flotte encore !... mais les autres...

MADAME DE COULANGES. — Je ne puis m'arracher à cet affreux spectacle, bien qu'il me tue !

LE MARQUIS. — Ciel ! il a disparu !

MADAME DE COULANGES. — Je ne vois plus son écharpe rouge !

LE MARQUIS. — Malheureux ! que dirai-je à sa mère ?

MADAME DE COULANGES. — Mes yeux se remplissent de larmes... tout tourne autour de moi...

*Elle se laisse tomber sur la fenêtre.*

LE MARQUIS. — Il est mort ! il est mort ! Et sa mère qui me l'avait confié !...

*Il court çà et là comme un forcené. Au bout de quelques instants on entend des*

CRIS *derrière la scène.* — Les voilà ! les voilà !

LE MARQUIS. — Ils sont sauvés !... Je le vois !... Don Juan !... Don Juan !... Madame... il est sauvé !

MADAME DE COULANGES. — Quoi !... il n'est pas mort ?

LE MARQUIS. — Voilà leur bateau !... Ils ont pris les hommes de l'autre barque... Encore un effort, don Juan !

MADAME DE COULANGES, *agitant son mouchoir*. — Courage, brave jeune homme, tu n'es pas fait pour mourir ici\* !

LE MARQUIS. — Tiens ferme le gouvernail, don Juan... Encore cette vague... courage !

MADAME DE COULANGES. — Ah ! je n'y puis résister...

*Elle se jette sur un sofa.*

LE MARQUIS. — Don Juan !... don Juan !...

CRIS *derrière la scène.* — Ils sont sauvés !

LE MARQUIS. — Bien !... encore celle-ci... c'est la dernière... Victoire !... Il touche au rivage... J'en mourrai de joie !... Madame, madame, venez donc le

---

\* On connaît la fin tragique du malheureux Porlier.

voir portant dans ses bras le malheureux qu'il a sauvé... Est-ce là du courage !

*Il sort.*

MADAME DE COULANGES. — Voilà donc ce don Juan !... Malheureuse que je suis !... j'espérais trouver quelque fat... et je trouve un héros !... Ah ! qu'il est différent de l'homme que je m'étais imaginé !

*Entrent don Juan portant Wallis évanoui, le marquis, madame de Tourville, l'hôte, quelques valets.*

DON JUAN. — Vive Dieu !... je suis heureux de savoir nager !... Ah ! vous voici, madame... faites-nous, de grâce, un peu de place.

L'HÔTE. — Prenez garde au sofa... mettez cette serviette sous lui.

DON JUAN. — Il s'agit bien de votre sofa ! posons-le doucement !

LE MARQUIS, *l'embrassant*. — Mon fils ! mon cher don Juan !

L'HÔTE, *aux valets*. — Allez préparer un lit bien chaud ; moi, je vais chercher un médecin.

*Il sort.*

DON JUAN, *à madame de Coulanges*. — Je parie, madame, que vous avez des sels [1] sur vous ; toutes les jolies femmes en ont.

MADAME DE COULANGES. — Je vais en chercher.

*Elle sort.*

DON JUAN. — Ce ne sera rien, il est resté trop peu de temps sous l'eau. — Voyez donc, excellence, sous cette mauvaise veste, cette chemise à jabot... Pour un pêcheur norvégien, cela est assez élégant.

---

1. Sels volatils ou sels anglais, « qu'on fait respirer pour ranimer les esprits » (Littré).

LE MARQUIS, *bas*. — Tais-toi.

DON JUAN. — Hein ? — Frottez-lui les tempes de votre côté... et la paume des mains... Mais comme il les tient serrées toutes les deux sur sa poitrine !... Ah ! ah ! une petite boîte au bout d'un cordon ?... Il y a de l'amour là-dedans, ou le diable m'emporte !

MADAME DE TOURVILLE. — Voyons.

LE MARQUIS, *prenant la boîte*. — Occupons-nous du malade.

MADAME DE COULANGES, *rentrant avec un flacon*. — Tenez. Il commence à respirer. Maman, soutiens-lui la tête.

MADAME DE TOURVILLE. — Il faudrait le pendre par les pieds pour lui faire rendre l'eau qu'il a bue.

LE MARQUIS. — Oui ; ce serait le vrai moyen de l'achever.

WALLIS. — Où suis-je ?

DON JUAN. — Avec des amis, camarade. — Eh bien ! comment cela va-t-il ?

WALLIS, *portant les mains à son cou*. — Ma boîte ?

DON JUAN. — Elle est en sûreté ; c'est le marquis de La Romana qui la tient. Il vous la rendra, soyez tranquille, et buvez ce que l'on vous présente.

WALLIS. — Le marquis ?

DON JUAN. — Tenez, buvez ce cordial.

LE MARQUIS. — Qu'on le porte sur le lit de Pedro, mon valet de chambre.

DON JUAN, *à madame de Coulanges*. — Regardez, madame, regardez ce pauvre matelot. Vous voyez en lui le modèle des amants. Il tenait serrée sur son sein une petite boîte que M. le marquis vient de prendre, et qui contient un portrait de femme que son excellence va nous montrer.

LE MARQUIS. — Don Juan, respectez les secrets de ce jeune homme.

DON JUAN. — À la bonne heure ; mais, pour ma peine, il faudra bien qu'il me montre un jour si elle est jolie ou non.

WALLIS. — Où est celui qui m'a sauvé ?

Tous. — Le voici.

Wallis. — Monsieur, donnez-moi votre main.

Don Juan. — Allez, camarade, tâchez de dormir ; et puis, pour vous faire oublier toute l'eau salée que vous avez bue, je vous ferai vider une bouteille de véritable Jerez qui vous remettra le cœur.

*Tous sortent avec Wallis, excepté don Juan et madame de Coulanges.*

Madame de Coulanges. — Monsieur...

Don Juan. — Je donnerai je ne sais quoi pour voir ce portrait.

Madame de Coulanges. — Je voudrais trouver des mots pour vous exprimer mon admiration.

Don Juan. — C'est une chose toute simple pour quelqu'un qui sait nager comme moi. Tout autre à ma place en aurait fait autant ; mais ce qu'il y a de singulier, c'est que je n'ai jamais si bien plongé. Quelle force l'on trouve dans ces moments-là !

Madame de Coulanges. — Oh monsieur !... Tenez... je ne puis m'empêcher de vous embrasser.

Don Juan. — Vive Dieu ! je voudrais qu'il y eût tous les jours des naufrages sous nos fenêtres. — Mais à propos, madame, il y avait trois personnes dans le bateau que nous avons sauvé.

Madame de Coulanges, *l'embrassant*. — Tenez... et encore... Oh ! je suis une folle !... mais jamais je n'ai tant souffert... ni jamais...

*Elle pleure.*

Don Juan. — Qu'avez-vous ? Vous m'effrayez ! Vous êtes plus pâle que notre noyé.

Madame de Coulanges. — Oh ! monsieur... ce n'est rien... mais je ne puis m'empêcher de pleurer... Oh ! je suis une folle !

Don Juan. — Ah çà ! où est mon habit ? Je vous ai laissé mon habit entre les mains, comme le chaste Joseph... sans prétendre à une comparaison...

MADAME DE COULANGES. — Prenez bien soin de vous... Allez changer bien vite... je vous en supplie...

DON JUAN. — D'abord permettez-moi de vous reconduire jusqu'à votre appartement... Et pourrai-je ensuite venir savoir de vos nouvelles ?

MADAME DE COULANGES. — Oui, monsieur... toujours.

*Elle sort appuyée sur le bras de don Juan, en mettant son mouchoir sur ses yeux.*

DON JUAN, *restant seul*. — Une intrigue bien commencée... un homme tiré de l'eau, un secret à apprendre ; — voilà, certes, de quoi finir agréablement sa journée. — Elle est fort jolie, cette dame, et semble avoir un bien bon caractère. Je n'aime rien tant, moi, que les gens francs et sincères qui ont le cœur sur les lèvres. Ah çà ! allons changer, car je commence à avoir froid.

*Il va pour sortir ; entre le marquis.*

LE MARQUIS. — Nous sommes seuls, don Juan. Tu es un brave Espagnol. Je vais t'ouvrir mon cœur.

DON JUAN. — Parlez, général, je grille d'impatience... *(bas)* et je meurs de froid.

LE MARQUIS. — Sais-tu qui tu as sauvé ?

DON JUAN. — Un pêcheur... peut-être un contrebandier ?

LE MARQUIS. — Un officier anglais, le lieutenant du Royal-George, envoyé par l'amiral de la station, avec lequel, depuis quelque temps, j'ai engagé une correspondance.

DON JUAN. — Je comprends... bravo ! je vois tout !... Parbleu, voilà qui est plaisant !... Et cet honnête amiral nous tirera peut-être de cette île du diable ?

LE MARQUIS. — Et nous ramènera dans notre vieille Espagne.

DON JUAN. — Espagne ! Ô mon cher pays, je vais donc te revoir !

LE MARQUIS. — Le défendre, don Juan !

Don Juan. — Mourir pour lui, pour la liberté ! Oh ! la mort me paraîtra douce sur le rivage d'Espagne ! — Mais, diable ! pourrons-nous emmener toute la division ?

Le marquis. — Tous mes soldats me suivront. Tout est prévu : la flotte anglaise jettera l'ancre dans cette baie avant que le prince puisse accourir avec ses Français pour s'opposer à notre dessein.

Don Juan. — Quant aux étrangers qui garnisonnent l'île avec nous...

Le marquis. — Nous avons des armes...

Don Juan. — Et nous nous en servirons ?... Vivat !... Mais, diable ! voilà qui dérange un peu ma conquête de tout à l'heure...

Le marquis. — Don Juan, est-il possible que vous ayez de pareilles idées dans un semblable moment !

Don Juan. — Eh ! pourquoi pas ? la patrie d'abord, ensuite... un peu d'amour pour se distraire.

Le marquis, *souriant*. — Tu es un fou, mais un brave garçon. Écoute, je mettrai dans peu ton zèle à l'épreuve.

Don Juan. — C'est ce que je demande ! Vous verrez que, si quelquefois je suis trop disposé à rire, jamais je n'oublie pour une amourette l'honneur ou ma patrie.

Le marquis. — Je te connais, bon jeune homme. Va, si les vents ne changent pas, dans quelques jours nous aurons quitté notre prison.

Don Juan. — Vous me transportez de joie. — À propos, comment va cet Anglais ?

Le marquis. — Grâce à toi, il pourra me donner les nouvelles que j'attendais. Il faudra que tu l'accompagnes à son bord pour me rapporter le dernier mot de l'amiral.

Don Juan. — Disposez de moi. — C'étaient sans doute les lettres de l'amiral qu'il portait à son cou comme le portrait de sa maîtresse ?

Le marquis. — Précisément. — Et toi tu voulais que je les montrasse !

Don Juan. — Le pauvre diable ! il les tenait serrées

dans ses mains, même après avoir perdu connaissance.
— Avez-vous remarqué que son premier mot a été pour demander sa boîte ?

LE MARQUIS. — Et ce brave homme s'expose à une mort ignominieuse pour une entreprise qui n'intéresse que médiocrement son pays. De quelle ardeur ne devons-nous pas être enflammés, nous qui allons venger notre patrie trahie lâchement, nous qui allons combattre pour tout ce que les gens d'honneur ont de plus cher !

DON JUAN. — J'espère que l'on parlera de nous un jour !

LE MARQUIS. — Qu'importe que la postérité oublie nos noms, pourvu qu'elle sente les effets de nos généreux efforts ! — Don Juan, faisons le bien pour le bien. — Ensuite remercions le ciel s'il nous envoie un Homère.

# DEUXIÈME JOURNÉE

### SCÈNE I

*L'appartement de madame de Coulanges à l'auberge des Trois-Couronnes.*

MADAME DE TOURVILLE, MADAME DE COULANGES

MADAME DE TOURVILLE. — Tu es une sotte ; te voilà toute sens dessus dessous, parce que tu lui as vu faire sa coupe. La belle chose que de savoir nager quand on l'a appris ! et pourtant une carpe lui en remontrerait.

MADAME DE COULANGES. — Mais un homme qu'il ne connaissait pas !... et les gens de cette maison disent que la côte est si dangereuse !

MADAME DE TOURVILLE. — Eh bien ! il sait nager, — c'est dit, et il a du courage : mais qu'est-ce que cela te fait ? Fais-moi toujours ton rapport.

MADAME DE COULANGES. — Je n'ai rien à dire.

MADAME DE TOURVILLE. — Sais-tu que je serais tentée de croire que tu t'es amourachée de ce petit officier brun, qui nage comme un canard ? — Tu as la berlue, mon enfant. Tu n'as rien vu !... Moi, du premier coup d'œil, j'ai découvert un complot.

Madame de Coulanges. — Un complot ! en vérité, tu en vois partout.

Madame de Tourville. — Il vaut mieux en voir où il n'y en a point, que de n'en pas voir où il y en a. Sais-tu que l'on a toujours une gratification, outre le traitement ordinaire, pour chaque complot que l'on évente ? — Dis-moi, as-tu remarqué que ce noyé avait une chemise de batiste ?

Madame de Coulanges. — Qu'y a-t-il là de si extraordinaire ?

Madame de Tourville. — Ce qu'il y a d'extraordinaire ?... Allons, elle est folle, c'est fini. — Une chemise de batiste, avec un jabot. — Faut-il te le répéter : — Une chemise de batiste, hé ? C'est le fil d'une conspiration effroyable. Il y a de quoi faire pendre vingt personnes.

Madame de Coulanges. — Tu as bien de la pénétration.

Madame de Tourville. — Et toi, bien de la bêtise ! — Comment ! il ne te saute pas aux yeux que cet homme est un espion ou suédois, ou anglais, ou russe... Et même il est certain qu'il est anglais, car je me trompe fort, ou sa chemise était de batiste anglaise. Ainsi voilà qui est assez clair.

Madame de Coulanges. — Clair ?

Madame de Tourville. — Un moment... De plus, il portait à sa veste un bouton dépareillé, avec une ancre dessus ; donc il vient d'un vaisseau anglais.

Madame de Coulanges. — Tous les marins ont des boutons semblables.

Madame de Tourville. — Innocente ! — Et des portraits suspendus au cou ? Il était plaisant, le petit aide de camp, avec son portrait de femme. Il a bien joué son rôle, sur ma foi ! c'est un gaillard bien retors, et qui contrefait l'indifférent à merveille. — Et le général, qui a vite empoché la boîte avant qu'on pût y jeter un coup d'œil.

Madame de Coulanges. — Il y a peut-être bien du

mystère là-dessous, mais je n'irai pas les ennuyer avec une histoire de boutons, de chemise de batiste et de semblables bagatelles. Ce serait le moyen de se faire rappeler sur-le-champ.

MADAME DE TOURVILLE. — Bagatelles ? bagatelles ?... Ah ! Élisa, dans les affaires rien n'est à dédaigner. C'est pourtant un poulet rôti qui m'a fait découvrir la cachette du général Pichegru ; et, sans me vanter, cela m'a valu bien de l'honneur, sans parler du profit. Voici le fait : c'était du temps de ton père, le capitaine Leblanc. Il revenait de l'armée ; il avait de l'argent, nous faisions bonne chère et grand feu. Un jour donc je m'en vais chez mon rôtisseur, et je lui demande un poulet rôti. — « Mon Dieu, madame », me dit-il, « je suis bien fâché, mais je viens de vendre mon dernier. » — Moi qui connaissais tout le quartier, je voulus savoir à qui. — « Qui est-ce qui l'a pris ? » que je lui demande. — Lui me dit : « C'est un tel, et il se traite joliment, car depuis trois jours il lui faut une volaille à chaque dîner. » — *Nota bene* qu'il y avait justement trois jours que nous avions perdu les traces du général Pichegru. Moi, je roule tout ça dans ma tête, et je me dis : « Diable ! voisin, l'appétit vous est venu ; vous avez la fringale. » Finalement, je reviens le lendemain, et j'achète des perdrix qui n'étaient pas cuites, remarque bien cela, pour avoir le temps de faire causer mon marmiton pendant qu'elles rôtiraient. Là-dessus, mon homme au gros appétit entre et achète une dinde rôtie, une belle dinde, ma foi ! — « Ah ! je lui dis, un tel, vous avez bon appétit, en voilà pour deux personnes, et pour une semaine. » — Lui cligne de l'œil, et dit : « C'est que j'ai de l'appétit comme deux. » Un Français se ferait pendre plutôt que de manquer un bon mot. Moi, je le regarde entre deux yeux, lui se détourne, prend sa bête et s'en va. Il ne m'en fallut pas davantage, je savais qu'il connaissait Pichegru. — On me happe mon homme, et, moyennant une récompense honnête, il livra bien et beau mon général, — et j'eus pour ma part six mille francs de gratification*. Voilà ce que c'est que de faire attention à des bagatelles.

MADAME DE COULANGES. — Oh ! tu es fort habile ; pour moi, je ne suis pas en train de deviner.

MADAME DE TOURVILLE. — Fais comme tu l'entendras, cela te regarde ; quant à moi, je m'en lave les mains. Si un autre a la gratification, si l'état en souffre, ce ne sera pas ma faute.

MADAME DE COULANGES. — Bah ! ce don Juan m'a l'air d'un...

MADAME DE TOURVILLE. — Veux-tu que je te dise de quoi il a l'air ? Il a l'air d'aimer les dames ; et, si tu avais de l'esprit comme moi, tu mangerais à deux râteliers, et tu tirerais plus d'un quadruple à monsieur le colonel. C'est un marquis, sans que cela paraisse, et les domestiques disent qu'il roule sur l'or. Il leur donne des pourboires !...

MADAME DE COULANGES. — Mon Dieu ! que je suis fatiguée ! je n'ai pu fermer l'œil de la nuit.

MADAME DE TOURVILLE. — Il a l'air d'un franc libertin... tu m'entends ? Ah ! mon enfant, si j'avais été aussi jolie que toi, je n'en serais pas où j'en suis ; et pourtant, si tu ne m'avais pas auprès de toi dans tes missions, que ferais-tu ? Il faut que, moi, je me mette en quatre pour amener le gibier à mademoiselle, qui n'a que la peine de se baisser pour le prendre, et de dire merci pour l'argent que cela rapporte.

MADAME DE COULANGES, *avec ironie*. — Sans compter l'honneur.

MADAME DE TOURVILLE. — Bah ! bah ! Est-ce qu'il faut penser à cela, il y en a de plus huppés que nous qui font de pires métiers.

---

\* Historique [1].

1. L'anecdote n'a rien d'historique. Toutefois l'officier qui permit, pour la somme de trois cent mille francs, l'arrestation du général Pichegru, organisateur d'un complot contre Napoléon, s'appelait Le Blanc...

UNE FEMME DE CHAMBRE, *entrant*. — M. don Juan Diaz demande si ces dames sont visibles.

MADAME DE TOURVILLE. — Sans doute. — Ce que c'est que d'être jolie ! elle n'a pas besoin de se donner de la peine : qu'elle se montre seulement, et on lui court après.

DON JUAN, *entrant*. — Pardon, mesdames, si je me présente devant vous sans autre titre que ma qualité de voisin. J'ai pris la liberté de venir m'informer si la scène d'hier n'avait pas produit un fâcheux effet sur la santé de madame.

MADAME DE COULANGES. — J'ai été fort émue sans doute... mais jamais je n'ai ressenti une émotion si douce.

MADAME DE TOURVILLE, *bas*. — Bien dit. — *(Haut.)* Prenez donc la peine de vous asseoir, monsieur.

MADAME DE COULANGES. — Vous ne vous êtes pas trouvé incommodé ?... et le malheureux que vous avez sauvé ?...

DON JUAN, *assis*. — Il est frais et gaillard, et parle déjà de se mettre à la poursuite des harengs... Mais, madame, vous paraissez encore souffrante, je me reproche d'avoir apporté ce mourant sous vos yeux... mais dans le trouble...

MADAME DE COULANGES. — Après vous avoir vu braver la mort !... Mais je me porte très bien.

MADAME DE TOURVILLE, *à part*. — Elle joue la passion à merveille ! — *(Haut.)* Et vous, monsieur, vous ne nous donnez pas des nouvelles de votre santé, après l'imprudence que vous avez faite. — Ah ! jeune homme, jeune homme ! mais ils sont tous comme cela !

MADAME DE COULANGES, *bas à sa mère*. — Tous ?

DON JUAN. — En vérité, j'ai passé une nuit fort agréable, enchanté d'avoir pris un bain de mer dans cette saison.

MADAME DE TOURVILLE. — Ma fille ne cessait de parler de votre courage. Elle craignait que vous ne prissiez une fluxion de poitrine.

DON JUAN. — Je suis bien fier de vous avoir fait

penser à moi. Mais nous autres militaires, nous sommes à l'épreuve d'un bain froid.

MADAME DE TOURVILLE. — Peut-être, monsieur, avez-vous connu dans vos campagnes mes fils, deux officiers de la plus grande espérance... l'aîné, le général de Tourville, et le cadet, le colonel Auguste de Tourville.

MADAME DE COULANGES, *bas*. — Prends garde !

DON JUAN. — J'avouerai à ma honte que j'entends leurs noms pour la première fois... Mais je lis si peu les bulletins !

MADAME DE TOURVILLE. — Ah ! vous avez bien raison. Du sang, on n'y voit que cela. Ah ! M. Diaz, j'ai bien peur que l'on n'envoie mes enfants en Espagne ; cela nous ferait bien de la peine, c'est une guerre si injuste !...

DON JUAN, *au lieu de répondre, joue avec son écharpe*.

MADAME DE COULANGES. — Vous m'avez dit, je crois, que vous aviez demeuré à Séville ?

DON JUAN. — Assez longtemps pour conserver un tendre souvenir de cette noble cité et de ses habitants. Mais, vous, madame, à l'exception de leur teint tant soit peu moresque, vous me retracez tout ce que j'admirais dans les dames de Séville.

MADAME DE TOURVILLE. — C'est à Séville qu'est votre junte ? Ah ! ce sont des gens bien courageux, des Romains du temps de Jules César.

MADAME DE COULANGES. — Colonel, vous êtes sans doute musicien ? En votre qualité d'Espagnol, vous êtes tenu de savoir pincer de la guitare. Je mettrais votre talent à l'épreuve, si je ne craignais de vous ennuyer.

DON JUAN. — Ah ! madame, pourrais-je m'ennuyer de ce qui vous amuse ? Mais, modestie à part, je ne joue de la guitare qu'assez bien pour donner une sérénade au besoin, ou pour accompagner nos simples romances espagnoles. — Pour vous, madame, en votre qualité de Française, vous n'aimez sans doute que les grands airs d'opéra ?

MADAME DE COULANGES. — Point du tout. Vos airs mélancoliques me plaisent plus que cette musique sans caractère qu'il est de bon ton d'admirer.

MADAME DE TOURVILLE. — Votre musique me chasse ; excusez-moi, colonel Diaz. — *(Bas à sa fille.)* L'occasion est belle, profites-en. Dis donc... aie beaucoup de vertu, les hommes aiment cela.

*Elle sort.*

DON JUAN. — Vous aimez les romances espagnoles ? Seriez-vous assez bonne pour en chanter une ?

MADAME DE COULANGES. — Mais cela vous donnera peut-être la maladie du pays.

DON JUAN. — Heureusement la musicienne balancera l'effet de la musique.

MADAME DE COULANGES. — Voici les romances, choisissez.

DON JUAN. — Celle-ci, dont je ne vois que le titre ; ce doit être une vieille romance.

MADAME DE COULANGES, *à part*. — Hélas ! quel choix !

DON JUAN. — Un chevalier amoureux d'une Moresque, c'est le sujet favori des anciens poètes.

*Madame de Coulanges chante, et don Juan l'accompagne avec sa guitare.*

## ROMANCE

Alvar de Luna était un cavalier de renom, natif de Zamora. Son cheval s'appelait *Aquilon*, et son épée *Tranche-fer*. Il avait tué plus de Maures qu'il n'y a de grains à mon chapelet. Jamais cavalier des Espagnes ne lui fit perdre les arçons. Jamais il ne fut vaincu en duel ni en bataille ; mais il fut vaincu par deux beaux yeux ;

Les beaux yeux de Zobéide, fille de l'alcayde* de Cordoue-la-Grande. Il jeta son épée, abandonna son coursier dans un

---

* Gouverneur.

pré. Il prit une guitare, monta sur une mule noire aux pieds blancs, et s'en vint à l'Alcazar* de Cordoue, et dit à Zobéide : « Je t'aime ; monte en croupe avec moi, et t'en viens à Zamora. »

Zobéide lui répondit avec un soupir : « Beau cavalier, je t'aime d'amour ; mais Allah est mon Dieu, et Christ est le tien. Je te le dis en vérité, je mourrai avant peu, car tu m'as blessée au cœur. Mais je ne serai point ta femme, car je suis maure, et tu es chrétien. »

Le bon chevalier remonta sur sa mule, et revint à Zamora, sa patrie ; et il distribua tout son bien aux pauvres. Dieu fasse paix au frère Jayme du cloître de Saint-Inigo ! Et il mourut en odeur de sainteté, le cœur brisé d'amour, parce que Zobéide était maure et qu'il était chrétien.

MADAME DE COULANGES, *tristement*. — Eh bien ! qu'en pensez-vous ?

DON JUAN. — Charmante ! divinement chantée ! — Je voudrais que l'on fît une loi en Espagne pour défendre à tous les fous de se faire moines, excepté aux fous d'amour. Ce serait le moyen de diminuer le nombre des couvents ; et, s'il en restait encore, cela donnerait une bonne idée de nous aux étrangers.

MADAME DE COULANGES. — Comment trouvez-vous les paroles ?

DON JUAN. — Comme celles de toutes nos vieilles romances. Voilà bien les sottes mœurs du bon vieux temps. Cet Alvar de Luna [1] était un plat animal. Eh ! vive Dieu ! que ne se faisait-il musulman au lieu de se faire moine ?

MADAME DE COULANGES. — Ah ! Il y a tel obstacle qui peut séparer deux personnes faites pour s'aimer.

DON JUAN. — Comment ? la différence de nation ou de religion ?

---

\* Palais.

1. Alvaro de Luna (1388-1453) est l'auteur de plusieurs poèmes et le sujet de nombreux autres dans le *romancero* espagnol. Toutefois, la « romance » de M$^{me}$ de Coulanges est un pastiche par Mérimée des chansons mauresques du *romancero*.

MADAME DE COULANGES. — Il peut exister bien d'autres causes.

DON JUAN. — Quelles donc ?

MADAME DE COULANGES. — Par exemple...

DON JUAN. — Eh bien ! vous ne trouvez pas d'exemple ? — Ah ! dites-moi, madame, seriez-vous incapable de renoncer à votre patrie pour un... un époux... qui aurait su se faire aimer ?

MADAME DE COULANGES. — Sans doute, c'est le devoir d'une épouse. — Mais...

DON JUAN, *vivement*. — Mais ?...

MADAME DE COULANGES. — ... Je ne me remarierai point. *(S'efforçant de sourire.)* Il est trop agréable d'être veuve.

DON JUAN, *à part*. — Au diable la romance !

MADAME DE COULANGES. — Voulez-vous chanter encore ?

DON JUAN. — Je craindrais de vous fatiguer, madame ; — je m'aperçois d'ailleurs que ma visite s'est un peu trop prolongée.

MADAME DE COULANGES. — Colonel, ce sera toujours avec le plus grand plaisir que... mais... *(A part.)* Que lui dire pour qu'il ne vienne plus se jeter dans les pièges qu'on lui tend ?

LA FEMME DE CHAMBRE, *entrant*. — M. le marquis de La Romana demande monsieur.

DON JUAN. — Son général avant tout... voilà les principes de don Alvar. — Madame, permettez-vous ?

*Il baise la main de madame de Coulanges, et sort.*

MADAME DE COULANGES, *à sa femme de chambre*. — Venez me délacer ; j'étouffe.

*Elles sortent.*

## SCÈNE II
### Le bord de la mer.

DON JUAN, WALLIS, MATELOTS *dans le fond occupés à préparer une barque ;* UNE SENTINELLE *se promène devant l'auberge. Il fait nuit.*

WALLIS. — Voyez ! le sloop s'est rapproché pour nous. Il élève un fanal à la hune.
DON JUAN. — Je vois comme un ver luisant, à une lieue de nous.
WALLIS. — Vous n'avez pas encore l'œil d'un marin. Allez, ils sont plus près de nous que vous ne pensez. Dans une heure je vous débarquerai ici, et tout sera fait. — Enfants, vos rames sont-elles bien entortillées de linge ?
UN MATELOT. — Tout à l'heure, lieutenant ; elles ne feront pas plus de bruit que la patte d'un canard.
WALLIS. — Quand nous passerons devant le môle et la batterie, couchez-vous sur vos rames, et, si l'on nous hèle, que personne ne réponde.
DON JUAN. — Soyez sans inquiétude. Toutes les nuits des contrebandiers passent devant les forts de la côte sans qu'on s'en aperçoive.

*Une fenêtre s'ouvre, madame de Coulanges paraît au balcon de l'auberge.*

DON JUAN. — Ah !
WALLIS, *bas*. — Quelqu'un nous observe. Au large !
DON JUAN, *bas*. — Ne craignez rien. Qui nous reconnaîtrait ? *(À la sentinelle.)* Tu seras encore de faction quand je reviendrai ?
LA SENTINELLE. — Oui, mon colonel.
MADAME DE COULANGES, *chantant, sans les voir*. — « Mais je suis maure, et vous êtes chrétien. »
DON JUAN, *bas*. — Au diable le refrain !

WALLIS, *bas aux matelots*. — Dépêchez-vous, au nom du diable ! il ne fait pas bon ici.

MADAME DE COULANGES. — La fraîcheur du soir ne peut éteindre le feu qui me brûle. *(Apercevant don Juan.)* Ah ! qui sont ces hommes ?

WALLIS. — Colonel ! million de tonnerres ! que faites-vous sous ce balcon, planté comme une perche ? Par le ciel ! voici venir quelqu'un de ce côté, on veut nous couper la retraite. Ne dites mot.

*Madame de Tourville entre avec une femme de chambre.*

MADAME DE COULANGES, *bas à don Juan*. — Éloignez-vous, qui que vous soyez !

*Elle rentre.*

MADAME DE TOURVILLE. — Ah ! mon Dieu ! des hommes de mauvaise mine devant l'hôtel !... Heureusement voici la sentinelle pour nous protéger... et ma fille qui était au balcon...

*Elle s'avance vers la barque.*

WALLIS. — Halte-là ! nous sommes des contrebandiers. Ne nous perdez pas, et vous aurez du tabac pour rien.

MADAME DE TOURVILLE, *s'approchant toujours*. — En auriez-vous, messieurs ? je voudrais en acheter.

WALLIS. — On vous en portera. Mais n'avancez pas. — Au large ! à moi le gouvernail.

*La barque s'éloigne.*

MADAME DE TOURVILLE. — Cette voix ne m'est pas inconnue. — Et cet autre enveloppé jusqu'aux yeux dans son manteau ; et la sentinelle qui ne crie pas à la garde... tout cela est fort singulier ; — mais je saurai ce qui en est.

Entrons.

*Elles entrent dans l'auberge.*

## SCÈNE III

*Appartement de madame de Coulanges.*

MADAME DE COULANGES, MADAME DE TOURVILLE

Madame de Tourville. — Tu as beau dire, c'était lui.

Madame de Coulanges. — Non, te dis-je. N'as-tu pas vu, ainsi que moi, que c'étaient des contrebandiers ?

Madame de Tourville. — À la bonne heure ! mais je suis bien aise de les voir revenir. Je ne me coucherai pas.

Madame de Coulanges. — Mais, maman, tu te feras du mal. Laisse-moi, je veillerai à ta place.

Madame de Tourville. — Non, non. Couche-toi. Il faut te conserver le teint frais. Moi, qui n'ai plus de fraîcheur à perdre, je veillerai. D'ailleurs, je ne veux m'en rapporter qu'à moi dans ces affaires-là. — Laisse le volet comme je l'ai mis, il ne faut pas qu'on voie de la lumière chez nous.

Madame de Coulanges. — Ils ne reviendront peut-être que dans deux ou trois jours.

Madame de Tourville. — Non, non ! si ces gens sont ceux que je pense, ils seront ici avant que le soleil se lève. — Le général a l'air soucieux depuis que nous sommes ici... je l'ai entendu toute la nuit dernière se promener dans sa chambre au lieu de dormir. — Va, tout cela n'est pas naturel. Mais laisse-moi faire, ils seront bien fins s'ils m'échappent.

Madame de Coulanges. — Au lieu de te fatiguer à veiller, ne peux-tu pas demander à l'hôte si quelqu'un est sorti cette nuit ?

Madame de Tourville. — Sotte que tu es ! l'hôte est sans doute acheté par eux... et puis ces gens-là sont d'une négligence... — Je viens de jouer à la bouillotte[1] chez le résident français ; je les ai tous décavés. — Ah ! qu'ils sont encore innocents ! — Mais couche-toi donc : tu me fais de la peine. Sais-tu qu'il est près d'une heure ?

MADAME DE COULANGES. — Je ne puis dormir quand je sais que tu veilles.

MADAME DE TOURVILLE. — Comme il te plaira. — Il y a encore de la lumière chez le général. On en voit la réflexion sur l'eau. Si j'osais, j'ouvrirais le balcon.

MADAME DE COULANGES. — Ouvre. Je crois que l'air soulagera mon mal de tête.

MADAME DE TOURVILLE. — Oui, mais cela donnerait l'alarme au vieux renard. — Écoute, il marche. *(Madame de Coulanges fait tomber une chaise.)* Que le diable t'emporte ! Comment ! tu ne peux pas te tenir tranquille ?

MADAME DE COULANGES. — Oh ! que je me suis fait de mal au pied !

MADAME DE TOURVILLE. — Tais-toi, douillette !

MADAME DE COULANGES. — Oh ! je souffre tant !... oh !

MADAME DE TOURVILLE. — Quelle est cette lumière, là-bas dans la mer ?

MADAME DE COULANGES. — Un fanal, peut-être, pour montrer la passe.

MADAME DE TOURVILLE. — Je crois plutôt que c'est ce vaisseau sous pavillon hambourgeois qui croise depuis quelques jours à l'entrée du Belt.

MADAME DE COULANGES. — Eh bien ! qu'est-ce que cela te fait qu'il y ait un vaisseau hambourgeois ?

MADAME DE TOURVILLE. — Hambourgeois ? — Il est de Hambourg comme moi.

MADAME DE COULANGES. — Tu fais toujours des

---

1. Sorte de jeu de cartes en usage dans les salons. *Décaver :* gagner toute la *cave* (mise) d'un joueur.

suppositions étranges. Moi, je ne voudrais pas me charger ainsi la conscience.

MADAME DE TOURVILLE. — La conscience ? Tu veux me faire rire, avec ta conscience. Tu parles comme un frocard. — Chut ! — Au lieu d'une lumière, il y en a maintenant deux, mais bien faibles. — Ah ! ah ! voici qui devient intéressant.

MADAME DE COULANGES, *à part.* — Hélas ! — *(Haut.)* Tu connais donc les signaux des marins ?

MADAME DE TOURVILLE. — Et la lumière qui disparaît chez le général... Bravissimo !

MADAME DE COULANGES. — Il est allé se coucher, il a plus d'esprit que nous.

MADAME DE TOURVILLE. — Oui, oui, innocente, crois qu'il dort. — Voici sa lumière qui reparaît. — C'est peut-être, diras-tu, qu'il a soufflé sa chandelle, et qu'elle s'est rallumée toute seule, comme cela arrive quelquefois. — Trois lumières au vaisseau !... de notre côté, éclipse. — Ah ! la chandelle s'est encore rallumée... Nous vous tenons, monsieur le marquis Romain. — Comme tu es pâle ! Je te disais bien qu'il n'est pas bon pour toi de veiller si tard. Couche-toi, ma bonne Élisa ; la fortune te viendra en dormant, car notre fortune est faite.

MADAME DE COULANGES. — Plût au ciel qu'elle fût faite depuis longtemps !

MADAME DE TOURVILLE. — C'est bien dit, ma foi ; car, à l'heure qu'il est, nous roulerions carrosse à Paris, au lieu de nous morfondre dans cette île. Mais patience... — Il n'y a plus qu'une lumière.

MADAME DE COULANGES. — Allons nous coucher maintenant.

MADAME DE TOURVILLE. — Ah ! et ma conscience ? Non, non, il faut que je le voie rentrer. Jusque-là je n'aurai pas la conscience nette. Il me faut des preuves... et elles arrivent en bateau. — Si j'osais, j'irais tout de suite chez le résident... mais cela ne servirait à rien. Il est si bête ! non, j'écrirai moi-même au prince.

MADAME DE COULANGES. — Il me semble que ma tête est en feu.

MADAME DE TOURVILLE. — Quand nous reviendrons en France, nous pourrons faire une belle affaire sur les percales ; nous en passerons pour de l'argent. En donnant une robe ou deux à la femme du directeur des douanes, on passe tout ce qu'on veut.

MADAME DE COULANGES. — Oui, je voudrais que nous n'eussions jamais fait que la contrebande.

MADAME DE TOURVILLE. — Il faut prendre des deux mains. — Je voudrais bien savoir ce qu'est devenu ton frère Charles. Il y a plus de deux ans qu'il n'a écrit.

MADAME DE COULANGES. — Tu sais comme il est. Tu lui as donné une si bonne éducation !... à peine sait-il écrire.

MADAME DE TOURVILLE. — C'est égal ! Charles est un garçon qui ira loin si un boulet ne l'arrête en chemin. Son colonel dit qu'il a du cœur comme un lion. Il est toujours le premier là où il y a des coups à donner et à recevoir.

MADAME DE COULANGES. — Oui, et du mal à faire. *(À part.)* Il devrait être ici.

MADAME DE TOURVILLE. — C'est tout le portrait de son père, M. Leblanc. Il était capitaine dans les guides. Il est mort bravement au champ d'honneur. Son lieutenant, qui est le père d'Auguste, m'a dit qu'il avait quinze coups de sabre rien que sur la tête.

MADAME DE COULANGES. — Quelle horreur !

MADAME DE TOURVILLE. — Moi, j'ai toujours eu du faible pour les gens de cœur. Le premier que j'ai eu, c'était un général qui est parti pour l'Amérique... Les sauvages me l'ont mangé après l'avoir rôti. — Ce que je te dis est exact.

MADAME DE COULANGES. — Ô Dieu !

MADAME DE TOURVILLE. — Je me souviendrai toujours d'un gros banquier qui m'entretenait à douze mille francs par an. Un jour il se laissa donner devant moi une paire de soufflets par un petit sous-lieutenant de chasseurs à cheval qui n'avait pas un sou vaillant.

Ma foi ! je ne pus m'empêcher de quitter le richard, et de prendre le petit chasseur... Mais c'étaient des bêtises. J'étais jeune alors... et je m'en suis bien repentie, surtout quand il s'est mis à me donner des coups de cravache. — Si j'étais homme, je serais militaire, c'est sûr.

MADAME DE COULANGES. — Tu ne vois rien ? Je te disais bien...

MADAME DE TOURVILLE. — Non, je ne vois rien encore... Ah ! chut ! je vois quelque chose de noir qui vient sur l'eau ; c'est une barque ou une baleine. — Fermons le volet mieux que ça... Élisa !

MADAME DE COULANGES. — Ce sont... les contrebandiers ?

MADAME DE TOURVILLE. — Voici mon homme au manteau... ou plutôt le tien... Il serre la main à un autre, il saute à terre... Entrera-t-il ici ?... Bonsoir, Élisa.

*Elle sort.*

MADAME DE COULANGES, *seule*. — Il est perdu !... et c'est moi, misérable que je suis, qui l'ai perdu ! Maudit soit le jour où j'ai abordé dans cette île ! — Plût au ciel que nous eussions péri avant d'entrer dans le port !... Ainsi le seul homme pour qui j'ai senti de l'amour va périr... et c'est moi, moi qui l'aime, qui lui ai mis la corde au cou ! Il va croire que cette femme qu'il aimait a feint une passion généreuse, tandis qu'elle se faisait payer sa tête. — Moi, vendre don Juan pour de l'or ! — Comment se peut-il faire que j'aie jamais consenti à prendre cet épouvantable métier ? Une fille qui s'abandonne à des portefaix vaut mieux que moi. Un voleur vaut mieux que moi... Et moi, j'ai pu !... Il faut que j'aie bien changé depuis peu de temps ; car, en venant ici, lorsque je ne songeais qu'à pénétrer les secrets de ce jeune homme pour les trahir, je n'avais jamais songé que ce fût une chose aussi horrible... Mon amour pour lui m'a ouvert les yeux. — Ah ! Juan Diaz, toi seul tu pourrais m'arracher de la fange où ils m'ont plongée. Oui, le sort en est jeté : je m'attache à sa fortune ; je lui dirai tout ; je renonce à tout pour le suivre... À tout ! comme si je pouvais lui sacrifier quelque chose !... Mon pays... que m'importe mon pays ? — Ma famille... qui s'est étudiée à gâter mon bon naturel, à me façonner au vice... ma famille m'est odieuse !... Je ne puis aimer que Juan Diaz. — Mais voudra-t-il de moi, sachant qui je suis ? — Lui cacher... non, Juan Diaz n'est pas un amant à qui je pourrais cacher quelque chose... Et lui dire... à lui qui s'indigne au récit d'une bassesse !... Il me chasserait loin de lui ; il aimerait mieux, j'en suis sûre, une fille d'auberge, laide, grossière, que la belle Élisa qui amorce les gens de son amour pour les conduire à la mort... Eh bien ! qu'il pense de moi ce qu'il voudra ; je l'aime trop pour songer à moi. Tôt ou tard il saura qui je suis... Peut-être m'en voudra-t-il moins s'il apprend tout de moi-même... Il connaîtra mon amour... Il faut aimer pour faire un semblable aveu... Je lui dirai tout... je m'expose à sa colère... n'importe ! je le sauverai. Dût-il me battre, me souffleter, me cracher au visage, je le sauverai ! J'aime mieux un soufflet de Juan Diaz que des billets de banque teints de son sang... Peut-être aura-t-il quelque pitié d'une malheureuse qui n'était pas née avec une âme de boue, mais que des méchants ont avilie. Ils n'ont pu m'ôter un reste de conscience... De conscience ? Non, elle est morte en moi ; depuis longtemps elle ne parle plus. Je n'agis ni par vertu, ni par conscience : c'est à l'amour, seulement à l'amour, que je devrai de ne pas mourir sans avoir fait une bonne action.

*Elle sort.*


## SCÈNE IV

*La chambre à coucher de don Juan Diaz.*

*Madame de Coulanges entrant.*

Il est encore avec le général... Je tremble en mettant le pied dans cette chambre... Voilà la première bonne action que je fais, et je tremble !... Il me semble le voir partout... *(Elle jette les yeux sur la table.)* Une lettre commencée... Il écrit peut-être à une amante qu'il a laissée en Espagne... et, quand il sera de retour auprès d'elle, jamais il n'écrira un mot à la pauvre Élisa !... Voici son cachet ; il est chargé d'armoiries... et mon nom est si obscur !... Un cygne, et pour devise : « Sans tache... » Il ne démentira pas sa devise !... Un portrait de femme, c'est sans doute sa mère...

*Entre don Juan.*

DON JUAN, *à part*. — Quelle agréable surprise ! On a donc juré de m'empêcher de dormir ?

MADAME DE COULANGES, *sans le voir*. — Ce sont les mêmes traits, mais sa figure n'a pas l'expression dédaigneuse de cette bouche.

DON JUAN, *à part*. — Que diable fait-elle ?

MADAME DE COULANGES, *l'apercevant*. — Ah !

DON JUAN, *à genoux*. — Vous voyez à vos genoux le plus enflammé de tous les amants, charmante Élisa, laissez-moi vous prouver...

MADAME DE COULANGES, *à part*. — Jamais je n'aurai le courage...

DON JUAN. — ... Toute la passion que vous avez allumée dans mon cœur... Fermons cette porte, et...

MADAME DE COULANGES, *le repoussant*. — Seigneur don Juan, il est bien temps de parler d'amour quand le couteau est suspendu sur votre tête...

DON JUAN. — Mais vous êtes dans mes bras...

MADAME DE COULANGES, *de même*. — Laissez-moi, vous dis-je ; écoutez-moi.

DON JUAN. — Qu'avez-vous, madame ?... Vous semblez bien agitée.

MADAME DE COULANGES. — Tous vos projets sont connus. C'en est fait de vous et de votre général.

DON JUAN, *à part*. — Ciel ! — *(Haut.)* Quels projets ?... je ne sais, en vérité, ce que vous voulez dire.

MADAME DE COULANGES. — Vous correspondez avec les Anglais ; vous venez vous-même d'avoir une conférence avec eux sur ce vaisseau qui croise en vue de nos fenêtres. Le général a fait des signaux... ils ont été observés... on a les yeux sur vous... vos ennemis vous entourent... c'est à vous de faire vos efforts pour leur échapper.

Don Juan. — Mais... en vérité, madame, je suis désespéré de ma méprise... j'ai lieu de rougir...

Madame de Coulanges. — Vous n'avez pas lieu de rougir devant moi... Prenez garde à vous, et disposez de moi si je puis vous être utile.

Don Juan. — Vous savez tout... Que nous vous devons de reconnaissance ! Comment pourrons-nous jamais ?...

Madame de Coulanges. — Parlez, avez-vous besoin de moi ?

Don Juan. — Ah ! faites-nous connaître celui qui nous épie : il ne vivra pas longtemps.

Madame de Coulanges. — Monsieur !... je ne puis...

Don Juan. — Achevez votre ouvrage : sauvez-nous ; assurez notre juste vengeance. Ah ! madame, daignez parler.

Madame de Coulanges. — Mais... je n'ose...

Don Juan. — Ne craignez rien, madame. Ne suis-je pas là pour vous défendre ?... Ô ciel ! si vous consentiez à me confier...

Madame de Coulanges. — Je crois... que ce peut être...

Don Juan. — Le résident français ? Je cours lui brûler la cervelle !

Madame de Coulanges. — Non, non !... Je veillais... j'étais à mon balcon, et...

Don Juan. — Votre mère nous a rencontrés, mais...

Madame de Coulanges. — Oh ! ce n'est point elle qui vous trahira ; elle vous a pris pour des contrebandiers... Mais il y avait des hommes cachés... ils ont tout vu ; je les ai observés.

Don Juan. — Ils sont donc envoyés par le résident ? Vive Dieu !

MADAME DE COULANGES. — Il est si bête... que vous n'avez rien à craindre de lui... Enfin, réfléchissez, et arrangez-vous comme vous voudrez... Comptez sur moi, si je puis vous être utile... Adieu.

*Elle sort.*

DON JUAN. — Arrêtez, ange sauveur !... Mais elle s'est enfuie... Nous voilà dans une jolie position ! Allons avertir le marquis.

# TROISIÈME JOURNÉE

## SCÈNE I
*Un salon de compagnie.*

DON JUAN, LE MARQUIS

DON JUAN. — J'ai eu beau prier, supplier, il m'a été impossible de la voir. Il paraît qu'elle est malade.
LE MARQUIS. — Cette diable de femme est sorcière !
DON JUAN. — Eh bien ! général, vous comprenez maintenant qu'il n'est pas mal de mener de front une intrigue amoureuse et une intrigue politique ?
LE MARQUIS. — Sa mère me donne des soupçons.
DON JUAN. — Sa mère ? C'est une bonne vieille folle. Elle m'a parlé aujourd'hui deux heures durant de ses chers fils qui sont à l'armée, et elle aime tant sa fille !... Savez-vous qu'elle a sauvé des émigrés dans la révolution ?   Allez, c'est une femme qui n'a pas un grain de malice dans le cœur.
LE MARQUIS. — Mais enfin qu'allait-elle faire sur le bord de la mer, si tard, quand tu es parti ?
DON JUAN. — Que sais-je ? Elle m'a dit qu'elle avait rencontré des contrebandiers hier au soir, et qu'elle l'avait fait dire à monsieur le bourgmestre pour qu'il y mît ordre. Elle ne m'a parlé que de rêves affreux

qu'elle avait faits. Elle a vu des poignards, des spectres... Enfin, je lui ai fait trop peur pour qu'elle ait pu voir nettement quelque chose.

LE MARQUIS. — La flotte anglaise sera bientôt dans cette baie, et terminera nos inquiétudes. Dieu veuille que le vent ne change pas !

*Entre madame de Tourville.*

DON JUAN. — Ah ! madame, de grâce, comment se porte madame votre fille ?

MADAME DE TOURVILLE. — Un peu mieux depuis ce matin, Dieu merci. La pauvre enfant ! c'est qu'elle m'avait effrayée d'abord. Mais j'espère que cela ne sera rien.

LE MARQUIS. — Veuillez l'assurer de mes respects.

MADAME DE TOURVILLE. — Bien obligée, monsieur le général. Ah ! si vous saviez la peur que j'ai eue hier au soir.

LE MARQUIS. — On m'en a dit quelque chose.

MADAME DE TOURVILLE. — D'abord, pour commencer par le commencement, j'étais allée chez monsieur le résident français, qui m'avait invitée, moi et ma fille, à venir passer la soirée chez lui. Ma fille était indisposée... Pauvre enfant !... cela ne sera rien... pourtant, ce matin, elle me faisait peine... elle avait les yeux battus, elle qui les a si beaux ordinairement. — Pour en revenir à nos moutons, il y avait bien du monde ; le salon était plein. Le temps passe vite en compagnie ; et puis, quand il était déjà tard, il a fallu jouer à la bouillotte. J'ai refusé, mais sans moi la partie était manquée, il a bien fallu s'exécuter : j'ai joué. Mais une fois installée sur mon fauteuil, vous ne le croiriez pas, je gagnais toujours. Impossible de me décaver. Enfin, il était je ne sais quelle heure quand le jeu a fini. Un de vos officiers m'a offert galamment son bras ; mais je l'ai refusé, de crainte que ce pauvre jeune homme ne fût grondé en rentrant à la caserne si tard. — Mon fils, quand il était à l'École Militaire...

DON JUAN, *à part*. — Nous voilà pris... une histoire.

LE MARQUIS. — Combien y avait-il de contrebandiers ?

MADAME DE TOURVILLE. — J'en ai vu deux devant notre porte ; il y en avait un enveloppé dans un grand manteau noir, avec une mine de sacripant. Sa ceinture était pleine de pistolets. J'ai cru qu'il allait m'assassiner.

LE MARQUIS. — Bon ! ils ne font jamais de mal. Est-ce que vous n'êtes pas bien aise de prendre quelquefois du tabac de Virginie ou de Guatemala, au lieu de celui que vous donne votre régie impériale ?

MADAME DE TOURVILLE. — Ah ! monsieur le marquis, vous me prenez par mon faible. — Mais cependant... je vous dirais bien quelque chose... si je ne craignais pas que vous ne me prissiez pour une rapporteuse.

LE MARQUIS. — Dites, madame.

MADAME DE TOURVILLE. — La sentinelle devant votre porte a tout vu, et n'a pas soufflé. Ce que j'en dis, ce n'est pas pour que vous la fassiez punir.

LE MARQUIS. — Chut ! ne me trahissez pas : c'est pour moi que venaient ces contrebandiers : ils m'apportaient des cigares d'Amérique. Nous n'en pouvons fumer d'autres ; demandez-lui.

DON JUAN. — Assurément.

MADAME DE TOURVILLE. — Eh bien ! général, voilà qui est joli ; mais soyez bien sûr que je vous dénonce si vous ne me donnez pas du virginie ou du saint-vincent pour me faire taire.

LE MARQUIS. — Eh bien ! soit. Je suis heureux d'avoir du tabac de ces deux espèces à vous offrir.

MADAME DE TOURVILLE. — Non, non, non. Ce que je vous ai dit, général, c'était en plaisantant. Je ne veux pas vous en priver.

LE MARQUIS. — Non ; vous en aurez. C'est pour ma sûreté que je veux vous compromettre aussi en vous mettant de moitié dans la fraude.

MADAME DE TOURVILLE. — Eh bien ! tenez, voici ma tabatière.

LE MARQUIS. — Gardez-la, et laissez-moi le plaisir de vous en donner quelques bouteilles.

Don Juan. — Quand pourrai-je présenter mes hommages à madame votre fille ? Ah ! madame de Tourville, j'ai bien besoin de la voir.

Madame de Tourville. — Elle ne veut voir personne. *(Bas.)* Au reste, elle n'a fait que parler de vous. Savez-vous que cela m'inquiète... mauvais sujet ?

Don Juan. — Vraiment ? Et que disait-elle ?

Madame de Tourville. — Oh ! mille choses. Que sais-je, moi ? Mais il faut que je lui tienne compagnie. Adieu, messieurs.

*Elle sort.*

Don Juan. — Nous vous baisons les mains. — Eh bien ! monsieur le marquis, qu'en pensez-vous ?

Le marquis. — Elle est rusée si elle nous trompe. En tout cas, nous n'avons pas longtemps à la craindre.

*Ils sortent.*

## SCÈNE II

*Le cabinet du Résident français.*

LE RÉSIDENT, *seul devant une table à déjeuner.*

Il faudra bien que cela finisse pour moi par un brevet de chevalier de la Légion d'honneur. Ce n'est pas chose facile que de découvrir une conspiration ; et je me flatte d'ailleurs qu'on me saura gré du sang-froid et de l'aplomb que j'ai montrés au milieu des ennemis. Cependant, j'espère qu'il nous arrivera bientôt des troupes françaises ; j'ai hâte de me trouver au milieu de mes chers compatriotes. Ma position est affreuse... Avec tout le courage possible... seul contre une division... on est bien aise d'avoir du renfort.

Un domestique, *entrant.* — Un monsieur demande à vous parler.

*Entre Charles Leblanc.*

LE RÉSIDENT. — Monsieur, qu'y a-t-il pour votre service ?

CHARLES LEBLANC. — Rien pour mon service, monsieur, mais quelque chose pour celui de l'Empereur. Tel que vous me voyez, monsieur, je suis premier lieutenant de grenadiers dans la garde impériale. J'ai coupé mes moustaches et pris un frac pour venir ici. Je suis donc officier dans la garde impériale. Bernadotte... le prince de Ponte-Corvo, veux-je dire, m'envoie ici... voici mon ordre — ... pour mettre à la raison certain général espagnol qui veut faire le méchant. Vous savez ce que je veux dire ?

LE RÉSIDENT. — À merveille, monsieur ; mais vous amenez probablement sept ou huit mille hommes avec vous ?

CHARLES LEBLANC. — Oui-da ! Croyez-vous qu'on peut faire voyager une division en ballon ? Monsieur le résident, vous m'avez l'air simple. Je viens seul ; je n'apporte pas même mon sabre avec moi ; mais je suis homme d'exécution, je saurai m'arranger.

LE RÉSIDENT, *souriant*. — La chose me paraît tant soit peu difficile. Les Espagnols sont nombreux ; les Danois, les Hanovriens, qui sont avec eux, ne sont pas bien sûrs...

CHARLES LEBLANC. — N'importe ! nous nous passerons d'eux. Or çà, écoutez-moi. *(Il s'assied.)* Aye ! je suis éreinté, j'ai crevé trois chevaux sur ma route. -- Écoutez ! Ce ne sera que dans trois jours que nos têtes de colonnes pourront déboucher ; en attendant, le four chauffe. La flotte d'Hély-Galand[1] est partie, le vent est bon, les Anglais seront dans le grand Belt avant que nous ayons vu le petit, et tout est perdu.

LE RÉSIDENT. — Vous avez très judicieusement mis le doigt sur la plaie.

CHARLES LEBLANC. — Je ne sais ce que vous voulez

---

1. Helgoland, île et baie au nord de l'Allemagne où était basée une partie de la flotte de Napoléon.

dire. Mais, entre nous, le prince de Ponte-Corvo m'a prévenu qu'attendu que vous étiez un peu dans les ganaches [1], j'eusse à m'aboucher avec une certaine dame Coulanges et une autre dame Tourville, qui sont toutes les deux ici : deux de vos mouchardes, pas vrai ?

Le Résident. — Monsieur, vous avez en vérité une manière de vous exprimer que je ne puis excuser... que dans un militaire.

Charles Leblanc. — Faites venir vos femelles. Vous voyez bien que je suis harassé. J'ai laissé le fond de ma culotte avec ma peau à la selle de mon cheval, je n'ai pas le temps de faire de longues phrases. Faites venir vos mouchardes. — Nous allons prendre nos mesures. Puis, donnez-moi un lit ou une botte de paille, que je puisse dormir ; car, mille noms d'un diable, j'ai le corps meurtri comme une pomme cuite.

Le Résident. — Madame de Tourville devait passer à mon cabinet en ce moment, et je m'étonne qu'elle ne soit pas encore venue.

Charles Leblanc. — Est-ce là votre déjeuner ? Bon ! demandez un couvert pour vous. — À votre santé, petit papa... Nom d'une pipe ! votre vin est bon. — ... Vous êtes un brave homme, ou le diable m'emporte ! — Oh ! j'ai si faim que je mangerais mon père sans sel.

Le Résident, *à part*. — Quel ton ont ces gens-là ! *(Haut.)* Monsieur, je vous en prie, faites absolument comme chez vous.

Charles Leblanc. — Vous avez raison, parbleu ! vous avez raison. — Je vois que vous êtes un brave homme. Tenez, moi, j'aime les gens francs. — Comment vous nommez-vous, sans vous commander ?

Le Résident. — Le baron Achille d'Orbassan.

Charles Leblanc. — À votre santé, monsieur le baron Achille. Moi, je m'appelle Charles Leblanc, lieutenant en premier dans la garde impériale, troisième

---

1. Personne sans intelligence ni capacité.

bataillon, grenadiers. — Allons ! buvez à ma santé, monsieur le baron. — Vous n'avez pas de verre. — Tenez, prenez le mien. — Morbleu ! à la guerre comme à la guerre. — Vous avez servi ?

LE RÉSIDENT. — Non pas dans l'armée... Mais j'ai servi d'une autre manière mon empereur et ma patrie.

CHARLES LEBLANC. — Dans la di... la diplomatie à coups de plume... ça vaut mieux... on ne risque que d'attraper des taches d'encre. Mais ces damnées femelles ne viennent donc pas ?

LE RÉSIDENT. — J'attends madame de Tourville à chaque instant. — Il me semble, monsieur, que pour un Français et un chevalier... *(Montrant le ruban de Charles Leblanc)* car vous êtes chevalier, hé ! hé ! hé !... vous n'avez guère de respect pour ce sexe charmant, destiné...

CHARLES LEBLANC. — Charmant tant qu'il vous plaira. J'aime les femmes qui ne parlent pas, et qui ne se font pas payer trop cher. À votre santé, monsieur Achille.

LE RÉSIDENT. — J'entends un pas de femme... La voici.

*Entre madame de Tourville.*

CHARLES LEBLANC. — Million de tonnerres ! c'est ma mère.

MADAME DE TOURVILLE. — Ah ! mon ami, embrasse ta maman, mon cher petit Charles !

CHARLES LEBLANC. — C'est bon, c'est bon ! Est-ce fini ? Ah çà ! est-ce bien vous ?

MADAME DE TOURVILLE. — Mon ami !

CHARLES LEBLANC. — Mes compliments ; vous faites là un joli métier ! Si l'on savait cela au régiment... Le diable m'étrangle si je n'aimerais pas mieux vous savoir enterrée que moucharde.

MADAME DE TOURVILLE. — Oh ! Charles !

CHARLES LEBLANC. — Ma sœur est, je le suppose, enrôlée dans le même régiment ?... Qu'elle ne m'approche pas ; il n'y a pas de respect filial entre elle et moi.

— Chut ! — Attention et silence ! — Buvons pour digérer cette nouvelle. — Bah ! ce n'est rien que cela... — Écoutez, papa Achille, voici ce que j'ai combiné : vous allez inviter le général La Romana à dîner pour demain ; entendez-vous ?

Le Résident. — Mais s'il refusait ?

Charles Leblanc. — Il ne refusera pas. Vous lui direz que j'apporte la nouvelle d'une victoire ; et, pour célébrer des victoires, de bons militaires doivent trinquer ensemble. — Vous avez bien ici cinquante Français ?

Le Résident. — Il y a ici une compagnie de chasseurs en dépôt.

Charles Leblanc. — C'est ce qu'il me faut. Ah çà ! vous invitez le général Romana avec tout son état-major et les officiers danois, etc. Vous me mettez à dîner à côté dudit général. Pour lors, entre la poire et le fromage, vous proposez la santé de l'Empereur : c'est le signal dont nous sommes convenus... Mes chasseurs, qui se sont tenus prêts, entrent alors, et couchent en joue tous les Espagnols. Moi, je prends le général au collet d'un côté, vous de l'autre. S'ils font des façons pour se rendre, nous nous jetons tous deux sous la table et nos hommes font un feu de file. — Ensuite nous barricadons les portes ; les Danois et les autres canailles auront bon marché des Espagnols, désorganisés et sans chefs. — En tout cas, nous tiendrons tant que nous pourrons, et, si nous sommes forcés, nous tuons nos prisonniers, et nous nous brûlons la cervelle les uns aux autres. Que dites-vous de cela ?

Le Résident. — Monsieur... mais... le moyen est... un peu... violent...

Madame de Tourville. — Il me semble qu'on pourrait...

Charles Leblanc. — Silence ! — Monsieur Achille, savez-vous tirer le pistolet ?

Le Résident, *affectant beaucoup de fermeté.* — Je ne manque jamais mon homme à trente pas.

Charles Leblanc. — Peste ! Eh bien ! tant mieux.

Ainsi vous vous en servirez si besoin est. Allons, vous vous conduirez en brave, n'est-ce pas ?

LE RÉSIDENT. — Sans doute, je suis français. — Mais on serait plus certain de réussir si l'on attendait...

CHARLES LEBLANC. — Oui, que les Anglais viennent, n'est-ce pas ?

LE RÉSIDENT. — Eh ! non, les Français.

CHARLES LEBLANC. — Hé, morbleu ! avez-vous oublié qu'ils ne peuvent être ici que dans trois jours ?

LE RÉSIDENT. — Diable !

MADAME DE TOURVILLE. — Il y aurait un moyen de courir moins de risques... avec un peu d'arsenic...

CHARLES LEBLANC. — De l'arsenic ! mille bombes ! de l'arsenic ! me prenez-vous pour un empoisonneur ? Moi, lieutenant de grenadiers dans la garde impériale ! moi ! souffrir qu'on donne de l'arsenic à de braves militaires, pour les faire crever comme des rats ! j'aimerais mieux me brûler la cervelle que de donner d'autres pilules que des pilules de plomb à des militaires. De l'arsenic ! sacré nom du diable ! de l'arsenic !

MADAME DE TOURVILLE. — Mais...

CHARLES LEBLANC. — Taisez-vous ! Je ne suis pas un mouchard. Ne me parlez pas d'arsenic, ou j'oublierai que vous êtes ma mère. — Et vous, mon petit baron, ayez la bonté d'exécuter les ordres que je porte. Écrivez vos lettres d'invitation ; et, s'ils n'acceptent pas, je veux qu'un boulet me serve de pilule si je ne vous fais pas manger la lame de mon sabre.

LE RÉSIDENT. — Monsieur... monsieur... c'est pour le service de sa majesté... Si mon devoir...

CHARLES LEBLANC. — Allons ! vous êtes un brave homme, donnez-moi une poignée de main, et dites qu'on me fasse un lit.

*Il boit un coup et sort.*

LE RÉSIDENT. — Ma foi, madame, je vous fais mon compliment. Vous avez là un joli garçon.

MADAME DE TOURVILLE. — Hélas ! c'est tout le portrait de feu son père. Il ne connaissait que son sabre.

LE RÉSIDENT. — Me voilà dans une belle position.

MADAME DE TOURVILLE. — Au surplus, son avis n'est pas à dédaigner ; il faut le suivre.

LE RÉSIDENT. — Eh bien ! soit ; mais vous dînerez avec nous, madame.

MADAME DE TOURVILLE. — Mais, monsieur, je vous serai tout à fait inutile.

LE RÉSIDENT. — Mais, peste ! madame, vous dînerez avec nous, ou le diable m'emporte si je ne vous fais arrêter !

MADAME DE TOURVILLE. — Je veux bien de votre dîner, monsieur. J'y viendrai, et je vous ferai voir que, toute femme que je suis, j'ai plus de courage que toi, mon petit diplomate. Au revoir.

*Elle sort.*

LE RÉSIDENT, *seul*. — Ciel et terre ! mort et furie ! que le diable m'emporte !... s'il veut m'emporter loin d'ici... Malheureux ! que vais-je devenir ?... J'aimerais mieux me trouver sur un champ de bataille qu'à pareille bagarre... au moins on peut gagner le large... Misérable !... Et moi qui croyais qu'il était si facile de faire de la diplomatie !... Et cette maudite île ; tout m'y manque... Enfin, pourquoi ne pas attendre les Français ? Il va tout perdre avec sa précipitation... Ah ! si l'on m'avait laissé faire !... la croix d'honneur était à moi... et c'est maintenant ce grand escogriffe qui aura tous les profits. Un ignorant... qui n'a jamais ouvert un Vatel[1]... et moi !... S'ils allaient se tromper dans le désordre ?... Maudit métier ! chien de métier ! maudite île !... Ah ! voici ces pistolets dont il faut que je me serve... voyons... Je mettrai douze balles dans chacun, au moins je ne manquerai pas celui que j'attraperai... Allons, allons !... on ne meurt qu'une fois !...

---

1. Célèbre cuisinier français, maître d'hôtel de Fouquet puis du prince de Condé. Il se suicida de honte un jour que la marée qu'il attendait pour un repas qu'il devait préparer en l'honneur de Louis XIV n'était pas arrivée à temps. Ici : livre de grande cuisine.

qu'ils viennent, ces Espagnols !... qu'ils viennent ! tout Français est soldat ! *(Il gesticule avec les pistolets.)* Mais... doucement... quelle idée admirable !... Non, ces armes ne sont point celles d'un diplomate. *(Il pose les pistolets.)* À la fin de leur dîner je leur dirai : Permettez que j'aille vous chercher d'un vin excellent, d'une bouteille... je ne confie la clef à personne... C'est cela ! et ils feront leurs affaires sans moi... Parbleu ! vivent les gens d'esprit ! Voilà ce qui s'appelle s'en tirer joliment. Notre lieutenant sera peut-être tué dans la bagarre... je ferai le rapport... et alors... alors, ma foi ! c'est une affaire faite, je deviens ambassadeur !... C'est cela, morbleu ! qu'on est heureux d'avoir de l'esprit ! Un grossier manant comme ce Leblanc peut bien faire le coup de poing dans l'occasion... mais nous autres diplomates nous savons toujours... oui, nous savons faire nos affaires.

*Il sort.*

## SCÈNE III

*Un salon aux Trois-Couronnes.*

DON JUAN, MADAME DE COULANGES

DON JUAN. — Je vous en conjure, excusez mon impertinence. Mais... je vous trouvais seule... dans ma chambre... si tard... Et vous veniez pour nous sauver !

MADAME DE COULANGES. — Monsieur, ne parlons plus de cela. Êtes-vous sûr de réussir ? vos mesures sont-elles prises ?

DON JUAN. — Oui. Nos régiments se concentrent sur Nyborg. La flotte anglaise sera...

MADAME DE COULANGES. — Je ne vous demande rien ; ne me dites rien ; mais êtes-vous bien sûr du succès ?

Don Juan. — Autant qu'on peut l'être.

Madame de Coulanges. — J'en suis bien aise.

Don Juan. — Dans peu de temps je reverrai l'Espagne.

Madame de Coulanges. — Quelle joie vous aurez de vous retrouver au milieu de vos amis... après une si longue absence !

Don Juan. — Hélas !... il y a quelque temps je désirais si vivement retourner en Galice !... mais maintenant je suis malheureux de quitter cette île sauvage.

Madame de Coulanges. — Songez à vos devoirs, monsieur ; vous allez combattre pour votre patrie... vous aurez des distractions de toute espèce. Moi... je... j'espère que vous serez heureux en Espagne... que la paix se fera... et alors... si vous revenez en France... j'aurai bien du plaisir à vous revoir.

Don Juan. — Je ne vois que malheur dans mon avenir... Vous avez été mon bon ange... et maintenant...

Madame de Coulanges. — Je vous reverrai encore une fois avant votre départ. Je brode en ce moment une petite bourse que je vous prierai de vouloir bien accepter comme un souvenir de moi.

Don Juan. — Je n'y puis plus résister. Madame, donnez-moi la vie ou la mort. — Dites-moi, voulez-vous ?... j'ose à peine vous le proposer... voulez-vous accepter mon nom, et me suivre dans mon malheureux pays ?

Madame de Coulanges. — Monsieur !... que me proposez-vous ? *(À part.)* Oh ! si je ne l'aimais pas tant !

Don Juan. — Je sais que l'Espagne est un pays bien triste pour une Française, et dans quel état se trouve-t-elle maintenant ! Une tente de toile, la paille d'un bivouac... voilà la chambre qu'aura peut-être longtemps l'épouse de Juan Diaz... Je ne vous parle pas de ma fortune, de ma naissance... votre âme est trop élevée pour se laisser toucher par de semblables considérations... mais... si le plus ardent amour, si la plus vive amitié... vous paraissent dignes de votre cœur... Je ne vous aime pas assez, pensez-vous, je ne vous aime que pour moi, je ne vous offre que des maux, des souffrances à partager... mais que puis-je faire ? Mon pays m'appelle... et je sens que je ne puis vivre sans vous !

MADAME DE COULANGES. — Monsieur !... se peut-il... vous, me donner votre main ?... Je suis une Française sans fortune... comment pouvez-vous songer à moi... vous renoncez à votre avenir !

DON JUAN. — Eh quoi ! vous n'avez pas de répugnance pour moi ? Vous m'aimez ?

MADAME DE COULANGES. — Oui, don Juan, je vous aime, mais je ne puis vous épouser... non, cela ne se peut... Ne m'en demandez pas davantage !

DON JUAN. — Je suis le plus heureux des hommes : ne pensez plus à la différence de fortune... eh ! qu'importe ! Si vous étiez plus riche que moi, est-ce que vous ne m'aimeriez pas ?

MADAME DE COULANGES. — Oh ! plût au ciel !

DON JUAN. — Eh bien ! laissez-moi donc être aussi généreux que vous.

MADAME DE COULANGES. — Non... Vous m'avez rendue heureuse... je suis contente... Adieu.

DON JUAN. — Que signifie ce mystère ? Dites-moi bien vite vos scrupules, mon amour les lèvera.

MADAME DE COULANGES. — Je ne puis.

DON JUAN. — Vous me désespérez.

MADAME DE COULANGES. — Ma famille est si nombreuse !

DON JUAN. — Je suis riche.

MADAME DE COULANGES. — Ma mère...

DON JUAN. — Je la déciderai à nous suivre.

MADAME DE COULANGES. — Non, non, elle ne le voudra jamais.

DON JUAN. — Vous me cachez quelque vain scrupule, dona Élisa ; au nom de notre amour, dites-le-moi.

MADAME DE COULANGES. — Pourquoi me pressez-vous ?... Écoutez, don Juan, vous allez en Espagne.

De graves intérêts vont réclamer tout votre temps, tous vos efforts... Au milieu du tumulte et des dangers des camps, que deviendrais-je ?... une femme vous embarrasserait ; songez aux dangers de la guerre.

Don Juan, *se frappant le front*. — Sans doute !... vous avez raison !... mais je croyais qu'une femme pouvait aimer comme moi ! — Adieu, madame, vous m'avez dicté mon devoir. Oui, je vais en Espagne ; mais le premier boulet, j'espère, sera pour moi. Au moins vous n'aurez pas la douleur d'être veuve.

Madame de Coulanges. — Arrêtez, don Juan... ne croyez pas ce que je viens de vous dire... le coup qui vous atteindra me frappera aussi... Mais il est une raison terrible qui m'empêche de vous épouser... je vous aime trop pour vous épouser sans vous la dire... mais ne me la demandez pas si vous voulez m'aimer. Adieu, don Juan, je penserai toujours à vous.

Don Juan. — Élisa, Élisa, je vous jure sur mon honneur que jamais je ne vous demanderai cette raison... jamais je ne vous en parlerai... je n'aurai pas la moindre inquiétude... rien ne peut altérer mon amour... mais, si vous avez quelque affection pour moi, consentez à me suivre... *(Avec une inquiétude mal dissimulée.)* Quelque scrupule... quelque enfantillage vous arrête ?

Madame de Coulanges. — Don Juan, en me déclarant votre amour, vous m'avez rendue plus heureuse que je ne l'ai jamais été ; vous me forcez maintenant à perdre tout ce bonheur en un instant... mais vous le voulez.

Don Juan. — Non, je ne le veux pas ! ne me dites rien !... je vous jure d'avance que tout ce que vous pourrez me dire ne m'empêchera pas de vous aimer... Vous êtes ce que j'ai de plus cher au monde ; et si l'honneur et mon pays ne m'obligeaient pas à...

Madame de Coulanges. — Non, vous ne saurez jamais mon secret.

*Elle sort et s'enferme chez elle.*

Don Juan, *seul*. — Qu'a-t-elle ? Quel est ce secret qu'elle n'ose m'avouer ? *(Il frappe à la porte.)* Élisa ! Élisa ! — Elle ne répond pas !... Élisa ! — Jamais homme fut-il plus malheureux ! Tout m'accable à la fois. Je m'y perds. Je ne sais que penser d'elle ! Mais jamais je ne l'ai tant aimée. Ah ! Dieu soit loué ! voici sa mère.

*Entre madame de Tourville.*

Venez, madame, venez me rendre la vie. Je suis un homme mort si vous ne venez à mon secours.

Madame de Tourville. — Qu'y a-t-il, monsieur ? Qu'avez-vous ? Comment puis-je vous être utile ?

Don Juan. — Ah ! madame, c'est entre vos mains que je remets ma destinée... je suis bien malheureux... je viens de voir madame votre fille, et je lui ai fait l'aveu d'un amour...

Madame de Tourville. — Comment ! monsieur, à ma fille ?

Don Juan. — Oui, je l'adore, je ne puis vivre sans elle. Elle m'a avoué qu'elle n'avait pas de répugnance pour moi... qu'elle m'aimait... et puis... je ne sais quelle idée bizarre s'est emparée d'elle... elle m'a dit qu'elle ne serait jamais ma femme... Ah ! madame, si vous avez quelque empire sur elle !...

Madame de Tourville, *stupéfaite*. — Vous voulez épouser ma fille ?

Don Juan. — Oh ! si elle consentait, je serais le plus heureux des hommes.

Madame de Tourville. — Vous !... *(À part.)* Qu'ai-je fait, malheureuse que je suis ! Moi qui n'y ai pas pensé !

Don Juan. — Mais jamais, malgré mes prières, elle n'a voulu m'avouer le motif ou le scrupule...

Madame de Tourville. — Mais, monsieur, les convenances de fortune, d'abord, sont-elles ?...

Don Juan. — Ne me parlez pas de cela. J'ai trente mille piastres de revenu... je suis riche, noble... mais qu'importe ? Elle a quelque scrupule extravagant, elle me le cache, elle me fait mourir !

MADAME DE TOURVILLE, *à part*. — Imbécile que j'étais ! À quoi pensais-je donc ? Il y avait plus à gagner de ce côté-là !

DON JUAN. — Au nom du ciel, madame, je vous en conjure ! allez la trouver... soyez dès à présent ma mère... parlez pour moi... dites-lui combien je serai malheureux si elle n'est pas à moi... — Mais vous-même, madame, vous partagez peut-être les préventions de votre fille ?

MADAME DE TOURVILLE. — Moi, monsieur le colonel ? au contraire, j'ai la plus haute estime pour vous. Je désire même l'honneur de votre alliance. *(À part.)* Elle a perdu la tête.

DON JUAN. — Vous me comblez ! Courez, ma chère madame de Tourville ! dites-lui que je ne veux pas savoir ses secrets... dites-lui que si elle ne me hait point...

MADAME DE TOURVILLE. — Colonel, croyez, je vous prie, que ce n'est qu'un enfantillage au fond... J'ai trop bien élevé ma fille pour qu'elle ait quelque chose de sérieux à cacher à son mari. *(À part.)* Je serais bien bête si je manquais la balle au bond. La gratification ne vaut pas ce que je puis tirer de celui-là. Je vais tout lui dire.

DON JUAN. — Ah ! madame, je n'espère qu'en vous !

MADAME DE TOURVILLE. — Écoutez-moi, jeune homme, j'ai quelque chose de plus sérieux à vous dire.

DON JUAN. — Ma chère madame de Tourville, allez lui parler, ramenez-la, il n'est rien que je ne puisse entendre.

MADAME DE TOURVILLE. — Un peu de patience, étourdi ! Je viens de chez monsieur le résident de France. J'avais à lui parler. J'ai attendu quelque temps dans l'antichambre, car il avait quelqu'un avec lui... La curiosité naturelle à mon sexe m'a fait prêter l'oreille, il faut l'avouer, et, la cloison étant fort mince, j'ai tout entendu. Savez-vous ce qu'il disait ? Il complotait, monsieur Juan Diaz, avec un jeune homme étourdi comme vous ; il complotait d'inviter le général à dîner pour l'assassiner ou se rendre maître de sa personne, en attendant que les régiments français qui sont en marche puissent arriver ici, et vous exterminer tous tant que vous êtes d'Espagnols dans cette île.

Don Juan. — Que dites-vous ?... le résident !

Madame de Tourville. — Le petit jeune homme qui était avec lui avait l'air de ne pas y consentir, il lui a même remontré combien sa conduite était affreuse... mais ce coquin de résident l'a menacé de le faire fusiller, et il a bien été obligé d'y consentir, quoique malgré lui, j'en suis sûre.

Don Juan. — Et vous l'avez entendu ?

Madame de Tourville. — De mes oreilles. Vous ne lui ferez pas de mal, n'est-ce pas, à ce petit jeune homme ?... ... Quant au résident, c'est un vieux scélérat bien taré, et qui est digne de tout votre courroux.

Don Juan. — Je vais chez le marquis de La Romana, veuillez m'y accompagner.

Madame de Tourville. — Au moins ne manquez pas le résident. Je suis encore tout émue de son infâme trahison... il faut le faire fusiller tout de suite, sans l'écouter... Pour l'autre...

Don Juan. — Son affaire est claire.

Madame de Tourville. — Vous m'avez promis de lui faire grâce... Mais écoutez, bon jeune homme... écoutez, mon enfant...

Don Juan. — Ah ! ma bonne mère !

Madame de Tourville. — Je vais vous amener ma fille, et, pendant que vous ferez votre paix avec elle, je m'en vais instruire de tout votre général ; de cette façon, nous ferons d'une pierre deux coups.

Don Juan. — Allez vite auprès d'elle. Je reviens aussitôt.

Madame de Tourville. — Non, restez. Je vous l'amène... — Elle est d'une innocence, cette pauvre Élisa... Ma foi, entre nous, je ne sais si son premier mari a été... son mari... c'était un vieux goutteux... Elle est d'une innocence... vous rirez.

DON JUAN. — Entrez vite.

MADAME DE TOURVILLE. — Une embuscade. Ne dites mot. Rangez-vous du côté de la porte. *(Elle frappe.)* C'est moi, c'est ta mère ; ouvre, Élisa. *(Elle entre.)*

DON JUAN, *seul*. — Je ne sais si c'est le bon Dieu ou le diable qui mène nos affaires ! ma tête est en feu ! Je n'y puis plus tenir. Jamais je ne fus mis à pareille épreuve. Écoutons... sa mère semble la presser... elle résiste...

MADAME DE TOURVILLE. — Au secours, colonel ! à moi !

> *Don Juan entre dans l'appartement, et en sort bientôt entraînant madame de Coulanges et madame de Tourville.*

DON JUAN. — Oh ! vous ne m'échapperez plus. Vous êtes à moi pour la vie, votre mère y consent.

MADAME DE TOURVILLE. — Ah ! ce tendre spectacle m'arrache des larmes de joie. Allez, mes enfants, aimez-vous, soyez heureux, c'est votre mère qui vous bénit. *(Bas à don Juan.)* Je vais chez votre général.

> *Elle sort.*

DON JUAN. — Au nom du ciel, regardez-moi, Élisa ! Que vous ai-je fait ? Est-ce que vous ne m'aimez plus ?... Donnez-moi votre main... Ah ! vous avez beau faire, vous prendrez cet anneau. — *(Il s'efforce de lui mettre un anneau au doigt.)* Maintenant il n'y a plus à s'en dédire, vous avez mon anneau. Hommage à la marquise de \*\*\*.

MADAME DE COULANGES. — Vous voulez donc tout savoir ? — Laissez-moi ; reprenez cet anneau et gardez-le pour une marquise. Savez-vous, don Juan, ce que je suis venue faire ici ? On me donne six mille francs par an pour surprendre vos secrets. Que vous en semble, don Juan ?

Don Juan, *atterré*. — Ah !

Madame de Coulanges. — À présent vous savez l'honorable profession que j'exerce... mon véritable nom est Leblanc... Voulez-vous savoir l'histoire de ma vie ? écoutez un instant... vous n'êtes pas au bout, et vous avez encore besoin de votre courage.

Don Juan. — De grâce !... c'est une plaisanterie.

Madame de Coulanges. — Silence ! Ma mère m'a élevée dans l'espérance que ma beauté et mon esprit lui rapporteraient de l'argent. Entourée d'une famille accoutumée à l'infamie, faut-il s'étonner que j'aie si bien profité des exemples que j'avais sous les yeux ? — Oui, don Juan, je suis payée par la police ; ils m'ont envoyée ici pour vous séduire, pour tirer de vous les secrets de votre ami, pour vous mener à l'échafaud. *(Elle tombe sur un canapé.)*

Don Juan. — Élisa... oh ! j'en mourrai... Élisa !...

Madame de Coulanges. — Vous ne vous êtes pas enfui ?

Don Juan. — Vous êtes malade, Élisa ! Vous êtes folle !

Madame de Coulanges. — Retirez-vous, monsieur, vous vous souillez en touchant une misérable comme moi. — J'aurai bien assez de force pour regagner ma chambre toute seule. *(Elle fait un effort pour se lever, et retombe aussitôt.)*

Don Juan. — Élisa, tout ce que vous dites est faux... Vous et votre mère, ne venez-vous pas de nous découvrir les pièges que nos ennemis nous préparent ?

Madame de Coulanges. — J'ignore ce que ma mère a pu vous dire ; mais moi, don Juan, moi, j'ai été payée, payée pour surprendre vos secrets.

Don Juan. — Je ne veux pas vous croire.

Madame de Coulanges. — Du moment que je vous ai connu, j'ai en quelque sorte changé d'âme... mes yeux se sont ouverts... pour la première fois j'ai pensé que je faisais mal... j'ai voulu vous sauver... Ô don Juan ! l'amour que je sens pour vous, souffrez que je parle encore de mon amour... mon amour pour vous m'a rendue tout autre... je commence à voir ce que c'est que la vertu... c'est... c'est l'envie de vous plaire.

Don Juan. — Malheureuse femme ! maudits soient les barbares qui ont corrompu ta jeunesse !

Madame de Coulanges. — Ô don Juan ! vous avez pitié de moi. Mais vous êtes si bon !... vous souffrez quand vous voyez souffrir votre cheval !... Oh ! je penserai à vous toute ma vie... Peut-être aussi Dieu aura-t-il pitié de moi ; car, oui, il y a un Dieu au ciel.

Don Juan. — Mais maintenant vous aimez la vertu !

Madame de Coulanges. — Je vous aime de toutes les forces de mon âme... Mais je vous dégoûte... je le vois.

Don Juan, *après un silence*. — Écoute, Élisa, sois franche ; une seule question... As-tu jamais causé la mort d'un homme ?... Mais, non, ne me réponds pas... je ne te demande rien... je n'ai pas le droit, moi, de te demander cela... Moi !... Eh ! n'ai-je pas combattu à Trafalgar, à Eylau, à Friedland, pour le despote de l'univers ?... N'ai-je pas tué des hommes généreux qui combattaient pour la liberté de leur patrie ?... Il y a quelques jours, n'aurais-je pas, au premier coup de tambour, sabré un patriote pour le bon plaisir de l'empereur ? et moi ! j'ose te demander !... Tous les hommes sont des loups, des monstres !... Je suis tenté de lui brûler la cervelle et de me tuer ensuite sur son corps.

Madame de Coulanges. — Je vous répondrai, don Juan, je le puis. Je vous le jure par... mais des serments dans ma bouche, qui pourra les croire ? Non, jamais je n'ai causé la mort d'un homme... Relevez-vous, don Juan, reprenez votre anneau... mais remerciez le hasard qui m'a protégée... Si ces mains que vous baisez ne sont pas teintes d'un sang innocent, j'en remercie le hasard... Avant de vous connaître, je ne sais ce que j'aurais fait...

Don Juan. — Tu es aussi vertueuse, Élisa... tu es

plus vertueuse que toutes ces bégueules [1] qui, parce qu'elles ont passé leur vie dans un couvent, se vantent de leur courage à résister aux tentations ! Élisa, tu es ma femme !... Ta mère restera ici, je lui donnerai autant d'argent qu'elle en voudra... mais toi, tu me suivras, tu seras mon compagnon, tu partageras toutes mes fortunes.

MADAME DE COULANGES. — Vous êtes fou. Dans un instant vous changerez d'idée ; et alors vous vous étonnerez d'avoir jamais senti de la pitié pour une créature comme moi.

DON JUAN. — Jamais, jamais !

MADAME DE COULANGES. — Oui, je suis assez heureuse, puisque vous ne m'avez pas déjà repoussée du pied comme un être malfaisant. Je ne veux pas faire le malheur de votre vie en vous prenant au mot dans un moment d'enthousiasme. Il vous faut une femme, don Juan, qui soit digne de vous. Adieu.

DON JUAN. — Vous ne me quitterez pas, de par tous les diables ! Je ne puis me passer de vous, je ne pourrai jamais aimer que vous. Venez avec moi. — Eh ! qui jamais saura votre histoire en Espagne ?

MADAME DE COULANGES. — Ah ! don Juan !... *(Elle lui prend la main.)* Soit, je vous suis. Mais je ne serai pas votre femme ; je serai votre maîtresse, votre domestique. Quand vous serez las de moi, vous me chasserez... Si vous me souffrez auprès de vous, ce sera entre nous à la vie et à la mort.

DON JUAN. — Tu seras toujours ma maîtresse et ma femme. *(Il l'embrasse.)*

MADAME DE COULANGES. — Ma résolution est prise, je n'en changerai pas.

*Entre madame de Tourville.*

MADAME DE TOURVILLE. — Dans les bras l'un de

---

1. Femme d'une pruderie excessive et affectée.

l'autre !... Enfin je suis contente ! Je vous avais bien dit qu'elle ne demandait pas mieux.

Don Juan. — Élisa, laisse-nous un instant. Attends-moi dans mon appartement, je t'y suis.

*Madame de Coulanges sort.*

Madame de Tourville. — Déjà vous vous tutoyez ? — Le général vous demande.

Don Juan. — Je sais qui vous êtes, madame... si je le voulais, je vous ferais pendre. — Voulez-vous dix mille piastres pour rester ici, ou aller au diable, si vous voulez, à condition de ne jamais revoir votre fille, de ne jamais lui parler, de ne lui écrire jamais ?

Madame de Tourville. — Monsieur... mais... ma chère fille.

Don Juan. — Dix mille piastres... réfléchissez !

Madame de Tourville. — Une mère si tendre...

Don Juan. — Oui ou non ?

Madame de Tourville. — J'accepte les piastres... mais il est pourtant bien dur pour une mère...

Don Juan. — Rentrez chez vous. Ce soir vous les aurez. N'essayez pas de sortir, ou les sentinelles feront feu sur vous.

Madame de Tourville. — Au moins permettez-moi, pour la dernière fois...

Don Juan. — Sortez ! et ne m'échauffez pas la bile !

Madame de Tourville, *à part*. — La petite rusée !

*Elle sort.*

Le marquis, *entrant*. — Ma foi ! je me rends. Vivent les jolis garçons ! Madame de Tourville m'a dit la vérité. Voici la lettre du résident qui m'invite à dîner chez lui.

Don Juan. — Douze balles dans la cervelle, voilà ce qu'il lui faut !

Le marquis. — Je ne lui en destine pas davantage,

je ferai arrêter ses estafiers[1], et son dîner finira tout autrement qu'il ne l'espère. Ce sera le dernier que nous ferons dans cette île. Le vent est favorable ; demain l'amiral anglais jettera l'ancre devant Nyborg. — Je m'assurerai des officiers allemands et danois de la même manière qu'ils prétendaient le faire à notre égard.

DON JUAN. — Fusillez ! fusillez ! fusillez ! tous les hommes sont des faquins[2] qui valent tout au plus la cartouche qui les envoie dans l'autre monde.

LE MARQUIS. — Peste ! comme tu y vas ! Je ne veux faire tuer personne ; excepté pourtant monsieur le résident, que je ferai pendre bien et beau pour lui apprendre qu'une salle à manger doit être aussi sacrée que le lieu des séances d'un congrès. Demain il servira d'exemple aux diplomates à venir, et d'enseigne à cette auberge.

DON JUAN. — Amen !

LE MARQUIS. — Porte ce billet au colonel de Zamora. Que l'on arrête tous les courriers. L'artillerie volante est arrivée. Je vais écrire au commandant. Le fort sera occupé par les grenadiers de Catalogne. Tous les régiments se réuniront à cinq heures sur la place d'armes : et, si le diable ne s'en mêle, le prince de Ponte-Corvo ne trouvera personne ici pour répondre à l'appel.

DON JUAN. — Ah ! général, je voudrais déjà me voir vis-à-vis des Français.

*Ils sortent.*

---

1. Gardes du corps.
2. Coquins.

## BALLET
### La place d'armes de Nyborg.

*On voit dans le fond un parc d'artillerie.*
*Musique militaire.*

#### PREMIÈRE ENTRÉE DE BALLET
Quatre canonniers et quatre vivandières.

#### SECONDE ENTRÉE DE BALLET
Un fandango.

#### TROISIÈME ENTRÉE DE BALLET
Valse. Soldats espagnols et filles de Nyborg.

*On joue un rappel, les danses cessent.*

# CONCLUSION

### SCÈNE IV
*Une salle à manger.*

LE MARQUIS, DON JUAN, LE RÉSIDENT, CHARLES LEBLANC, OFFICIERS ESPAGNOLS, DANOIS, ALLEMANDS, *assis à table.*

CHARLES LEBLANC. — Qu'on apporte le dessert.
LE RÉSIDENT. — Hé ! pas encore, pas encore ; il n'est pas encore temps... on n'a pas encore fini.
LE MARQUIS. — Qu'avez-vous, monsieur le baron ? vous semblez indisposé.
LE RÉSIDENT. — Rien, absolument rien, monsieur le général... au contraire. — Monsieur Leblanc, attendez... je veux dire, ne buvez pas de ce vin-là... je vais en chercher d'excellent que je conserve depuis longtemps. J'y vais moi-même.
CHARLES LEBLANC, *bas*. — Envoyez un domestique.
LE RÉSIDENT, *bas*. — Non. Je ne confie à personne les clefs de mon caveau... les domestiques ont si peu de soin ! Ils pourraient casser les bouteilles.
CHARLES LEBLANC. — Il craint les bouteilles cassées. Allez, allez ! on vous attendra pour le dessert.

LE RÉSIDENT. — Non, non, je vous en supplie, faites toujours.

*Il sort. On apporte le dessert.*

LE MARQUIS, *à Leblanc*. — Monsieur, vous avez servi, ce me semble ?
CHARLES LEBLANC. — La chose n'est pas impossible. Mais pour le présent quart d'heure je suis secrétaire de monsieur le résident, du reste fort à votre service.
LE MARQUIS. — Don Juan, te souviens-tu de cet officier que nous ramassâmes à Friedland, couvert de blessures et jeté dans un fossé par les cosaques ?
CHARLES LEBLANC. — Que le diable les étrangle ! c'était moi. Vous avez bonne mémoire, général. — Or çà, mes bons amis, attention au commandement ! Comme je représente pour le quart d'heure monsieur le résident, attendu qu'il a planté là la guérite, je m'en vais vous proposer la santé de notre caporal à tous. — À la santé de sa majesté l'empereur ! vive l'empereur ! *(À part.)* Eh bien ! ils ne viennent pas ?

*Les officiers danois et allemands se lèvent pour répondre au toast.*

LE MARQUIS, *se levant*. — À mon tour, messieurs, j'ai l'honneur de vous proposer la santé de sa majesté Ferdinand VII, roi d'Espagne et des Indes !
LES OFFICIERS ESPAGNOLS. — Vive le roi ! *(Tumulte.)*
CHARLES LEBLANC. — Vive l'empereur ! À moi, chasseurs ! Général, je vous arrête. Allons, aidez-nous, canaille de Danois !

*Entrent des soldats espagnols ; Charles Leblanc est désarmé. Les fenêtres du fond s'ouvrent, et laissent apercevoir la flotte anglaise pavoisée et saluant. On entend les cris de joie des soldats espagnols.*

LE MARQUIS. — Vos chasseurs sont en prison, monsieur le secrétaire. — Messieurs les officiers danois et allemands, c'est avec regret que je vous demande votre parole de ne pas vous opposer à notre dessein. Toute résistance est inutile, et votre courage est assez connu pour ne pas avoir besoin de nouvelles preuves. Reprenez vos épées, messieurs, vous n'êtes pas nos prisonniers. Autrefois nous avons combattu sous la même bannière, un jour peut-être nous retrouverons-nous combattant ensemble sous le drapeau de la liberté. Nous vous quittons pour voler à la défense de notre patrie ; car, avant de prêter serment de servir l'empereur des Français, nous devions notre sang à la terre d'Espagne. Adieu, messieurs. — Messieurs les officiers espagnols, je connais trop bien le corps que j'ai l'honneur de commander pour douter un instant qu'un seul de vous ne réponde avec allégresse à l'appel de la patrie. Vous allez vous mesurer avec les tyrans et les vainqueurs du monde, avec ce flot d'esclaves étrangers qu'ils poussent sur l'Espagne. Vous allez trouver nos armées désorganisées, détruites ; mais tout Espagnol est devenu soldat, et les montagnes de Baylen [1] attestent déjà que nos paysans peuvent vaincre les vainqueurs d'Austerlitz*. La trahison a livré nos places fortes à l'ennemi ; nos arsenaux sont en son pouvoir. — Mais nos villes sans murailles ont des Palafox [2], et sont devenues des citadelles imprenables comme Sarragosse. — Toutes nos provinces sont envahies, — mais partout le Français est assiégé dans son camp. — Notre roi est captif, mais nous avons des Pélages [3]. En Espagne, messieurs ! et guerre à mort aux Français** !

---

1. La capitulation des Français à Baylen eut lieu le 22 juillet 1808.
\* On sait qu'à Baylen l'armée du général Dupont fut obligée de capituler devant les levées en masse de Castanos et du général suisse Reding.
2. Don José de Palafox y Melzi, duc de Saragosse (1780-1847), défenseur héroïque de Saragosse en 1808 et 1809 contre les Français. Prisonnier à Vincennes jusqu'en 1813. Se rallia en 1820 au parti constitutionnel.
3. Don Pelayo, premier roi des Asturies, mort vers 737. Vainqueur légendaire des conquérants arabes.
\*\* En espagnol *guerra e cuchillo*, réponse fameuse du général Palafox, à qui l'on proposait une capitulation honorable au premier siège de Saragosse.

Tous. — En Espagne !

Le marquis. — Je vais passer les troupes en revue. Don Juan, assure-toi de ce coquin de résident. Tu connais mes intentions ?

*Il sort avec les officiers espagnols et danois.*

Charles Leblanc. — Ma foi ! monsieur le colonel, votre petite drôlerie est fort plaisante. Mais que je sois pendu si ce n'est pas ma damnée de mère qui vous a tout dit.

Don Juan. — Quel est votre nom ?

Charles Leblanc. — Charles Leblanc, lieutenant aux grenadiers de la garde impériale.

Don Juan. — Se peut-il, monsieur, qu'un militaire appartenant à un corps si justement honoré s'abaisse jusqu'à faire le métier d'assassin ?

Charles Leblanc. — Colonel, ce n'est pas à moi que ce nom appartient. Je ne voulais assassiner personne.

Don Juan. — Et ces chasseurs ?...

Charles Leblanc. — D'abord, ils ne devaient tirer qu'à la dernière extrémité ; mais ensuite il n'y a pas d'assassinat là-dedans, mais bien une embuscade, ce qui est tout autre chose. Un assassinat, c'est très bien pour un coquin de moine* ou un mouchard. — Mais une embuscade, c'est très permis à un brave militaire.

Don Juan. — Monsieur, il me semble que vous entendez mieux les articles du code militaire que les distinctions d'honnête et de criminel. — Me direz-vous ce que mérite un militaire qui vient à une *embuscade* en habit bourgeois ?

Charles Leblanc. — Je sens que si vous me faites fusiller, comme vous en avez le droit, je n'aurai pas le mot à dire ; mais, comme je tiens beaucoup à ne pas paraître un mouchard devant un brave officier que j'estime, je vous ferai remarquer, et notez bien que je

---

* Voir les bulletins et les proclamations de Napoléon et de Murat.

ne demande pas la vie, remarquer que je n'ai pas cherché le moins du monde à surprendre vos secrets, à voir où étaient campés vos régiments, où était parquée votre artillerie ; rien de tout cela. Je vous ai dressé une embuscade, comme j'ai eu l'honneur de vous le dire... J'avoue que j'ai eu tort de m'habiller comme un pékin [1]... cependant cet habit ?... Non, jamais il ne pourra passer pour militaire ! Allons, lavez-moi la tête avec du plomb, cela m'apprendra à ne plus quitter l'uniforme.

DON JUAN. — Non. Vous avez un nom qui vous sauve, monsieur Leblanc.

CHARLES LEBLANC. — Ah ! c'est qu'apparemment vous êtes amoureux de ma mère ou de ma sœur, qui servent dans le régiment des mouchards.

DON JUAN. — Taisez-vous !

CHARLES LEBLANC. — Au diable les mouchards ! Faites-moi fusiller. Je ne veux pas qu'on puisse dire que pareille canaille a sauvé la vie à un officier de la garde impériale. Faites-moi fusiller ; aussi bien je ne serai plus capitaine.

DON JUAN. — Non, vivez. C'est moi qui vous donne la vie en considération de votre courage.

CHARLES LEBLANC. — Accepté à ces conditions ! Colonel, vous êtes un bon enfant. Vous avez l'air d'un brave militaire, quoique vous n'ayez pas déchiré tant de cartouches que moi. Moi, je ne suis qu'un pauvre hère de lieutenant, et vous... oh ! le bon service que le service d'Espagne !

DON JUAN. — Vous ne voudriez pas une compagnie dans notre division ?

CHARLES LEBLANC. — Non, le diable m'emporte ! Sachez que j'aimerais mieux être coupé en quatre que de prendre une autre cocarde que la cocarde de France.

UN SERGENT, *entrant*. — Colonel, je ne sais ce qu'est devenu le résident, mais il est impossible de le trouver.

---

1. Civil. (Argot militaire.)

Cependant la corde est toute prête à la porte de votre hôtel.

CHARLES LEBLANC. — Ha, ha ! En effet, voilà une corde attachée au lieu de l'enseigne des Trois-Couronnes.

*Entre madame de Coulanges en uniforme de cadet du régiment de don Juan.*

MADAME DE COULANGES. — Colonel, votre régiment est en bataille, et l'on vous attend.

DON JUAN. — Ô ma chère Élisa !

CHARLES LEBLANC, *à part, se détournant.* — Ma sœur ! que le diable l'emporte !

DON JUAN. — Le canon nous donne le signal du départ. Viens, ma bien-aimée.

MADAME DE COULANGES. — Adieu, France, je ne te reverrai jamais !

CHARLES LEBLANC, *à part.* — Bon débarras ! *(Haut.)* Adieu, colonel, je ne vous remercie pas.

*Don Juan sort avec madame de Coulanges et les soldats espagnols.*

CHARLES LEBLANC, *à la fenêtre.* — Ha, ha ! Belle ordonnance, ma foi ! — Charmant coup d'œil ! Que c'est agréable de commander une belle division comme celle-là ! Par le flanc droit ! marche !... Et les Danois qui regardent cela comme des oies à qui l'on vient d'arracher les plumes !

LE RÉSIDENT, *entrant. (Il ouvre doucement la porte.)* — Je n'entends plus rien. Tout est fini. Je n'ai pas voulu me montrer tant que j'ai entendu parler espagnol. Ah ! voici notre brave. Eh bien ! mon cher lieutenant, nous avons joliment mené nos affaires ! Mais, diable ! j'étais tout seul en bas contre une douzaine... Que diable ! pourquoi ne m'attendiez-vous pas ?

CHARLES LEBLANC. — Regardez par cette fenêtre.

LE RÉSIDENT. — Ciel ! La Romana à la tête de ses Espagnols !... Qu'est-ce que cela veut dire ?

CHARLES LEBLANC. — Cela veut dire qu'on nous

a trahis ; que j'étais fusillé sans le colonel Juan Diaz, et que l'on vous cherche partout pour vous pendre !

LE RÉSIDENT. — Pour me pendre !

CHARLES LEBLANC. — On veut vous faire servir d'enseigne à cette auberge. Voyez-vous cette corde ? c'est votre cou qu'elle attend.

LE RÉSIDENT. — Pour me pendre !

CHARLES LEBLANC. — Ma foi ! je vous souhaite bien du bonheur, monsieur le résident.

LE RÉSIDENT. — Oh ciel ! monsieur, défendez-moi, ils veulent me pendre.

CHARLES LEBLANC. — Que puis-je faire ? Je n'ai pas d'armes. Vous n'avez qu'un parti à prendre, c'est de demander grâce à ces dames et à ces messieurs.

LE RÉSIDENT. — Ainsi finit cette comédie : excusez les fautes de l'auteur.

*On entend une musique militaire.*

# UNE FEMME EST UN DIABLE
## OU
# LA TENTATION DE SAINT ANTOINE

## COMÉDIE*

> DEMONIO.
>
> Yo haré que el estudio olvides,
> Suspendido en una rara
> Beldad.
>
> CALDERÓN,
> *El Mágico prodigioso* [1].

---

\* Clara Gazul affecte de se servir du mot *comédie*, employé par les anciens poètes espagnols pour exprimer tout ouvrage dramatique, ou bouffon ou sérieux.

1. « Je veillerai à ce que, attaché aux pas d'une rare Beauté, tu oublies l'étude. » Calderón de la Barca (1600-1681) : *Le Magicien prodigieux*, Première Journée, scène 3.

# LE PROLOGUE

MESDAMES ET MESSIEURS,

L'auteur de la comédie que vous allez juger a pris la liberté de sortir de la route battue. Il a mis en scène, pour la première fois, certains personnages que nos nourrices et nos bonnes nous apprennent à révérer. Bien des gens pourront être scandalisés de cette audace, qu'ils appelleront sacrilège ; mais traduire sur le théâtre les ministres cruels d'un Dieu de clémence, ce n'est pas attaquer notre sainte religion. Les fautes de ses interprètes ne peuvent pas plus altérer son éclat, qu'une goutte d'encre le cristal du Guadalquivir.

Les Espagnols émancipés ont appris à distinguer la vraie dévotion de l'hypocrisie. C'est eux que l'auteur prend pour juges, sûr qu'ils ne verront qu'une plaisanterie là où le bon Torrequemada[1] aurait vu la matière d'un auto-da-fé[2], avec force san-benitos[3].

---

1. Tomás de Torquemada, premier Inquisiteur général de 1483 à 1494, est resté tristement célèbre pour l'acharnement et la cruauté avec lesquels il exerça ses fonctions.
2. Cérémonie au cours de laquelle les hérétiques et les infidèles condamnés au bûcher par l'Inquisition étaient invités solennellement à faire « acte de foi » pour mériter leur rachat — dans l'autre monde...
3. Casaque de couleur jaune — infamante — que devaient revêtir les pénitents après avoir été « réconciliés » par l'Inquisition — et par la grâce de la torture... Le terme désignait aussi les écriteaux portant le nom des condamnés et la pénitence qu'ils devaient subir que l'on plaçait dans les églises, afin que nul n'en ignore.

# UNE FEMME EST UN DIABLE

## PERSONNAGES DE LA COMÉDIE

Fray Antonio*
Fray Rafael  → inquisiteurs.
Fray Domingo
Mariquita.
Familiers de l'inquisition [1].

*La scène est à Grenade, pendant la guerre de la Succession [2].*

---

\* Certaines expressions dans le rôle d'Antonio pourront peut-être scandaliser les dames. L'auteur les supplie de songer que ce pauvre jeune homme n'avait jamais vu le monde et n'avait lu d'autre livre que l'Écriture, où chaque chose est appelée par son nom.

1. Tribunal ecclésiastique d'exception institué par le pape Grégoire IX, à partir de 1232, pour la recherche et la répression, dans l'ensemble de la Chrétienté, des crimes d'hérésie et d'apostasie ainsi que des actes de magie et sorcellerie.
2. Guerre entre la France et l'Autriche qui prétendaient à la Couronne d'Espagne (1701-1714).

## SCÈNE I

*Une salle de l'inquisition à Grenade.*

> *À droite, trois sièges (celui du milieu plus élevé) sur une estrade tendue de noir. Dans le fond, on aperçoit très confusément quelques instruments de torture. Au bas de l'estrade est une table avec une chaise pour le greffier. Le théâtre n'est éclairé que faiblement.*

RAFAEL, DOMINGO, *en grand costume d'inquisiteurs.*

RAFAEL. — Seigneur Domingo, je vous le répète, c'est une injustice criante. Il y a dix-sept ans que je suis inquisiteur à Grenade. J'ai fait condamner vingt hérétiques par an, et c'est ainsi que monseigneur le grand inquisiteur reconnaît mes services ! Me donner pour supérieur un jeune homme imberbe !

DOMINGO. — Voilà qui est affreux, et pour ma part j'en aurais autant à vous dire. Savez-vous ce que cela prouve ? c'est que monseigneur le grand inquisiteur n'est qu'un sot.

RAFAEL. — Nous le savions ; mais pour injuste et pour fanatique, je ne le connaissais pas encore.

DOMINGO. — Enfin, qu'a-t-il de si grave à nous reprocher ?

RAFAEL. — Quant à moi, je sais ce qui m'a fait du tort dans son esprit. Une misère ! L'histoire de cette juive, que j'ai convertie, et qui s'est avisée tout d'un coup de devenir mère, a fait du bruit dans le monde. Mais, après tout, y a-t-il là-dedans quelque chose de si extraordinaire ?

DOMINGO. — De plus, il nous accuse, m'a-t-on dit, de n'être pas chrétiens.

RAFAEL. — Est-il donc si nécessaire d'être chrétien pour être inquisiteur ?

DOMINGO. — Malgré votre conversion et ses suites, je suis encore plus mal noté que vous sur ses tablettes.

RAFAEL. — Vous y figurez donc comme athée ?

DOMINGO. — Non, plût au ciel ! mais mon coquin de frère servant, qui fait ma chambre, lui a porté une cuisse de poulet qui s'y trouvait... je ne sais comment, et dans le carême, s'il vous plaît !

RAFAEL. — Par le corps du Christ ! voilà une fâcheuse affaire !

DOMINGO. — Ce qu'il y a de pis, c'est que ce nouvel inquisiteur qu'il nous a envoyé pour présider ce tribunal est un démon qui doit nous espionner. Ajoutez à cela que le drôle est de bonne foi.

RAFAEL. — Bon ! pouvez-vous le croire ?

DOMINGO. — Ou je me trompe fort, ou c'est un véritable Loyola. On dit qu'il en est à ne pouvoir distinguer une femme d'un homme ; oh ! c'est un saint.

RAFAEL. — Hélas !

DOMINGO. — Hélas !

RAFAEL. — Sacrebleu ! est-ce ainsi que l'on paie nos services ! Je suis aujourd'hui d'une humeur affreuse ; je voudrais être Turc ! — Malheur à ceux que nous allons juger ! il me faut quelqu'un pour passer ma mauvaise humeur. Au feu ! au feu ! et puis au feu ! voilà mon dernier mot.

DOMINGO. — Amen ! c'est aujourd'hui samedi, et c'est mon usage de condamner ce jour-là ; le lundi j'absous. De cette façon, s'il y a des quiproquos, si les innocents tombent le mauvais jour, la faute en est au bon Dieu. — Mais, à propos, dites-moi, qu'est devenue votre juive ?

RAFAEL. — Elle est à la Maternité, la petite sotte.

DOMINGO. — Sotte en effet ! *(À part.)* Et plus sot qui l'y envoya.

RAFAEL. — Que grommelez-vous entre vos dents ?

DOMINGO. — Moi, je pestais après cet imbécile de grand inquisiteur.

RAFAEL. — Que le diable l'emporte !

DOMINGO. — Chut ! Il y a un écho ici. — Au large ! voici notre saint.

*Ils se séparent et se mettent à lire leur bréviaire, chacun d'un côté de la scène.*
*Entre Antonio en grand costume.*

ANTONIO. — Mes très révérends pères, nous allons aujourd'hui nous occuper d'une affaire bien importante, et pour laquelle je vois que vous vous préparez. Nous allons procéder contre une sorcière, une femme qui a fait un pacte avec le diable, mes pères ! L'esprit de ténèbres a, dit-on, donné à cette malheureuse un pouvoir surnaturel. Mais rassurons-nous, la croix que nous portons serait une défense contre les griffes du malin, s'il pouvait pénétrer dans les murs bénits du Saint-Office*[1].

DOMINGO. — Satan perdrait son temps ici.

ANTONIO. — Hélas ! mes pères, ne dites pas cela. La chair est faible, le vase est fragile. Pour moi, malheureux pécheur, ma seule force, c'est la connaissance de ma faiblesse. Vous, une longue vie passée dans la sainteté vous a rendus invulnérables aux tentations ; — mais moi, je suis jeune d'années et jeune d'œuvres pies. Ah ! que j'ai besoin de vos sages conseils pour me diriger au milieu des écueils de cette vie !

RAFAEL. — Nous avons tous besoin de conseils.

---

* Le diable ne peut entrer dans le palais du Saint-Office qu'avec la permission d'un inquisiteur.
1. Congrégation romaine établie par le pape Paul III en 1542, pour diriger les inquisiteurs et juger souverainement les affaires d'hérésie.

Domingo. — Avertis l'un par l'autre, nous résisterons mieux aux attaques du démon.

Antonio. — « Seigneur, ne m'exposez pas aux tentations ! » Voilà ma prière à tous les instants du jour. Il est si facile de succomber ! Quelque vigilance que l'âme mette à se garder, l'ennemi des hommes est un serpent subtil, la plus petite brèche lui suffit, et une seule goutte de son venin peut gangrener une âme à jamais. Sans doute, j'aurais déjà succombé sans l'intercession de mon bienheureux patron, monseigneur saint Antoine.

Rafael, *à part*. — Il a quelque chose sur la conscience. Cela doit être curieux. *(Haut.)* À quelle tentation si puissante Dieu a-t-il permis que vous fussiez exposé ?

Antonio. — Il nous reste encore du temps avant la séance, et, pour nous préparer à la tâche que nous devons remplir, un aveu sincère de nos fautes nous est utile. — Écoutez-moi donc, mes pères. — J'avais toujours pensé que la femme est l'instrument de damnation le plus sûr dont le malin se puisse servir. Vous partagez mon opinion, mes pères ? La rencontre d'une femme est plus dangereuse que celle d'un aspic...

Domingo, *avec une surprise affectée*. — Comment ! une femme serait-elle ?...

Antonio. — Dès ma plus tendre enfance, je fus élevé dans un couvent, jamais je n'en étais sorti ; je ne connaissais il y a six mois d'autre femme que ma mère, et plût au ciel que je n'en eusse jamais vu d'autres !

Rafael, *de même*. — Sainte Vierge ! vous me faites frémir !

Antonio. — Satan me frappa d'une maladie aiguë, qui mit mes jours en danger... je demandais à Dieu de mourir dans l'innocence... mais il ne daigna pas exaucer ma prière. — Je revins à la vie. — Les médecins, pour achever mon rétablissement, m'ordonnèrent d'aller respirer un air plus pur dans une petite maison de campagne appartenant à notre couvent. Enhardi par la solitude du lieu, j'osai sortir des murs, et sortir seul... J'avais essayé mes forces dans la campagne, et je rentrais dans notre maison, quand tout à coup... mes yeux rencontrent devant notre porte un être qu'à ses vêtements je crois être une femme. Son apparition subite me jeta dans un trouble tel que je n'eus pas même la présence d'esprit de fermer les yeux ; égaré, hors de moi, je restais devant elle, et son image s'enfonçait toujours plus profondément dans mon cœur. En vain je voulus fuir, mes pieds se fixaient à la terre. Semblable à un homme tourmenté du cauchemar, je voyais le danger, mais j'étais sans force, sans voix : j'étais comme le colibri fasciné par l'alligator. Mon sang bouillonnait... j'étais effrayé... je tremblais... et pourtant, si une telle comparaison n'est pas un sacrilège,... j'éprouvais cette espèce d'extase délicieuse que j'ai sentie quelquefois en priant devant notre sainte Madone. Encore quelques moments, et je serais mort à cette place... Mon âme... je la sentais près de m'abandonner... je serais mort... et mort dans le péché, si cette créature n'eût fait un pas vers moi. Ce mouvement subit rompit le charme en redoublant ma frayeur... Je pus m'écrier : Jésus ! Ce saint nom me délia : je courus de toutes mes forces sans regarder derrière moi, jusqu'à ce que, me jetant dans les bras de mon confesseur, je soulageai mon âme oppressée.

RAFAEL, *avec un grand soupir*. — Je m'attendais à pis.

ANTONIO. — Satan n'abandonna pas sa victime. J'avais fui, mais j'avais emporté le dard empoisonné. Hélas !... il faut l'avouer... il est encore dans mon sein. Jeûnes, prières, mortifications, rien n'a pu encore arracher de ma pensée l'image de cette femme. Elle me poursuit dans mes rêves ; je la vois partout... ses grands yeux noirs... qui ressemblent aux yeux d'un jeune chat... doux et méchants à la fois... je les vois... toujours... encore maintenant je les vois. *(Il cache sa tête dans ses mains.)* Le dirai-je ? souvent, au milieu de mes lectures pieuses, mon esprit n'est plus aux paroles sublimes de l'Évangile ; mes yeux, ma bouche, ne lisent plus que des mots vides de sens ; — mon âme est tout entière à cette femme. — Sûrement Satan prit cette figure pour tenter mon bienheureux patron. Grand saint Antoine, donnez-moi votre courage !

RAFAEL et DOMINGO. — Le Seigneur vous soit en aide !

ANTONIO. — Amen ! — Pourquoi faut-il qu'un malheureux pécheur soit condamné à juger les autres, quand il ne sait pas lui-même si le jugement dernier ne l'enverra pas dans les flammes des prévaricateurs ? *(Longue pause.)* Remplissons cependant notre tâche, quelque pénible qu'elle soit, et souvenons-nous que c'est le sort de l'homme de passer sa vie dans les tribulations. *(Il monte sur l'estrade et se place entre Rafael et Domingo.)* Greffier, appelez la cause, et faites paraître l'accusée.

RAFAEL. — Quoi ! vous fermez les yeux ?

ANTONIO. — Plût au ciel que je fusse aveugle ! une femme va paraître devant nous.

LE GREFFIER. — Maria Valdez, accusée, paraissez devant le tribunal du Saint-Office.

*Entre Mariquita voilée entre deux familiers du Saint-Office.*

ANTONIO, *les yeux fermés*. — Femme, quel est votre nom ?

MARIQUITA. — On m'appelle Maria Valdez, plus souvent Mariquita ; on m'a de plus surnommée LA FOLLE. Voilà mes nom, prénom et surnom.

ANTONIO, *de même*. — Votre âge ?

MARIQUITA. — C'est une question un peu scabreuse à faire à une femme, si l'on veut qu'elle dise la vérité. Cependant je suis franche, j'ai vingt-trois ans. Si vous en doutez, regardez-moi. Ai-je l'air plus vieille ? *(Elle ôte son voile.)*

RAFAEL et DOMINGO, *à part*. — Vive Dieu ! quelle jolie fille !

ANTONIO, *de même, à demi-voix*. — Arrière de moi,

Satan, démon de la curiosité ! tu ne me vaincras pas ! *(Haut.)* Quelle est votre profession ?

MARIQUITA, *hésitant*. — Diable !... je ne sais trop que vous dire... je chante, je danse, je joue des castagnettes, etc., etc.

ANTONIO, *de même*. — Ainsi c'est dans ces jeux, dont, grâce au ciel, les noms même me sont inconnus, que vous dissipez un temps que vous devriez donner aux larmes du repentir ?

MARIQUITA. — Eh ! pourquoi donc pleurer et se repentir, seigneur licencié [1], quand on n'a rien fait de mal ?

ANTONIO, *de même*. — Rien fait de mal ! interroge ta conscience !

MARIQUITA. — Que voulez-vous qu'elle me reproche ? J'ai bien commis quelques petites fautes, mais j'en ai eu l'absolution dimanche dernier de l'aumônier de Royal-Murcie, infanterie. — Laissez-moi aller, et ne m'effrayez pas davantage avec vos robes noires et toute votre...

ANTONIO, *de même*. — Maria Valdez, vous dites que votre conscience ne vous reproche rien : réfléchissez, et ne mentez point.

MARIQUITA. — Puisque je vous ai dit la vérité, vous allez me laisser sortir, j'espère ?

RAFAEL, *à Antonio*. — Mettez-la sur la voie.

ANTONIO, *de même*. — Connaissez-vous une femme nommée Juana Mendo ?

MARIQUITA. — Si je la connais ! une de mes bonnes amies !...

ANTONIO, *de même*. — Mais n'avez-vous jamais eu de querelle ?

MARIQUITA. — Non... Ah ! cependant, il y a quelques jours, elle m'a cherché noise, prétendant que je lui avais volé un amant ; ce qui n'est pas vrai, monsieur le licencié. Seulement c'est parce que Manuel Torribio

---

1. Gradué de l'Université, théologien.

lui a dit que mes beaux yeux noirs étaient bien plus beaux que ses vilains yeux roux.

ANTONIO, *de même*. — Ses yeux noirs ! *(Il met brusquement la main devant ses yeux.)* Seigneur Rafael, de grâce, continuez un instant l'interrogatoire.

RAFAEL, *après avoir parcouru des papiers, d'une voix douce*. — Mariquita, n'avez-vous pas passé vendredi, 15 août dernier, devant le plant d'oliviers de Juana Mendo, en mangeant une grenade ?

MARIQUITA. — Comment puis-je m'en souvenir ?

RAFAEL. — Dites oui ou non.

MARIQUITA. — Je crois que oui.

RAFAEL, *lisant*. — N'avez-vous pas jeté les pépins dans son plant, en agitant en l'air une baguette de noisetier ou autre bois, ayant deux bouts...

MARIQUITA, *riant*. — Voudriez-vous qu'elle n'en eût qu'un ?

RAFAEL. — Songez devant qui vous êtes. — ... Ayant deux bouts dépouillés de leur écorce ? Répondez.

MARIQUITA. — Qu'est-ce que j'en sais !

RAFAEL. — Oui ou non ?

MARIQUITA. — Eh bien! oui.

RAFAEL. — N'avez-vous pas chanté une chanson impie, où il est souvent parlé d'un certain Grain-d'orge ?

MARIQUITA, *riant*. — Ah, ah, ah ! seigneur licencié, de quoi me parlez-vous ? J'ai chanté une ballade anglaise, traduite par votre servante, qui l'a apprise d'un trompette de Mackay, dans l'armée de milord Peterborough. Elle est faite en effet sur la mort de Grain-d'orge [1].

DOMINGO. — Qui, Grain-d'orge ? Un esprit des ténèbres ?

---

1. La Ballade de Graindorge est généralement attribuée au poète écossais Robert Burns. Mais celui-ci a en fait adapté une ballade populaire ancienne. Cf. *Anthologie de la poésie anglaise*, Stock, 1946, pp. 179-181 pour une traduction du poème de Burns (trad. Louis Cazamian).

MARIQUITA. — Ah, ah, ah ! Grain-d'orge veut dire grain d'orge, et la ballade chante de quelle manière avec des grains d'orge on fait de la bière que boivent les Anglais. Laissez-moi aller, et je vous la chanterai, car vous avez l'air d'un bon enfant, et vous n'êtes pas comme celui-là. *(Elle montre Antonio.)*

ANTONIO, *les yeux fermés*. — Il est difficile de supposer qu'il n'y ait pas un sens caché sous ce mot.

MARIQUITA. — Honni soit qui mal y pense, comme il y a écrit sur le bonnet du capitaine O'Trigger.

ANTONIO, *de même*. — Mais comment nous expliquerez-vous que le plant de Juana Mendo a été détruit par une inondation ?

MARIQUITA, *riant*. — L'expliquer ! non, certes. Demandez au Geyar pourquoi il s'est débordé.

ANTONIO, *de même*. — Et c'est précisément à vous que je le demande. Pourquoi lui avez-vous dit de se déborder ?

MARIQUITA. — Ah çà ! sommes-nous à jeun et dans notre bon sens ? Me prenez-vous pour une sorcière ?

ANTONIO, *de même*. — Vous le dites.

MARIQUITA. — Merci de moi ! si vous ne me faisiez pas trembler avec votre grosse voix, vous me feriez mourir de rire.

ANTONIO, *de même*. — Vos rires pourront se changer en larmes. — Vous niez donc avoir jeté un sort sur les oliviers de Juana Mendo ?

MARIQUITA. — Est-ce que je sais jeter des sorts, moi ?

ANTONIO, *de même*. — Tous péchés peuvent s'expier. Femme, je t'adjure au nom de ton Créateur ; dis la vérité, si tu ne veux pas la mort de ton âme.

MARIQUITA. — Est-ce que, si j'étais sorcière, je ne me serais pas déjà envolée d'ici par la cheminée !

ANTONIO, *de même*. — Réfléchissez et tremblez ; plus tard il ne servira de rien de vous rétracter.

RAFAEL. — Seigneur collègue, elle est obstinée, laissez-moi l'entretenir seule un instant.

Domingo. — Non, moi je m'en charge. Seigneur Rafael, vous oubliez que vous avez un rapport à faire...

Antonio, *de même*. — Nous ne pouvons manquer aux règlements du Saint-Office. Pour la première fois, Maria Valdez, êtes-vous sorcière ?

Mariquita. — Pour la dernière fois, non. — Est-il entêté !

Antonio, *de même*. — Malheureuse ! Je m'en lave les mains, et ton sang ne retombera que sur toi. Le XLVIIIe article du règlement des interrogatoires porte que, « si l'accusé, ou l'accusée, persiste dans ses dénégations, et que d'ailleurs l'accusation ne soit pas dénuée de preuves testimoniales ou par écrit, le président doit, en confirmation d'icelles, ordonner que l'accusé, ou l'accusée, soit mis, ou mise, à la torture ».

Mariquita. — À la torture ! Jésus ! Marie ! Vous allez donc me déchirer comme de la laine à carder. Seigneurs licenciés, ayez pitié d'une pauvre fille innocente. — Je vous en conjure, ne me faites pas mourir dans les tourments. Enfermez-moi plutôt dans un souterrain, privez-moi de la lumière du soleil ; mais ne me tuez pas, ne me torturez pas !

Rafael. — Seigneur Antonio, ayez pitié de sa jeunesse !

Domingo. — Elle est innocente, seigneur collègue ; un peu de compassion.

Antonio, *de même*. — La règle parle. — Pedro Gracias, tortionnaire, paraissez.

*L'exécuteur paraît dans le fond.*

Mariquita. — Ah ! ne dites pas cela. Grâce, grâce ! regardez-moi au moins. *(Elle s'élance sur l'estrade, et embrasse les genoux d'Antonio.)*

Antonio, *ouvrant les yeux*. — Ah !

Rafael. — Seigneur, ayez pitié... mais,... qu'avez-vous ?

Antonio, *d'une voix tremblante*. — Je te reconnais bien... tu vas donc me mener en enfer... tu dépouilles ta robe nuptiale, et je vois la peau brûlée du diable...

Je suis donc en enfer... toutes les messes, saint Antoine lui-même, ne m'en retireraient pas. *(Il tombe évanoui.)*

RAFAEL. — Il est fou !

DOMINGO, *aux familiers.* — Emportez-le dans sa cellule. *(Bas à Mariquita.)* Ne craignez rien, ma belle enfant, on ne vous mettra pas à la torture.

RAFAEL, *bas à Mariquita.* — N'ayez pas peur. Ce n'est pas pour des personnes faites comme vous que nous avons des chevalets [1]. *(Aux familiers.)* Ramenez-la, donnez-lui une bonne chambre, mais ne la laissez parler à personne.

DOMINGO, *bas à Mariquita.* — Méfiez-vous de Rafael. Je ferai ce que je pourrai pour vous.

RAFAEL, *de même.* — Méfiez-vous de Domingo, c'est un vieil hypocrite. Mais moi, je m'intéresse à vous. Adieu, ma fille. *(Il lui donne une tape sur la joue.)* C'est moi qui suis votre ami. Adieu *(À part en sortant.)* Je t'empêcherai bien de la voir.

DOMINGO, *à part en sortant.* — Tu ne la verras pas, vieux satyre, ou j'y perdrai ma soutane.

*On emmène Mariquita.*

## SCÈNE II

*La cellule d'Antonio. On y voit une Madone peinte.*

ANTONIO, *seul, se promenant à grands pas.*

C'en est fait !... tout est fini... je suis perdu... damné !... J'aurais forniqué avec elle que je ne serais pas plus réprouvé !.. Je ne puis plus prier. — D'ailleurs, à quoi bon... maintenant ?... Je ne prierai plus ! Je suis damné... tant mieux ! mais en attendant... Maria, Mariquita ! je ne veux plus penser qu'à toi ! je veux

---

1. Instruments de supplice.

que nos deux âmes n'en fassent qu'une ! *(Une pause.)*
— Eh quoi ! je sacrifierais mon salut éternel à une femme, peut-être à un ange déchu, au tentateur ?... Trente années de prières, de mortifications seront perdues !... Si j'avais vécu dans le monde... je serais damné de même... j'ai mené une vie misérable... pour être damné !... *(Une pause.)* Je la vois toujours. *(Il met la main devant ses yeux. Une pause. Il s'agenouille devant la Madone.)* Sainte mère de Dieu, prends pitié de moi !... je suis... un... c'est elle-même, trait pour trait... ses yeux noirs !... Ô Mariquita ! *(Il fait un mouvement pour saisir le tableau. — Reculant avec effroi.)* Dieu ! tes yeux lancent des éclairs. Tu me reproches mon sacrilège !... irai-je ?... Non, tu ne seras point témoin de mon péché. Va ! *(Il retourne le tableau contre la muraille. Pause.)* Si, rendu au monde, abjurant mes vœux... Mais pourquoi entretenir de semblables pensées ? Je quitterai cet habit, oui ; je le profane ! mais c'est à la Trappe[1] que j'irai... on y meurt vite, dit-on, c'est ce qu'il me faut !... Je mourrai en prononçant son nom. Mais pourquoi mourir ?... pourquoi m'imposer une si rude pénitence ? Qu'ai-je fait, après tout ! Ne sommes-nous pas assez malheureux ici-bas, sans que la haire et la discipline ajoutent encore à nos souffrances ?... Ne puis-je donc ?... Il y a eu des saints qui avaient des épouses, des enfants... Je veux me marier, avoir des enfants, être un bon père de famille. Tu en as menti, Satan, ce n'est pas pour cela que tu m'emporteras ! J'élèverai une famille pieuse, et cela sera aussi agréable à Dieu que la fumée de nos bûchers... Insensé, n'ai-je pas juré de renoncer au monde ? Dieu lui-même n'a-t-il pas reçu mes vœux, et son enfer n'est-il pas brûlant pour les parjures ? *(Une pause.)* Je suis déjà trop coupable !... Plus de salut pour moi... Ma piété, un seul coup d'œil de cette

---

1. Ordre religieux cistercien, fondé par Rancé en 1664, dont les moines étaient astreints au silence.

femme l'a déracinée... je n'ai plus la force de me retenir au bord du gouffre... eh bien ! je m'y veux élancer !... Enfer, ouvre-toi !...

*Il sort en courant.*


## SCÈNE III
*Une chambre du palais de l'inquisition.*

MARIQUITA, *seule, assise sur le pied de son lit.*

Pauvre Marie, où es-tu ! que deviendras-tu ! Mariquita la folle à l'inquisition ! cela me fait rire... La pauvre folle sera pourtant brûlée... Oh ! cela fait frissonner !... cela fait tant de mal de se brûler à la chandelle, et tout son corps dans la flamme ! *(Pleurant.)* Là ! ils veulent me brûler, moi qui suis si bonne catholique ! moi qui n'ai pas voulu épouser le caporal Hardy seulement parce qu'il était hérétique ; et c'était un si bel homme ! près de neuf pouces ! et puis, si je l'avais suivi en Angleterre, le capitaine O'Trigger l'aurait fait sergent, comme il l'avait promis, et moi j'aurais été cantinière... Ah ! que j'ai été bête ! — DAMN THEIR EYES, comme ils disaient, au diable ces cafards ! ce sont tous des libertins. Peut-être que ces deux gros joufflus qui m'ont dit de belles paroles empêcheront le grand maigre de me mettre au feu ! Brrrr ! ne pensons plus à cela. Le mal vient assez vite. Bah ! vive la joie ! chantons, pour nous distraire, cette chanson qu'ils prennent pour de l'hébreu.

*Elle chante*[*].

---

[*] « Un officier du 42e régiment (anglais) qui jouait avec moi, m'apprit cette chanson, que je traduisis en espagnol, et sur laquelle je fis un air de ma façon. J'avais alors 13 ans (1812) » C. G. [1].

1. Cette note est signée des initiales de Clara Gazul. Mérimée la fait suivre du texte anglais de la ballade.

« Ils mirent Grain-d'orge sur le carreau pendant qu'ils lui préparaient de nouveaux tourments ; et, sitôt qu'il donnait signe de vie, ils le secouaient et le retournaient.

« Puis sur une flamme dévorante ils desséchèrent la moelle de ses os... » Hélas ! pauvre Grain-d'orge ! comme il devait souffrir ! et c'est comme cela que je souffrirai, moi. Hélas ! faut-il que je sois brûlée !

ANTONIO, *entrant*. — En ce monde — et dans l'autre.

MARIQUITA, *s'éloignant avec effroi*. — Ha ! déjà ! quoi, déjà !

ANTONIO. — Maria !

MARIQUITA, *de même*. — Seulement un quart d'heure encore !

ANTONIO. — Maria... je suis à toi... tout à toi... je ne suis plus l'inquisiteur... je suis Antonio... je veux être...

MARIQUITA, *de même*. — Mon bourreau ! vous êtes mon bourreau !

ANTONIO. — Non, non... pas ton bourreau... ton ami... nous ne serons qu'un corps et qu'une âme... Soyons comme Adam et Ève.

MARIQUITA, *s'approchant*. — Comment ! mon père, vous mon amant !

ANTONIO. — Amant, amant ! oui, ton amant ! aimons-nous toujours.

MARIQUITA. — Oui !... mais faites-moi sortir d'ici.

ANTONIO. — Oui, mais aime-moi d'abord.

MARIQUITA. — Nous aurons le temps ensuite. Sauvons-nous, c'est le plus pressé.

ANTONIO, *avec délire*. — Mariquita, vois-tu, j'abjure mes vœux ; je ne suis plus prêtre, je veux être ton amant... ton mari, ton amant !... Nous allons nous sauver ensemble dans les déserts... nous mangerons ensemble des fruits sauvages comme les ermites...

MARIQUITA. — Bah ! il vaudrait mieux tâcher d'aller à Cadiz. Il y a toujours des vaisseaux pour l'Angleterre. C'est un bon pays. On dit que les prêtres y sont mariés. Il n'y a pas d'inquisition Le capitaine O'Trigger...

ANTONIO. — Cesse, mon épouse, ne parle pas de ces capitaines anglais... je n'aime pas à t'entendre parler d'eux.

MARIQUITA. — Déjà jaloux ? — Partons vite.

ANTONIO. — Tout à l'heure. Mais montre-moi que tu m'aimes auparavant.

MARIQUITA. — Eh bien ! vite. — Vous êtes bien innocent !...

ANTONIO. — Innocent ! innocent ! moi le plus grand pécheur ! un réprouvé ! un damné ! un damné ! mais je t'aime, et je renonce au paradis pour contempler tes yeux.

MARIQUITA. — Partons, partons, et puis nous ferons l'amour ensuite comme deux tourtereaux. Tiens. *(Elle l'embrasse.)*

ANTONIO, *criant.* — Qu'est-ce que l'enfer quand on est heureux comme moi !

RAFAEL, *entrant et se signant.* — Vive Jésus ! que vois-je ?

ANTONIO. — Rafael !

RAFAEL. — Scélérat ! c'est donc ainsi que tu profanes la croix que tu portes ?

ANTONIO. — Seigneur Rafael, je ne suis plus prêtre, je suis l'époux de Mariquita... Bénissez notre mariage... mariez-nous. *(Il se met à genoux.)*

RAFAEL. — La malédiction de Dieu sur ta tête !

ANTONIO, *le prenant au collet.* — Marie-moi, ou je te tue ! *(Ils luttent quelque temps. Antonio renverse Rafael ; celui-ci tire un poignard.)*

MARIQUITA. — Prends garde à toi, l'innocent !

ANTONIO, *lui arrache le poignard.* — Tiens, maudit ! *(Il le frappe.)*

RAFAEL. — Ha !... je suis mort ! et le diable m'attend !... Antonio, tu es plus fin... que moi... Qui l'eût dit !... Va, je te pardonne pour la ruse, et puis... parce que je ne puis pas... me venger... Adieu... je vais commander la chaudière... En attendant... jouis de ton reste... Domingo... je l'ai enfermé... j'ai écarté les surveillants... mais tu m'as prévenu... Tu n'es pas si bête... que je l'avais...

ANTONIO, *atterré*. — Tu ne dis pas tes prières ?

RAFAEL, *riant*. — Mes prières !... ha, ha, ha !... m'y voilà. *(Il meurt.)*

MARIQUITA. — Je vais prendre sa robe, et nous passerons sans être reconnus.

ANTONIO. — En une heure, je suis devenu fornicateur, parjure, assassin.

MARIQUITA. — En voyant cette fin tragique, vous direz, je crois, avec nous qu'UNE FEMME EST UN DIABLE.

ANTONIO. — C'est ainsi que finit la première partie de la TENTATION DE SAINT ANTOINE. Excusez les fautes de l'auteur.

*Frontispice de la partition de l'opéra de Bizet.*

Sous le ciel d'Andalousie, les amours tragiques d'une "gitana" et d'un "Navarro fino..."

### ESPAGNE !

"L'Espagne vient de nous rendre Mérimée qui, l'ayant parcourue seul et en tous sens, ne voit plus qu'Espagne, Alhambra, Grenade, Burgos et combats de taureaux ; il est admirable à entendre conter les mœurs de ces gens-là."

(A. Deveria, 1831)

*La comtesse de Montijo et ses filles (1837).*

*Mérimée lisant son œuvre dans un salon parisien.*

A Madrid, en 1830, Mme de Montijo raconte à Mérimée l'anecdote dont devait sortir "Carmen".

*Ci-contre : G. Bizet.*
*De haut en bas :*
*L. Halévy,*
*H. Meilhac.*

*3 mars 1875 :*
*première représentation*
*de "Carmen".*

---

La musique de Bizet et le livret de Meilhac-Halévy
ont assuré le populaire succès de "Carmen".

*Couleur locale espagnole : majos andalous...*

*... et manolas de Madrid.*

Ne uoila pas de braues messagers
Qui uont errant par pays estrangers

"... ces nomades dispersés dans toute l'Europe et connus sous les noms de Bohémiens, Gitanos..." (p. 95).

#### ESCOPETEROS

"Pendant que vous vous enveloppez de votre manteau, que vous enfoncez vos yeux dans votre bonnet de voyage, vous remarquez que les hommes de votre escorte (*escopeteros*) jettent l'amorce de leurs fusils..." (p. 265).

Comme tous les voyageurs romantiques, Mérimée en Espagne rêvait de rencontrer des bandits...

*"Combat de taureaux", par Manet.
"L'arène, dès avant le combat,
est remplie de monde et les loges offrent une
masse confuse de têtes..." (p. 231).*

---

### CORRIDA
"Le seul argument que l'on n'ose présenter, et qui serait pourtant sans réplique, c'est que cruel ou non, ce spectacle est si intéressant, si attachant, produit des émotions si puissantes, qu'on ne peut y renoncer lorsqu'on a résisté à l'effet de la première séance" (p. 228).

---

Dans l'Espagne de 1830, Sévilla et Montès font revivre sous les yeux fascinés de Mérimée...

*"Pecho Romero tuant le taureau immobile", par Goya.*
*"Aucune tragédie au monde ne m'avait intéressé à ce point..." (p. 229).*

*"Mort tragique de l'infortuné Pepe Illo aux arènes de Madrid", par Goya.*
*"... Je préfère les combats à mort..." (p. 229).*

... les héros légendaires de la geste tauromachique illustrée par Goya.

*"Lola de Valence", par Manet.*
*"... elle s'avançait en se balançant sur ses hanches comme une pouliche des haras de Cordoue..." (p. 55).*

"Je doute fort que Mademoiselle Carmen fût de race pure, du moins elle était...

*Carmen, par E. Wanters.*

*Illustration de "Carmen" par Gaston Vuillier.*

*La "Carmencita", par J.-S. Sargent.*

### CARMEN

"Elle était parée, cette fois, comme une châsse, pomponnée, attifée, tout or et tout rubans. Une robe à paillettes, des souliers bleus à paillettes aussi, des fleurs et des galons partout" (p. 63).

---

...infiniment plus jolie que toutes les femmes de sa nation que j'ai jamais rencontrées..." (p. 46).

*Carmen, "la plus vivante des mortes".
La Galli-Marié, Jane Rhodes,
Maria Callas ; et, ci-dessus,
Julia Migenès-Johnson.*

Scène, disque, écran : variations sur le thème
– immuable – de la gitane maléfique...

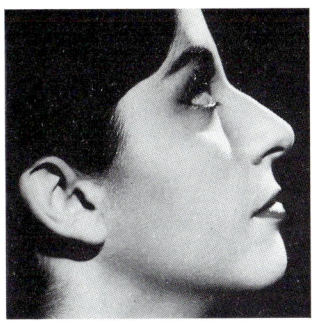

*...Tereza Berganza,
Rita Hayworth,
Viviane Romance...*

### DIABLESSE
### EN BAS DE SOIE

"... Le croiriez-vous, Monsieur ? Ses bas de soie troués qu'elle me faisait voir tout en plein en s'enfuyant, je les avais toujours devant les yeux [...] Parmi toutes les femmes qui passaient, je n'en voyais pas une seule qui valût cette diable de fille-là..." (p. 61).

---

...et sur son charme irrésistible
de "filleule du diable".

## FEMME FATALE

"Monsieur on devient coquin sans y penser. Une jolie fille vous fait perdre la tête, on se bat pour elle, un malheur arrive, il faut vivre à la montagne et de contrebandier on devient voleur avant d'avoir réfléchi" (p. 79).

*Viviane Romance et Marguerite Moreno dans l'adaptation de Christian-Jaque.*

Carmen : sorcière ou victime du destin ? "La carte impitoyable dira toujours : la mort !" (p. 364).

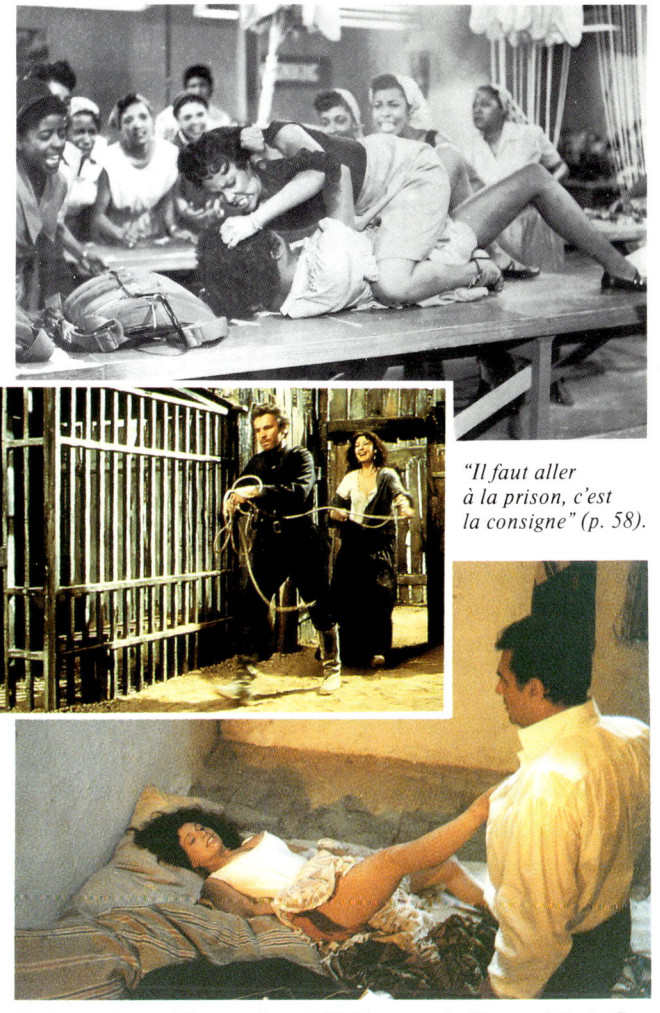

"Il faut aller
à la prison, c'est
la consigne" (p. 58).

De bas en haut : "Carmen Jones" (O. Preminger), "La tragédie de Carmen" (P. Brook), "Carmen" (F. Rosi).

Une femme qui trouble l'ordre public
et fait tourner la tête des hommes.

*"... à Triana chez Lillas Pastia..." (p. 64).*

*"La vie de contrebandier me plaisait mieux que celle de soldat."* (p. 74).
  L'adaptation de Christian-Jaque.

  *Ci-contre : celle de P. Brook aux Bouffes du Nord.*

Au bout du plaisir et de la révolte,
le sang et la mort.

> **J'AI TOUJOURS PENSÉ QUE TU ME TUERAIS**
>
> "Elle tomba au second coup sans crier. Je crois voir encore son grand œil noir me regarder fixement ; puis il devint trouble et se ferma. Je restai anéanti..." (p. 94).

"Tu as le droit de tuer ta *romi* ; mais Carmen sera toujours libre" (p. 93).

*La dénudation du mythe. "Prénom Carmen" (J.-L. Godard); "Carmen nue" (A. Lopez).*

*La véritable histoire d'après la nouvelle de Prosper Mérimée.*

## CRÉDITS PHOTOGRAPHIQUES

P. 1 : coll. Viollet. P. 2 : coll. Viollet ; Harlingue-Viollet. P. 3 : coll. Viollet ; Harlingue-Viollet. P. 4 : gravure d'Hervilly (musée Carnavalet)/Dagli Orti ; gravure du XIX$^e$ (Bibl. du musée des Arts décoratifs) ; DR. P. 5 : peinture de L. Boulanger (musée Renan-Sheffer)/Roger-Viollet. P. 6 : Roger-Viollet. P. 7 : DR. P. 8 : Roger-Viollet. P. 9 : tableau de E. Wanters/ND-Viollet ; illustration de G. Vuillier/coll. Viollet ; Dagli Orti. P. 10 : Roger-Viollet ; Lipnitzki-Viollet ; Dagli Orti ; Prod/DB P. 11 : Decca ; Prod/DB. P. 12 : Cinémathèque française ; Prod/DB. Pp. 13 à 16 : Prod/DB, excepté p. 15 *Carmen* de P. Brook : Marc Enguerand.
4$^e$ de couverture : *Carmen* de C. Saura : Prod/DB.

# LETTRES D'ESPAGNE [1]

---

1. Publiées dans la *Revue de Paris*, le 2 janvier et le 13 mars 1831, le 26 août 1832, le 29 décembre 1833. Les trois premières ont été reprises dans le recueil *Mosaïque* en juin 1833. La quatrième n'a été reprise en volume que dans le recueil posthume (1873) des *Dernières Nouvelles*.

# LETTRES ADRESSÉES D'ESPAGNE

## AU DIRECTEUR DE LA « REVUE DE PARIS »

I

1831

Madrid, 25 octobre 1830

Monsieur,

Les courses de taureaux sont encore très en vogue en Espagne ; mais parmi les Espagnols de la classe élevée il en est peu qui n'éprouvent une espèce de honte à avouer leur goût pour un genre de spectacle certainement fort cruel ; aussi cherchent-ils plusieurs graves raisons pour le justifier. D'abord c'est un amusement national. Ce mot *national* suffirait seul, car le patriotisme d'antichambre[1] est aussi fort en Espagne qu'en France. Ensuite, disent-ils, les Romains étaient encore

---

1. On parlerait aujourd'hui de « chauvinisme ».

plus barbares que nous, puisqu'ils faisaient combattre des hommes contre des hommes. Enfin, ajoutent les économistes, l'agriculture profite de cet usage, car le haut prix des taureaux de combat engage les propriétaires à élever de nombreux troupeaux. Il faut savoir que tous les taureaux n'ont point le mérite de courir sus aux hommes et aux chevaux, et que sur vingt il s'en trouve à peine un assez brave pour figurer dans un cirque ; les dix-neuf autres servent à l'agriculture. Le seul argument que l'on n'ose présenter, et qui serait pourtant sans réplique, c'est que cruel ou non, ce spectacle est si intéressant, si attachant, produit des émotions si puissantes, qu'on ne peut y renoncer lorsqu'on a résisté à l'effet de la première séance. Les étrangers, qui n'entrent dans le cirque la première fois qu'avec une certaine horreur, et seulement afin de s'acquitter en conscience des devoirs de voyageur, les étrangers, dis-je, se passionnent bientôt pour les courses de taureaux autant que les Espagnols eux-mêmes. Il faut en convenir à la honte de l'humanité, la guerre avec toutes ses horreurs a des charmes extraordinaires, surtout pour ceux qui la contemplent à l'abri.

Saint Augustin raconte que dans sa jeunesse il avait une répugnance extrême pour les combats de gladiateurs, qu'il n'avait jamais vus. Forcé par un de ses amis de l'accompagner à une de ces pompeuses boucheries, il s'était juré à lui-même de fermer les yeux pendant tout le temps de la représentation. D'abord il tint assez bien sa promesse et s'efforça de penser à autre chose ; mais à un cri que poussa tout le peuple en voyant tomber un gladiateur célèbre, il ouvrit les yeux ; il les ouvrit et ne put les refermer. Depuis lors, et jusqu'à sa conversion, il fut un des amateurs les plus passionnés des jeux du cirque.

Après un aussi grand saint, j'ai honte de me citer ; pourtant vous savez que je n'ai pas les goûts d'un anthropophage. La première fois que j'entrai dans le cirque de Madrid, je craignis de ne pouvoir supporter la vue du sang que l'on y fait libéralement couler ; je craignais surtout que ma sensibilité, dont je me défiais, ne me rendît ridicule devant les amateurs endurcis[1] qui m'avaient donné une place dans leur loge. Il n'en fut rien. Le premier taureau qui parut fut tué ; je ne pensais plus à sortir. Deux heures s'écoulèrent sans le moindre entracte, et je n'étais pas encore fatigué. Aucune tragédie au monde ne m'avait intéressé à ce point. Pendant mon séjour en Espagne je n'ai pas manqué un seul combat, et, je l'avoue en rougissant, je préfère les combats à mort à ceux où l'on se contente de harceler des taureaux qui portent des boules à l'extrémité de leurs cornes[2]. Il y a la même différence qu'entre les combats à outrance et les tournois à lances mornées[3]. Pourtant les deux espèces de courses se ressemblent beaucoup ; mais seulement dans la seconde le danger pour les hommes est presque nul.

La veille d'une course est déjà une fête. Pour éviter les accidents, on ne conduit les taureaux dans l'écurie du cirque *(encierro)* que la nuit ; et, la veille du jour fixé pour le combat, ils paissent dans un pâturage à peu de distance de Madrid *(el arroyo)*. C'est un but de promenade que d'aller voir ces taureaux qui viennent souvent de très loin. Un grand nombre de voitures, de cavaliers et de piétons se rendent à l'arroyo. Beaucoup de jeunes gens portent dans cette occasion l'élégant costume de *majo*\* andalou, et déploient une magnificence et un luxe que ne permet point la simplicité de nos habillements ordinaires. Au reste, cette promenade n'est point sans danger : les taureaux sont en liberté, leurs

---

1. Mérimée traduit ici le mot espagnol *aficionados*.
2. Pour certaines courses mineures, on garnissait les cornes des taureaux d'étuis en cuir rembourrés, en forme de boule *(toros embolados)*.
3. Dont le fer est garni d'une bague épaisse qui l'empêche de s'enfoncer profondément.
\* *Fashionable*[4] des basses classes.
4. Homme à la mode ; élégant.

conducteurs ne s'en font pas facilement obéir, c'est l'affaire des curieux d'éviter les coups de corne.

Il y a des cirques *(plazas)* dans presque toutes les grandes villes d'Espagne. Ces édifices sont très simplement, pour ne pas dire très grossièrement, construits. Ce ne sont en général que de grandes baraques en planches, et on cite comme une merveille l'amphithéâtre de Ronda, parce qu'il est entièrement bâti en pierre. C'est le plus beau de l'Espagne, comme le château de Thunderten-Tronkh était le plus beau de la Westphalie, parce qu'il avait une porte et des fenêtres [1]. Mais qu'importe la décoration d'un théâtre, quand le spectacle est excellent ?

Le cirque de Madrid peut contenir environ sept mille spectateurs, qui entrent et sortent sans confusion par un grand nombre de portes. On s'assied sur des bancs de bois ou de pierre\* ; quelques loges ont des chaises. Celle de Sa Majesté Catholique est la seule qui soit assez élégamment décorée.

L'arène est entourée d'une forte palissade, haute d'environ cinq pieds et demi. À deux pieds de terre règne tout alentour, et des deux côtés de la palissade, une saillie en bois, une espèce de marchepied ou d'étrier qui sert au toréador poursuivi à passer plus facilement par-dessus la barrière. Un corridor étroit la sépare des gradins des spectateurs, aussi élevés que la barrière, et garantis en outre par une double corde retenue par de forts piquets. C'est une précaution qui ne date que de quelques années. Un taureau avait non seulement sauté la barrière, ce qui arrive fréquemment, mais encore s'était élancé jusque sur les gradins, où il avait tué ou estropié nombre de curieux. La corde tendue est censée suffisante pour prévenir le retour d'un semblable accident.

---

1. Cf. Voltaire : *Candide,* chapitre I : « Monsieur le baron était un des plus puissants seigneurs de la Westphalie, car son château avait une porte et des fenêtres. »

\* Depuis quelques années tous les gradins sont en pierre. 1830.

Quatre portes débouchent dans l'arène. L'une communique à l'écurie des taureaux *(toril)* ; l'autre mène à la boucherie *(matadero),* où l'on écorche et dissèque les taureaux. Les deux autres servent aux acteurs humains de cette tragédie.

Un peu avant la course, les toréadors se réunissent dans une salle attenante au cirque. Tout auprès sont les écuries des chevaux. Plus loin on trouve une infirmerie. Un chirurgien et un prêtre se tiennent dans le voisinage, tout prêts à donner leurs soins aux blessés.

La salle qui sert de foyer est ornée d'une madone peinte, devant laquelle brûlent quelques bougies ; au-dessous, on voit une table avec un petit réchaud contenant des charbons allumés. En entrant, chaque torero ôte d'abord son chapeau à l'image, marmotte à la hâte un bout de prière, puis tire un cigare de sa poche, l'allume au réchaud, et fume en causant avec ses camarades et les amateurs qui viennent discuter avec eux le mérite des taureaux qu'ils vont combattre.

Cependant dans une cour intérieure les cavaliers qui doivent jouter à cheval se préparent au combat en essayant leurs chevaux. À cet effet, ils les lancent au galop contre un mur qu'ils choquent d'une longue perche en guise de pique ; sans quitter ce point d'appui, ils exercent leurs montures à tourner rapidement et le plus près possible du mur. Vous verrez tout à l'heure que cet exercice n'est pas inutile. Les chevaux dont on se sert sont des rosses de réforme [1] que l'on achète à bas prix. Avant d'entrer dans l'arène, de peur que les cris de la multitude et que la vue des taureaux ne les effarouchent, on leur bande les yeux et l'on emplit leurs oreilles d'étoupes mouillées.

L'aspect du cirque est très animé. L'arène, dès avant le combat, est remplie de monde, et les gradins et les loges offrent une masse confuse de têtes. Il y a deux

---

[1]. *Rosse* : cheval de mauvaise qualité (cf. la Rossinante de Don Quichotte) ; *de réforme :* mis hors de service.

sortes de places : du côté de l'ombre sont les plus chères et les plus commodes, mais le côté du soleil est toujours garni d'intrépides amateurs. On voit beaucoup moins de femmes que d'hommes, et la plupart sont de la classe des *manolas* (grisettes)[1]. Dans les loges on remarque pourtant quelques toilettes élégantes, mais peu de jeunes femmes*. Les romans français et anglais ont perverti depuis peu les Espagnoles, et leur ôtent le respect pour leurs vieilles coutumes. Je ne crois pas qu'il soit défendu aux ecclésiastiques d'assister à ces spectacles ; cependant je n'en ai jamais vu qu'un seul en costume (à Séville). On m'a dit que plusieurs s'y rendaient déguisés.

À un signal donné par le président de la course, un alguazil[2] mayor, accompagné de deux alguazils en costume de Crispin[3], tous les trois à cheval, et suivis d'une compagnie de cavalerie, font évacuer l'arène et le corridor étroit qui la sépare des gradins. Quand ils se sont retirés avec leur suite, un héraut, escorté d'un notaire et d'autres alguazils à pied, vient lire au milieu de la place un ban[4] qui défend de rien jeter dans l'arène, de troubler les combattants par des cris ou des signes, etc. À peine a-t-il paru que, malgré la formule respectable : « *Au nom du roi, notre seigneur, que Dieu garde longtemps...* » des huées et des sifflets s'élèvent de toutes parts, et durent autant que la lecture de la défense, qui d'ailleurs n'est jamais observée. Dans le cirque, et là seulement, le peuple commande en souverain, et peut dire et faire tout ce qu'il veut**.

Il y a deux classes principales de toreros : les *pica-*

---

1. Sur les *manolas* de Madrid, cf. *Documents,* p. 386
\* C'est le contraire qui est vrai aujourd'hui.
2. Officier de police en Espagne.
3. Type de valet de la comédie italienne.
4. Ordre signifié ou proclamé publiquement.
\*\* Depuis le rétablissement de la constitution, on ne lit plus le ban du roi, notre seigneur[5].
5. Cf. *Repères historiques,* p. 316

*dors,* qui combattent à cheval, armés d'une lance ; et les *chulos*, à pied, qui harcèlent le taureau en agitant des draperies de couleurs brillantes. Parmi ces derniers sont les *banderilleros* et les *matadors*, dont je vous parlerai bientôt. Tous portent le costume andalou, à peu près celui de Figaro dans *Le Barbier de Séville*[1], mais, au lieu de culottes et de bas de soie, les picadors ont des pantalons de cuir épais, garnis de bois et de fer, afin de préserver leurs jambes et leurs cuisses des coups de corne. À pied, ils marchent écarquillés[2] comme des compas ; et s'ils sont renversés, ils ne peuvent guère se relever qu'à l'aide des chulos. Leurs selles sont très hautes, de forme turque avec des étriers en fer, semblables à des sabots, et qui couvrent entièrement le pied. Pour se faire obéir de leurs rosses, ils ont des éperons armés de pointes de deux pouces de longueur. Leur lance est grosse, très forte, terminée par une pointe de fer très aiguë ; mais, comme il faut faire durer le plaisir, cette pointe est garnie d'un bourrelet de corde qui ne laisse pénétrer dans le corps du taureau qu'un pouce de fer environ.

Un des alguazils à cheval reçoit dans son chapeau une clef que lui jette le président des jeux. Cette clef n'ouvre rien ; mais il la porte cependant à l'homme chargé d'ouvrir le toril, et s'échappe aussitôt au grand galop, accompagné des huées de la multitude, qui lui crie que le taureau est déjà dehors et qu'il le poursuit. Cette plaisanterie se renouvelle à toutes les courses.

Cependant les picadors ont pris leurs places. Il y en a d'ordinaire deux à cheval dans l'arène ; deux ou trois

---

1. Beaumarchais : *Le Barbier de Séville* (1775). Figaro, en costume de *majo*, la tête couverte d'une résille, porte un fichu de soie attaché fort lâche à son cou, gilet et haut-de-chausse de satin, avec des boutons et boutonnières frangées d'argent, une grande ceinture de soie, des jarretières nouées qui pendent sur chaque jambe, une veste de couleur tranchante à grands revers de la couleur du gilet, des bas blancs et des souliers gris.
2. Les jambes écartées.

autres se tiennent en dehors, prêts à les remplacer en cas d'accidents, tels que mort, fractures graves, etc. Une douzaine de chulos à pied sont distribués dans la place, à portée de s'entraider mutuellement.

Le taureau, préalablement irrité à dessein dans sa cage, sort furieux. Ordinairement il arrive d'un élan jusqu'au milieu de la place, et là s'arrête tout court, étonné du bruit qu'il entend et du spectacle qui l'entoure. Il porte sur la nuque un nœud de rubans [1] fixé par un petit crochet qui entre dans la peau. La couleur de ces rubans indique de quel troupeau *(vacada)* il sort ; mais un amateur exercé reconnaît, à la seule vue de l'animal, à quelle province et à quelle race il appartient.

Les chulos s'approchent, agitent leurs capes éclatantes, et tâchent d'attirer le taureau vers l'un des picadors. Si la bête est brave, elle l'attaque sans hésiter. Le picador, tenant son cheval bien rassemblé, s'est placé, la lance sous le bras, précisément en face du taureau ; il saisit le moment où il baisse la tête, prêt à le frapper de ses cornes, pour lui porter un coup de lance sur la nuque, et *non ailleurs*\* ; il appuie sur le coup de toute la force de son corps, et en même temps il fait partir le cheval par la gauche, de manière à laisser le taureau à sa droite. Si tous ces mouvements sont bien exécutés, si le picador est robuste et son cheval maniable, le taureau, emporté par sa propre impétuosité, le dépasse sans le toucher. Alors le devoir des chulos est d'occuper le taureau, de manière à laisser au picador

---

1. Cf. note de Mérimée, *Carmen*, p. 90

\* Je vis un jour un picador renversé qui allait être tué si son camarade ne l'eût dégagé et n'eût fait reculer le taureau en lui donnant un coup de lance sur le nez. La circonstance servait d'excuse. Cependant j'entendis de vieux amateurs s'écrier : « C'est une honte ! un coup de lance sur le nez ! on devrait chasser cet homme de la place [2]. »

2. Il s'agit ici de la *plaza de toros*, des arènes.

le temps de s'éloigner ; mais souvent l'animal reconnaît trop bien celui qui l'a blessé : il se retourne brusquement, gagne le cheval de vitesse, lui enfonce ses cornes dans le ventre, et le renverse avec son cavalier. Celui-ci est aussitôt secouru par les chulos ; les uns le relèvent, les autres en lançant leurs capes à la tête du taureau le détournent, l'attirent sur eux, et lui échappent en gagnant à la course la barrière qu'ils escaladent avec une légèreté surprenante. Les taureaux espagnols courent aussi vite qu'un cheval : et si le chulo était fort éloigné de la barrière, il échapperait difficilement. Aussi est-il rare que les cavaliers, dont la vie dépend toujours de l'adresse des chulos, se hasardent vers le milieu de la place ; quand ils le font, cela passe pour un trait d'audace extraordinaire.

Une fois remis sur pieds, le picador remonte aussitôt son cheval, s'il peut le relever aussi. Peu importe que la pauvre bête perde des flots de sang, que ses entrailles traînent à terre et s'entortillent dans ses jambes ; tant qu'un cheval peut marcher, il doit se présenter au taureau. Reste-t-il abattu, le picador sort de la place, et y rentre à l'instant monté sur un cheval frais.

J'ai dit que les coups de lance ne peuvent faire qu'une légère blessure au taureau, et ils n'ont d'autre effet que de l'irriter. Pourtant les chocs du cheval et du cavalier, le mouvement qu'il se donne, surtout les réactions qu'il reçoit en s'arrêtant brusquement sur ses jarrets, le fatiguent assez promptement. Souvent aussi la douleur des coups de lance le décourage, et alors il n'ose plus attaquer les chevaux, ou, pour parler le jargon tauromachique, il refuse d'*entrer*. Cependant, s'il est vigoureux, il a déjà tué quatre ou cinq chevaux. Les picadors se reposent alors, et l'on donne le signal de planter les *banderillas*.

Ce sont des bâtons d'environ deux pieds et demi, enveloppés de papier découpé, et terminés par une pointe aiguë, barbelée pour qu'elle reste dans la plaie. Les chulos tiennent un de ces dards de chaque main. La manière la plus sûre de s'en servir, c'est de s'avancer doucement derrière le taureau, puis de l'exciter tout à coup en frappant avec bruit les banderilles l'une contre l'autre. Le taureau étonné se retourne, et charge son ennemi sans hésiter. Au moment où il le touche presque, lorsqu'il baisse la tête pour frapper, le chulo lui enfonce à la fois les deux banderilles de chaque côté du cou, ce qu'il ne peut faire qu'en se tenant pour un instant tout près et vis-à-vis du taureau et presque entre ses cornes ; puis il s'efface, le laisse passer, et gagne la barrière pour se mettre en sûreté. Une distraction, un mouvement d'hésitation ou de frayeur suffiraient pour le perdre. Les connaisseurs regardent pourtant les fonctions de banderillero comme les moins dangereuses de toutes. Si par malheur il tombe en plantant les banderilles, il ne faut pas qu'il essaye de se relever ; il se tient immobile à la place où il est tombé. Le taureau ne frappe à terre que rarement, non point par générosité, mais parce qu'en chargeant il ferme les yeux et passe sur l'homme sans l'apercevoir. Quelquefois pourtant il s'arrête, le flaire comme pour s'assurer qu'il est bien mort ; puis, reculant de quelques pas, il baisse la tête pour l'enlever sur ses cornes ; mais alors les camarades du banderillero l'entourent et l'occupent si bien, qu'il est forcé d'abandonner le cadavre prétendu.

Lorsque le taureau a montré de la lâcheté, c'est-à-dire quand il n'a pas reçu gaillardement quatre coups de lance, c'est le nombre de rigueur, les spectateurs, juges souverains, le condamnent par acclamation à une espèce de supplice qui est à la fois un châtiment et un moyen de réveiller sa colère. De tous côtés s'élève le cri de *fuego ! fuego !* (du feu ! du feu !) On distribue alors aux chulos, au lieu de leurs armes ordinaires, des banderilles dont le manche est entouré de pièces d'artifice. La pointe est garnie d'un morceau d'amadou [1] allumé. Aussitôt qu'elle pénètre dans la peau, l'amadou

---

1. Produit obtenu à partir d'un champignon de bois *(amadouvier)* et préparé de façon qu'il prenne feu au contact d'une simple étincelle.

est repoussé sur la mèche des fusées ; elles prennent feu, et la flamme, qui est dirigée vers le taureau, le brûle jusqu'au vif et lui fait faire des sauts et des bonds qui amusent extrêmement le public. C'est en effet un spectacle admirable que de voir cet animal énorme écumant de rage, secouant les banderilles ardentes et s'agitant au milieu du feu et de la fumée. En dépit de messieurs les poètes [1], je dois dire que de tous les animaux que j'ai observés aucun n'a moins d'expression dans les yeux que le taureau. Il faudrait dire ne *change* moins d'expression ; car la sienne est presque toujours celle de la stupidité brutale et farouche. Rarement il exprime sa douleur par des gémissements : les blessures l'irritent ou l'effrayent ; mais jamais, passez-moi l'expression, il n'a l'air de réfléchir sur son sort ; jamais il ne pleure comme le cerf. Aussi n'inspire-t-il de pitié que lorsqu'il s'est fait remarquer par son courage*.

Quand le taureau porte au cou trois ou quatre paires de banderilles, il est temps d'en finir avec lui. Un roulement de tambours se fait entendre ; aussitôt un des chulos désigné d'avance, c'est le *matador*, sort du groupe de ses camarades. Richement vêtu, couvert d'or et de soie, il tient une longue épée et un manteau écarlate attaché à un bâton, pour qu'on puisse le manier plus commodément. Cela s'appelle *la muleta*. Il s'avance sous la loge du président et lui demande avec une révérence profonde la permission de tuer le taureau. C'est une formalité qui le plus souvent n'a lieu qu'une seule fois pour toute la course. Le président,

---

1. Sans doute Mérimée fait-il ici allusion au Chant I du *Pèlerinage de Childe Harold*, où Byron décrit — romantiquement — la fureur du taureau de combat.

* Quelquefois, et dans des occasions solennelles, la hampe de la banderille est enveloppée d'un long filet de soie dans lequel sont renfermés de petits oiseaux en vie. La pointe de la banderille, en s'enfonçant dans le cou du taureau, coupe le nœud qui ferme le filet, et les oiseaux s'échappent après s'être longtemps débattus aux oreilles de l'animal.

bien entendu, répond affirmativement d'un signe de tête. Alors le matador pousse un *viva*, fait une pirouette, jette son chapeau à terre et marche à la rencontre du taureau.

Dans ces courses, il y a des lois aussi bien que dans un duel ; les enfreindre serait aussi infâme que de tuer son adversaire en traître. Par exemple, le matador ne peut frapper le taureau qu'à l'endroit de la réunion de la nuque avec le dos, ce que les Espagnols appellent la *croix*. Le coup doit être porté de haut en bas, comme on dirait *en seconde*[1], jamais en dessous. Mieux vaudrait mille fois perdre la vie que de frapper un taureau en dessous, de côté ou par-derrière. L'épée dont se servent les matadors est longue, forte, tranchante des deux côtés ; la poignée, très courte, est terminée par une boule que l'on appuie contre la paume de la main. Il faut une grande habitude et une adresse particulière pour se servir de cette arme.

Pour bien tuer un taureau, il faut connaître à fond son caractère. De cette connaissance dépend non seulement la gloire, mais la vie du matador. On le conçoit, il y a autant de caractères différents parmi les taureaux que parmi les hommes ; pourtant ils se distinguent en deux divisions bien tranchées : les *clairs* et les *obscurs*. Je parle ici la langue du cirque. Les clairs attaquent franchement ; les obscurs, au contraire, sont rusés et cherchent à prendre leur homme en traître. Ces derniers sont extrêmement dangereux.

Avant d'essayer de donner le coup d'épée à un taureau, le matador lui présente la muleta, l'excite, et observe avec attention s'il se précipite dessus franchement aussitôt qu'il l'aperçoit, ou s'il s'en approche doucement pour gagner du terrain, et ne charger son adversaire qu'au moment où il paraît être trop près pour

---

1. Comparant l'affrontement du *toro* et du *torero* à un duel, Mérimée utilise ici un terme d'escrime, pour se faire comprendre de son public français.

éviter le choc. Souvent on voit un taureau secouer la tête d'un air de menace, gratter la terre du pied sans vouloir avancer, ou même reculer à pas lents, tâchant d'attirer l'homme vers le milieu de la place, où celui-ci ne pourra lui échapper. D'autres, au lieu d'attaquer en ligne droite, s'approchent par une marche oblique, lentement et feignant d'être fatigués ; mais, dès qu'ils ont jugé leur distance, ils partent comme un trait.

Pour quelqu'un qui entend un peu la tauromachie, c'est un spectacle intéressant que d'observer les approches du matador et du taureau qui, comme deux généraux habiles, semblent deviner les intentions l'un de l'autre et varient leurs manœuvres à chaque instant. Un mouvement de tête, un regard de côté, une oreille qui s'abaisse, sont pour un matador exercé autant de signes non équivoques des projets de son ennemi. Enfin le taureau impatient s'élance contre le drapeau rouge dont le matador se couvre à dessein. Sa vigueur est telle qu'il abattrait une muraille en la choquant de ses cornes ; mais l'homme l'esquive par un léger mouvement de corps ; il disparaît comme par enchantement et ne lui laisse qu'une draperie légère qu'il élève au-dessus de ses cornes en défiant sa fureur. L'impétuosité du taureau lui fait dépasser de beaucoup son adversaire ; il s'arrête alors brusquement en raidissant ses jambes, et ces réactions brusques et violentes le fatiguent tellement que, si ce manège était prolongé, il suffirait seul pour le tuer. Aussi, Romero[1], le fameux professeur, dit-il qu'un bon matador doit tuer huit taureaux en sept coups d'épée. Un des huit meurt de fatigue et de rage.

---

1. Pedro — et non Pablo, comme l'écrit un peu plus loin Mérimée — Romero, né à Ronda en 1754 et mort en 1839, appartenait à une illustre famille de *toreros*. Il fut nommé directeur de l'École de tauromachie de Séville dès la création de celle-ci, en 1830, et le resta jusqu'en 1834, date où l'École fut supprimée. Il avait alors 76 ans ! Goya a laissé plusieurs portraits de ce *matador*, célèbre pour la sûreté de ses mises à mort, effectuées le plus souvent *recibiendo*, c'est-à-dire en attendant sans bouger la charge du *toro*.

Après plusieurs passes, quand le matador croit bien connaître son antagoniste, il se prépare à lui donner le dernier coup. Affermi sur ses jambes, il se place bien en face de lui et l'attend, immobile, à la distance convenable. Le bras droit, armé de l'épée, est replié à la hauteur de la tête ; le gauche, étendu en avant, tient la muleta qui, touchant presque à terre, excite le taureau à baisser la tête. C'est dans ce moment que le matador lui porte le coup mortel, de toute la force de son bras, augmentée du poids de son corps et de l'impétuosité même du taureau. L'épée, longue de trois pieds, entre souvent jusqu'à la garde ; et si le coup est bien dirigé, l'homme n'a plus rien à craindre : le taureau s'arrête tout court ; le sang coule à peine ; il relève la tête ; ses jambes tremblent, et tout d'un coup il tombe comme une lourde masse. Aussitôt de tous les gradins partent des *viva* assourdissants ; les mouchoirs s'agitent ; les chapeaux des majos volent dans l'arène, et le héros vainqueur envoie modestement des baise-mains de tous les côtés.

Autrefois, dit-on, jamais il ne se donnait plus d'une estocade [1], mais tout dégénère, et maintenant il est rare qu'un taureau tombe du premier coup. Si cependant il paraît mortellement blessé, le matador ne redouble pas ; aidé des chulos, il le fait tourner en cercle en l'excitant avec les manteaux de manière à l'étourdir en peu de temps. Dès qu'il tombe, un chulo l'achève d'un coup de poignard asséné sur la nuque ; l'animal expire à l'instant.

On a remarqué que presque tous les taureaux ont un endroit dans le cirque auquel ils reviennent toujours. On le nomme la *querencia*. D'ordinaire, c'est la porte par où ils sont entrés dans l'arène.

Souvent on voit le taureau, emportant dans le cou l'épée fatale dont la garde seule sort de son épaule,

---

1. En escrime, attaque violente à laquelle on ne s'attend pas. En tauromachie, coup d'épée final dans la mise à mort du taureau.

traverser la place à pas lents, dédaignant les chulos et leurs draperies dont ils le poursuivent. Il ne pense plus qu'à mourir commodément. Il cherche l'endroit qu'il affectionne, s'agenouille, se couche, étend la tête et meurt tranquillement si un coup de poignard ne vient pas hâter sa fin.

Si le taureau refuse d'attaquer, le matador court à lui et, toujours au moment où l'animal baisse la tête, il le perce de son épée *(estocada a volapié [1]),* mais s'il ne baisse pas la tête, ou s'il s'enfuit toujours, il faut, pour le tuer, employer un moyen bien cruel. Un homme, armé d'une longue perche terminée par un fer tranchant en forme de croissant *(media luna),* lui coupe traîtreusement les jarrets par derrière, et dès qu'il est abattu on l'achève d'un coup de poignard. C'est le seul épisode de ces combats qui répugne à tout le monde. C'est une espèce d'assassinat. Heureusement il est rare qu'il soit nécessaire d'en venir là pour tuer un taureau.

Des fanfares annoncent sa mort. Aussitôt trois mules attelées entrent au grand trot dans le cirque ; un nœud de cordes est fixé entre les cornes du taureau, on y passe un crochet, et les mules l'entraînent au galop. En deux minutes les cadavres des chevaux et celui du taureau disparaissent de l'arène.

Chaque combat dure à peu près vingt minutes, et, d'ordinaire, on tue huit taureaux dans une après-midi. Si le divertissement a été médiocre, à la demande du public, le président des courses accorde un ou deux combats de supplément.

Vous voyez que le métier de torero est assez dangereux. Il en meurt, année moyenne, deux ou trois dans toute l'Espagne. Peu d'entre eux parviennent à un âge avancé. S'ils ne meurent pas dans le cirque, ils sont

---

1. Le matador marche à la rencontre du taureau au lieu de l'attendre de pied ferme comme dans l'estocade *a volapié* (passant à côté de lui) et *recibiendo* (en attendant sans bouger) chère à Romero.

obligés d'y renoncer de bonne heure par suite de leurs blessures. Le fameux Pepe Illo[1] reçut dans sa vie vingt-six coups de corne ; le dernier le tua. Le salaire assez élevé de ces gens n'est pas le seul mobile qui leur fasse embrasser leur dangereux métier. La gloire, les applaudissements leur font braver la mort. Il est si doux de triompher devant cinq ou six mille personnes ! Aussi n'est-il pas rare de voir des amateurs d'une naissance distinguée partager les dangers et la gloire des toreros de profession. J'ai vu à Séville un marquis et un comte remplir dans une course publique les fonctions de picador.

Bien est-il vrai que le public n'est guère indulgent pour les toreros. La moindre marque de timidité est punie de huées et de sifflets. Les injures les plus atroces pleuvent de toutes parts ; quelquefois même par l'ordre du peuple, et c'est la plus terrible marque de son indignation, un alguazil s'approche du toréador et lui enjoint, sous peine de la prison, d'attaquer au plus vite le taureau.

Un jour l'acteur Maïquez[2], indigné de voir un matador hésiter en présence du plus obscur de tous les taureaux, l'accablait d'injures. — « Monsieur Maïquez, lui dit le matador, voyez-vous, ce ne sont pas ici des menteries comme sur vos planches. »

Les applaudissements et l'envie de se faire une renommée ou de conserver celle qu'ils ont acquise obligent les toréadors à renchérir sur les dangers auxquels ils sont naturellement exposés. Pepe Illo, et Romero après lui, se présentaient au taureau avec des fers aux pieds. Le sang-froid de ces hommes dans les dangers les plus pressants a quelque chose de miraculeux. Dernièrement un picador, nommé Francisco Sevilla[3], fut

---

1. Torero sévillan, né en 1754, auteur d'un célèbre traité de tauromachie. Il fut éventré par un *toro* en 1801. Goya a représenté sa mort.
2. En novembre 1824, *Le Globe* publia sur cet acteur espagnol des articles qui sont sans doute de la plume de Mérimée.
3. Francisco Sevilla (cf. *Carmen*, p. 45) s'est fait connaître comme *picador* à Madrid en 1830.

renversé et son cheval éventré par un taureau andalou, d'une force et d'une agilité prodigieuses. Ce taureau, au lieu de se laisser distraire par les chulos, s'acharna sur l'homme, le piétina et lui donna un grand nombre de coups de corne dans les jambes ; mais, s'apercevant qu'elles étaient trop bien défendues par le pantalon de cuir garni de fer, il se retourna et baissa la tête pour lui enfoncer sa corne dans la poitrine. Alors Sevilla, se soulevant d'un effort désespéré, saisit d'une main le taureau par l'oreille, de l'autre il lui enfonça les doigts dans les naseaux, pendant qu'il tenait sa tête collée sous celle de cette bête furieuse. En vain le taureau le secoua, le foula aux pieds, le heurta contre terre ; jamais il ne put lui faire lâcher prise. Nous regardions avec un serrement de cœur cette lutte inégale. C'était l'agonie d'un brave ; on regrettait presque qu'elle se prolongeât ; on ne pouvait ni crier, ni respirer, ni détourner les yeux de cette scène horrible : elle dura près de *deux minutes*. Enfin le taureau, vaincu par l'homme dans ce combat corps à corps, l'abandonna pour poursuivre des chulos. Tout le monde s'attendait à voir Sevilla emporté à bras hors de l'enceinte. On le relève ; à peine est-il sur ses pieds qu'il saisit une cape et veut attirer le taureau, malgré ses grosses bottes et son incommode armure de jambes. Il fallut lui arracher la cape, autrement il se faisait tuer à cette fois. On lui amène un cheval ; il s'élance dessus, bouillant de colère, et attaque le taureau au milieu de la place. Le choc de ces deux vaillants adversaires fut si terrible que cheval et taureau tombèrent sur les genoux. Oh ! si vous aviez entendu les *viva*, si vous aviez vu la joie frénétique, l'espèce d'enivrement de la foule en voyant tant de courage et tant de bonheur, vous eussiez envié comme moi le sort de Sevilla ! Cet homme est devenu immortel à Madrid...

## Juin 1842

*P.S.* Hélas ! que vient-on de m'apprendre ! Francisco Sevilla est mort l'année dernière. Il est mort, non dans le cirque, où il devait finir, mais emporté par une maladie de foie. C'est à Caravanchel, près de ces beaux arbres que j'aime tant [1], qu'il est mort loin d'un public pour lequel il avait tant de fois risqué sa vie.

Je le revis en 1840, à Madrid, aussi brave, aussi téméraire qu'à l'époque où j'écrivais la lettre qu'on vient de lire. Je l'ai vu encore plus de vingt fois rouler dans la poussière sous son cheval éventré ; je lui ai vu casser maintes lances, et faire assaut de force avec les terribles taureaux de Gaviria. « Si Francisco Sevilla avait des cornes », disait-on dans le cirque, « il n'y aurait pas un toréador qui osât se mettre devant lui. » L'habitude de la victoire lui avait inspiré une audace inouïe. Quand il se présentait devant un taureau, il s'indignait que la bête n'eût pas peur de lui. « Tu ne me connais donc pas ? » lui criait-il avec fureur. Certes, il leur montrait bien vite à qui ils avaient affaire.

Mes amis me procurèrent le plaisir de dîner avec Sevilla ; il mangeait et buvait comme un héros d'Homère, et c'était le plus gai compagnon qui se pût rencontrer. Ses façons andalouses, son humeur joviale et son patois rempli de métaphores pittoresques avaient un agrément tout particulier dans ce colosse qui semblait n'avoir été créé par la nature que pour tout exterminer.

Une dame espagnole, fuyant de Madrid au moment où le choléra [2] y exerçait ses ravages, se rendait à Barcelone dans une diligence où se trouvait Sevilla, qui

---

1. Village à 6 kilomètres au sud-ouest de Madrid, où la comtesse de Montijo avait une propriété dont Mérimée était, pendant ses voyages en Espagne, un des familiers.
2. En 1834, Madrid connut une grave épidémie de choléra. La « dame espagnole » est sans doute M$^{me}$ de Montijo.

allait dans la même ville pour une course annoncée longtemps à l'avance. Pendant la route la politesse, la galanterie, les petits soins de Sevilla ne se démentirent pas un instant. Arrivés devant Barcelone, la junte de santé[1], bête comme elles le sont toutes, annonça aux voyageurs qu'ils feraient une quarantaine de dix jours, excepté Sevilla, dont la présence était trop désirée pour que les lois sanitaires lui fussent applicables ; mais le généreux picador rejeta bien loin cette exception si avantageuse pour lui. « Si madame et mes compagnons n'ont pas libre pratique », dit-il résolument, « *je ne piquerai pas !* »

Entre la crainte de la contagion et celle de manquer une belle course on ne pouvait hésiter. La junte céda, et fit bien, car si elle s'était obstinée le peuple eût brûlé le lazaret[2] et les gens de la quarantaine.

Après avoir payé mon tribut de louanges et de regrets aux mânes de Sevilla, je dois parler d'une autre illustration qui règne aujourd'hui sans rivale dans le cirque. On connaît si mal en France ce qui se passe en Espagne, qu'il y a peut-être en deçà des Pyrénées des gens à qui le nom de Montès[3] est encore inconnu.

Tout ce que la renommée a publié de vrai ou de faux au sujet des matadors classiques, Pepe Illo et Pablo Romero, Montès le fait voir tous les lundis dans le cirque *national,* comme on dit aujourd'hui. Courage, grâce, sang-froid, adresse merveilleuse, il réunit tout. Sa présence dans le cirque anime, transporte acteurs

---

1. *Junte* désignait en Espagne une commission, perpétuelle ou temporaire, revêtue ou non d'un caractère officiel, créée en vue de répondre à tel ou tel besoin public.
2. Établissement isolé, disposé pour recevoir des malades ou des personnes et des marchandises suspectées de contagion.
3. Francisco Paquiro, dit Montès, célèbre torero (1805-1851). Dans son *Voyage en Espagne* Gautier évoque l'élégance et le « luxe extrême » de son costume de combat et loue « son sang-froid, la justesse de son coup d'œil, sa connaissance approfondie de l'art », ajoutant : « Montès est riche, et s'il continue à descendre dans l'arène c'est par amour de l'art et besoin d'émotion. »

et spectateurs. Il n'y a plus de mauvais taureaux, plus de chulos timides ; chacun se surpasse. Les toréadors d'un courage douteux deviennent des héros lorsque Montès les guide, car ils savent qu'avec lui personne ne court de danger. Un geste de lui suffit pour détourner le taureau le plus furieux au moment où il va percer un picador renversé. Jamais on n'a vu de *media luna* dans une place où Montès a combattu. Clairs, obscurs, tous les taureaux lui sont bons ; il les fascine, il les transforme, il les tue quand et comment il lui plaît. C'est le premier matador que j'aie vu *gallear el toro*, c'est-à-dire se présenter de dos à l'animal en fureur pour le faire passer sous son bras. À peine daigne-t-il tourner la tête quand le taureau se précipite sur lui. Quelquefois, jetant un manteau sur ses épaules, il traverse le cirque suivi par le taureau ; la bête, enragée, le poursuit sans pouvoir l'atteindre, et cependant elle est si près de Montès que chaque coup de corne relève le bas du manteau. Telle est la confiance que Montès inspire, que pour les spectateurs l'idée du danger a disparu, ils n'ont plus d'autre sentiment que l'admiration.

Montès passe pour avoir des opinions peu favorables à l'ordre de choses actuel. On dit qu'il a été volontaire royaliste, et qu'il est *écrevisse, cangrejo*, c'est-à-dire modéré [1]. Si les bons patriotes s'en affligent, ils ne peuvent se soustraire à l'enthousiasme général. J'ai vu des *descalzos* (sans-culottes) lui jeter leurs chapeaux avec transport et le supplier de les mettre un instant sur sa tête : voilà les mœurs du seizième siècle. — Brantôme dit quelque part : « J'ai connu force gentilshommes qui, premier que porter leurs bas de soie, prioient leurs dames et maîtresses de les essayer et porter devant eux quelques huit ou dix jours, de plus que du moins ; et puis les portoient en très grande vénération et contentement d'esprit et de corps. »

---

1. Allusion à la révolution de 1840 qui porta les progressistes au pouvoir en Espagne, cf. *Repères historiques,* p. 317

Montès a la tournure d'un homme comme il faut. Il vit noblement, et se consacre à sa famille, dont il a par son talent assuré l'avenir. Ses manières aristocratiques déplaisent à quelques toréadors qui le jalousent. Je me souviens qu'il refusa de dîner avec nous lorsque nous engageâmes Sevilla. À cette occasion Sevilla nous donna son opinion sur le compte de Montès avec sa franchise ordinaire. — « *Montes no fue realista ; es buen companero, luciente matador, atiende à los picadores, pero es un p...* » Cela veut dire qu'il porte un frac hors du cirque, qu'il ne va pas au cabaret, et qu'il a de trop bonnes façons.

Sevilla est le Marius de la tauromachie, Montès en est le César[1].

---

1. *Caius Marius* (158-87 av. J.-C.) : Homme d'État romain, d'origine paysanne, champion du parti populaire contre le Sénat et les patriciens. *Julius Caesar* (101-44 av. J.-C.), d'origine patricienne (il se vantait même de descendre de la déesse Vénus...), homme d'État et chef de guerre, féru d'élégance et de culture. Lorsqu'il fut assassiné, le 15 mars 44, il envisageait de rétablir la royauté à son profit.

## II

### 1831

Valence, 15 novembre 1830

Monsieur,

Après vous avoir décrit les combats de taureaux, je n'ai plus, pour suivre l'admirable règne du théâtre des marionnettes, « toujours de plus fort en plus fort [1] », je n'ai plus, dis-je, qu'à vous parler d'une exécution. Je viens d'en voir une, et je vous en rendrai compte, si vous avez le courage de me lire.

D'abord il faut que je vous explique pourquoi j'ai assisté à une exécution. En pays étranger on est obligé de tout voir, et l'on craint toujours qu'un moment de paresse ou de dégoût ne vous fasse perdre un trait de mœurs curieux. D'ailleurs l'histoire du malheureux qu'on a pendu m'avait intéressé : je voulais voir sa physionomie ; enfin j'étais bien aise de faire une expérience sur mes nerfs.

Voici l'histoire de mon pendu. (J'ai oublié de m'informer de son nom.) C'était un paysan des environs de Valence, estimé et redouté pour son caractère hardi et entreprenant. C'était le coq de son village. Personne ne dansait mieux, ne jetait plus loin la barre, ne savait plus de vieilles romances. Il n'était pas querelleur, mais on savait qu'il fallait peu de chose pour

---

1. L'expression « toujours de plus en plus fort comme chez Nicolet » était à l'époque passée en proverbe. Jean-Baptiste Nicolet (1710-1796) animait un théâtre de marionnettes, tours de force et animaux savants qui connut un immense succès.

lui échauffer les oreilles. S'il accompagnait des voyageurs son escopette [1] sur l'épaule, pas un voleur n'eût osé les arrêter, leurs valises eussent-elles été remplies de doublons. Aussi c'était un plaisir de voir ce jeune homme, sa veste de velours sur l'épaule, se prélassant par les chemins et se dandinant d'un air de supériorité. En un mot, c'était un *majo* dans toute la force du terme. Un majo, c'est tout à la fois un dandy [2] de la classe inférieure et un homme excessivement délicat sur le point d'honneur.

Les Castillans ont un proverbe contre les Valenciens, proverbe, suivant moi, de toute fausseté. Le voici : « À Valence, la viande, c'est de l'herbe ; l'herbe, de l'eau. Les hommes sont des femmes, et les femmes — rien. » Je vous certifie que la cuisine de Valence est excellente, et que les femmes y sont extrêmement jolies et plus blanches qu'en aucun autre royaume de l'Espagne [3]. Vous allez voir ce que sont les hommes de ce pays-là.

On donnait un combat de taureaux. Le majo veut le voir ; mais il n'avait pas un réal dans sa ceinture. Il comptait qu'un volontaire royaliste son ami, de garde ce jour-là, le laisserait entrer. Point. Le volontaire était inflexible sur sa consigne. Le majo insiste, le volontaire persiste : injure de part et d'autre. Bref, le volontaire le repousse rudement avec un coup de crosse dans l'estomac. Le majo se retira ; mais ceux qui remarquèrent la pâleur répandue sur sa figure, qui observèrent ses poings fermés avec violence, ses narines gonflées

---

1. Mot vieilli à l'époque, comme l'objet qu'il désignait : arme à feu en usage aux XV$^e$-XVI$^e$ siècles, à bouche évasée.
2. « On appela *dandy* pendant le premier tiers du XIX$^e$ siècle un groupe de jeunes gens appartenant à la plus haute société anglaise et formant une sorte d'association tacite, qui s'attribua le droit exclusif de donner le ton et de régler la mode en toutes choses », *Grand Larousse illustré*. Dans l'usage courant : homme élégant, soucieux de suivre, voire de créer les modes vestimentaires.
3. Mérimée évoque les charmes des Valenciennes dans une lettre à Stendhal (*Correspondance générale*, t. XVI, p. 88).

et l'expression de ses yeux, ces gens-là pensèrent bien qu'il arriverait bientôt quelque malheur.

À quinze jours de là, le volontaire brutal fut envoyé avec un détachement à la poursuite de quelques contrebandiers. Il coucha dans une auberge isolée *(venta)*. La nuit une voix se fait entendre qui appelle le volontaire : « Ouvrez, c'est de la part de votre femme. » Le volontaire descend à demi vêtu. À peine avait-il ouvert la porte qu'un coup d'espingole met le feu à sa chemise et lui envoie une douzaine de balles dans la poitrine. Le meurtrier disparaît. Qui a fait le coup ? Personne ne peut le deviner. Certainement ce n'est pas le majo qui l'a tué ; car il se trouvera une douzaine de femmes dévotes et bonnes royalistes qui jureront par le nom de leur saint et en baisant leur pouce qu'elles ont vu le susdit, chacune dans son village, exactement à l'heure et à la minute où le crime a été commis.

Et le majo se montrait en public avec un front ouvert et l'air serein d'un homme qui vient de se débarrasser d'un souci importun. C'est ainsi qu'à Paris on se montre chez Tortoni[1] le soir d'un duel où l'on a bravement cassé le bras à un impertinent. Remarquez en passant que l'assassinat est ici le duel des pauvres gens[2], duel bien autrement sérieux que le nôtre, puisque généralement il est suivi de deux morts, tandis que les gens de la bonne compagnie s'égratignent plus souvent qu'ils ne se tuent.

Tout alla bien jusqu'à ce qu'un certain alguazil, outrant le zèle (suivant les uns, parce qu'il était nouvellement en fonctions, — suivant d'autres, parce qu'il était amoureux d'une femme qui lui préférait le majo), s'avisa de vouloir arrêter cet homme aimable. Tant qu'il se borna à des menaces, son rival ne fit qu'en rire ;

---

1. Célèbre café-glacier parisien, sur le boulevard des Italiens, où il était de bon ton de se montrer.
2. Dans *Colomba*, Mérimée définit la vendetta comme « le duel des pauvres ». Cf. *Colomba-Mateo Falcone, Nouvelles corses,* Presses Pocket, 1989, p. 63.

mais, quand enfin il voulut le saisir au collet, il lui fit *avaler une langue de bœuf*[1]. C'est une expression du pays pour un coup de couteau. La légitime défense permettait-elle de rendre ainsi vacante une place d'alguazil ?

On respecte beaucoup les alguazils en Espagne, presque autant que les constables[2] en Angleterre. En maltraiter un est un cas pendable. Aussi le majo fut-il appréhendé au corps, mis en prison, jugé et condamné après un procès fort long ; car les formes de la justice sont encore plus lentes ici que chez nous.

Avec un peu de bonne volonté, vous conviendrez ainsi que moi que cet homme ne méritait pas son sort, qu'il a été victime d'une fatalité malheureuse, et que, sans se trop charger la conscience, les juges pouvaient le rendre à la société, dont il devait faire l'ornement (style d'avocat). Mais les juges n'ont guère de ces considérations poétiques et élevées : il l'ont condamné à mort à l'unanimité.

Un soir, passant par hasard sur la place du Marché, j'avais vu des ouvriers occupés à élever aux flambeaux des solives bizarrement agencées, formant à peu près un $\pi$. Des soldats en cercle autour d'eux repoussaient les curieux. Voici pour quelle raison. La potence (car c'est était une) est élevée par corvée[3], et les ouvriers mis en réquisition ne peuvent, sans se rendre coupables de rébellion, se refuser à ce service. Par une espèce de compensation, l'autorité prend soin qu'ils remplissent leur tâche, que l'opinion publique rend presque déshonorante, à peu près en secret. Pour cela on les entoure de soldats qui écartent la foule, et ils ne travaillent que la nuit : de manière qu'il n'est pas possible de

---

1. *Lengua de buey* ou *de vaca* : expression populaire qui désigne un couteau dont la lame, large à la base, s'amincit progressivement.
2. Titre donné en Angleterre aux officiers de police.
3. Journées de travail gratuit dues aux seigneurs ou aux pouvoirs publics. En France elles ont été abolies en 1790.

les reconnaître, et qu'ils ne risquent pas le lendemain d'être appelés charpentiers de potence.

À Valence c'est une vieille tour gothique qui sert de prison. Son architecture est assez belle, surtout la façade, qui donne sur la rivière. Elle est située à une des extrémités de la ville, et c'est une de ses principales portes. On l'appelle *la puerta de los Serranos*. Du haut de la plate-forme on découvre le cours du Guadalaviar, les cinq ponts qui le traversent, les promenades de Valence et la riante campagne qui l'entoure. C'est un assez triste plaisir que de voir les champs quand on est enfermé entre quatre murailles ; mais enfin c'est un plaisir, et il faut savoir gré au geôlier qui permet aux détenus de monter sur cette plate-forme. Pour des prisonniers la plus petite jouissance a du prix.

C'est de cette prison que devait sortir le condamné pour se rendre, à travers les rues les plus fréquentées de la ville, monté sur un âne, à la place du Marché, où il quitterait ce monde.

Je me suis trouvé de bonne heure devant *la puerta de los Serranos* avec un de mes amis espagnols qui avait la bonté de m'accompagner. Je m'attendais à trouver une foule considérable rassemblée dès le matin ; mais je m'étais trompé. Les artisans travaillaient tranquillement dans leurs boutiques, les paysans sortaient de la ville après avoir vendu leurs légumes. Rien n'annonçait que quelque chose d'extraordinaire allait se passer, si ce n'est une douzaine de dragons rangés auprès de la porte de la prison. Le peu d'empressement des Valenciens à voir des exécutions ne doit pas être attribué, je crois, à un excès de sensibilité. Je ne sais pas non plus si je dois penser, comme mon guide, qu'ils sont tellement blasés sur ce spectacle qu'il n'a plus d'attrait pour eux. Peut-être cette indifférence vient-elle des habitudes laborieuses du peuple de Valence. L'amour du travail et du gain le distingue non seulement parmi toutes les populations de l'Espagne, mais encore parmi celles de l'Europe.

À onze heures la porte de la prison s'est ouverte.

Aussitôt s'est présentée une assez nombreuse procession de franciscains. Elle était précédée d'un grand crucifix porté par un pénitent escorté de deux acolytes, chacun avec une lanterne emmanchée au bout d'un grand bâton. Le crucifix, de grandeur naturelle, était de carton peint avec un talent d'imitation extraordinaire. Les Espagnols, qui cherchent à faire la religion terrible, excellent à rendre les blessures, les contusions, les traces des tortures endurées par leurs martyrs. Sur ce crucifix, qui devait figurer à un supplice, on n'avait pas épargné le sang, la sanie, les tumeurs livides. C'était la plus hideuse pièce d'anatomie qu'on pût voir. Le porteur de cette horrible figure s'est arrêté devant la porte. Les soldats s'étaient un peu rapprochés. Une centaine de curieux à peu près étaient groupés derrière, assez près pour ne rien perdre de ce qui allait se faire et se dire, lorsque le condamné a paru accompagné de son confesseur.

Jamais je n'oublierai la figure de cet homme. Il était très grand et très maigre, et paraissait âgé de trente ans. Son front était élevé, ses cheveux épais, noirs comme du jais et droits comme les crins d'une brosse. Ses yeux, grands, mais enfoncés dans sa tête, semblaient flamboyants. Il était pieds nus, habillé d'une longue robe noire sur laquelle on avait cousu à la place du cœur une croix bleue et rouge. C'est l'insigne de la confrérie des agonisants [1]. Le collet de sa chemise, plissé comme une fraise, tombait sur ses épaules et sa poitrine. Une corde menue, blanchâtre, qui se distinguait parfaitement sur l'étoffe noire de sa robe, faisait plusieurs fois le tour de son corps, et par des nœuds compliqués lui attachait les bras et les mains dans la position qu'on prend en priant. Entre ses mains il tenait un petit crucifix et une image de la Vierge. Son confesseur était gros, court, replet, haut en couleur, ayant l'air d'un

---

1. Confrérie religieuse dont la fonction était d'assister les moribonds.

bon homme, mais d'un homme qui depuis longtemps fait ce métier-là et qui en a vu bien d'autres.

Derrière le condamné se tenait un homme pâle, faible et grêle, d'une physionomie douce et timide. Il avait une veste brune avec la culotte et les bas noirs. Je l'aurais pris pour un notaire ou un alguazil en négligé s'il n'avait eu sur la tête un chapeau gris à grands bords, comme en portent les picadors aux combats de taureaux. À la vue du crucifix il ôta ce chapeau avec respect, et je remarquai alors une petite échelle en ivoire fixée sur la forme comme une cocarde. C'était l'exécuteur des hautes œuvres [1].

En mettant la tête hors de la porte, le condamné, qui avait été obligé de se courber pour passer sous le guichet, se redressa de toute sa hauteur, ouvrit les yeux d'une grandeur démesurée, embrassa la foule d'un regard rapide et respira profondément. Il me sembla qu'il humait l'air avec plaisir, comme celui qui a été longtemps renfermé dans un cachot étroit et étouffant. Son expression était étrange : ce n'était point de la peur, mais de l'inquiétude. Il paraissait résigné. Point de morgue ni d'affectation de courage. Je me dis qu'en pareille occasion je voudrais faire une aussi bonne contenance.

Son confesseur lui dit de se mettre à genoux devant le crucifix ; il obéit et baisa les pieds de cette hideuse image. En ce moment tous les assistants étaient émus et gardaient un profond silence. Le confesseur, s'en apercevant, leva les mains pour les dégager de ses longues manches qui l'auraient gêné dans ses mouvements oratoires, et commença à débiter un discours qui lui avait probablement servi plus d'une fois, d'une voix forte et accentuée, mais pourtant monotone par la répétition périodique des mêmes intonations. Il prononçait chaque mot clairement, son accent était pur, et il s'exprimait en bon castillan, que le condamné n'entendait

---

[1]. Bourreau ; homme chargé d'exécuter les sentences comportant la peine capitale.

peut-être que très imparfaitement. Il commençait chaque phrase d'un ton de voix glapissant, et s'élevait au fausset[1], mais il finissait sur un ton grave et bas.

En substance, il disait au condamné qu'il appelait son frère : « Vous avez bien mérité la mort ; on a même été indulgent pour vous en ne vous condamnant qu'à la potence, car vos crimes sont énormes. » Ici il dit un mot des meurtres commis, mais il s'étendit longuement sur l'irréligion dans laquelle le pénitent avait passé sa jeunesse, et qui seule l'avait poussé à sa perte. Puis, s'animant par degrés : « Mais qu'est-ce que le supplice justement mérité que vous allez endurer, comparé avec les souffrances inouïes que votre divin Sauveur a endurées pour vous ? Regardez ce sang, ces plaies, etc. » Détail très long de toutes les douleurs de la Passion, décrites avec toute l'exagération que comporte la langue espagnole, et commentées au moyen de la vilaine statue dont je vous ai parlé. La péroraison valait mieux que l'exorde[2]. Il disait, mais trop longuement, que la miséricorde de Dieu était infinie, et qu'un repentir véritable pouvait désarmer sa juste colère.

Le condamné se leva, regarda le prêtre d'un air un peu farouche et lui dit : « Mon père, il suffisait de me dire que je vais à la gloire, marchons[3]. »

Le confesseur rentra dans la prison fort satisfait de son discours. Deux franciscains prirent sa place auprès du condamné ; ils ne devaient l'abandonner qu'au dernier moment.

D'abord on l'étendit sur une natte que le bourreau tira à lui quelque peu, mais sans violence, et comme d'un accord tacite entre le patient et l'exécuteur. C'est une pure cérémonie, afin de paraître exécuter à la lettre

---

1. Voix de tête, qui imite une voix de femme ou d'enfant.
2. Termes de rhétorique oratoire qui désignent respectivement la dernière partie ou conclusion d'un discours et sa première partie, qui doit préparer l'auditeur à ce qui va suivre.
3. Cf. Corneille : *Polyeucte*, V, 3, « Pauline : — Où le conduisez-vous ? / Félix : — À la mort. / Polyeucte : — À la gloire ! »

la sentence qui porte : « Pendu après avoir été traîné sur la claie[1]. »

Cela fait, le malheureux fut guindé[2] sur un âne que le bourreau conduisait par le licou. À ses côtés marchaient les deux franciscains, précédés de deux longues files de moines de cet ordre et de laïques faisant partie de la confrérie des *Desamparados*[3]. Les bannières, les croix n'étaient pas oubliées. Derrière l'âne venaient un notaire et deux alguazils en habit noir à la française, culottes et bas de soie, l'épée au côté, et montés sur de mauvais bidets[4] très mal harnachés. Un piquet[5] de cavalerie fermait la marche. Pendant que la procession s'avançait fort lentement, les moines chantaient des litanies d'une voix sourde, et des hommes en manteau circulaient autour du cortège, tendant des plats d'argent aux spectateurs et demandant une aumône pour le pauvre malheureux *(por el pobre)*. Cet argent sert à dire des messes pour le repos de son âme ; et pour un bon catholique qu'on va pendre ce doit être une consolation de voir les plats s'emplir assez rapidement de gros sous. Tout le monde donne. Impie comme je suis, je donnai mon offrande avec un sentiment de respect.

En vérité j'aime ces cérémonies catholiques, et je voudrais y croire. Dans cette occasion, elles ont l'avantage de frapper la foule infiniment plus que notre charrette, nos gendarmes, et ce cortège mesquin et ignoble qui accompagne en France les exécutions. Ensuite, et c'est pour cela surtout que j'aime ces croix et ces pro-

---

1. Peine infamante qui consistait à traîner sur une claie (treillage de bois ou de métal), à travers les rues, le corps d'un supplicié.
2. Hissé avec difficulté.
3. Les Abandonnés. Confrérie religieuse de Valence. La Sainte Patronne de la ville est *Nuestra Señora de los Desemparados*. Sa statue est vénérée dans une chapelle qui porte son nom, reliée à la cathédrale.
4. Petit cheval de selle de mauvaise apparence.
5. Petite troupe, surtout de cavalerie, qui se tient prête à marcher au premier ordre.

cessions, elles doivent contribuer puissamment à adoucir les derniers moments d'un condamné. Cette pompe lugubre flatte d'abord sa vanité, ce sentiment qui meurt en nous le dernier. Puis ces moines qu'il révère depuis son enfance et qui prient pour lui, les chants, la voix des hommes qui quêtent pour qu'on lui dise des messes, tout cela doit l'étourdir, le distraire, l'empêcher de réfléchir sur le sort qui l'attend. Tourne-t-il la tête à droite, le franciscain de ce côté lui parle de l'infinie miséricorde de Dieu. À gauche, un autre franciscain est tout prêt à lui vanter la puissante intercession de monseigneur saint François. Il marche au supplice comme un conscrit entre deux officiers qui le surveillent et l'exhortent. Il n'a pas un instant de repos, s'écriera le philosophe. Tant mieux. L'agitation continuelle où on le tient l'empêche de se livrer à ses pensées, qui le tourmenteraient bien davantage.

J'ai compris alors pourquoi les moines, et surtout ceux des ordres mendiants [1], exercent tant d'influence sur le bas peuple. N'en déplaise aux libéraux intolérants [2], ils sont en réalité l'appui et la consolation des malheureux depuis leur naissance jusqu'à leur mort. Quelle horrible corvée, par exemple, que celle-ci, entretenir pendant trois jours un homme qu'on va faire mourir ! Je crois que, si j'avais le malheur d'être pendu, je ne serais pas fâché d'avoir deux franciscains pour causer avec moi.

La route que suivait la procession était très tortueuse, afin de passer par les rues les plus larges. Je pris avec mon guide un chemin plus direct afin de me trouver encore une fois sur le passage du condamné. Je remarquai que, dans l'intervalle de temps qui s'était écoulé entre sa sortie de la prison et son arrivée dans la rue

---

1. Ordres religieux faisant profession de ne vivre que de la charité publique (carmes, dominicains et surtout, comme ici, franciscains).
2. Les libéraux espagnols se sont efforcés de réduire le pouvoir et les privilèges du clergé et se méfiaient des congrégations religieuses, cf. *Repères historiques*, p. 317.

où je le revoyais, sa taille s'était courbée considérablement. Il s'affaissait peu à peu ; sa tête tombait sur sa poitrine, comme si elle n'eût été soutenue que par la peau du cou. Pourtant je n'observais pas sur ses traits l'expression de la peur. Il regardait fixement l'image qu'il avait entre les mains ; et, s'il détournait les yeux, c'était pour les reporter sur les deux franciscains, qu'il paraissait écouter avec intérêt.

J'aurais dû me retirer alors ; mais on me pressa d'aller sur la grande place, de monter chez un marchand, où j'aurais toute liberté de regarder le supplice du haut d'un balcon, ou bien de me soustraire à ce spectacle en rentrant dans l'intérieur de l'appartement. J'allai donc.

La place était loin d'être remplie. Les marchandes de fruits et d'herbes ne s'étaient pas dérangées. On circulait partout facilement. La potence, surmontée des armes d'Aragon, était placée en face d'un élégant bâtiment moresque, la Bourse de la Soie *(la Lonja de Seda)*. La place du Marché est longue. Les maisons qui la bordent sont petites quoique surchargées d'étages, et chaque rang de fenêtres a son balcon en fer. De loin on dirait de grandes cages. Un assez bon nombre de ces balcons n'étaient point garnis de spectateurs.

Sur celui où je devais prendre place je trouvai deux jeunes demoiselles de seize à dix-huit ans, commodément établies sur des chaises, et s'éventant de l'air du monde le plus dégagé. Toutes les deux étaient fort jolies, et à leurs robes de soie noire fort propres, à leurs souliers de satin et à leurs mantilles garnies de dentelles, je jugeai qu'elles devaient être les filles de quelque bourgeois aisé. Je fus confirmé dans cette opinion parce que, bien qu'elles se servissent entre elles du dialecte valencien, elles entendaient et parlaient correctement l'espagnol.

Dans un coin de la place on avait élevé une petite chapelle. Cette chapelle et la potence, qui n'en était pas fort éloignée, étaient enfermées dans un grand carré formé par des volontaires royalistes et des troupes de ligne.

Les soldats ayant ouvert leurs rangs pour recevoir la procession, le condamné fut descendu de son âne et mené devant l'autel dont je viens de vous parler. Les moines l'entouraient ; il était à genoux, baisait souvent les marches de l'autel. J'ignore ce qu'on lui disait. Cependant le bourreau examinait sa corde, son échelle, et, cet examen fait, il s'approcha du patient toujours prosterné, lui mit la main sur l'épaule, et lui dit suivant l'usage : « Frère, il est temps. »

Tous les moines, un seul excepté, l'avaient abandonné, et le bourreau était, à ce qu'il paraissait, mis en possession de sa victime. En le conduisant vers l'échelle (ou plutôt l'escalier de planches), il avait soin, avec son grand chapeau qu'il lui mettait devant les yeux, de lui cacher la vue de la potence ; mais le condamné semblait chercher à repousser le chapeau avec des coups de tête, voulant montrer qu'il avait bien le courage d'envisager l'instrument de son supplice.

Midi sonnait quand le bourreau montait à l'escalier fatal, tirant après lui le patient, qui ne montait qu'avec difficulté, parce qu'il allait à reculons. L'escalier est large, et n'a de rampe que d'un côté. Le moine était du côté de la rampe, le bourreau et le condamné montaient de l'autre. Le moine parlait continuellement et en faisant beaucoup de gestes. Arrivés au haut de l'escalier en même temps que l'exécuteur passait la corde autour du cou du patient avec une promptitude extraordinaire, on me dit que le moine lui faisait réciter le *Credo*. Puis élevant la voix, il s'écria : « Mes frères, joignez vos prières à celles du pauvre pécheur. » J'entendis une voix douce prononcer à côté de moi avec émotion : *Amen*. Je tournai la tête, et je vis une de mes jolies Valenciennes dont les joues étaient un peu plus colorées, et qui agitait son éventail précipitamment. Elle regardait avec beaucoup d'attention du côté de la potence. Je dirigeai mes yeux de ce côté : le moine descendait l'escalier, et le condamné était suspendu en l'air, le bourreau sur ses épaules, et son valet lui tirait les pieds.

*P. S.* Je ne sais si votre patriotisme me pardonnera ma partialité pour l'Espagne. Puisque nous en sommes sur le chapitre des supplices, je vous dirai que si j'aime mieux les exécutions espagnoles que les nôtres, je préfère aussi de beaucoup leurs galères à celles où nous envoyons chaque année environ douze cents coquins. Remarquez que je ne parle pas des *presidios*[1] d'Afrique, que je n'ai pas vus. À Tolède, à Séville, à Grenade, à Cadix, j'ai vu un grand nombre de *presidiarios* (galériens) qui ne m'ont pas paru trop malheureux. Ils travaillaient à faire ou à réparer des routes. Ils étaient assez mal vêtus, mais leurs physionomies n'exprimaient point ce sombre désespoir que j'ai remarqué chez nos galériens. Ils mangeaient dans de grandes marmites un *puchero*[2] semblable à celui des soldats qui les gardaient, et fumaient ensuite leur cigare à l'ombre. Mais surtout ce qui m'a plu, c'est que le peuple ici ne les repousse pas comme il fait en France. La raison en est simple : en France, tout homme qui a été aux galères a volé ou fait pis ; en Espagne, au contraire, de très honnêtes gens, à différentes époques, ont été condamnés à y passer leur vie pour n'avoir pas eu des opinions conformes à celles de leurs gouvernants. Quoique le nombre de ces victimes politiques soit infiniment petit, cela suffit pourtant pour changer l'opinion à l'égard de tous les galériens. Il vaut mieux bien traiter un coquin que de manquer d'égards à un galant homme. Aussi on leur donne du feu pour allumer leurs cigares, on les appelle mon ami, camarade. Leurs gardiens ne leur font pas sentir qu'ils sont des hommes d'une autre espèce.

---

1. Forteresses servant de prison pour les condamnés aux travaux forcés. Cf. *Carmen*, p. 75.
2. Pot-au-feu espagnol composé de viandes et de légumes variés.

Si cette lettre ne vous paraît pas énormément longue je vous conterai une rencontre que j'ai faite il y a peu de temps, et qui vous montrera quelles sont les manières du peuple avec les presidiarios.

En quittant Grenade pour aller à Baylen, je rencontrai par le chemin un grand homme chaussé d'alpargates[1] qui marchait d'un bon pas militaire. Il était suivi par un petit chien barbet. Ses habits étaient d'une forme singulière, et différents de ceux des paysans que j'avais rencontrés. Bien que mon cheval fût au trot, il me suivait sans peine, et il lia conversation avec moi. Nous devînmes bientôt bons amis. Mon guide lui disait Monsieur, Votre Grâce *(Usted)*. Ils parlaient entre eux de monsieur un tel de Grenade, commandant le presidio, qu'ils connaissaient tous deux. L'heure du déjeuner venue, nous nous arrêtâmes devant une maison où nous trouvâmes du vin. L'homme au chien tira d'un sac un morceau de morue salée et me l'offrit. Je lui dis de joindre son déjeuner au mien, et nous mangeâmes tous les trois de bon appétit. Je dois vous avouer que nous buvions à la même bouteille, par la raison qu'il n'y avait pas de verre à une lieue aux environs. Je lui demandai pourquoi il s'était embarrassé d'un chien si jeune en voyage. Il me dit qu'il voyageait seulement pour ce chien, et que son commandant l'envoyait à Jaen le remettre à un de ses amis. Le voyant sans uniforme et l'entendant parler de commandant : « Vous êtes donc miquelet[2] ? » lui dis-je. — « Non : presidiario. » Je fus un peu surpris. « Comment ne l'avez-vous pas vu à son habit ? » demanda mon guide.

Au reste, les manières de cet homme, qui était un honnête muletier, ne changèrent pas le moins du monde. Il me donnait la bouteille d'abord, en ma qualité de

---

1. Espadrilles.
2. Nom donné aux soldats de la garde des gouverneurs de province en Espagne. *Miquelets français* : corps de partisans que Napoléon créa en 1808 pour les opposer aux guérilleros espagnols.

*caballero* ; puis l'offrait au galérien, et buvait après lui ; enfin il le traitait avec toute la politesse que les gens du peuple ont entre eux en Espagne.

— « Pourquoi donc avez-vous été aux galères ? » demandai-je à mon compagnon de voyage.

— « Oh ! monsieur, pour un malheur. Je me suis trouvé à quelques morts. *(Fué por una desgracia. Me hallé en unas muertes.)* »

— « Comment diable ? »

— « Voici comment la chose se passa. J'étais miquelet. Avec une vingtaine de mes camarades, j'escortais un convoi de presidiarios de Valence. Sur le chemin, leurs amis voulurent les délivrer, et en même temps nos prisonniers se révoltèrent. Notre capitaine était bien embarrassé. Si les prisonniers étaient lâchés, il était responsable de tous les désordres qu'ils commettraient. Il prit son parti et nous cria : « Feu sur les prisonniers ! » Nous tirâmes, et nous en tuâmes quinze, après quoi nous repoussâmes leurs camarades. Cela se passait du temps de cette fameuse constitution. Quand les Français sont revenus et qu'ils l'ont ôtée [1], on nous fit notre procès, à nous autres miquelets, parce que parmi les presidiarios morts il y avait plusieurs messieurs *(caballeros)* royalistes que les constitutionnels avaient mis là. Notre capitaine était mort, et on s'en prit à nous. Mon temps va bientôt finir ; et comme mon commandant a confiance en moi parce que je me conduis bien, il m'envoie à Jaen pour remettre cette lettre et ce chien au commandant du presidio. »

Mon guide était royaliste, et il était évident que le galérien était constitutionnel ; cependant ils demeurèrent dans la meilleure intelligence. Quand nous nous remîmes en route, le barbet était si fatigué, que le

---

1. C'est grâce à l'appui des troupes françaises que Ferdinand VII mit fin en 1823 au régime libéral et supprima la « fameuse constitution » mise en place en 1812 par les libéraux. Cf. *Repères historiques*, p. 316.

galérien fut obligé de le porter sur son dos enveloppé dans sa veste. La conversation de cet homme m'amusait extrêmement ; de son côté, les cigares que je lui donnais, et le déjeuner qu'il avait partagé avec moi, me l'avaient tellement attaché, qu'il voulait me suivre jusqu'à Baylen. « La route n'est pas sûre, me disait-il, je trouverai un fusil à Jaen, chez un de mes amis, et quand bien même nous rencontrerions une demi-douzaine de brigands, ils ne vous prendraient pas un mouchoir. » — « Mais, lui dis-je, si vous ne rentrez pas au presidio, vous risquez d'avoir une augmentation de temps, d'une année peut-être ? » — « Bah ! qu'importe ? Et puis vous me donnerez un certificat attestant que je vous ai accompagné. D'ailleurs, je ne serais pas tranquille si je vous laissais aller tout seul par cette route-là... »

J'aurais consenti qu'il m'accompagnât s'il ne s'était pas brouillé avec mon guide. Voici à quelle occasion. Après avoir suivi, pendant près de huit lieues d'Espagne, nos chevaux, qui allaient au trot toutes les fois que le chemin le permettait, il s'avisa de dire qu'il les suivrait encore quand même ils prendraient le galop. Mon guide se moqua de lui. Nos chevaux n'étaient pas tout à fait des rosses ; nous avions un quart de lieue de plaine devant nous, et le galérien portait son chien sur son dos. Il fut mis au défi. Nous partîmes, mais ce diable d'homme avait véritablement des jambes de miquelet, et nos chevaux ne purent le dépasser. L'amour-propre de leur maître ne put jamais pardonner au presidiario l'affront qu'il lui avait fait. Il cessa de lui parler ; et arrivés que nous fûmes à Campillo de Arenas, il fit si bien que le galérien, avec la discrétion qui caractérise l'Espagnol, comprit que sa présence était importune, et se retira.

## III

Madrid, novembre 1830

Monsieur,

Me voici de retour à Madrid, après avoir parcouru pendant plusieurs mois, et dans tous les sens, l'Andalousie, cette terre classique des voleurs, sans en rencontrer un seul. J'en suis presque honteux. Je m'étais arrangé pour une attaque de voleurs, non pas pour me défendre, mais pour causer avec eux et les questionner bien poliment sur leur genre de vie. En regardant mon habit usé aux coudes et mon mince bagage, je regrette d'avoir manqué ces messieurs. Le plaisir de les voir n'était pas payé trop cher par la perte d'un léger portemanteau [1].

Mais si je n'ai pas vu de voleurs, en revanche je n'ai pas entendu parler d'autre chose. Les postillons, les aubergistes vous racontent des histoires lamentables de voyageurs assassinés, de femmes enlevées, à chaque halte que l'on fait pour changer de mules. L'événement qu'on raconte s'est toujours passé la veille et sur la partie de la route que vous allez parcourir. Le voyageur qui ne connaît point encore l'Espagne, et qui n'a point eu le temps d'acquérir la sublime insouciance castillane, *la flema castellana*, quelque incrédule qu'il soit d'ailleurs, ne laisse pas de recevoir une certaine impression

---

1. Sorte d'étui cylindrique en drap qui servait aux cavaliers pour mettre du linge et d'autres effets de petit équipement ; il se portait fixé par trois courroies à la selle.

de tous ces récits. Le jour tombe, et avec beaucoup plus de rapidité que dans nos climats du Nord : ici le crépuscule ne dure qu'un moment : survient alors, surtout dans le voisinage des montagnes, un vent qui serait sans doute chaud à Paris, mais qui, par la comparaison que l'on en fait avec la chaleur brûlante du jour, vous paraît froid et désagréable. Pendant que vous vous enveloppez dans votre manteau, que vous enfoncez sur vos yeux votre bonnet de voyage, vous remarquez que les hommes de votre escorte *(escopeteros)* [1] jettent l'amorce de leurs fusils sans la renouveler. Étonné de cette singulière manœuvre, vous en demandez la raison, et les braves qui vous accompagnent répondent, du haut de l'impériale où ils sont perchés, qu'ils ont bien tout le courage possible, mais qu'ils ne peuvent pas résister seuls à toute une bande de voleurs. « Si l'on est attaqué, nous n'aurons de quartier qu'en prouvant que nous n'avons jamais eu l'intention de nous défendre. »

Alors à quoi bon s'embarrasser de ces hommes et de leurs inutiles fusils ? — Oh ! ils sont excellents contre les *rateros*, c'est-à-dire les amateurs brigands qui détroussent les voyageurs quand l'occasion se présente ; on ne les rencontre jamais qu'au nombre de deux ou de trois.

Le voyageur se repent alors d'avoir pris tant d'argent sur lui. Il regarde l'heure à sa montre de Bréguet [2] qu'il croit consulter pour la dernière fois. Il serait bien heureux de la savoir tranquillement pendue à sa cheminée de Paris. Il demande au *mayoral* (conducteur) si les voleurs prennent les habits des voyageurs.

« Quelquefois, monsieur. Le mois passé la diligence de Séville a été arrêtée auprès de la Carlota, et tous les voyageurs sont entrés à Ecija comme de petits anges.

---

1. Hommes armés d'une escopette escortant une voiture.
2. Mérimée possédait une montre en or de Louis Antoine Bréguet (1776-1858), horloger de la marine. On la retrouve dans *Carmen* entre les mains de l'archéologue-narrateur qui se la fait voler par la gitane.

— De petits anges ! Que voulez-vous dire ?

— Je veux dire que les bandits leur avaient pris tous leurs habits, et ne leur avaient pas même laissé la chemise.

— « Diable ! » s'écrie le voyageur en boutonnant sa redingote ; mais il se rassure un peu, et sourit même en remarquant une jeune Andalouse, sa compagne de voyage, qui baise dévotement son pouce en soupirant : « *Jésus, Jésus !* » (On sait que ceux qui baisent leur pouce après avoir fait le signe de la croix ne manquent pas de s'en trouver bien [1].)

La nuit est tout à fait venue ; mais heureusement la lune se lève brillante sur un ciel sans nuages. On commence à découvrir de loin l'entrée d'une gorge affreuse qui n'a pas moins d'une demi-lieue de longueur. « Mayoral, est-ce là l'endroit où l'on a déjà arrêté la diligence ?

— Oui, monsieur, et tué un voyageur. — Postillon, poursuit le mayoral, ne fais pas claquer ton fouet, de peur de les avertir.

— Qui ? demande le voyageur.

— Les voleurs » répond le mayoral.

« Diable ! » s'écrie le voyageur.

« Monsieur, regardez donc là-bas, au tournant de la route... Ne sont-ce pas des hommes ? ils se cachent dans l'ombre de ce grand rocher.

— Oui, madame ; un, deux, trois, six hommes à cheval !

— Ah ! Jésus, Jésus !... (Signe de croix et baisement de pouce.)

— Mayoral, voyez-vous là-bas ?

— Oui.

---

[1]. Dans une lettre, Mérimée parle d'une « jolie petite Grenadine » rencontrée en voyage et qui « baisait dévotement son pouce et se frappait la poitrine cinq ou six fois, bien assurée après cela que les voleurs ne se montreraient pas... » (*Correspondance générale*, t. I, p. 182).

— En voici un qui tient un grand bâton, peut-être un fusil ?
— C'est un fusil.
— Croyez-vous que ce soient de bonnes gens *(buena gente)* ? demande avec anxiété la jeune Andalouse.
— Qui sait ! » répond le mayoral en haussant les épaules et abaissant le coin de sa bouche.

« Alors, que Dieu nous pardonne à tous ! » et elle se cache la figure dans le gilet du voyageur, doublement ému.

La voiture va comme le vent : huit mules vigoureuses au grand trot. Les cavaliers s'arrêtent : ils se forment sur une ligne, — c'est pour barrer le passage. — Non, ils s'ouvrent ; trois prennent à gauche, trois à droite de la route : c'est qu'ils veulent entourer la voiture de tous les côtés.

« Postillon, arrêtez vos mules si ces gens-là vous le commandent ; n'allez pas nous attirer une volée de coups de fusil !

— Soyez tranquille, monsieur, j'y suis plus intéressé que vous. »

Enfin l'on est si près, que déjà l'on distingue les grands chapeaux, les selles turques et les guêtres de cuir blanc des six cavaliers. Si l'on pouvait voir leurs traits, quels yeux, quelles barbes ! quelles cicatrices on apercevrait ! Il n'y a plus de doute, ce sont des voleurs, car ils ont des fusils.

Le premier voleur touche le bord de son grand chapeau et dit d'un ton de voix grave et doux : « *Vayan Vds. con Dios*, allez avec Dieu ! » C'est le salut que les voyageurs échangent sur la route. « *Vayan Vds. con Dios* », disent à leur tour les autres cavaliers s'écartant poliment pour que la voiture passe, car ce sont d'honnêtes fermiers attardés au marché d'Ecija, qui retournent dans leur village et qui voyagent en troupe et armés, par suite de la grande préoccupation des voleurs dont j'ai déjà parlé.

Après quelques rencontres de cette espèce, on arrive promptement à ne plus croire du tout aux voleurs. On s'accoutume si bien à la mine un peu sauvage des paysans, que des brigands véritables ne vous paraîtraient plus que d'honnêtes laboureurs qui n'ont pas fait leur barbe depuis longtemps [1]. Un jeune Anglais, avec qui j'ai lié connaissance à Grenade, avait longtemps parcouru sans accident les plus mauvais chemins de l'Espagne ; il en était venu à nier opiniâtrement l'existence des voleurs. Un jour il est arrêté par deux hommes de mauvaise mine, armés de fusils. Il s'imagina aussitôt que c'étaient des paysans en gaieté qui voulaient s'amuser à lui faire peur. À toutes leurs injonctions de leur donner de l'argent, il répondait en riant et en disant qu'il n'était pas leur dupe. Il fallut, pour le tirer d'erreur, qu'un des véritables bandits lui donnât sur la tête un coup de crosse dont il montrait encore la cicatrice trois mois après.

Excepté quelques cas fort rares, les brigands espagnols ne maltraitent jamais les voyageurs. Souvent ils se contentent de leur enlever l'argent qu'ils ont sur eux, sans ouvrir leurs malles, ou même sans les fouiller. Pourtant il ne faut pas s'y fier. — Un jeune élégant de Madrid se rendait à Cadix avec deux douzaines de belles chemises qu'il avait fait venir de Londres. Les brigands l'arrêtent auprès de la Carolina, et après lui avoir pris toutes les onces qu'il avait dans sa bourse, sans compter les bagues, chaînes, souvenirs amoureux qu'un homme aussi répandu [2] ne pouvait manquer d'avoir, le chef des voleurs lui fit remarquer poliment que le linge de sa bande, obligée qu'elle était d'éviter les endroits habités, avait grand besoin de blanchissage. Les chemises sont déployées, admirées, et le capitaine disant, comme Hali [3] du Sicilien : « Entre cavaliers, telle liberté est permise », en mit quelques-unes dans

---

1. Gautier semble avoir fait la même expérience décevante : « Le brigand espagnol a été pour nous un être purement chimérique, une abstraction, une simple poésie... »
2. Qui a beaucoup de relations mondaines, homme à succès.
3. Cf. Molière : *Le Sicilien ou l'Amour Peintre*, scène 12.

son bissac, puis ôta les noires guenilles qu'il portait depuis six semaines au moins, et se couvrit avec joie de la plus belle batiste de son prisonnier. Chaque voleur en fit autant ; en sorte que l'infortuné voyageur se trouva en un instant dépouillé de sa garde-robe et en possession d'un tas de chiffons qu'il n'aurait pas osé toucher du bout de sa canne. Encore lui fallait-il endurer les plaisanteries des brigands. Le capitaine, avec ce sérieux goguenard que les Andalous affectent si bien, lui dit, en le congédiant, qu'il n'oublierait jamais le service qu'il venait de recevoir, qu'il s'empresserait de lui rendre les chemises qu'il avait bien voulu lui prêter, et qu'il reprendrait les siennes aussitôt qu'il aurait l'honneur de le revoir. « Surtout, ajouta-t-il n'oubliez pas de faire blanchir les chemises de ces messieurs. Nous les reprendrons à votre retour à Madrid. » Le jeune homme qui me racontait ce vol, dont il avait été la victime, m'avouait qu'il avait plutôt pardonné aux voleurs l'enlèvement de ses chemises que leurs méchantes plaisanteries.

À différentes époques, le gouvernement espagnol s'est occupé sérieusement de purger les grandes routes des voleurs, qui, depuis un temps immémorial, sont en possession de les parcourir. Ses efforts n'ont jamais pu avoir de résultats décisifs. Une bande a été détruite, mais une autre s'est formée aussitôt. Quelquefois un capitaine général [1] est parvenu à force de soins à chasser tous les voleurs de son gouvernement [2] ; mais alors les provinces voisines en ont regorgé.

La nature du pays, hérissé de montagnes, sans routes frayées, rend bien difficile l'entière destruction des brigands. En Espagne comme dans la Vendée, il y a un grand nombre de métairies isolées, *aldeas*, éloignées de plusieurs milles de tout endroit habité. En garni-

---

1. Officier placé à la tête d'une division territoriale.
2. Division administrative, district ou province.

sonnant[1] toutes ces métairies, tous les petits hameaux, on obligerait promptement les voleurs à se livrer à la justice sous peine de mourir de faim ; mais où trouver assez d'argent, assez de soldats ?

Les propriétaires des aldeas sont intéressés, on le sent, à conserver de bons rapports avec les brigands, dont la vengeance est redoutable. D'un autre côté, ceux-ci, qui comptent sur eux pour leur subsistance, les ménagent, leur payent bien les objets dont ils ont besoin, et quelquefois même les associent au partage du butin. Il faut encore ajouter que la profession de voleur n'est point regardée généralement comme déshonorante. Voler sur les grandes routes, aux yeux de bien des gens, *c'est faire de l'opposition*, c'est protester contre des lois tyranniques. Or l'homme qui, n'ayant qu'un fusil, se sent assez de hardiesse pour jeter un défi à un gouvernement, c'est un héros que les hommes respectent et que les femmes admirent. Il est glorieux certes de pouvoir s'écrier, comme dans la vieille romance :

A todos los desafio,
Pues a nadie tengo miedo[2].

Un voleur commence en général par être contrebandier. Son commerce est troublé par les employés de la douane. C'est une injustice criante pour les neuf dixièmes de la population que l'on tourmente un galant homme qui vend à bon compte de meilleurs cigares que ceux du roi, qui rapporte aux femmes des soieries, des marchandises anglaises et tout le commérage de dix lieues à la ronde. Qu'un douanier vienne à tuer ou à

---

1. En installant une garnison dans... Ce verbe semble être une création de Mérimée.
2. « Tous je les défie, Car de rien je n'ai peur. » Extrait d'une chanson « sur un rythme de danse espagnol », *Yo que soy contrabandista* (Moi qui suis contrebandier), qui connut un immense succès à Paris. Vigny en cite toute une strophe dans le chapitre XXII de *Cinq-Mars* et Gautier, en 1840, le met sur le même plan que la *Marche de Riego*, véritable hymne national de l'Espagne libérale.

prendre son cheval, voilà le contrebandier ruiné ; il a d'ailleurs une vengeance à exercer : il se fait voleur. — On demande ce qu'est devenu un beau garçon qu'on a remarqué quelques mois auparavant et qui était le coq de ce village ? « Hélas ! » répond une femme, « on l'a obligé de se jeter dans la montagne. Ce n'est pas sa faute, pauvre garçon ! il était si doux ! Dieu le protège ! » Les bonnes âmes rendent le gouvernement responsable de tous les désordres commis par les voleurs. C'est lui, dit-on, qui pousse à bout les pauvres gens qui ne demandent qu'à rester tranquilles et à vivre de leur métier.

Le modèle du brigand espagnol, le prototype du héros de grand chemin, le Robin Hood, le Roque Guinar [1] de notre temps, c'est le fameux Jose Maria, surnommé *el Tempranito*, le Matinal. C'est l'homme dont on parle le plus de Madrid à Séville et de Séville à Malaga. Beau, brave, courtois autant qu'un voleur peut l'être, tel est Jose Maria. S'il arrête une diligence, il donne la main aux dames pour descendre et prend soin qu'elles soient commodément assises à l'ombre, car c'est de jour que se font la plupart de ses exploits. Jamais un juron, jamais un mot grossier ; au contraire, des égards presque respectueux et une politesse naturelle qui ne se dément jamais. Ôte-t-il une bague de la main d'une femme : « Ah ! madame », dit-il, « une si belle main n'a pas besoin d'ornements. » Et tout en faisant glisser la bague hors du doigt, il baise la main d'un air à faire croire, suivant l'expression d'une dame espagnole, que le baiser avait pour lui plus de prix que la bague. La bague, il la prenait comme par distraction ; mais le baiser, au contraire, il le faisait durer longtemps. On m'a assuré qu'il laisse toujours aux voyageurs assez d'argent pour arriver à la ville la plus

---

[1]. Célèbres figures romanesques de brigands au grand cœur. Roque Guinar, cf. Cervantès : *Don Quichotte*, chapitre LX. Pour Robin Hood, cf. Walter Scott : *Ivanohé*.

proche, et que jamais il n'a refusé à personne la permission de garder un bijou que des souvenirs rendaient précieux [1].

On m'a dépeint Jose Maria comme un grand jeune homme de vingt-cinq à trente ans, bien fait, la physionomie ouverte et riante, des dents blanches comme des perles et des yeux remarquablement expressifs. Il porte ordinairement un costume de majo, d'une très grande richesse. Son linge est toujours éclatant de blancheur, et ses mains feraient honneur à un élégant de Paris ou de Londres.

Il n'y a guère que cinq ou six ans qu'il court les grands chemins. Il était destiné par ses parents à l'Église, et il étudiait la théologie à l'université de Grenade ; mais sa vocation n'était pas fort grande, comme on va le voir, car il s'introduisit la nuit chez une demoiselle de bonne famille... L'amour fait, dit-on, excuser bien des choses... ; mais on parle de violence, d'un domestique blessé..., je n'ai jamais pu tirer cette histoire au clair. Le père fit grand bruit, et un procès criminel fut commencé. Jose Maria fut obligé de prendre la fuite et de s'exiler à Gibraltar. Là, comme l'argent lui manquait, il fit marché avec un négociant anglais pour introduire en contrebande une forte partie de marchandises prohibées. Il fut trahi par un homme à qui il avait fait confidence de son projet. Les douaniers surent la route qu'il devait tenir et s'embusquèrent sur son passage. Tous les mulets qu'il conduisait furent pris, mais il ne les abandonna qu'après un combat acharné dans lequel il tua ou blessa plusieurs douaniers. Dès ce moment, il n'eut plus d'autre ressource que de rançonner les voyageurs.

Un bonheur extraordinaire l'a constamment accompagné jusqu'à ce jour. Sa tête est mise à prix, son

---

[1]. Don José, dans *Carmen*, trace un portrait beaucoup moins flatteur de José Maria (p. 35 et 79). Il n'en reste pas moins que Mérimée s'est sans doute inspiré du bandit réel (et néanmoins légendaire) pour créer son personnage.

signalement est affiché à la porte de toutes les villes, avec promesse de huit mille réaux à celui qui le livrera mort ou vif\*, fût-il un de ses complices. Pourtant Jose Maria continue impunément son dangereux métier, et ses courses s'étendent depuis les frontières du Portugal jusqu'au royaume de Murcie. Sa bande n'est pas nombreuse, mais elle est composée d'hommes dont la fidélité et la résolution sont depuis longtemps éprouvées. Un jour, à la tête d'une douzaine d'hommes de son choix, il surprit à la *venta de Gazin* soixante et dix volontaires royalistes envoyés à sa poursuite, et les désarma tous. On le vit ensuite regagner les montagnes à pas lents, chassant devant lui deux mulets chargés des soixante et dix escopettes qu'il emportait comme pour en faire un trophée.

On conte des merveilles de son adresse à tirer à balle. Sur un cheval lancé au galop, il touche un tronc d'olivier à cent cinquante pas. Le trait suivant fera connaître à la fois son adresse et sa générosité.

Un capitaine Castro, officier rempli de courage et d'activité, qui poursuit, dit-on, les voleurs, autant pour satisfaire une vengeance personnelle que pour remplir son devoir de militaire, apprit par un de ses espions que Jose Maria se trouverait un tel jour dans une aldea écartée où il avait une maîtresse. Castro au jour indiqué monte à cheval, et, pour ne pas éveiller les soupçons en mettant trop de monde en campagne, il ne prend avec lui que quatre lanciers. Quelques précautions qu'il mît en usage pour cacher sa marche, il ne put si bien faire que Jose Maria n'en fût instruit. Au moment où Castro, après avoir passé une gorge profonde, entrait dans la vallée où était située l'aldea de la maîtresse de son ennemi, douze cavaliers bien montés paraissent tout à coup sur son flanc, et beaucoup plus près que lui de

---

\* Lorsque j'étais à Séville, on trouva, un matin, sur la porte de Triana, au bas du signalement de Jose Maria, ces mots écrits au crayon : « *Signature du susdit :* Jose Maria. »

la gorge par où seulement il pouvait faire sa retraite. Les lanciers se crurent perdus. Un homme monté sur un cheval bai se détache au galop de la troupe des voleurs, et arrête son cheval tout court à cent pas de Castro. — « On ne surprend pas Jose Maria, s'écrie-t-il. Capitaine Castro, que vous ai-je fait pour que vous vouliez me livrer à la justice ? Je pourrais vous tuer ; mais les hommes de cœur sont devenus rares, et je vous donne la vie. Voici un souvenir qui vous apprendra à m'éviter. À votre shako ! » En parlant ainsi il l'ajuste, et d'une balle il traverse le haut du shako du capitaine. Aussitôt il tourna bride et disparut avec ses gens.

Voici un autre exemple de sa courtoisie.

On célébrait une noce dans une métairie des environs d'Andujar. Les mariés avaient déjà reçu les compliments de leurs amis, et l'on allait se mettre à table sous un grand figuier devant la porte de la maison ; chacun était en disposition de bien faire [1], et les émanations des jasmins et des orangers en fleur se mêlaient agréablement aux parfums plus substantiels s'exhalant de plusieurs plats qui faisaient plier la table sous leur poids. Tout d'un coup parut un homme à cheval, sortant d'un bouquet de bois à portée de pistolet de la maison. L'inconnu sauta lestement à terre, salua les convives de la main, et conduisit son cheval à l'écurie. On n'attendait personne, mais en Espagne tout passant est bien venu à partager un repas de fête. D'ailleurs, l'étranger à son habillement paraissait être un homme d'importance. Le marié se détacha aussitôt pour l'inviter à dîner.

Pendant qu'on se demandait tout bas quel était cet étranger, le notaire d'Andujar, qui assistait à la noce, était devenu pâle comme la mort. Il essayait de se lever de la chaise qu'il occupait auprès de la mariée ; mais ses genoux pliaient sous lui, et ses jambes ne pouvaient plus le supporter. Un des convives, soupçonné depuis

---

1. Joyeux, décidés à bien se divertir.

longtemps de s'occuper de contrebande, s'approcha de la mariée : « C'est Jose Maria, dit-il, je me trompe fort, ou il vient ici pour faire quelque malheur [1] *(para hacer una muerte)*. C'est au notaire qu'il en veut. Mais que faire ? Le faire échapper ? — Impossible ; Jose Maria l'aurait bientôt rejoint. — Arrêter le brigand ? — Mais sa bande est sans doute aux environs ; d'ailleurs il porte des pistolets à sa ceinture et son poignard ne le quitte jamais. — Mais, monsieur le notaire, que lui avez-vous donc fait ? — Hélas ! rien, absolument rien ! » Quelqu'un murmura tout bas que le notaire avait dit à son fermier, deux mois auparavant, que si Jose Maria venait jamais lui demander à boire, il devrait mettre un gros [2] d'arsenic dans son vin.

On délibérait encore sans entamer la *olla* [3], quand l'inconnu reparut suivi du marié. Plus de doute, c'était Jose Maria. Il jeta en passant un coup d'œil de tigre au notaire, qui se mit à trembler comme s'il avait eu le frisson de la fièvre ; puis il salua la mariée avec grâce, et lui demanda la permission de danser à sa noce. Elle n'eut garde de refuser ou de lui faire mauvaise mine. Jose Maria prit aussitôt un tabouret de liège, l'approcha de la table, et s'assit sans façon à côté de la mariée, entre elle et le notaire, qui paraissait à tout moment sur le point de s'évanouir.

On commença à manger. Jose Maria était rempli d'attentions et de petits soins pour sa voisine. Lorsqu'on servit du vin d'extra [4], la mariée, prenant un verre de montilla (qui vaut mieux que le Xérès, selon moi), le toucha de ses lèvres, et le présenta ensuite au

---

1. Cet euphémisme, qui n'évoque la mort (*una muerte*) qu'à travers le terme générique de « malheur », se trouve aussi dans *Colomba*.
2. Ancienne mesure de poids.
3. Il s'agit de la *olla podrida* (pot-pourri), plat populaire espagnol qui mélange dans une même marmite plusieurs sortes de viandes et de légumes.
4. Régal plus grand que de coutume, dépense qui sort des habitudes.

bandit. C'est une politesse que l'on fait à table aux personnes que l'on estime. Cela s'appelle *una fineza*. Malheureusement cet usage se perd dans la bonne compagnie, aussi empressée ici qu'ailleurs de se dépouiller de toutes les coutumes nationales.

Jose Maria prit le verre, remercia avec effusion, et déclara à la mariée qu'il la priait de le tenir pour son serviteur, et qu'il ferait avec joie tout ce qu'elle voudrait bien lui commander.

Alors celle-ci, toute tremblante et se penchant timidement à l'oreille de son terrible voisin : « Accordez-moi une grâce, dit-elle. — Mille ! » s'écria Jose Maria.

« Oubliez, je vous en conjure, les mauvais vouloirs que vous avez peut-être apportés ici. Promettez-moi que pour l'amour de moi vous pardonnerez à vos ennemis, et qu'il y aura pas de scandale à ma noce.

— Notaire ! dit Jose Maria se tournant vers l'homme de loi tremblant, remerciez madame ; sans elle, je vous aurais tué avant que vous eussiez digéré votre dîner. N'ayez plus peur, je ne vous ferai pas de mal. » Et, lui versant un verre de vin, il ajouta avec un sourire un peu méchant : « Allons, notaire, à ma santé ; ce vin est bon et il n'est pas empoisonné. » Le malheureux notaire croyait avaler un cent d'épingles. « Allons, enfants ! s'écria le voleur, de la gaieté ! *(vaya de broma)* vive la mariée ! » Et se levant avec vivacité, il courut chercher une guitare et se mit à improviser un couplet en l'honneur des nouveaux époux.

Bref, pendant le reste du dîner et le bal qui le suivit, il se rendit tellement aimable, que les femmes avaient les larmes aux yeux en pensant qu'un aussi charmant garçon finirait peut-être un jour à la potence. Il dansa, il chanta, il se fit tout à tous. Vers minuit, une petite fille de douze ans, à demi vêtue de mauvaises guenilles, s'approcha de Jose Maria, et lui dit quelques mots dans l'argot des bohémiens. Jose Maria tressaillit : il courut à l'écurie, d'où il revint bientôt emmenant son bon cheval. Puis s'avançant vers la mariée, un bras passé dans la bride : « Adieu ! dit-il, enfant de mon âme *(hija de mi alma)*, jamais je n'oublierai les moments que j'aie passés auprès de vous. Ce sont les plus heureux que j'ai vus depuis bien des années. Soyez assez bonne pour accepter cette bagatelle d'un pauvre diable qui voudrait avoir une mine à vous offrir. » Il lui présentait en même temps une jolie bague.

« Jose Maria, s'écria la mariée, tant qu'il y aura un pain dans cette maison, la moitié vous appartiendra. »

Le voleur serra la main à tous les convives, celle même du notaire, embrassa toutes les femmes ; puis, sautant lestement en selle, il regagna ses montagnes. Alors seulement le notaire respira librement. Une demi-heure après arriva un détachement de miquelets ; mais personne n'avait vu l'homme qu'ils cherchaient.

Le peuple espagnol, qui sait par cœur les romances des Douze Pairs, qui chante les exploits de Renaud de Montauban [1], doit nécessairement s'intéresser beaucoup au seul homme qui, dans un temps aussi prosaïque que le nôtre, fait revivre les vertus chevaleresques des anciens preux. Un autre motif contribue encore à augmenter la popularité de Jose Maria : il est extrêmement généreux. L'argent ne lui coûte guère à gagner, et il le dépense facilement avec les malheureux. Jamais, dit-on, un pauvre ne s'est adressé à lui sans en recevoir une aumône abondante.

Un muletier me racontait qu'ayant perdu un mulet qui faisait toute sa fortune, il était sur le point de se jeter la tête la première dans le Guadalquivir, quand une boîte, contenant six onces d'or, fut remise à sa femme par un inconnu. Il ne doutait pas que ce ne fût un présent de Jose Maria, à qui il avait indiqué un gué un jour qu'il était poursuivi de près par les miquelets.

---

1. Un des héros du roman de chevalerie *Les Quatre Fils Aymon*. Il y a sans doute ici un souvenir de Cervantès qui évoque (*Don Quichotte*, I, chapitre VI), à propos du *Miroir de Chevalerie*, « le seigneur Renaud de Montauban avec ses amis et compagnons, tous plus voleurs que Cacus, et les Douze Pairs de France ».

Je finirai cette longue lettre par un autre trait de la bienfaisance de mon héros.

Certain pauvre colporteur des environs de Campillo de Arenas conduisait à la ville une charge de vinaigre. Ce vinaigre était contenu dans des outres, suivant l'usage du pays, et porté par un âne maigre, tout pelé, à moitié mort de faim. Dans un étroit sentier, un étranger, qu'à son costume on aurait pris pour un chasseur, rencontre le vinaigrier ; et d'abord qu'il voit l'âne, il éclate de rire. « Quelle haridelle[1] as-tu là, camarade ? » s'écrie-t-il. « Sommes-nous en carnaval pour la promener de la sorte ? » Et les rires ne cessaient pas.

« Monsieur », répondit tristement l'ânier piqué au vif, « cette bête, toute laide qu'elle est, me gagne encore mon pain. Je suis un malheureux, moi, et je n'ai pas d'argent pour en acheter une autre. »

« Comment ! s'écria le rieur, c'est cette hideuse bourrique qui t'empêche de mourir de faim ? mais elle sera crevée avant une semaine. — Tiens, continua-t-il en lui présentant un sac assez lourd, il y a chez le vieux Herrera un beau mulet à vendre ; il en veut 1 500 réaux, les voici. Achète ce mulet dès aujourd'hui, pas plus tard, et ne marchande pas. Si demain je te trouve par les chemins avec cette effroyable bourrique, aussi vrai qu'on me nomme Jose Maria, je vous jetterai tous les deux dans un précipice. »

L'ânier resté seul, le sac à la main, croyait rêver. Les 1 500 réaux étaient bien comptés. Il savait ce que valait un serment de Jose Maria, et se rendit aussitôt chez Herrera, où il se hâta d'échanger ses réaux contre un beau mulet.

La nuit suivante Herrera est éveillé en sursaut. Deux hommes lui présentaient un poignard et une lanterne sourde à la figure. « Allons, vite ton argent ! » — « Hélas ! mes bons seigneurs, je n'ai pas un quarto chez moi. — « Tu mens ; tu as vendu hier un mulet

---

1. Mauvais cheval, maigre et efflanqué.

1 500 réaux que t'a payés un tel de Campillo. » Ils avaient des arguments tellement irrésistibles, que les 1 500 réaux furent bientôt donnés, ou, si l'on veut, rendus.

*P. S.* Jose Maria est mort depuis plusieurs années. En 1833, à l'occasion de la prestation de serment à la jeune reine Isabelle, le roi Ferdinand accorda une amnistie générale, dont le célèbre bandit voulut bien profiter. Le gouvernement lui fit même une pension de deux réaux par jour pour qu'il se tînt tranquille. Comme cette somme n'était pas suffisante pour les besoins d'un homme qui avait beaucoup de vices élégants, il fut obligé d'accepter une place que lui offrit l'administration des diligences. Il devint *escopetero* et se chargea de faire respecter les voitures qu'il avait si souvent dévalisées. Tout alla bien pendant quelque temps : ses anciens camarades le craignaient ou le ménageaient. Mais un jour quelques bandits plus résolus arrêtèrent la diligence de Séville, bien qu'elle portât Jose Maria. Du haut de l'impériale il les harangua ; et l'ascendant qu'il avait sur ses anciens complices était tel qu'ils paraissaient disposés à se retirer sans violence, lorsque le chef des voleurs, connu sous le nom du *Bohémien (el Gitano)*, autrefois lieutenant de Jose Maria, lui tira un coup de fusil à bout portant et le tua sur la place.

1842.

# LES SORCIÈRES ESPAGNOLES

Valence, 1830

Les antiquités, surtout les antiquités romaines, me touchent peu[1]. Je ne sais comment je me suis laissé persuader d'aller à Murviedro voir ce qui reste de Sagonte. J'y ai gagné beaucoup de fatigue, j'ai fait de mauvais dîners, et je n'ai rien vu du tout. En voyage, on est sans cesse tourmenté par la crainte de ne pouvoir répondre oui à cette inévitable question qui vous attend au retour : « Vous avez vu sans doute[2]... ? » Pourquoi serais-je forcé de voir ce que les autres ont vu ? Je ne voyage pas dans un but déterminé ; je ne suis pas antiquaire. Mes nerfs sont endurcis aux émotions sentimentales, et je ne sais si je me rappelle avec plus de plaisir le vieux cyprès des Zegris au Généralife

---

1. Ce dédain affiché par Mérimée en 1830 à l'égard des « antiquités romaines » contraste fortement avec la passion archéologique du narrateur de *Carmen* en 1845. Il est vrai que, entre-temps, Mérimée a été nommé Inspecteur des Monuments historiques et qu'il a appris à s'intéresser aux antiquités, romaines ou autres...
2. On trouve dans *Colomba* une identique dénonciation du snobisme touristico-culturel (*op. cit.*, p. 42).

que les grenades et l'excellent raisin sans pépins que j'ai mangés sous cet arbre vénérable[1].

Mon excursion à Murviedro ne m'a point ennuyé pourtant. J'ai loué un cheval et un paysan valencien pour m'accompagner à pied. Je l'ai trouvé (le Valencien) grand bavard, passablement fripon, mais, en somme, bon compagnon et assez amusant. Il dépensait prodigieusement d'éloquence et de diplomatie pour me tirer un réal de plus que le prix convenu entre nous pour la location du cheval ; et, en même temps, il soutenait mes intérêts dans les auberges avec tant de vivacité et de chaleur, qu'on eût dit qu'il payait la carte[2] de ses propres deniers. Le compte qu'il me présentait tous les matins offrait une terrible suite d'items[3] pour raccommodages de courroies, clous remis, vin pour frotter le cheval, et qu'il buvait sans doute ; et avec tout cela jamais je n'ai payé moins cher. Il avait l'art de me faire acheter partout où nous passions je ne sais combien de bagatelles inutiles, surtout des couteaux du pays. Il m'apprenait comment on doit mettre le pouce sur la lame pour éventrer convenablement son homme sans se couper les doigts. Puis ces diables de couteaux me paraissaient bien lourds. Ils s'entrechoquaient dans mes poches, battaient sur mes jambes, bref, me gênaient tellement que, pour m'en débarrasser, je n'avais d'autre ressource que d'en faire cadeau à Vicente. Son refrain était :

— Comme les amis de votre seigneurie seront contents

---

1. Mérimée a effectivement déjeuné, le 10 octobre 1830, au pied de ce cyprès. Gautier, dans son *Voyage en Espagne*, évoque aussi cet « if très gros et fort vieux ». La tradition — ou la légende — prétend que cet arbre date du temps des Maures et que la favorite du Sultan Boabdil y donnait rendez-vous à son amant Hamet.
2. La « note » ; l'« addition ».
3. « De même » ; « et encore ». S'emploie surtout dans les comptes, les inventaires et autres énumérations.

quand ils verront toutes les belles choses qu'elle leur apportera d'Espagne !

Je n'oublierai jamais un sac de glands doux que ma seigneurie acheta pour rapporter à ses amis, et qu'elle mangea tout entier, avec l'aide de son guide fidèle, avant même d'être arrivée à Murviedro.

Vicente, quoiqu'il eût couru le monde, car il avait vendu de l'orgeat à Madrid, avait sa bonne part des superstitions de ses compatriotes. Il était fort dévot, et, pendant trois jours que nous passâmes ensemble, j'eus l'occasion de voir quelle drôle de religion était la sienne. Le bon Dieu ne l'inquiétait guère, et il n'en parlait jamais qu'avec indifférence. Mais les saints et surtout la Vierge avaient tous ses hommages. Il me faisait penser à ces vieux solliciteurs consommés dans le métier, et dont la maxime est qu'il vaut mieux avoir des amis dans les bureaux que la protection du ministre lui-même.

Pour comprendre sa dévotion à la bonne Vierge, il faut savoir qu'en Espagne il y a Vierge et Vierge. Chaque ville a la sienne et se moque de celle des voisins. La Vierge de Peniscola, petite ville qui avait donné naissance à l'honorable Vicente, valait mieux, selon lui, que toutes les autres ensemble.

— Mais, lui dis-je un jour, il y a donc plusieurs Vierges ?

— Sans doute ; chaque province en a une.

— Et dans le ciel, combien y en a-t-il ?

La question l'embarrassa évidemment, mais son catéchisme vint à son aide.

— Il n'y en a qu'une, répondit-il avec l'hésitation d'un homme qui répète une phrase qu'il ne comprend pas.

— Eh bien ! poursuivis-je, si vous vous cassiez une jambe, à quelle Vierge vous adresseriez-vous ? À celle du ciel ou à une autre ?

— À la très sainte Vierge Notre-Dame de Peniscola, apparemment *(por supuesto)*.

— Mais pourquoi pas à celle du Pilier, à Saragosse[1], qui fait tant de miracles ?

— Bah ! elle est bonne pour des Aragonais !

Je voulus le prendre par son côté faible, le patriotisme provincial.

— Si la Vierge de Peniscola, lui dis-je, est plus puissante que celle du Pilier, cela prouverait que les Valenciens sont de plus grands coquins que les Aragonais, puisqu'il leur faut une patronne si bien en cour pour que leurs péchés leur soient remis.

— Ah ! monsieur, les Aragonais ne sont pas meilleurs que d'autres ; seulement, nous autres Valenciens, nous connaissons le pouvoir de Notre-Dame de Peniscola, et nous nous y fions trop quelquefois.

— Vicente, dites-moi : ne croyez-vous pas que Notre-Dame de Peniscola parle valencien au bon Dieu quand elle prie *Sa Majesté* de ne pas vous damner pour vos méfaits ?

— Valencien ? Non, monsieur, répliqua vivement Vicente. Votre seigneurie sait bien quelle langue parle la Vierge.

— Non, en vérité.

— Mais latin, apparemment.

...Les montagnes peu élevées du royaume de Valence sont couronnées souvent de châteaux en ruines. Je m'avisai un jour, passant auprès d'une de ces masures, de demander à Vicente s'il y avait là des revenants. Il se mit à sourire, et me répondit qu'il n'y en avait pas dans le pays ; puis il ajouta, en clignant l'œil de l'air d'un homme qui riposte à une plaisanterie :

— Votre seigneurie sans doute en a vu dans son pays ?

En espagnol, il n'y a pas de mot qui traduise exactement celui de revenant. *Duende*, que vous trouvez dans

---

[1]. Dans la cathédrale de Saragosse qui porte le nom de la *Virgen del Pilar*, on peut voir le « pilier » sur lequel la Vierge serait apparue à saint Jacques au cours de son voyage à Compostelle.

le dictionnaire, correspond plutôt à notre mot de lutin, et s'applique, comme en français, à un enfant espiègle. *Duendecito* (petit duende) se dirait très bien d'un jeune homme qui se cache derrière un rideau dans la chambre d'une jeune fille pour lui faire peur, ou dans toute autre intention. Mais, quant à ces grands spectres pâles, drapés d'un linceul et traînant des chaînes, on n'en voit point en Espagne et l'on n'en parle pas. Il y a encore des Maures enchantés dont on conte des tours aux environs de Grenade [1], mais ce sont, en général, de bons revenants, paraissant d'ordinaire au grand jour pour demander bien humblement le baptême, qu'ils n'ont point eu le loisir de se faire administrer de leur vivant. Si on leur accorde cette grâce, ils vous montrent pour la peine un beau trésor. Ajoutez à cela une espèce de loup-garou tout velu que l'on nomme *el velludo*, lequel est peint dans l'Alhambra, et un certain cheval sans tête\* qui, ce nonobstant, galope fort vite au milieu des pierres qui encombrent le ravin entre l'Alhambra et le Généralife [2], — vous aurez une liste à peu près complète de tous les fantômes dont on effraye ou dont on amuse les enfants.

Heureusement, l'on croit encore aux sorciers, et surtout aux sorcières.

À une lieue de Murviedro, il y a un petit cabaret isolé. Je mourais de soif, et je m'arrêtai à la porte. Une très

---

1. Dans une lettre de 1847 à Mme de Montijo, Mérimée regrette d'avoir « vainement évoqué autrefois le "Moro Encantado" ».
\* *El caballo descabezado*.
2. Cette légende (à laquelle Cervantès fait allusion dans son *Colloquio de los Perros*) semble avoir fortement impressionné Mérimée. Il a peint une aquarelle qui représente le « Caballo descabezado » galopant dans le décor ici évoqué. Mérimée a pu lire ces légendes dans le recueil de Juan Etchevarria, *Paseos por Granada y contornos* (1764). Par ailleurs, en 1831, Washington Irving avait publié *Tales of the Alhambra* (traduit en français en 1832) où il faisait état des légendes grenadines.

jolie fille, point trop basanée[1], m'apporta un grand pot de cette terre poreuse qui rafraîchit l'eau. Vicente, qui ne passait jamais devant un cabaret sans avoir soif, et me donner quelque bonne raison pour entrer, ne paraissait pas avoir envie de s'arrêter dans cet endroit-là. Il se faisait tard, disait-il ; nous avions beaucoup de chemin à faire ; à un quart de lieue de là, il y avait une bien meilleure auberge où nous trouverions le plus fameux vin du royaume, celui de Peniscola excepté. Je fus inflexible. Je bus l'eau qu'on me présentait, je mangeai du gazpacho préparé par les mains de Mlle Carmencita[2] et même je fis son portrait sur mon livre de croquis.

Cependant, Vicente frottait son cheval devant la porte, sifflait d'un air d'impatience, et semblait éprouver de la répugnance à entrer dans la maison.

Nous nous remîmes en route. Je parlais souvent de Carmencita, Vicente secouait la tête.

— Mauvaise maison ! disait-il.

— Mauvaise ! pourquoi ? Le gazpacho était excellent.

— Cela n'est pas extraordinaire, c'est peut-être le diable qui l'a fait.

— Le diable ! Dites-vous cela parce qu'elle n'épargne pas le piment, ou bien cette brave femme aurait-elle le diable pour cuisinier ?

— Qui sait ?

— Ainsi... elle est sorcière ?

Vicente tourna la tête d'un air d'inquiétude pour voir s'il n'était pas observé ; il hâta le pas du cheval d'un

---

1. Bistrée ; couleur de basane. La basane est une peau de mouton tannée. Une peau basanée, à une époque où le teint de lys et de roses est encore le critère suprême de la beauté féminine, ne peut être qu'un défaut...
2. « Mlle Carmencita » a peut-être servi de modèle pour Carmen qui, comme la « très jolie fille point trop basanée » de Murviedro, est, dit le narrateur, « infiniment plus jolie que toutes les femmes de sa nation que j'aie jamais rencontrées ». Carmen, d'ailleurs, se présente à l'archéologue sous le nom de « la Carmencita ».

coup de houssine ¹, et, tout en courant à côté de moi, il haussait légèrement la tête, ouvrant la bouche et levant les yeux en l'air, signe d'affirmation ordinaire à des gens qu'on serait tenté de croire silencieux à la difficulté que l'on éprouve pour en tirer une réponse à une question précise. Ma curiosité était excitée, et je voyais avec un vif plaisir que mon guide n'était pas, comme je l'avais craint, un esprit fort.

— Ainsi elle est sorcière ? dis-je en remettant mon cheval au pas. Et la fille, qu'est-elle ?

— Votre Seigneurie connaît le proverbe : *Primero p... ; luego alcahueta, pues bruja*\*. La fille commence, la mère est déjà arrivée au port.

— Comment savez-vous qu'elle est sorcière ? qu'a-t-elle fait qui vous l'ait prouvé ?

— Ce qu'elles font toutes. Elle donne le mal d'yeux\*\*, qui fait dessécher les enfants ; elle brûle les oliviers, elle fait mourir les mules, et bien d'autres méchancetés ².

— Mais connaissez-vous quelqu'un qui ait été victime de ses maléfices ?

— Si j'en connais ? J'ai mon cousin germain, par exemple, à qui elle a joué un maître tour.

— Racontez-moi cela, je vous prie.

— Mon cousin n'aime pas trop qu'on raconte cette histoire. Mais il est à Cadix maintenant, et j'espère qu'il ne lui en arriverait pas malheur si je vous disais...

J'apaisai les scrupules de Vicente en lui faisant

---

1. Baguette de bois flexible, souvent de houx, utilisée comme cravache.

\* D'abord c..., puis entremetteuse, puis sorcière.

\*\* *Mal de ojos*. Ce n'est pas le mal que reçoivent les yeux, mais que font les yeux, c'est la fascination du mauvais œil. On attache souvent au poignet des enfants, dans le royaume de Valence, un petit bracelet d'écarlate pour les préserver du mauvais œil.

2. Depuis *La Guzla*, Mérimée s'est intéressé particulièrement à cette superstition, cf. *Colomba, op. cit.,* pp. 230 et 269. Il a pu lire chez Borrow tout un chapitre consacré au « mauvais œil » chez les gitans.

présent d'un cigare. Il trouva l'argument irrésistible et commença de la sorte :

— Vous saurez, monsieur, que mon cousin se nomme Henriquez, et qu'il est natif du Grao[1] de Valence, marin et pêcheur de son état, honnête homme et père de famille, vieux chrétien comme toute sa race ; et je puis me vanter de l'être, tout pauvre que je suis, quand il y a tant de gens plus riches que moi qui sentent le marrane[2]. Mon cousin donc était pêcheur dans un petit hameau auprès de Peniscola, parce que, quoique né au Grao, il avait sa famille à Peniscola. Il était né dans la barque de son père ; ainsi, étant né sur mer, il ne faut pas s'étonner qu'il fût bon marin. Il avait été aux Indes, en Portugal, partout enfin. Quand il n'était pas embarqué sur un gros vaisseau, il avait sa barque à lui, et allait pêcher. À son retour, il attachait sa barque avec une amarre bien solide à un gros pieu, puis il allait se coucher tranquille. Voilà qu'un matin, partant pour la pêche, il va pour défaire le nœud de l'amarre ; que voit-il ?... Au lieu du nœud qu'il avait fait, nœud tel qu'en pourrait faire un bon matelot, il voit un nœud comme une vieille femme en ferait un pour attacher sa bourrique.

« — Les petits polissons se seront amusés dans ma barque hier soir, pensa-t-il ; si je les attrape, je les étrillerai d'importance.

« Il s'embarque, pêche et revient. Il attache son bateau, et, par précaution cette fois, il fait un double nœud. Bon ! Le lendemain, le nœud défait. Mon cousin enrageait, mais devine qui a fait le coup ?... Pourtant, il prend une corde neuve, et, sans se décourager, il amarre encore solidement son bateau ! Bah ! le lendemain plus de corde neuve, et en place un mauvais

---

[1]. Le port de Valence, à 5 kilomètres à l'est de la ville.
[2]. Nom donné en Espagne aux musulmans et juifs convertis (mais qui pratiquent souvent en secret les rites de leur religion). Le mot est souvent pris en mauvaise part, et signifie alors *traître, perfide*.

morceau de ficelle, débris d'un câble tout pourri. De plus, sa voile était déchirée, preuve qu'on l'avait déployée pendant la nuit. Mon cousin se dit :

« — Ce ne sont pas des polissons qui vont la nuit dans mon bateau ; ils n'oseraient pas déployer la voile de peur de chavirer. Sûrement, c'est un voleur.

« Que fait-il ? Il s'en va le soir se cacher dans sa barque, il se couche dans l'endroit où il serrait son pain et son riz quand il s'embarquait pour plusieurs jours. Il jette sur lui, pour mieux se cacher, une mauvaise mante, et le voilà tranquille. À minuit, remarquez bien l'heure, tout à coup il entend des voix comme si beaucoup de personnes s'en venaient courant au bord de la mer. Il lève un peu le bout du nez et voit... non pas des voleurs, Jésus ! mais une douzaine de vieilles femmes pieds nus et les cheveux au vent. Mon cousin est un homme résolu, et il avait un bon couteau bien affilé dans sa ceinture pour s'en servir contre les voleurs ; mais, quand il vit que c'était à des sorcières qu'il allait avoir affaire, son courage l'abandonna ; il mit la mante sur sa tête et se recommanda à Notre-Dame de Peniscola, pour qu'elle empêchât ces vilaines femmes de le voir.

« Il était donc tout ramassé, tout pelotonné dans son coin, et fort en peine de sa personne. Voilà les sorcières qui détachent la corde, larguent la voile et se lancent en mer. Si la barque eût été un cheval, on aurait bien pu dire qu'elle prenait le mors aux dents. Ce qu'il y a de sûr, c'est qu'elle semblait voler sur la mer. Elle allait, elle allait avec tant de vitesse, que le sifflement de l'eau fendait les oreilles, et que le goudron s'en fondait* ! Et il n'y a pas là de quoi s'étonner, car les

---

\* Je n'osai interrompre mon guide pour avoir l'explication de ce phénomène. Serait-ce que la vitesse du mouvement produisait assez de chaleur pour fondre le goudron ? On voit que mon ami Vicente, qui n'avait jamais été marin, n'employait pas fort habilement *la couleur locale* [1]. *(note 1, page 289)*

sorcières ont du vent quand elles en veulent, puisque c'est le diable qui le souffle. Cependant, mon cousin les entendait causer, rire, se trémousser, se vanter de tout le mal qu'elles avaient fait. Il y en avait quelques-unes qu'il connaissait, d'autres qui apparemment venaient de loin et qu'il n'avait jamais vues. La Ferrer, cette vieille sorcière chez qui vous vous êtes arrêté si longtemps, tenait le gouvernail. Enfin, au bout d'un certain temps, on s'arrête, on touche la terre, les sorcières sautent hors de la barque et l'attachent au rivage à une grosse pierre. Quand mon cousin Henriquez n'entendit plus leurs voix, il se hasarda à sortir de son trou. La nuit n'était pas très claire, mais il vit pourtant fort bien, à un jet de pierre du rivage, de grands roseaux que le vent agitait, et, plus loin, un grand feu. Soyez sûr que c'était là que se tenait le sabbat. Henriquez eut le courage de sauter à terre et de couper quelques-uns de ces roseaux ; puis il se mit dans sa cache avec les roseaux qu'il avait pris, et attendit tranquillement le retour des sorcières. Au bout d'une heure, plus ou moins, elles reviennent, se rembarquent, tournent le bateau, et voguent aussi vite que la première fois.

« — Du train dont nous allons, se disait mon cousin, nous serons bientôt à Peniscola.

« Tout allait bien lorsque tout à coup l'une de ces femmes se mit à dire :

« — Mes sœurs, voilà trois heures qui sonnent.

« Elle n'eut pas plus tôt dit cela, qu'elles s'envolent toutes et disparaissent. Pensez que c'est jusqu'à cette heure-là seulement qu'elles ont le pouvoir de courir le pays.

---

*(note 1 de la page précédente)*
1. La *couleur locale* a été un des principes de l'esthétique romantique. Cf. Préface à la réédition de *La Guzla* en 1840 : « Vers l'an de grâce 1827, j'étais romantique (...) Nous entendions par couleur locale ce qu'au XVIIe siècle on appelait *les mœurs* ; mais nous étions très fiers de notre mot et nous pensions avoir imaginé le mot et la chose. »

« La barque n'allait plus, et mon cousin fut obligé de ramer. Dieu sait combien de temps il fut en mer avant de pouvoir rentrer à Peniscola. Plus de deux jours ! Il arriva épuisé. Dès qu'il eut mangé un morceau de pain et bu un verre d'eau-de-vie, il alla chez l'apothicaire de Peniscola, qui est un homme bien savant et qui connaît tous les simples. Il lui montre les roseaux qu'il avait apportés.

« — D'où cela vient-il ? qu'il demande à l'apothicaire.

« — D'Amérique, répond l'apothicaire. Il n'en pousse de pareils qu'en Amérique, et vous auriez beau en semer la graine ici, elle ne produirait rien.

« Mon cousin, sans dire un mot de plus à l'apothicaire, s'en va droit chez la Ferrer :

« — Paca, dit-il en entrant, tu es une sorcière.

« L'autre de se récrier et de dire :

« — Jésus, Jésus !

« — La preuve que tu es sorcière, c'est que tu vas en Amérique et que tu en reviens en une nuit. J'y suis allé avec toi, telle nuit, et en voici la preuve. Tiens, voici des roseaux que j'ai cueillis là-bas. »

Vicente, qui m'avait conté tout ce qui précède d'une voix émue et avec beaucoup de chaleur, étendit alors la main vers moi, accompagnant son récit d'une pantomime convenable, et me présenta une poignée d'herbe qu'il venait d'arracher. Je ne pus m'empêcher de faire un mouvement, croyant voir les roseaux d'Amérique.

Vicente reprit :

— La sorcière dit :

« — Ne faites pas de bruit ; voici un sac de riz, emportez-le, et laissez-moi tranquille.

« Henriquez dit :

« — Non, je ne te laisse pas tranquille, que tu ne me donnes un sort pour avoir à volonté un vent comme celui qui nous a menés en Amérique.

« Alors, la sorcière lui a donné un parchemin dans une calebasse qu'il porte toujours sur lui quand il est en mer ; mais, à sa place, il y a longtemps que j'aurais jeté au feu parchemin et tout ; ou bien je l'aurais donné à un prêtre, car qui traite avec le diable est toujours mauvais marchand. »

Je remerciai Vicente de son histoire, et j'ajoutai, pour le payer de même monnaie, que, dans mon pays, les sorcières se passaient de bateaux, et que leur moyen de transport le plus ordinaire était un balai, sur lequel ces dames se mettaient à califourchon.

— Votre seigneurie sait bien que cela est impossible, répondit froidement Vicente.

Je fus stupéfait de son incrédulité. C'était me manquer, à moi qui n'avais pas élevé le moindre doute sur la vérité de l'histoire des roseaux. Je lui exprimai toute mon indignation, et je lui dis d'un ton sévère qu'il ne se mêlât pas de parler des choses qu'il ne pouvait comprendre, ajoutant que, si nous étions en France, je lui trouverais autant de témoins du fait qu'il pourrait en désirer.

— Si votre seigneurie l'a vu, alors cela est vrai, répondit Vicente ; mais, si elle ne l'a pas vu, je dirai toujours qu'il est impossible que des sorcières montent à califourchon sur un balai ; car il est impossible que, dans un balai, il n'y ait pas quelques brins qui se croisent, et alors voilà une croix faite ; et alors comment voulez-vous que des sorcières puissent s'en servir ?

L'argument était sans réplique. Je me tirai d'affaire en disant qu'il y avait balais et balais. Qu'une sorcière montât sur un balai de bouleau, c'est ce qu'il était impossible d'accorder ; mais sur un balai de genêt dont les brins sont droits et raides, sur un balai de crin, rien de plus facile. Tout le monde comprend sans peine qu'on peut aller au bout du monde sur un tel manche à balai.

— J'ai toujours entendu dire, monsieur, dit Vicente, qu'il y a beaucoup de sorciers et de sorcières dans votre pays.

— Cela tient, mon ami, à ce que nous n'avons pas d'inquisition chez nous [1].

— Alors, votre seigneurie aura sans doute vu de ces gens qui vendent des sorts pour toutes sortes de choses. J'en ai vu les effets, moi qui vous parle.

— Faites, lui dis-je, comme si je ne connaissais pas ces histoires-là ; je vous dirai ensuite si elles sont vraies.

— Eh bien, monsieur, on m'a dit qu'il y a, dans votre pays, des gens qui vendent des sorts aux gens qui en achètent. Moyennant un bon sac de piécettes, ils vous vendent un morceau de roseau avec un nœud d'un côté et un bon bouchon de l'autre. Dans ce roseau, il y a des petites bêtes *(animalitos)* au moyen desquelles on obtient tout ce qu'on demande. Mais vous savez mieux que moi comment on les nourrit... De chair d'enfant non baptisé, monsieur : et, quand il ne peut pas s'en procurer, le maître du roseau est obligé de se couper un morceau de chair à lui-même... (Les cheveux de Vicente se dressaient sur sa tête.) Il faut lui donner à manger une fois toutes les vingt-quatre heures, monsieur.

— Avez-vous vu un de ces roseaux en question ?

— Non, monsieur, pour ne point mentir ; mais j'ai beaucoup connu un certain Romero ; j'ai bu cent fois avec lui (lorsque je ne le connaissais pas pour ce qu'il était, comme je le connais à présent). Ce Romero était zagal* de son métier. Il fit une maladie à la suite de

---

1. Cf. *Une femme est un Diable*, p. 207, note 1. En France, l'Inquisition fut toujours tenue en suspicion par la royauté. Elle fut supprimée sous François I$^{er}$ en 1560. En Espagne, en revanche, elle devint très vite, entre les mains des « Rois Très Catholiques » une institution d'État. À son entrée en Espagne, Napoléon la supprima. Mais dès son retour Ferdinand VII la rétablit. Elle fut finalement abolie en 1820 par les libéraux. Cf. *Repères historiques,* p. 316.

* Le *zagal* est une espèce de postillon à pied. Il tient par la bride les deux mules de devant d'un attelage, et les dirige en courant lorsqu'elles sont lancées au galop. S'il s'arrête, la voiture lui passe sur le corps. Dans les nouvelles diligences, on appelle improprement *zagal* un homme qui attache le sabot, aide à charger la voiture, etc. C'est le *cad* des voitures anglaises.

laquelle il *perdit son vent*, de sorte qu'il ne pouvait plus courir. On lui disait d'aller en pèlerinage pour obtenir sa guérison ; mais lui, disait :

« — Pendant que je serai en pèlerinage, qui est-ce qui gagnera de l'argent pour faire de la soupe à mes enfants ? si bien que, ne sachant où donner de la tête, il se faufila parmi des sorciers et autre semblable canaille qui lui vendirent un de ces morceaux de roseaux dont j'ai parlé à votre seigneurie. — Monsieur, depuis ce temps-là, Romero aurait attrapé un lièvre à la course. Il n'y avait pas un zagal qui pût lui être comparé. Vous savez quel métier c'est, et combien il est dangereux et fatigant. Aujourd'hui, il court devant les mules sans perdre une bouffée de son cigare. Il courrait de Valence à Murcie sans s'arrêter, tout d'une traite. Mais il n'y a qu'à le voir pour juger ce que cela lui coûte. Les os lui percent la peau, et, si ses yeux se creusent toujours comme ils font, bientôt il verra derrière la tête. Ces bêtes-là le mangent.

« Il y a de ces sorts [1] qui sont bons à autre chose qu'à courir... des sorts qui vous garantissent du plomb et de l'acier, qui vous rendent *dur*, comme l'on dit. Napoléon en avait un, c'est ce qui a fait qu'on n'a pu le tuer en Espagne ; mais il y avait pourtant un moyen bien facile...

— C'était de faire fondre une balle d'argent, interrompis-je, me rappelant la balle dont un brave whig [2] perça l'omoplate de Claverhouse [3].

---

1. Dans son *Voyage en Corse*, Mérimée évoque ce « charme », ces « amulettes », en usage également en France, grâce auxquels « on se rendait dur, c'est-à-dire invulnérable ». Cf. *Colomba, op. cit.*, p. 270.
2. Mot écossais, abréviation de *whiggamore*, voiturier. En 1648, une bande de ces *whiggamores* écossais, armés de leurs aiguillons, s'opposa au pouvoir royal. De là serait venu l'usage du mot *whig* pour désigner un parti opposé à la Cour.
3. Selon la légende, Sir John Graham de Claverhouse (1650-1689), dont Walter Scott a fait le héros d'un de ses récits *(Old Mortality)*, aurait été tué par un bouton d'argent gravé d'une croix.

— Une balle d'argent pourrait être bonne, reprit Vicente, si elle était fondue avec une pièce de monnaie sur laquelle il y aurait la croix, comme sur une vieille piécette ; mais ce qui vaut encore mieux, c'est de prendre tout bonnement un cierge qui ait été sur l'autel pendant qu'on dit la messe. Vous faites fondre cette cire bénite dans un moule à balles, et soyez certain qu'il n'y a ni sort, ni diablerie, ni cuirasse qui puisse garantir un sorcier contre une telle balle. Juan Coll[1], qui a fait tant de bruit dans le temps aux environs de Tortose, a été tué par une balle de cire que lui tira un brave miquelet, et, quand il fut mort et que le miquelet le fouilla, on lui trouva la poitrine toute couverte de figures et de marques faites avec de la poudre à canon, des parchemins pendus au cou, et je ne sais combien d'autres brimborions. Jose Maria, qui fait tant parler de lui maintenant en Andalousie, a un charme contre les balles ; mais gare à lui si on lui lâche des balles de cire ! Vous savez comme il maltraite les prêtres et les moines qui tombent entre ses mains : c'est qu'il sait qu'un prêtre doit bénir la cire qui le tuera. »

Vicente en eût dit bien davantage si dans ce moment le château de Murviedro, que nous aperçûmes au tournant de la route, n'eût donné un autre tour à notre conversation.

---

1. Maurice Parturier (Mérimée : *Romans et Nouvelles*, Classiques Garnier, 1967, t. II, p. 620) avoue n'avoir pas pu identifier ce personnage. Il rappelle que, dans *La Vénus d'Ille*, un certain Jean Coll participe à la découverte de la fatale statue.

# CORRESPONDANCE [1]
Deux lettres d'Espagne
(voyage de 1830)

---

1. Mérimée : *Correspondance générale,* édition établie et annotée par M. Parturier, P. Josserand et J. Mallion, Le Divan, 1941 et s.

# À ALBERT STAPFER

Séville, 4 septembre 1830

Je ne me console pas d'avoir manqué un spectacle qui ne se donne que tous les mille ans[1]. Voilà deux représentations que je manque, la première pour être né un peu trop tard, et l'autre (représentation extraordinaire à notre bénéfice) pour ce malheureux voyage d'Espagne. Si je restais plus longtemps dans ce pays-ci, peut-être verrais-je l'équivalent du spectacle dont vous avez joui. La musique française[2] a ici bien des partisans, et je ne doute pas que d'ici à six mois elle ne soit généralement adoptée dans la Péninsule, à moins que les directeurs de théâtres n'aient le bon esprit de prévenir les demandes du public, en faisant jouer nos opéras. J'ai appris avec grand plaisir, mais sans surprise la conduite de nos amis. Rappelez-moi à leur souvenir et dites-leur combien je les aime.

J'avais commencé à écrire quelque chose sur le musée

---

1. Il s'agit de la révolution de juillet 1830 en France.
2. La métaphore de la musique désigne les idées libérales qui viennent de triompher à Paris.

de Madrid et sur l'école espagnole en général [1] quand j'ai reçu la nouvelle du 25 j[uillet]. J'ai tout laissé m'imaginant que vous n'en aviez que faire. Maintenant, voyageant trop rapidement je n'ai plus le temps de mettre mes notes en ordre. À mon retour, si cela peut vous être agréable, j'aurai bien des choses à vous dire sur Murillo, Velasquez, etc. Le maréchal Soult a laissé ici bien des richesses et à peine s'aperçoit-on de son passage. J'aurai aussi à vous parler du caractère singulier du peuple de ce pays. La canaille est ici intelligente, spirituelle, remplie d'imagination, et les classes élevées me paraissent au-dessous des habitués d'estaminet et de roulette de Paris. Je ne sais si c'est à la demi-éducation qu'ils reçoivent que l'on doit attribuer les préjugés et la sottise des gens comme il faut. Il me semble qu'un savetier espagnol peut être bon pour les emplois les plus élevés, et un grand peut tout au plus devenir un bon toréador [2]. À propos de taureaux, sachez que c'est le plus beau spectacle que l'on puisse voir. Il est certain qu'il n'y a rien de plus cruel, de plus féroce que les courses de taureaux ; mais prenez

---

1. Cet article sera publié en mars 1831 dans *L'Artiste* et repris par la même revue, après la mort de Mérimée, en septembre 1871, sous le titre : « Les Grands Maîtres du musée de Madrid ».
2. Cf. lettre à Jenny Dacquin, juillet-août 1832, Cor. gén., pp. 174-175. « Je ne supporte la mauvaise société qu'à de rares intervalles, et par une curiosité inépuisable de toutes les variétés de l'espèce humaine. Je n'ose jamais aborder la mauvaise société en hommes. Il y a là quelque chose de trop repoussant, surtout chez nous ; car, en Espagne, j'ai toujours eu des muletiers et des toreros pour amis. J'ai mangé plus d'une fois à la gamelle avec des gens qu'un Anglais ne regarderait pas, de peur de perdre le respect qu'il a pour son propre œil. J'ai même bu à la même outre qu'un galérien. Il faut dire aussi qu'il n'y avait que cette outre et qu'il faut boire quand on a soif. — Ne croyez pas pour cela que j'aie une prédilection pour la canaille. J'aime simplement à voir d'autres mœurs, d'autres figures, à entendre un autre langage. Les idées sont toujours les mêmes, et si l'on fait abstraction de tout ce qui est convention ou règle, je crois qu'il y a du savoir-vivre ailleurs que dans un salon du faubourg Saint-Germain.

M. Appert[1] le philanthrope, et forcez-le d'assister à une corrida, je parie qu'il en deviendra plus amateur que les Espagnols eux-mêmes. Moi qui vous parle, qui ne puis voir saigner un malade sans éprouver une émotion désagréable, j'ai été voir les taureaux seulement pour l'acquit de ma conscience, afin de voir tout ce qu'il y a d'étrange à voir. Eh bien ! maintenant j'éprouve un indicible plaisir à voir piquer un taureau, éventrer un cheval, culbuter un homme. À une des dernières courses de Madrid, j'ai été scandaleux. On m'a dit, mais j'ai peine à le croire, que j'avais applaudi avec fureur, non le matador, mais le taureau au moment où il enlevait, sur ses cornes, cheval et homme. On s'intéresse à un taureau, à un cheval, à un homme dix fois, mille fois plus qu'à un personnage de tragédie. Je ne m'étonne plus que les gens qui une fois par semaine voient tuer une douzaine de taureaux ne puissent prendre goût à des ouvrages dramatiques.

Les théâtres, j'en excepte l'Opéra italien, sont encore moins suivis qu'à Paris, et c'est encore Scribe qui, comme à Paris, a seul le talent d'attirer des spectateurs. J'ai vu jouer *le Mariage de raison*[2] orné de quelques changements assez pitoyables. Les acteurs sont détestables, les femmes ont plus de naturel que les hommes, d'ailleurs elles sont très jolies. Les directeurs ici comme chez nous font banqueroute et se plaignent du mauvais goût de leur siècle.

Depuis que j'ai vu Séville et Cordoue, je me sens tenté de me faire turc. Tout ce qu'il y a de beau et d'utile est l'ouvrage des Maures. Leurs aqueducs abreuvent encore toutes les villes du midi, sans que les habitants chrétiens se soient jamais donné la peine de les

---

1. Philanthrope célèbre qui s'occupa d'adoucir le sort des prisonniers. Stendhal cite son nom dans *Rome, Naples et Florence* et dans *Le Rouge et le Noir*.
2. Pièce de Scribe, représentée pour la première fois au *Gymnase* le 10 octobre 1826.

réparer. Ils ont défiguré leurs mosquées pour en faire des églises et dans les maisons particulières les barbares ont caché sous un badigeonnage épais les ornements délicieux que les architectes arabes savaient si bien employer. L'Alcazar de Séville, et la mosquée de Cordoue, maintenant la cathédrale, étaient couverts du haut en bas d'arabesques de couleur, maintenant on a recouvert tout cela d'une couche de plâtre ; c'est l'usage de peindre tout en blanc, c'est la seule propreté d'un pays où l'on mange des mouches dans la soupe dans les meilleures maisons. Par le même amour pour le blanc ils nettoient avec du sable des statues antiques et les rendent aussi éclatantes que les figures d'albâtre des pendules que vous voyez dans la rue de Richelieu.

À mon retour n'allez pas me demander des cigares. Sachez que S. M. C., que Dieu garde beaucoup d'années ! n'entend pas que ses sujets fument d'autre tabac que celui qu'il a la bonté de leur vendre. Or ce tabac est si mauvais qu'on est obligé d'avoir recours aux contrebandiers lesquels n'ont point de honte de vous faire payer cinq sous un cigare potable. J'imagine que sous le G[ouvernemen]t C[onstitutionnel] nous ne fumerons que de bons cigares et à bon marché. C'est dans cette espérance que je vous laisse. Je vais affranchir ma lettre, l'heure de la poste me presse et je n'ai pas le temps de vous dire nombre de choses curieuses qui me viennent à l'esprit. Je serai à Paris vers le 20 octobre. »

Comte RAMPONNEAU [1].
(t. I, pp. 71-73)

---

1. Mérimée s'amusait souvent à signer ses lettres de pseudonymes fantaisistes. Ainsi, par exemple : Baron H. Modesto, ou, mieux encore, Don Fiero Ferocios de Corto-Cabeza...

## À SOPHIE DUVAUCEL

Grenade, 8 octobre 1830

Savez-vous bien, Mademoiselle, qu'en vous écrivant, je fais une action sublime ? Vous n'ignorez pas que je suis coutumier de semblables actions. Apprenez donc que l'affranchissement de cette lettre jusqu'à Irun va me coûter une piécette. (Certes, mon style vaut bien cela !) Or, le banquier sur qui j'avais une lettre de crédit n'est pas à Grenade et je me trouve à la tête de neuf francs pour tout potage, sans trop savoir comment je ferai pour payer mon auberge, un cheval pour me sortir d'ici, etc. Voyez un peu la magnanimité : je sacrifie la neuvième partie de ma fortune pour vous écrire et je me fie, pour le reste, à la Providence et à une autre lettre de crédit que j'attends par le prochain courrier.

Je ne vous dirai rien de l'Alhambra : vous l'avez dans votre bibliothèque ; mais croyez que vous n'êtes pas dispensée de faire le voyage de Grenade et qu'aucun livre in-quarto, voire même in-folio, ne pourra vous donner une idée de la Cour des Lions et de la Salle des Ambassadeurs. Après-demain, je dîne avec un noble et aimable Grenadin, au milieu de ces ruines vénérables. Imaginez un peu le plaisir que j'aurai à boire de bon vin de Jerez, dans le palais de Boabdil !

J'aime mieux vous parler de la pénitence qu'il faut

accomplir pour voir tant de merveilles. Par un triste hasard, je me suis trouvé retenu cinq jours dans la petite ville d'Algésiras, attendant des mules, des chevaux ou des vaisseaux. Vinrent enfin des ânes, et sur cette noble monture, je me mis en route en compagnie d'un honnête Prussien, mon compagnon d'infortune, et d'une demi-douzaine de muletiers, ou, pour mieux dire, d'âniers. Il nous a fallu huit jours pour gagner Grenade. Il est vrai que nous avions le chemin le plus romantique du monde, c'est-à-dire le plus montueux, le plus pierreux, le plus désert qui puisse exercer la patience d'un voyageur qui, depuis trois mois, est à bonne école pour se former à cette vertu. Les peuples, sur notre passage, accouraient en foule, admirant notre accoutrement étrange, nos casquettes surtout qui, en Andalousie, sont presque séditieuses : *Senor Ynglesito sera...* Car quel autre qu'un Anglais pourrait pousser la manie des voyages jusqu'à s'enfoncer dans la Sierra de Ronda ?

Vous vous représentez les Espagnols comme des gens fort graves et silencieux et ce sont, au contraire, les plus grands bavards et les plus impitoyables questionneurs, les Andalous surtout. J'entre dans une boutique d'une mauvaise petite ville de montagnes, et je demande des cigares. — Ah ! vous êtes étranger ? — Oui. — Inglesito ? (Les Andalous se servent toujours de diminutifs.) Non. — Français ? — Oui. — Militaire ? — Non. — Marchand ? — Non. — Qui êtes-vous donc ? — Un homme qui demande des cigares. — Est-il vrai qu'il vient des soldats de là-bas ? (Ici, je ferme les deux yeux et baisse les deux coins de ma bouche, ce qui veut dire : « je ne sais pas ».) — Et étiez-vous en France quand est arrivée cette algarade ?... — Non. Survient une femme qui me regarde sous le nez et tâte le drap de mon habit. La femme : Est-ce que c'est du drap de là-bas ? Quelle belle mante on ferait avec cela. Les Françaises sont-elles jolies ? Êtes-vous marié ? Parlez donc un peu français pour voir quelle langue c'est. Moi : — Que le diable vous emporte. Quelle drôle de langue, on ne l'entend pas et ils s'entendent entre eux !

Vous savez que j'attache quelque importance à un bon dîner. Jugez de l'extrémité où j'étais réduit. En lisant mon menu, vous allez frémir d'horreur. Il est bon que vous sachiez d'abord que dans une auberge espagnole on trouve assez souvent du pain et de l'eau, mais pas autre chose. En conséquence, nous étions obligés d'acheter notre dîner d'avance. Souvent, j'ai porté en croupe un coq vivant dont je devais souper le soir. Il ne fallait rien moins que l'appétit que donne l'air des montagnes pour me rendre insensible au sort de cet infortuné volatile et particulièrement à la dureté de sa chair. Le coq, au bout du voyage, est tué, plumé, mis en quartiers et jeté dans une grande poêle avec de l'huile, beaucoup de piment et du riz. Le tout étant censé cuit, on sert la poêle sur une petite table haute de deux pieds, et mon Prussien, le muletier, son garçon et moi, nous mangeons à la gamelle, chacun armé d'une petite cuiller de bois fort courte. Le muletier était le plus sale cochon de l'Andalousie ; mais il serait inutile, ou plutôt il serait indécent et extravagant de demander une assiette à part, ou de prier que l'on servît les cheveux séparément pour l'usage de ceux qui les aiment.

Ce souper, digne des temps héroïques, étant achevé, nous disons des douceurs à la fille de la maison, tout en fumant nos cigares, puis nous allons nous jeter tous les deux sur un matelas épais comme une brochure à dix sous et nous dormons enveloppés dans nos manteaux, quand les punaises ne sont pas trop affamées. Samedi dernier, nous avions un matelas pour chacun et nous nous préparions à dormir comme des rois, quand sont survenus trois autres voyageurs, gens de bonne mine et paraissant éduqués. Nous avons montré, dans cette occasion, une haute vertu en offrant à ces pauvres diables de partager nos lits. Les matelas étant très étroits, il n'a pas été facile de nous arranger pour dormir cinq, là où il n'y avait place que pour deux.

Cependant, la Providence étant grande et le sommeil aussi grand, nous avons dormi.

Je ne vous ai parlé que des désagréments et voudrais vous dire quelque chose des beautés du voyage, mais les descriptions ne sont pas mon fort. Vous êtes peintre : arrangez des montagnes, des rochers, des châteaux en ruines, la mer (N.B. que vous peindrez avec le cobalt le plus beau) et un ciel tantôt d'un azur foncé, tantôt chargé de nuages d'orage bien noirs. N'allez pas vous aviser de mettre des arbres dans le paysage ; les arbres lui ôteraient tout son caractère espagnol. Je vous permets les aloès et les cactus, nopals, *higa chumbera*, dont je vous souhaite de manger les fruits. Avec de l'herbe sèche et quelques buissons par-ci par-là. En vérité, tout cela est si beau, que l'on a oublié la dureté des poules et des matelas, les punaises, etc.

Je n'ai rien à vous dire des voleurs ; on dit que le pays en fourmille, mais je n'en ai pas rencontré. De quoi vivent ces pauvres diables, les voyageurs sont si rares ! Je suis passé dans une *venta* que dix-huit de ces messieurs avaient pillée la veille, à ce que nous disait le *ventero* ; mais je ne conçois pas ce que l'on peut prendre dans une *venta*, excepté des bancs de bois et la poêle à frire.

À Loja, j'ai vu quelque chose de plus tragique. La veille (j'ai le malheur de n'arriver jamais que le lendemain) un orage avait produit un torrent énorme qui, tombant d'une sierra élevée et entraînant avec lui des oliviers et de grosses pierres, a détruit trois maisons qui se trouvaient sur son passage. L'inondation a été si subite que personne n'a pu se sauver. Une des maisons était une école de petites filles qui, étant en classe dans ce moment, ont toutes péri. Le matin même, on en avait enterré onze, et à peu près autant avaient été entraînées trop loin pour qu'on pût retrouver leurs corps. La violence de l'eau était telle, qu'une très grosse pierre, qui servait pour une prise d'eau, pesant près de cinq cents livres, a été portée à près d'une demi-lieue de distance. Les gens du pays nous ont dit que cela était arrivé par un châtiment de Dieu. Qu'avaient fait ces pauvres petites filles pour être noyées et écrasées par les rochers !

Je voudrais vous dire quelque chose des Espagnoles et surtout des Andalouses, mais je n'ai plus de papier. Quant à l'article *pieds*, avant d'avoir vu Cadiz, j'ai accusé les voyageurs d'exagération ; mais, après avoir vu la promenade, un dimanche, et les souliers qui s'y promenaient, j'ai trouvé qu'on n'avait pas assez loué leur petitesse et leur élégance. Figurez-vous une petite femme noire avec des dents blanches comme la porcelaine de Sèvres, des yeux et des pieds de même grandeur, et des cheveux qui traîneraient à terre si on ne les rattachait sur le haut de la tête avec un peigne de dix-huit pouces de haut. Voilà la moyenne des Gaditanas (*i.e.* des dames de Cadiz). *Vide* le dessin explicatif.

[Mérimée a dessiné les deux croquis d'une Andalouse, l'une de face, l'autre de dos. Il a indiqué au-dessous de la première : « Dame de Cadix » ; et au-dessous de la seconde : « Id[em] vue de dos ». Les deux croquis sont accompagnés de la légende suivante, dont les lettres, répétées sur le dessin, se réfèrent aux différentes parties du costume :]

### Explication de la figure ci-jointe

A. — Peigne d'écaille. N.B. Il faut deux tortues pour en faire un.
B. — Robe de satin noir faite à la française (on ne porte plus la basquine).
C. — Éventail.
D. — Mantille de dentelle noire.
E. — Pieds ou pattes de mouches qui en tiennent lieu.

P\MÉRIMÉE.

*Ibid.*, pp. 74-78.

# DOSSIER HISTORIQUE ET LITTÉRAIRE

| | |
|---|---:|
| **REPÈRES BIOGRAPHIQUES** | 309 |
| **REPÈRES HISTORIQUES** : L'Espagne au temps de Mérimée | 315 |
| **LA MODE ESPAGNOLE EN FRANCE DANS LA PREMIÈRE MOITIÉ DU XIXᵉ SIÈCLE** : quelques repères | 319 |
| **BOHÉMIENS, GITANOS, ZIGEUNER, ETC.** | 321 |
|    I - Histoire et légende | 321 |
|    II - Persécutions | 325 |
|    III - « Gitanerías » (Borrow, Gautier) | 327 |
|    IV - La *Bar Lachi* ou pierre d'aimant (Borrow) | 333 |
|    V - Gitanes : | 335 |
|       - La gitane de Séville (Borrow) | 335 |
|       - Preciosa, la « Gitanilla » (Cervantès) | 338 |
|       - Zemphira la Tzigane (Pouchkine) | 341 |
|       - La Esmeralda (Hugo) | 347 |
|    VI - Vie et mœurs des gitans : | 349 |
|       - Misères... (Cervantès) | 349 |
|       - ...et grandeur (Cervantès) | 350 |
|    VII - Mérimée sur la piste des gitans | 353 |
| **DOCUMENTS** | |
|    I - De la nouvelle au livret d'opéra-comique | 359 |
|    II - Don Pèdre Iᵉʳ, roi de Castille et personnage de fiction | 374 |
|    III - Les amours de don Pèdre Iᵉʳ et de Maria Padilla, reine des gitans | 375 |
|    IV - La rue du *Candijero* | 379 |
|    V - *Tra los Montes :* un romantique en Espagne (Th. Gautier) | 381 |
| Bibliographie | 389 |
| Filmographie | 391 |
| Discographie | 393 |
| Vidéographie | 394 |

# REPÈRES BIOGRAPHIQUES

1803  28 septembre. Naissance à Paris de Prosper Mérimée, fils de Léonor Mérimée (peintre, élève de David, sera nommé en 1807 secrétaire de l'école des Beaux-Arts) et d'Anne-Louise Moreau (petite-fille de M<sup>me</sup> Le Prince de Beaumont, l'auteur de *La Belle et la Bête*). Milieu artiste, cultivé, mais de goûts et de mœurs bourgeois. Vit avec ses parents dans l'appartement de fonctions du père jusqu'à la mort de celui-ci en 1836, puis, toujours célibataire, s'installe rue Jacob avec sa mère qui meurt en 1852.

1822  Première rencontre avec Stendhal, « le grand homme ». (Cf. Stendhal in *Souvenirs d'égotisme* : « le meilleur de mes amis actuels » (1832).)

1824  Articles, non signés, in *Le Globe* sur le théâtre et les acteurs espagnols.

1825  Publication du *Théâtre de Clara Gazul*, attribué à une comédienne espagnole. Grand succès d'estime dans le milieu littéraire, partiellement à cause de la supercherie, vite percée à jour.

1827  Publication de *La Guzla*, « choix de poésies illyriques recueillies dans la Dalmatie, la Bosnie, la Croatie et l'Herzégovine » : 28 ballades, trois « dissertations » sur l'auteur supposé, Hyacinthe Malglanowitch, censé chanter ses œuvres en s'accompagnant de sa « guzla », et une préface du « traducteur ». Encore une supercherie littéraire, transparente (Gazul/Guzla).
Rencontre avec Émilie Lacoste. Liaison.

1828  Duel avec M. Lacoste où Mérimée, qui joue « le rôle passif de cible », est blessé. Le mari part pour l'Amérique...
Publication de *La Jacquerie*, « scènes féodales » et de *La Famille de Carjaval*, « tragédie immorale ».

1829 Publication de la *Chronique du règne de Charles IX*, où Mérimée liquide son romantisme et se fait peintre du réel.

1829-1830 : Publication dans la *Revue de Paris* des récits *(Mateo Falcone, Vision de Charles IX, L'Enlèvement de la Redoute, Tamango, La Partie de Trictrac)* et des « romances imitées de... » qui seront réunis en 1833 dans le recueil *Mosaïque*, ainsi que du *Carrosse du Saint-Sacrement* qui sera ajouté au *Théâtre de Clara Gazul* (édition de 1830).

1830 Voyage en Espagne (Séville, Grenade, Cordoue, Madrid, Valence). Il dira plus tard : « J'allais être amoureux quand je suis parti pour l'Espagne. C'est une des belles actions de ma vie. Celle qui a causé mon voyage n'en a jamais rien su. » (Lettre à Jenny Dacquin, 25 septembre 1832.) Rencontre la comtesse de Montijo — mère de la future impératrice Eugénie — avec qui il noue une amitié solide. Entretient une correspondance suivie jusqu'à sa mort.
Écrit les quatre *Lettres d'Espagne*, qui témoignent de son intérêt pour la « couleur locale » espagnole (corridas, bandits, sorcières...) et seront publiées dans la *Revue de Paris* (1831-1833).
Changement de régime en France : monarchie de Juillet.

1831 Nommé chef de bureau au ministère de la Marine. Suivra son ministre au Commerce et Travaux publics, puis à l'Intérieur.

1832 Chevalier de la Légion d'honneur.
Mène jusqu'en 1834, à Paris, ce qu'il appelle une vie de « vaurien ». Liaison avec une actrice, Céline Cayot, dont il fera *Arsène Guillot* (1844) et qui a inspiré Stendhal pour *Lamiel* et *Lucien Leuwen*.
Engage une correspondance avec une « inconnue » qui signe « Lady Algernon Seymour » et s'appelle, en réalité, Jenny Dacquin. La jeune femme a peut-être inspiré le personnage de Miss Lydia Nevil dans *Colomba*. Les *Lettres à une Inconnue* seront publiées en 1873, avec une préface de Taine.
Fin de la liaison avec Émilie Lacoste.

1833 Publication de *La Double Méprise*.

1834-1853 : Nommé inspecteur général des Monuments historiques par Thiers. Se consacre avec passion à son nouveau métier, dresse un inventaire, forme des architectes et des fonctionnaires, sauve des monuments en péril (en particulier des petites chapelles romanes oubliées...). Fait d'innombrables tournées d'inspection (cf. *Notes d'un voyage dans le midi de la France* (1835), *dans l'ouest de la France* (1836), *en Auvergne* (1838), *en Corse* (1840)), rédige des rapports, intervient dans des commissions, etc. Sa *Correspondance* donne un vivant témoignage de ses voyages d'inspection.
Publication des *Âmes du Purgatoire*.

1835   Les Montijo, fuyant l'épidémie de choléra et les troubles politiques, séjournent à Paris.

1836   Liaison avec M$^{me}$ Delessert, qui durera jusqu'en 1854.
Mort de Léonor Mérimée.

1837   Publication de *La Vénus d'Ille*.
M$^{me}$ de Montijo à Versailles.

1839   Dans la *Revue des Deux-Mondes*, publie « Le Salon de 1839 », non signé. Voyage en Corse, puis en Italie avec Stendhal.
Mort de M. de Montijo.

1840   La *Revue des Deux-Mondes* publie *Colomba*. Voyage en Espagne (Madrid, Carabanchel, Burgos, Vittoria, Tolosa).

1841   Voyage en Orient (Athènes, Éphèse, Constantinople, Magnésie du Méandre).
G. Borrow : *The Zincalis*.

1843   Membre de l'Académie des Inscriptions et Belles-Lettres.
Séjour à Paris de M$^{me}$ de Montijo et de ses filles.

1844   Publication des *Études d'histoire romaine*.
Élu à l'Académie française, où il succède à Nodier (14 mars). Le lendemain, la publication d'*Arsène Guillot (Revue des Deux-Mondes)* fait scandale.

1844-1845 : A. F. Pott : *Die Zigeuner in Europa und Asien*.

1845    Publication dans la *Revue des Deux-Mondes* de *Carmen*.
Octobre : voyage à Metz ; rencontre d'une « horde de bohémiens ».
Sa carrière d'homme de lettres semble prendre une orientation différente, plus académique. Avec *L'Abbé Aubin* (1846) et la publication en volume de *Carmen* (1847), Mérimée met provisoirement un terme à sa production romanesque. Il y reviendra avec *La Chambre bleue* (1866) et *Djoûmane* (1868) qui ne seront publiés qu'après sa mort, en 1873 (avec *Il Viccolo di Madama Lucrezia* écrit sans doute en 1846), et avec *Lokis* publié en 1869.

1846    Voyage à Barcelone.

1847-1848 : *Don Pèdre*.

1848    Révolution de Juillet. Seconde République, dont il dit qu'elle lui a fait voir, dans ses débuts, « les choses les plus horribles ».
S'intéresse au russe, qu'il apprend, à la littérature et à l'histoire russes. Jusqu'à la fin de sa vie, il publie des traductions de Pouchkine et de Tourgueniev, des articles et des essais sur la littérature et l'histoire russes. Nommé membre correspondant de la *Real Academia de Historia*.

1850    *H.B.* (sur Stendhal, Henri Beyle), publié à 25 exemplaires.

1851    Coup d'État du 2 décembre. Second Empire.

1852    Officier de la Légion d'honneur.
Mort de M$^{me}$ Mérimée.
Affaire Libri : condamné à quinze jours de prison et 1 000 francs d'amende pour avoir pris, dans un article, la défense du mathématicien Libri, accusé d'avoir volé des livres précieux dans les bibliothèques qu'il était chargé d'inspecter.

1853    Napoléon III épouse Eugénie de Montijo. Mérimée devient un familier du couple impérial, participe aux divertissements de la Cour, voire les organise ; il se définit un jour lui-même comme « le fou de Sa Majesté l'Impératrice ».

Nommé sénateur.
Rupture, douloureusement ressentie, avec Mme Delessert.
Septembre-décembre : voyage en Espagne.

1855 Édition revue et annotée des *Aventures du baron de Foeneste* d'Agrippa d'Aubigné.
À partir de 1856, sa santé déclinant, passe tous ses hivers à Cannes.

1857-1858 : Voyages en Angleterre, où il étudie l'organisation de la Bibliothèque du British Museum.
« Rapport sur les modifications à introduire dans l'organisation de la Bibliothèque impériale ».

1858-1859 Introduction et notes pour l'édition des *Œuvres complètes* de Brantôme.

1859 Octobre-novembre : séjour à Madrid.

1860 Commandeur de la Légion d'honneur.

1860-1864 : Voyages réguliers en Angleterre.
Voyage en Espagne.

1866 Réconciliation avec Mme Delessert : « Il m'a semblé que vous m'ôtiez une épine du cœur... »
Grand officier de la Légion d'honneur.
Son état de santé s'aggrave.

1869 Publication de *Lokis* dans la *Revue des Deux-Mondes.*
Novembre : finit sa *Notice sur Cervantès*, publiée en 1870.
*Le Figaro* annonce sa mort...

1870 Guerre et défaite. Fin de l'Empire.
Le 8 septembre, quitte Paris pour Cannes où il meurt le 23 septembre. Enterré au cimetière protestant.

1871 Pendant la Commune, son appartement parisien, 52, rue de Lille, est incendié. Tous ses livres et papiers — dont les notes et documents sur les gitans — sont brûlés.

1875 3 mars : première représentation de l'opéra-comique tiré de *Carmen*. Musique G. Bizet, livret de Meilhac et Halévy.

# REPÈRES HISTORIQUES :
## L'Espagne au temps de Mérimée

1804  Napoléon fait entrer l'Espagne en guerre contre l'Angleterre. Après la défaite de Trafalgar, les troupes françaises pénètrent en Espagne où Napoléon envisage d'établir un protectorat.

1808  Le roi Charles IV abdique en faveur de son fils Ferdinand VII. Napoléon obtient l'abdication du nouveau roi. Joseph Bonaparte devient roi d'Espagne et promulgue une *constitution*. Il est soutenu par les « afrancesados », issus des classes supérieures de la société.

Début de la *guerre d'Indépendance*. Les Français doivent affronter non seulement l'armée régulière espagnole mais aussi les *guerilleros* qui s'attaquent aux voies de communication. Création du corps des *miquelets français*. Guerre acharnée, féroce de part et d'autre (cf. Goya).

S'ouvre alors pour l'Espagne une ère d'instabilité politique, marquée par des guerres (guerres contre les colonies d'Amérique soulevées et, l'une après l'autre, perdues, sauf Cuba et Puerto Rico ; guerres civiles), par la lutte entre les partisans de l'absolutisme et ceux du régime libéral, puis entre les modérés et les progressistes, par l'intervention continuelle de l'armée dans la vie politique, par des changements constants de constitution. Ces troubles appauvrissent l'Espagne qui cesse de tenir en Europe le rôle d'une grande puissance. Par ailleurs la faiblesse du pouvoir central favorise banditisme et brigandage.

1813 La défaite de Vittoria, où Wellington écrase les troupes françaises, met fin à la *guerre d'Indépendance.*

Si les Espagnols étaient presque tous hostiles à l'occupation française, leurs options de politique intérieure étaient fort différentes. Les masses populaires, surtout paysannes, restaient dans l'ensemble fidèles au roi et à la religion. Les élites, en revanche, se divisaient en *réformistes* modérés et en *libéraux* avancés.

Les libéraux, qui se réclament des principes de la Révolution française, gouvernent de 1811 à 1813. Ils prennent des mesures contre le régime seigneurial, contre les privilèges de l'Église et suppriment l'Inquisition. Ils élaborent et promulguent la *Constitution de 1812* (principe de l'unité et de la souveraineté nationales ; assemblée unique ; limitation des pouvoirs du roi).

1814 Ferdinand VII rentre en Espagne. Il déclare nulles et non avenues les réformes libérales, supprime la Constitution de 1812 et rétablit l'Ancien Régime, y compris l'Inquisition.

Nombreuses conspirations libérales.

1820 *Révolution de 1820 :* Ferdinand VII doit accepter la Constitution de 1812 ; l'Inquisition est de nouveau supprimée.

1820-1823 : Les libéraux sont au pouvoir. Les partisans de la royauté absolue entrent en guérilla.

1823 Fin du régime libéral, abolition de la Constitution de 1812 et rétablissement de l'absolutisme, grâce à l'intervention armée de la France.

1829 Mariage de Ferdinand VII avec Marie-Christine des Deux-Siciles, dont il aura deux filles.

1833 Mort de Ferdinand VII. La loi salique ayant été abolie, Isabelle II (âgée de trois ans !) lui succède. La reine Marie-Christine assure la régence. Elle a l'appui des libéraux, tandis que les absolutistes prennent le parti de Don Carlos, frère du roi, qui, réfugié au Portugal, s'est déclaré roi.

Début des *guerres carlistes* qui dureront jusqu'en 1840.

Les *libéraux* sont soutenus par la France et l'Angleterre, les *carlistes* par la Prusse, l'Autriche et la Russie.

Les libéraux au pouvoir se divisent en *modérés* et *progressistes*.

1834 Un statut royal établit la *Charte* de la monarchie constitutionnelle espagnole. Abolition des *fueros* des provinces privilégiées.

1834-1835 : Épidémie de choléra.

1836 Nationalisation des biens du clergé régulier.

> [...] Ce ne serait rien encore que cette guerre-là si l'on se bornait à tuer, mais les coquins démolissent les églises et vendent les tableaux. Le plus beau cloître de Madrid, il n'était pas fort ancien, vient d'être abattu par ordre de M. Mendizabal [1], qui veut faire sa cour aux exaltés. Je commence à croire au triomphe final de don Carlos, et il serait assuré s'il n'était pas accompagné de tant de potences toutes prêtes. Les faiseurs de romans doivent se réjouir qu'on leur laisse un pays poétique et sauvage, mais il est bien triste de voir tant d'honnêtes gens sacrifiés ainsi pour les menus plaisirs de quelques imbéciles. [...]
>
> (Lettre à Jaubert de Passa, 6 mars 1836, *Correspondance générale, op. cit.,* t. II, p. 16.)

1837 Nouvelle *Constitution*, plus libérale et démocratique que celle de 1812 qui marque la fin de l'Ancien Régime économique et social et fonctionnarise le clergé.

Malgré les réformes libérales, les *latifundias* ne sont pas supprimées et les masses paysannes n'ont toujours pas accès à la propriété.

1839 Fin des guérres civiles. Don Carlos se réfugie en France. Mais maintien de guerillas carlistes locales.

1840 Le général progressiste Espartero est nommé Premier ministre. Émeutes et agitation généralisée qui s'achèvent en *Révolution*. Marie-Christine doit s'expatrier. Espartero exerce la régence.

> [...] Un jour que je faisais des croquis dans le plus beau musée du monde, on battit la générale ; j'allai voir ce que c'était, c'était une révolution. On disait qu'il fallait détruire

---

1. Ministre espagnol qui décréta la suppression des couvents, ce qui causa la chute de son gouvernement, le 14 mai 1836.

la tyrannie, et en conséquence on tua le cheval du capitaine général de Madrid. Les tyrans prirent la poudre d'escampette et la garde n[ationale] qui avait tué le cheval en question se proclama héroïque. Ce fut une farce comme on en voit peu. Je ne sais encore qui fut plus bête ou le gouvernement qui se laissa battre, ou la garde nationale qui le battit bien malgré elle et tout en mourant de peur. Le cheval étant mort et les tyrans en fuite, nous eûmes six semaines de provisoire. Tous les jours on nous promettait de nous pendre si nous n'avions pas les sentiments les plus patriotiques du monde. Nous nous foutions très haut de la patrie et on ne nous pendait pas. Nous avions la terreur sur le papier, mais en réalité une anarchie très supportable et très douce. Vous savez comment cela a fini. J'ai attendu l'abdication de la Reine pour m'en aller, ce qui m'a procuré le plaisir de voir le héros de la Révolution. Il fit son entrée triomphale [1] dans une calèche un peu plus râpée que celle qui nous porta à Trèves, en costume de marchand de vulnéraire. Ce fut une représentation qui valait la peine d'être vue, quoiqu'elle ressemblât fort à l'entrée du docteur Dulcamara dans l'*Elisir d'amore* [2]. [...]

(Lettre à F. de Saulcy, 29 novembre 1840,
*Correspondance générale, op. cit.*, p. 471.)

1843    Une coalition parlementaire chasse Espartero. Les *modérés* triomphent avec le général Nervaez.

Règne d'Isabelle II, pendant lequel l'Espagne jouit d'un calme relatif, malgré les luttes entre *progressistes* (petite bourgeoisie ; partisans du suffrage universel) et *modérés* (classes dirigeantes ; défenseurs de la propriété et de l'Église ; partisans du suffrage restreint).

1844    Création de la *Garde civile*.

1845    Nouvelle *Constitution*, inspirée par les *modérés*.

Les *modérés* se maintiennent au pouvoir, sauf en 1854-1856 où ils sont supplantés par les *progressistes*.

1856    *Constitution* progressiste. Puis rétablissement de la *Constitution* de 1845.

---

1. Le 29 septembre, écrit le *Moniteur universel* (4 octobre 1840), « Espartero a fait son entrée à Madrid au milieu d'un concours immense, dans une voiture à six chevaux... ».
2. Opéra-bouffe en deux actes, musique de Donizetti, représenté en Italie, en 1829, et pour la première fois à Paris, sur le Théâtre-Italien, le 17 janvier 1839.

1868 Début d'une crise politique sans précédent.
*Révolution de Septembre* (la *Gloriosa*), effondrement du pouvoir d'Isabelle II, qui se réfugie en France. Élection au *suffrage universel* des *Cortès* constituantes.

Le général Serrano assure la régence.

*Constitution* établissant la monarchie parlementaire et la liberté des cultes.

Le général Prim devient chef du gouvernement. Le problème est alors de trouver un roi. La candidature de Léopold de Hohenzollern est à l'origine de la guerre de 1870.

1871 Amédée de Savoie devient roi d'Espagne, mais devra abdiquer en 1873. Assassinat du général Prim. Nouvelles guerres carlistes dans le Nord. Agitation en faveur d'une république fédérale dans les provinces méditerranéennes.

# LA MODE ESPAGNOLE EN FRANCE DANS LA PREMIÈRE MOITIÉ DU XIX<sup>e</sup> SIÈCLE :
quelques repères

1799    Première traduction de Lewis : *The Monk*. Entre 1800 et 1850, sept autres traductions.

1807    Chateaubriand à Grenade.

1807-1820 : A. de Laborde (beau-père d'Émilie Laborde) : *Itinéraire descriptif de l'Espagne*.

1809    E. Lantier : *Voyage en Espagne du chevalier de Saint-Gervais*.

1812    Bouterwek : *Histoire de la littérature espagnole* (Préface de A. Stapfer.)

1813    Sismondi : *De la littérature du midi de l'Europe*.

1817-1820 : J. Llorente : *Histoire de l'Inquisition*.

1822-1823 : Ladvocat publie, en 25 volumes dont 6 pour le théâtre espagnol, les *Chefs-d'œuvre du Théâtre étranger*.

1823    Une quinzaine de pièces de théâtre célèbrent l'expédition d'Espagne.
Amade : *Voyage en Espagne*.

1824    Salvandy (dont certains pensèrent qu'il était l'auteur du *Théâtre de Clara Gazul*) : *Don Alonzo ou l'Espagne*.

1826    Chateaubriand : *Les Aventures du Dernier Abencérage* (écrit en 1807 ?).
Hugo : *Odes et Ballades*.

1827    Nodier en Espagne.

1828    Hugo : *Les Orientales*.

1829    Stendhal en Catalogne.

1830    Hugo : *Hernani*.
Balzac : *El Verdugo*.
Musset : *Contes d'Espagne et d'Italie*.
Lacoste et Dulong : *Péblo ou le Jardinier de Valence*.

1830-1850 : Une cinquantaine de pièces de théâtre — ballets, mimes, drames, vaudevilles, opéras-comiques, opéras, voire tragédies — sur sujets espagnols. Titres (souvent en plusieurs exemplaires), compte non tenu des pièces historiques ou tirées de la littérature espagnole : *Dolorès, Dolorida, Anita, Juana/Juanita, Inès, Rosalba, Rita, Paquita, La Tintilla, La Xacarilla, La Bohémienne, La Danseuse, La Gitana, La Gypsy, Péblo, Torrino, Gastibelza, Piquillo, Le(s) Gitano(s), Le Toréador, Le Guerillero, Le Guerillas* (sic), *Le Guitarrero, La Mantille, Une soirée à Madrid, Une nuit de/à Séville, Les Pontons de Cadix, Une maîtresse dans l'Andalousie, La Parisienne à Madrid/en Espagne, Le Corrégidor de Séville, Les Vacances espagnoles, L'Étoile de Séville, Le Muet de Barcelone, Les Amants de Murcie, Projet de vengeance, La Cachucha, Les Contrebandiers de la Sierra Nevada, Le Mauvais Œil,* etc.

1831    Hugo : *Notre-Dame de Paris*.

1846    *La Esmeralda*, livret de Hugo, musique de M$^{lle}$ Bertin.

1837    Dolorès Serral et Fanny Essler mettent la danse espagnole *(cachucha)* à la mode.
Rosier : *Maria Padilla*.

1838    Hugo : *Ruy Blas*.
Ancelot : *Maria Padilla*.
Installation du Musée espagnol du Louvre.
Marquis de Custine : *L'Espagne sous Ferdinand VII*.
Sand en Espagne.

1840    Gautier en Espagne.

1843    Gautier : *Tra los Montes, Voyage en Espagne*.
Gautier et Siraudin : *Le Voyage en Espagne*, vaudeville.
Hugo en Espagne.

1845    Flaubert en Espagne.

1846    Dumas en Espagne.

1850    Lucas : *Maria Padilla*, opéra, musique de Donizetti.

# BOHÉMIENS, GITANOS, ZIGEUNER [1], ETC.

## I - HISTOIRE ET LÉGENDE

> « Les gypsies, qui sont assurément un peuple très mystérieux, viennent de quelque terre lointaine, nul mortel ne sait pourquoi... »
>
> Borrow, *Les Zincalis* (Préface).

*Aux environs de 1416, apparurent en Europe occidentale d'étranges baladins. Sans doute étaient-ils arrivés dès le XIV<sup>e</sup> siècle, Mais en ordre dispersé, de façon discrète, sans attirer sur eux l'attention. Et donc sans provoquer de rejet. Mais au début du XV<sup>e</sup> siècle, leur arrivée semble avoir fortement marqué les imaginations des populations sédentaires qui virent passer leurs exotiques caravanes. En Bohême d'abord et en Allemagne (1417). En Italie (1422) où on les nomme* Zingaris. *En 1427, ils font en France une entrée fort remarquée, si on en juge par ces pages du Journal d'un bourgeois de Paris que l'on peut rapprocher de celles où Hugo, dans* Notre-Dame de Paris, *décrit l'arrivée des Bohémiens à Reims en 1464 :*

« Le dimanche d'après la mi-août vinrent à Paris douze penanciers comme ils disoient : c'est assavoir un Duc et un Comte, et dix hommes tous à cheval, et lesquels se disoient très bons chrétiens et étoient de la Basse-Égypte. Convertis à la foi chrétienne, les Sarrasins les contraignirent à abandonner leur religions pour le mahométisme. Quand ils débarquèrent en Europe, ils se rendirent auprès du Pape.

---

1. *Carmen*, p. 95.

» Et là allèrent tous petits ou grands, à moult grand peine pour les enfants. Quand là furent, ils confessèrent en général leurs péchés ; quand le Pape eut ouï leur confession, par grand délibération du conseil, leur donna en penance d'aller sept ans en suivant par le monde, sans coucher en lit, et pour avoir confort en leur dépense, ordonna, comme on disoit, que tout évêque ou abbé portant crosse leur donneroit pour une fois dix livres tournois, et leur bailla lettres faisant mention de ce aux prélats d'église, et leur donna sa bénédiction ; puis se départirent et furent cinq ans par le monde, avant qu'ils venissent à Paris ; et le jour de la décollation de Saint-Jean, vint le commun, lequel on ne laissa point entrer dedans Paris ; mais par justice furent logés à la chapelle Saint-Denis, et n'étoient point plus en tout d'hommes, de femmes et d'enfants de cent ou six vingt ou environ, et quand ils se partirent de leur pays étoient mille ou douze cents, mais le remenant étoit mort en la voie.

» Presque tous avoient les deux oreilles percées, et chacune oreille un anel d'argent, ou deux en chacune, et disoient que c'étoit gentillesse en leur païs. Ces hommes étoient très noirs, les cheveux crespés ; les plus laides femmes que on pust voir, et les plus noires, toutes avoient les cheveux noirs comme la queue d'un cheval ; pour toutes robes une vieille flaussoie très grosse d'un lien de drap ou de corde liée sur l'épaule, et dessous, un pauvre roquet ou chemise pour tous parements. Brief, c'étoient les plus pauvres créatures que on vit oncques venir en France de âge d'homme, et, néanmoins leur pauvreté, en la compagnie avoit sorcières qui regardoient es mains des gens, et disoient ce que advenu leur étoit ou à advenir ; et qui pis étoit, en parlant aux créatures, par art magique ou autrement, ou par l'ennemi d'enfer, ou par entrejet d'habiletés faisoient vider les bourses, aux gens, et le mettoient en leur bourse, comme on disoit ; et vraiment j'y fus trois ou quatre fois pour parler à eux ; mais oncques ne m'aperçus d'un denier de perte, ni ne les vis regarder en main ; mais ainsi le disoit le peuple partout, tant que la nouvelle en vint à l'évêque de Paris, lequel y alla et mena avec lui un frère mineur, nommé le petit Jacobin, lequel par le commandement de l'évêque fit là une belle prédication en excommuniant tous ceux et celles qui ce faisoient, et avoient cru et montré leurs mains. »

Cité in Serge, La Grande Histoire des Bohémiens,<br>Éd. Kardus, 1963, pp. 15-16.

Il arriva un jour à Reims des espèces de cavaliers fort singuliers. C'étaient des gueux et des truands qui cheminaient dans le pays, conduits par leur duc et par leurs comtes. Ils étaient basanés, avaient les cheveux tout frisés, et des anneaux d'argent aux oreilles. Les femmes étaient encore plus laides que les hommes. Elles avaient le visage plus noir et toujours découvert, un méchant roquet sur le corps, un vieux drap tissu de cordes lié sur l'épaule, et la chevelure en queue de cheval. Les enfants qui se vautraient dans leurs jambes auraient fait peur à des singes. Une bande d'excommuniés. Tout cela venait en droite ligne de la basse Égypte à Reims par la Pologne. Le pape les avait confessés, à ce qu'on disait, et leur avait donné pour pénitence d'aller sept ans de suite par le monde, sans coucher dans des lits. Aussi ils s'appelaient Penanciers et puaient. Il paraît qu'ils avaient été autrefois sarrasins, ce qui fait qu'ils croyaient à Jupiter, et qu'ils réclamaient dix livres tournois de tous archevêques, évêques et abbés crossés et mitrés. C'est une bulle du pape qui leur valait cela. Ils venaient à Reims dire la bonne aventure au nom du roi d'Alger et de l'empereur d'Allemagne. Vous pensez bien qu'il n'en fallut pas davantage pour qu'on leur interdît l'entrée de la ville. Alors toute la bande campa de bonne grâce près de la Porte de Braine, sur cette butte où il y a un moulin, à côté des trous des anciennes crayères. Et ce fut dans Reims à qui les irait voir. Ils vous regardaient dans la main et vous disaient des prophéties merveilleuses. Ils étaient de force à prédire à Judas qu'il serait pape. Il courait cependant sur eux de méchants bruits d'enfants volés et de bourses coupées et de chair humaine mangée. Les gens sages disaient aux fous : N'y allez pas, et y allaient de leur côté en cachette. C'était donc un emportement. Le fait est qu'ils disaient des choses à étonner un cardinal. Les mères faisaient grand triomphe de leurs enfants depuis que les égyptiennes leur avaient lu dans la main toutes sortes de miracles écrits en païen et en turc. L'une avait un empereur, l'autre un pape, l'autre un capitaine.

V. Hugo, *Notre-Dame de Paris,*
Presses Pocket, 1989, pp. 265-266.

*En 1447, les voici en Espagne, où l'Andalousie — qu'ils vont profondément marquer de leur empreinte — devient leur terre d'élection. Ils racontent des histoires merveilleuses : ils auraient été chassés par des invasions sarrasines d'une Égypte mythique où ils menaient une existence opulente et respectée. Leur géographie, il est vrai, ne manque pas de fantaisie :* « De Bohemia asciende mi raza y mi padrino fue un faran » *chante le gitan nostalgique (« De Bohême vient mon peuple et mon parrain fut un Pharaon »). Sur la foi de ces contes, les Espagnols les nomment* Gitanos *(par déformation de Egyptanos). Mais ce nom, vite entaché de connotations péjoratives, ils ne l'emploient qu'avec réticence. Entre eux ils se reconnaissent comme* Zincalis *(les hommes noirs de l'Inde),* Calsé *(les Noirs) ou* Roms *(les maris), affirmant ainsi leur origine étrangère, leur spécificité ethnique, la cohésion interne de leur communauté.*

*En réalité, d'où venaient-ils ? Sans doute du nord de l'Inde. En passant par le Moyen-Orient. Au $x^e$ siècle, le poète persan Firdusi (qui apparemment ne les aime guère : « Pour ce qui est impur, inutile de se faire d'illusion : aucune lessive ne pourra blanchir les gitans ») raconte que dix mille d'entre eux auraient été envoyés d'Inde à la cour du roi Barham, aux environs de 430, pour divertir les Perses avec leur musique et leurs danses. Le roi leur donna en récompense des bœufs, des ânes et du blé. Mais musiciens et danseurs, nomades de surcroît, sont gens prodigues et imprévoyants :*

« Les Gitans partirent, mangèrent le blé et les bœufs, et un an après vinrent, le teint hâve. Le Shah leur dit : ''On vous avait bien ordonné de labourer la terre, de semer et de moissonner ? Il vous reste vos ânes. Chargez-les, préparez vos harpes et tendez leurs cordes de soie.'' Et maintenant donc les Gitans [...] vivent de débrouillardise. Leurs compagnons sont le chien et le loup, et ils errent sans fin. »

Cité *in* D. Kenrick et G. Puxon, *Destins gitans*, Calmann-Lévy, 1974, p. 128.

## II - PERSÉCUTIONS

> « Carmen sera toujours libre. *Calli* elle est
> née, *calli*, elle mourra. »
>
> *Carmen*, p. 93.

Très vite — *trop différents, les gitans, trop indépendants : inassimilables — on les refuse, on les opprime, on édicte des lois contre eux. Et, souvent, contre ceux qui les fréquentent. À Lucerne dès 1471, en Espagne dès 1484, en France à partir de 1539.*

*Pour s'en tenir à l'Espagne de* Carmen, *on y voit se déployer, jusqu'en 1783, tout un arsenal de lois antigitans par lesquelles on s'efforce, tour à tour ou simultanément, de les détruire, de les sédentariser, de les chasser ou de les assimiler. Trois siècles de persécutions officielles qui tentent — en vain — de supprimer le nom, la race, la langue, le mode de vie des gitans.*

*Tantout (1499, 1586) on les force à renoncer au nomadisme, sous peine d'exil ou de galères. Tantôt on les cantonne à demeure dans tel quartier réservé (1695) et on les en chasse comme dangereux perturbateurs. Tantôt on leur interdit de parler leur langue, de porter leur costume national, de se marier entre eux (1653). Tantôt (1586, 1695) on les empêche d'exercer tout commerce et tout métier, y compris leurs activités traditionnelles de forgerons. Tantôt (1726) on n'hésite pas à les poursuivre jusque dans les églises — ces églises que, depuis 1633, il leur est fait devoir de fréquenter assidûment, et où même les parricides trouvaient refuge...*

*Le pouvoir ecclésiastique espagnol, il est vrai, semble ne s'être guère intéressé à eux. L'Inquisition ne prend pas la peine de les pourchasser ni de les « réconcilier », laissant au pouvoir politique le soin de régler leur sort. Non par quelque clémence particulière mais parce que ce sont* « gente muy barata y despreciable » (« *gens très inférieurs et méprisables* ») : « *le paradis... les gens d'ici disent qu'il n'est pas fait pour nous...* » *(*Carmen, *p. 45.)*

325

*Il faut attendre la loi du 19 septembre 1783 pour que l'on pense enfin à convaincre par la douceur les gitans qu'il est de leur intérêt de renoncer à leur spécificité, à leur « gitanisme » comme l'écrit Borrow. À ce prix, ils auront le droit d'exercer tout commerce et tout métier et pourront même habiter sans risque hors des gitanerías. Juste retour des choses, la loi punit d'amendes ceux qui voudraient, par préjugé antigitan, s'opposer à son application. Il est de plus officiellement affirmé que « ceux qu'on nomme gitans ne sont pas tels par naissance ou nature et ne proviennent pas d'une race impure ». Formule à double tranchant qui, si elle interdit la discrimination, nie, du même coup, la spécificité.*

*Fin de la persécution*[1], *début de l'assimilation. Mais le but reste le même : effacer les gitans...*

*Pourtant, les gitans résistent. Ils continuent à mener, en marge de la légalité, leurs « affaires d'Égypte », à suivre leurs propres lois — ce que Borrow nomme la « loi d'Égypte » — fondées sur la fidélité au clan, à la langue, aux coutumes. Sur le refus de l'assimilation, très précisément. Borrow (qui voit dans la loi de 1783 le triomphe de l'esprit des Lumières sur l'obscurantisme, de l'Encyclopédie sur Torquemada), tout en constatant, avec satisfaction, que désormais la « loi gitane » est « démantelée » et que les gitans ont cessé de jouer un rôle spécifique dans l'histoire de l'Espagne, n'en constate pas moins que le « gitanisme » n'est pas détruit : il s'est simplement transformé...*

---

1. En 1802 encore, les forces armées espagnoles et françaises s'unissent pour opérer un véritable « ratissage » des gitans des Basses-Pyrénées. Plus de 500 gitans sont rassemblés à la prison de Saint-Jean-Pied-de-Port où ils attendent d'être expédiés en Louisiane. (Au XVI$^e$ siècle déjà, Portugais et Espagnols en avaient envoyé des centaines au Brésil et dans les colonies d'Amérique.) Finalement, le projet s'avérant irréalisable, Napoléon signa un décret les installant comme fermiers dans les Landes...

## III - « GITANERÍAS »

> « Pays, quand on aime la bonne friture, on en va manger à Triana... »
>
> *Carmen,* p. 64.

*Borrow consacre tout un chapitre des* Zincalis *aux « colonies gitanes » ou* gitanerías, *ces quartiers réservés de certaines villes espagnoles où les gitans étaient assignés à résidence.*

« Dans ces *gitanerías* vivaient de nombreuses familles gitanes, mais toujours à la mode gitane, dans la saleté et la misère, craignant peu les hommes, ne craignant absolument pas Dieu. Là, des enfants à la peau sombre jouaient nus devant les portes des maisons ; là, des femmes préparaient des philtres d'amour et disaient la bonne aventure ; là, des hommes exerçaient le métier de forgerons (que la loi espagnole leur interdisait) ou maquillaient pour les vendre des animaux volés, par eux-mêmes ou par quelque complice. Dans ces *gitanerías* étaient hébergés à leur arrivée les Gitans étrangers ; on y discutait, en langue *rommani* (qui comme l'arabe était interdite sous peine de grave châtiment), des projets d'escroqueries ou de vols qui seraient menés à bien peut-être dans quelque province, quelque ville lointaine... » (p. 51).

« Au crépuscule, les *gitanerías* étaient fréquentées par des gens dont l'apparence et la condition étaient fort différentes de celles de leurs habitants ordinaires. Je veux parler des jeunes nobles et *hidalgos* de mœurs dissolues. Dans ces quartiers, le crépuscule était généralement le moment du plaisir et de la fête et les Gitans, mâles ou femelles, dansaient et chantaient à la mode gitane sous le sourire de la lune. C'étaient les femmes et les jeunes filles gitanes qui attiraient ces visiteurs.

« Ces femmes, en raison de leur apparence sauvage et

étrange, sont sans nul doute (et le fait a été maintes fois prouvé) susceptibles d'exciter des passions de la plus ardente nature, tout particulièrement chez ceux qui ne sont pas de leur race, passions qu'exacerbe encore la quasi-impossibilité où elles se trouvent de se satisfaire.

« Aucune femme au monde n'est aussi licencieuse en paroles et en gestes que les Gitanes dans leurs danses et leurs chansons. Mais cela ne va pas plus loin, si bien que si leurs nobles visiteurs attendaient davantage d'elles, une lame ou l'éclair d'un poignard avait tôt fait d'écarter ceux qui croyaient le joyau le plus précieux de la secte des Roms (gitans) à la portée d'un *Busno* (gentil, non-gitan) » (pp. 51-52).

« Les *gitanerías* furent bientôt considérées comme des dangers publics ; aussi interdit-on aux Gitans de vivre ensemble dans le même quartier d'une ville, de se rassembler et même de se marier entre eux. Toutefois, il ne semble pas que les *gitanerías* aient jamais été supprimées par la loi, et il en existe encore beaucoup où ces êtres étranges se marient, se réunissent pour discuter de leurs affaires, qui, à leurs yeux, ne sont florissantes que si celles de leur prochain périclitent […] (pp. 52-53).

## *Triana vu par George Borrow...*

« Le faubourg de Triana, à Séville, a, d'aussi loin qu'on s'en souvienne, toujours été connu comme un lieu de résidence privilégié des Gitans. Et là, aujourd'hui encore, on peut en trouver en plus grand nombre que dans toute autre ville d'Espagne. Triana, en vérité, est essentiellement peuplé d'êtres sans foi ni loi car, outre les Gitans, s'y rassemble la plus grande partie des voleurs de Séville. Peut-être n'y a-t-il aucun autre lieu au monde, pas même à Naples, où le crime soit aussi présent, où la loi soit aussi peu respectée que dans ce faubourg dont Cervantès a su si pittoresquement croquer les habitants dans un de ses récits les plus divertissants *(Rinconete et Cortadillo)*.

« Dans les plus sordides ruelles de ce quartier, parmi les murs décrépits et les couvents en ruine, vit la grande colonie des gitans d'Espagne. Là, on peut les voir manier le marteau ;

là, on peut les voir étriller leurs chevaux, charger leurs *cachas* sur le dos de leurs mulets et de leurs *borricos* ; et c'est de là qu'ils partent poursuivre à travers la ville les mêmes activités, ou devenir toreros, ou acheter, vendre et échanger des animaux sur les marchés ; de là partent aussi les femmes pour dire la *bahi* (la bonne aventure) dans les rues, souvent escortées d'un ou deux marmots basanés qu'elles portent dans leurs bras ou traînent à leur suite. Pendant ce temps, d'autres, munis de paniers et de braseros, s'en vont sur les rives délicieuses du *Len Baro* (la grande rivière, le Guadalquivir), près de la Tour Dorée où, soufflant sur leurs charbons, ils font griller ces noisettes qui, lorsqu'elles sont bien préparées, font les délices des Sévillans.

Pendant ce temps, d'autres encore — et ce ne sont pas les moins nombreux — accoquinés avec des contrabandiers, vont de porte en porte pour vendre les marchandises interdites qu'ils se sont procurées chez les Anglais, à Gibraltar.

Telle est la vie gitane à Séville, dans la capitale de l'Andalousie... » (p. 141).

George Borrow : *The Zincalis*,
London, John Murray, Albermarle Sheet, 1846.
Traduction P. Mourier-Casile.

## ...et par Théophile Gautier

Sur une place qui avoisine la *puerta de Triana*, je vis un spectacle fort singulier. C'était une famille de bohémiens campés en plein air et qui composait un groupe à faire les délices de Callot. Trois pieux ajustés en triangle formaient une espèce de crémaillère rustique, qui soutenait, au-dessus d'un grand feu éparpillé par le vent en langues de flamme et en spirales de fumée, une marmite pleine de nourritures bizarres et suspectes, comme Goya sait en jeter dans les chaudrons des sorcières de Barahona. Auprès de ce foyer improvisé était assise une *gitana* au profil busqué, basanée, cuivrée, nue jusqu'à la ceinture, ce qui prouvait chez elle une absence complète de coquetterie ; ses longs cheveux noirs tombaient en broussaille sur son dos maigre et jaune et sur son front couleur de bistre. À travers leurs mèches désordonnées brillaient ces grands yeux orientaux faits de nacre et de jais, si mystérieux et si contemplatifs, qu'ils relèvent jusqu'au style la physionomie la plus bestiale et la plus dégradée. Autour d'elle se vautraient, en glapissant, trois ou quatre marmots dans l'état le plus primitif, noirs comme des mulâtres, avec de gros ventres et des membres grêles qui les faisaient ressembler plutôt à des quadrumanes qu'à des bipèdes. Je doute que les petits Hottentots soient plus hideux et plus sales. Cet état de nudité n'est pas rare et ne choque personne. On rencontre souvent des mendiants qui n'ont pour vêtement qu'un lambeau de couverture, un fragment de caleçon très hasardeux ; à Grenade et à Malaga, j'ai vu vaguer sur les places des gaillards de douze à quatorze ans moins habillés qu'Adam à sa sortie du paradis terrestre. Le faubourg de Triana est fréquent en rencontres de ce genre, car il contient beaucoup de *gitanos*, gens qui ont les opinions les plus avancées en fait de désinvolture ; les femmes font de la friture en plein vent, et les hommes s'adonnent à la contrebande, à la tonte des mulets, au maquignonnage, etc., quand ils ne font pas pis.

T. Gautier, *Voyage en Espagne,*
Gallimard, Folio, 1981, pp. 395-396.

## L'Albaicin de Grenade

Maintenant que nous en avons fini avec l'Alhambra et le Generalife, traversons le ravin du Darro et allons visiter, le long du chemin qui mène au *Monte-Sagrado*, les tanières des *gitanos*, assez nombreux à Grenade. Ce chemin est pratiqué dans le flanc de la colline de l'Albaicin, qui surplombe d'un côté. Des raquettes gigantesques, des nopals monstrueux hérissent ces pentes décharnées et blanchâtres de leurs palettes et de leurs lances couleur de vert-de-gris ; sous les racines de ces grandes plantes grasses qui semblent leur servir de chevaux de frise et d'artichauts, sont creusées dans le roc vif les habitations des bohémiens. L'entrée de ces cavernes est blanchie à la chaux ; une corde tendue, sur laquelle glisse un morceau de tapisserie éraillée, leur tient lieu de porte. C'est là-dedans que grouille et pullule la sauvage famille ; les enfants, plus fauves de peau que les cigares de La Havane, jouent tout nus devant le seuil, sans distinction de sexe, et se roulent dans la poussière en poussant des cris aigus et gutturaux. Les *gitanos* sont ordinairement forgerons, tondeurs de mules, vétérinaires, et surtout maquignons. Ils ont mille recettes pour donner du feu et de la vigueur aux bêtes les plus poussives et les plus fourbues ; un *gitano* eût fait galoper Rossinante et caracoler le grison de Sancho. Leur vrai métier, au fond, est celui de voleur.

Les *gitanas* vendent des amulettes, disent la bonne aventure et pratiquent les industries suspectes habituelles aux femmes de leur race : j'en ai vu peu de jolies, bien que leurs figures fussent remarquables de type et de caractère. Leur teint basané fait ressortir la limpidité de leurs yeux orientaux dont l'ardeur est tempérée par je ne sais quelle tristesse mystérieuse, comme le souvenir d'une patrie absente et d'une grandeur déchue. Leur bouche, un peu épaisse, fortement colorée, rappelle l'épanouissement des bouches africaines ; la petitesse du front, la forme busquée du nez, accusent leur origine commune avec les tziganes de Valachie et de Bohême, et tous les enfants de ce peuple bizarre qui a traversé, sous le nom générique d'Égypte, la société du Moyen Âge, et dont tant de siècles n'ont pu interrompre la filiation énigmatique. Presque toutes ont dans le port une telle majesté naturelle, une telle franchise d'allure, elles sont si bien assises sur leurs hanches, que, malgré leurs haillons, leur saleté et leur misère, elles semblent avoir la conscience de l'antiquité et de la pureté de leur race vierge de tout mélange, car les bohémiens ne se marient qu'entre eux, et les enfants qui proviendraient d'unions passagères seraient rejetés de la tribu impitoyablement. Une des prétentions des *gitanos* est d'être bons Castillans et bons catholiques, mais je crois qu'au fond ils sont quelque peu Arabes et mahométans, ce dont ils se défendent tant qu'ils peuvent, par un reste de terreur de l'Inquisition disparue. Quelques rues désertes et à moitié en ruine de l'Albaicin sont aussi habitées par des *gitanos* plus riches ou moins nomades. Dans une de ces ruelles, nous aperçûmes une petite fille de huit ans, entièrement nue, qui s'exerçait à danser le *zorongo* sur un pavé pointu. Sa sœur, hâve, décharnée, avec des yeux de braise dans une figure de citron, était accroupie à terre à côté d'elle, une guitare sur les genoux, dont elle faisait ronfler les cordes avec le pouce, musique assez semblable au grincement enroué des cigales. La mère, richement habillée et le cou chargé de verroteries, battait la mesure du bout d'une pantoufle de velours bleu que son œil caressait complaisamment. La sauvagerie d'attitude, l'accoutrement étrange et la couleur extraordinaire de ce groupe, en eussent fait un excellent motif de tableau pour Callot ou Salvator Rosa.

*Ibid.*, pp. 294-295.

## IV - LA *BAR LACHI* OU PIERRE D'AIMANT

> « [...] elles tiennent [...] de la poudre de pierre
> d'aimant pour se faire aimer des insensibles. »
>
> *Carmen*, p. 58.

« S'il existe une superstition à laquelle tous les Gitans soient sujets, c'est bien celle de la pierre d'aimant, à laquelle ils attribuent toute sorte de pouvoirs miraculeux. Il n'est pas douteux que son singulier pouvoir d'attirer l'acier, plongeant leurs esprits incultes dans la stupéfaction, est la cause première de cette vénération, qu'ils poussent bien au-delà des limites du raisonnable.

« Ils croient que celui qui la possède n'a rien à craindre de l'acier et du plomb, du feu ou de l'eau, et que la mort elle-même n'a pas prise sur lui. Les contrebandiers gitans sont particulièrement désireux de se procurer cette pierre qu'ils portent sur eux dans leurs expéditions. Ils prétendent que si par hasard ils étaient poursuivis par les *jaracanallis* — ou douaniers —, elle ferait se lever un tourbillon de poussière pour les dérober à la vue de leurs ennemis. Les voleurs de chevaux en disent autant et affirment réussir toutes leurs entreprises lorsqu'ils portent la précieuse pierre. Mais elle est censée avoir encore bien d'autres pouvoirs. On raconte des choses extraordinaires sur sa capacité d'exciter la passion amoureuse, aussi est-elle extrêmement recherchée par les sorcières gitanes. Ces femmes sont toutes des entremetteuses et elles trouvent des personnes des deux sexes assez faibles et assez perverses pour avoir recours à la science des philtres et décoctions d'amour qu'elles prétendent posséder. Dans le cas de la pierre d'aimant, cependant, il n'y a pas de tromperie, car les gitanes croient tout ce qu'elles disent à son sujet, et bien davantage. La preuve en est l'avidité qu'elles mettent à s'en procurer à l'état brut, ce qui ne va pas sans difficultés.

« Le Musée des Curiosités naturelles de Madrid possède un gros morceau de pierre d'aimant extrait des mines d'Amérique. Il n'est pas une Gitane à Madrid qui ignore ce fait et qui ne meure d'envie de posséder au moins un fragment de cette pierre. Le fait qu'on l'ait placée dans un musée royal augmente encore à leurs yeux sa valeur. De nombreuses tentatives ont été faites pour la voler dont aucune, il est vrai, n'a réussi. Les Gitans ne semblent pas être les seuls à envier à la royauté la possession de cette pierre. Pépita, la vieille gitane dont j'ai déjà élogieusement évoqué l'habileté de diseuse de bonne aventure, m'a raconté qu'un prêtre, qui était *muy enamorado* (très amoureux), lui avait proposé de voler pour lui la pierre d'aimant, lui offrant, en cas de succès, tous ses ornements sacerdotaux. Que l'étrange récompense qu'on lui promettait ait eu pour elle peu d'attrait, ou qu'elle ait craint que sa dextérité ne soit pas à la hauteur de la tâche, je ne sais, mais le fait est qu'elle a refusé de tenter le coup. À en croire la Gitane, un amoureux qui désire susciter chez sa partenaire une passion égale à la sienne grâce à la pierre d'aimant, doit avaler, *in aguardiente* (dans de l'eau-de-vie), un petit fragment de la pierre réduit en poudre, au moment de se coucher, en se répétant cette chanson magique :

> Vers le Mont des Oliviers un matin je me suis hâté,
> Trois petites chèvres noires devant moi j'ai aperçues,
> Ces trois petites chèvres sur trois chariots les ai
> [emportées,
> Trois fromages noirs de leur lait j'ai fait ;
> Le premier je le dédie à l'aimant du pouvoir,
> Pour qu'il me protège de tous les maux qui rendent
> [faible ;
> Le second à Marie Padilla je le donne
> Et à toutes les sorcières qui autour d'elle vivent ;
> Le troisième je le réserve pour Asmodée le boiteux
> Pour qu'il me donne tout ce dont je prononce le
> [nom. »

G. Borrow, *op. cit.*, pp. 185-187.
Traduction P. M.-C.

# V - GITANES

> « C'était une beauté étrange et sauvage, une figure qui étonnait d'abord, mais qu'on ne pouvait oublier. »
>
> *Carmen*, p. 47.

## La gitane de Séville

« Étranges créatures que les Gitanes, et sur tous les plans bien plus remarquables que leurs maris, dont les ruses mesquines et les vols médiocres sont peu susceptibles d'éveiller l'intérêt. Mais s'il est un être au monde qui, plus que tout autre, mérite le titre de sorcière (et quel mot est plus romanesque que celui-ci, quel mot excite un plus vif intérêt ?), c'est bien la Gitane dans la pleine vigueur de son âge et la maturité de son intelligence — la femme gitane, mère de deux ou trois enfants. Trouvez-moi une diablerie dont cette femme ne soit familière ! (...) Elle prophétise, bien qu'elle ne croie pas aux prophéties, elle est médecin, bien qu'elle ne goûte jamais ses remèdes ; elle est entremetteuse, bien qu'elle ne soit pas à vendre ; elle chante des chants obscènes, bien qu'elle ne souffre pas qu'une main obscène la touche ; et bien que personne ne sache mieux qu'elle protéger le peu qu'elle possède, elle coupe les bourses et pille les boutiques chaque fois que l'occasion s'en présente.

« De tout temps, depuis qu'on a entendu parler d'elles, ces femmes ont été des diseuses de bonne aventure et sont célèbres pour ce don ; de fait, c'est leur seul moyen apparent de gagner leur vie, encore qu'elles en aient bien d'autres, qu'elles utilisent de façon plus dissimulée. Où et quand ont-elles appris cette pratique, nous l'ignorons. Peut-être l'ont-elles apportée avec elles de l'Orient, peut-être l'ont-elles adoptée — mais c'est le moins probable — à leur arrivée en Europe. Nous ne savons pas davantage si dans cette pratique elles ont jamais suivi des règles précises. Le plus probable est que non et qu'elles ne s'en sont jamais servi que comme moyen de vol et de tromperie ; assurément, de tous les professionnels de cet art qui ont jamais existé, nul n'est, par nature, mieux doué pour en tirer profit que ces femmes, qu'on les nomme Gitanes, Tziganes ou Bohémiennes. Leur silhouette, leurs traits, les expressions de leur visage sont toujours sauvages et sibyllins, souvent beaux, en tout cas jamais vulgaires.

« Observez la Gitane, disons, par exemple, celle de Séville. La voici debout devant le portail d'une vaste demeure, dans une des étroites rues mauresques de la capitale de l'Andalousie. À travers la grille de fer forgé, elle regarde dans la cour, pavée de petites dalles de marbre blanches comme neige ; au centre une fontaine distille une eau limpide et, tout autour, des fleurs et des plantes aromatiques garnissent des *macetas* (pots) ; dans chaque angle pousse un oranger et l'on perçoit le parfum de l'*azahar* (fleur d'oranger) ; un chant d'oiseau vient d'une petite volière, sous la galerie qui fait le tour de la cour. (..) C'est une de ces scènes féeriques que l'on ne peut voir qu'à Séville, ou peut-être à Fez ou à Shiraz, dans les palais du Sultan et du Shah. La Gitane regarde à travers la grille, elle aperçoit, assises près de la fontaine, une dame richement vêtue et deux jeunes filles délicates et ravissantes. Elles vaquent à leurs occupations matinales, entremêlant avec leurs fines aiguilles l'or et la soie sur leurs tambours ; derrière elles sont assises plusieurs servantes. La Gitane tire la cloche ; une voix douce demande « ¿ *quién es ?* » (qui est là ?) ; la porte, dont une corde a soulevé le loquet, tourne sur ses gonds et voici qu'entre la Gitane, la sorcière de Multan, et son regard est semblable à celui du tigre lorsqu'il se glisse de sa jungle jusqu'à la plaine.

« Oui, vous feriez mieux de dire « *Ave María purissima* », vous, dames et pucelles de Séville, tandis qu'elle s'avance vers vous. Elle n'est pas de votre monde, elle n'est pas de votre sang. [...] Elle est venue du lointain Orient, comme les Trois Rois enchantés à Cologne, mais, contrairement à eux, elle et sa race sont venues avec au cœur la haine et non l'amour. Elle vient pour flatter et pour tromper et pour voler. C'est une prophétesse de mensonges, c'est un Thug femelle. Elle vous offrira des bénédictions qui réjouiront votre cœur, mais le sang de votre cœur se glacerait si vous entendiez les malédictions que, dans son for intérieur, elle murmure contre vous ; car elle dit que, dans les veines de ses enfants à elle, coule le sombre sang des « maris », tandis que dans celles des vôtres coule l'eau pâle des « sauvages », et c'est pourquoi elle piétinerait avec joie vos cadavres, après vous avoir empoisonnées de ses propres mains. Car tout son amour — et elle est capable d'aimer — va aux *Romas*, toute sa haine — et qui peut haïr comme elle ? — aux *Busnis*. Car elle dit que le monde serait beau s'il n'y avait pas de *Busnis* et si les *Romamiks* pouvaient réchauffer leurs marmites en paix au pied de l'olivier ; et elle les tuerait tous, si elle le pouvait, si elle l'osait. Elle ne recherche jamais les demeures des *Busnis* sinon pour les piller, car les animaux sauvages de la *sierra* ne haïssent pas davantage la vue de l'homme qu'elle ne hait la manière d'être des *Busnis*. Elle vient maintenant pour vous voler et pour se moquer de vous. Allez-vous croire ce qu'elle dit ? Sottes que vous êtes, pensez-vous que cette créature, devant vous, a la moindre sympathie pour ceux de votre monde ?

« Elle est de stature moyenne, ni puissante ni fragile, mais chacun de ses gestes témoigne de son agilité et de sa vigueur. Tandis qu'elle se tient devant vous, elle semble un faucon qui va prendre son essor, et vous êtes prêtes à croire qu'elle a le pouvoir de voler et que, si vous tendiez la main pour la saisir, elle s'envolerait au-dessus de la maison, tel un oiseau. Son visage est ovale, ses traits sont réguliers quoiqu'un peu durs et grossiers, car elle est née parmi les rochers, dans un buisson, et elle a été brûlée par le soleil pendant des années, comme l'ont été ses parents avant elle ; il y a plus d'une tache sur son visage, et peut-être une balafre, mais on n'y voit pas les fossettes de l'amour ; son front est ridé bien qu'elle soit encore jeune. Sa peau est plus que sombre, c'est presque celle d'une mulâtresse, et ses cheveux, qui tombent en longues mèches de part et d'autre de son visage, sont noirs comme le charbon et rudes comme la queue d'un cheval à quoi ils semblent avoir été empruntés. Il n'y a pas une femme à Séville dont les yeux puissent affronter le regard des siens, tant l'expression de leurs sombres globes est féroce et pénétrante, artificieuse et maligne ; sa bouche est fine et presque délicate et il n'est reine, sur le plus glorieux des trônes, entre Moscou et Madrid , qui ne pourrait et ne voudrait envier les rangées de dents blanches et lisses qui l'ornent et semblent faites non de perles mais du plus pur ivoire de Multan. [...] D'énormes anneaux de faux or pendent de larges fentes dans le lobe de ses oreilles, ses jupons sont en lambeaux et ses pieds sont nus dans des sandales de corde.

« Telle est la gitane errante, telle est la sorcière de Multan qui est venue dire la bonne aventure à la comtesse sévillane et à ses filles. »

G. Borrow, *op. cit.*, pp. 72-75.
Traduction P. M.-C.

## *Preciosa, la « Gitanilla »*

Il semble que gitans et gitanes ne soient sur terre que pour être voleurs : ils naissent de pères voleurs, sont élevés pour le vol, s'instruisent dans le vol, et finissent bel et bien voleurs à tous crins ; l'envie de friponner et la friponnerie même sont en eux des accidents dont ils ne se défont qu'à la mort. Une donc de cette nation (vieille gitane dont on eût pu fêter le jubilé dans la science de Cacus) éleva une enfant comme sa petite-fille, lui donna le nom de Preciosa et lui enseigna tous les artifices et modes d'engeigner autrui, plus mille autres gitaneries. Ladite Preciosa devint la plus excellente danseuse qui se pût trouver dans tout le gitanisme et aussi la plus belle et la plus sensée qui se pût trouver, non plus parmi les gitanes, mais parmi toutes les filles belles et sensées que publiait la renommée. Ni les soleils, ni les vents, ni aucune des inclémences du ciel auxquelles, plus que toutes autres, est sujette la gent bohémienne, ne purent délustrer son visage, ni basaner ses mains : et, qui plus est, l'éducation grossière qu'elle reçut ne découvrit en elle qu'un être d'une naissance supérieure à celle de gitane, car elle était infiniment courtoise et pleine de raison ; avec cela fort désinvolte mais non de façon déshonnête ; si bien qu'en sa présence aucune gitane, jeune ou vieille, ne se hasardait à chanter des chansons lascives ou à dire des paroles indécentes. Enfin l'aïeule comprit le trésor qu'elle avait en sa petite-fille : le vieil aigle décida de laisser son aiglon s'envoler et de lui apprendre à vivre de ses serres.

Preciosa devint riche de noëls, couplets, séguedilles, sarabandes et autres airs, mais surtout de romances qu'elle chantait avec une grâce particulière ; c'est que sa coquine d'aïeule avait estimé que tous ces aimables talents seraient un jour, avec le bel âge et la grande beauté de sa petite-fille, de la plus heureuse amorce et accroîtraient le trésor de ses biens. Aussi tâcha-t-elle à se procurer autant de chansons qu'elle put ;

il ne manqua point de poètes pour l'en pourvoir ; car il est aussi des poètes qui se plaisent dans l'accointance des bohémiens et leur vendent leurs complaintes, comme d'autres en écrivent pour l'usage des aveugles ; ils leur inventent des miracles et touchent leur part de gains. Il y a de tout dans ce monde et il peut advenir que la faim et ses suites entraînent l'industrie des hommes à des choses qui ne sont pas sur la carte.

Preciosa fut élevée en divers endroits de la Castille. Elle avait quinze ans lorsque son aïeule putative la ramena à la capitale et à son ancien rancho, dans les champs de Sainte-Barbe, rendez-vous ordinaire des bohémiens. Elle pensait vendre sa marchandise en cette ville où tout s'achète et tout se vend. Et la première entrée que fit Preciosa à Madrid, ce fut pour la fête de Sainte-Anne, patronne et avocate de la ville, dans un ballet que composaient huit gitanes : quatre vieilles et quatre jeunes, plus un gitan, excellent baladin, qui conduisait la danse ; et bien que toutes fussent propres et bien attifées, la toilette de Preciosa était telle que, peu à peu, elle commença de rendre amoureux les yeux de tous ceux qui la regardaient. Par-dessus le son du tambourin et des castagnettes et les mouvements du bal, une rumeur s'élevait qui louait à l'extrême la beauté et la gentillesse de la petite gitane, et les garçons accouraient la voir, et les hommes la regarder ; mais lorsqu'ils l'eurent ouïe chanter (c'était une danse mêlée de chant) il fallut voir ! C'est alors que la renommée de la gitane atteignit à son apogée et que du consentement commun les députés de la fête lui donnèrent le prix de la meilleure danse.

Cervantès, *Nouvelles Exemplaires,*
in Don Quichotte. Nouvelles exemplaires, traduction française de Jean Casson, Collection La Pléiade, Gallimard.

*Un jeune noble tombe amoureux de Preciosa. Celle-ci lui impose, pour preuve de la sincérité de ses sentiments, de se faire gitan. Au terme de son intronisation « dans la condition de gitan », André Caballero se voit accorder Preciosa pour épouse, en vertu de la loi d'Égypte. Mais la gitane ne l'entend pas de cette oreille :*

— Puisque ces messieurs législateurs ont estimé au nom de leurs lois que j'étais tienne, puisque pour tienne ils m'ont livrée, j'estime, moi, au nom de la loi de ma volonté qui est la plus forte de toutes, que je ne le veux être sinon aux conditions dont nous décidâmes tous deux avant que tu vinsses ici : deux ans il te faudra vivre en notre compagnie avant que de jouir de la mienne, afin que tu n'aies point à te repentir de ta légèreté ou moi de ma promptitude. Les conditions rompent les lois ; tu connais celles que je t'ai imposées ; si tu les veux observer, il se pourra que je sois tienne et toi mien ; sinon, la mule n'est pas encore tuée, tes vêtements sont intacts et il ne manque pas un liard à ton argent ; ton absence n'a pas encore duré un jour, duquel tu peux employer ce qui reste à considérer ce qu'il te convient le mieux de faire. Ces messieurs ont pu te livrer mon corps, non mon âme qui est libre et naquit libre et libre doit demeurer tant qu'il me plaira. Si tu restes, je t'estimerai fort ; si tu pars, je ne t'en estimerai pas moins, car, je le sais bien, les élans amoureux courent à bride abattue jusqu'à rencontrer la raison ou la désillusion. Je ne voudrais pas que tu fusses avec moi comme le chasseur, qui, dans le moment de saisir le lièvre qu'il poursuit, le laisse pour courir après un autre qui fuit. Certains yeux trompés, l'oripeau à première vue leur paraît de l'or, mais ils reconnaissent vite la différence qui va du faux au délicat. Cette beauté que tu dis qui est la mienne et que tu prises plus que le soleil et vantes plus que l'or, sais-je si de près elle ne te paraîtra pas ombre et si le moindre attouchement ne te persuadera pas qu'elle n'est qu'alchimie ? Je te donne deux ans afin que tu éprouves et pèses la résolution qu'il te faudra prendre ou rejeter. Car la prise une fois achetée, nul ne s'en peut plus défaire qu'avec la mort ; aussi faut-il du temps et beaucoup pour y regarder à deux fois et voir les fautes ou les vertus qu'elle peut avoir. Je ne veux point me régler sur la licence barbare et insolente que mes pères ont prise d'abandonner les femmes ou de les châtier quand la fantaisie les en prend ; et comme je ne pense rien faire qui appelle le châtiment, je ne veux pas prendre compagnie qui me répudie à sa guise.

*Ibid.*, pp. 41-42.

*Bien entendu, avec son éclatante beauté et les éminentes qualités intellectuelles et morales dont la nature l'a dotée, Preciosa ne peut pas être une vraie gitane. On apprend au dénouement qu'elle est la fille du noble* corregidor, *enlevée par les gitans et élevée par eux selon la loi gitane. Tout s'explique... Et Preciosa peut épouser le gentilhomme qui, par amour pour elle et au péril de sa vie, avait choisi de devenir gitan...*

## *Zemphira la Tzigane* [1]

> Dans la Bessarabie, bruyants,
> En foule campent les Tsiganes ;
> Ce soir, au-dessus du torrent
> S'est arrêtée leur caravane :
> Et jusqu'au lever du soleil
> La tente abrite leur sommeil.
> Entre les roues de leurs voitures,
> Drapées à peine de tentures,
> Avec gaieté le bûcher brille,
> C'est le souper de la famille
> Qui se prépare. Dans les champs
> Les chevaux paissent. Loin des tentes
> L'ours est couché. Tableau vivant
> D'une tribu calme en l'attente
> De s'en aller de grand matin
> Non loin de là, sur les chemins
> Où tout au long les accompagnent
> Chansons de femmes, cris d'enfants,
> Sons de la forge de campagne...
> Mais vient la nuit, où l'on entend
> Parfois sur cette plaine immense
> Seulement aboyer les chiens,
> Ou des hennissements... puis rien,
> Rien qui dérange le silence.

---

1. Pouchkine : *Les Bohémiens* (1823-1824). Traduction française publiée en mars 1833 dans *Le Temps*. Mérimée en donne une autre traduction, dans le recueil de *Nouvelles* publié en 1852 où figure aussi *Carmen*. La traduction ici utilisée est celle des *Œuvres poétiques* de Pouchkine, t. I, L'Âge d'Homme, 1981.

Les feux partout se sont éteints,
Tout dort... La lune solitaire
De la hauteur des cieux éclaire
Le repos de ce camp serein.
Mais un vieillard sous une tente,
Assis devant le feu mourant.
Ne peut dormir et, plein d'attente,
Jette un regard pénétrant
Sur les lointains noyés de brume.

Sa fille, avant l'obscurité,
N'est pas rentrée : elle a coutume
D'aller, venir en liberté.
Bientôt le croissant va quitter
Le ciel plongé dans la pénombre,
L'heure est tardive, la nuit tombe,
Tout froid est le frugal repas.

Soudain, c'est elle dans la plaine,
Un jeune homme vient sur ses pas.
Elle dit : "Père, je t'amène
Ici l'hôte à qui j'ai offert
Ce toit. Derrière le kourgane
Je l'ai trouvé dans le désert.
Il voudrait devenir Tsigane,
Il est poursuivi par la loi,
Mais moi je serai sa compagne.
Désormais nos routes se joignent ;
Il restera là, près de moi."

### LE VIEILLARD

Je suis heureux. Sous notre tente
Demeure en paix jusqu'au matin,
Ou bien à notre vie errante
Joins-toi si tel est ton dessein.
Je suis prêt à cette alliance.
En partageant mon toit, mon pain,
Sois nôtre dans l'accoutumance
D'un pauvre mais libre destin.
Dès l'aube nous irons demain,
Tous trois dans la même voiture ;
Trouve un travail pour tous les jours,
Chante ou bien forge les ferrures,
Ou bien encore exhibe l'ours.

ALEKO

Je reste.

ZEMPHIRA

Ainsi donc, sans attaches,
Il reste, il va m'appartenir,
Bientôt tsigane devenir.

(Pp. 444-445.)


Deux ans passèrent... La peuplade
Erre toujours sur les chemins.
Hôtes bienvenus, les nomades
Reçoivent un accueil humain.
En s'éloignant de la culture
Aleko libre, insouciant,
Comme un Tsigane à l'aventure
Prend sans regret les jours fuyants.
Rien de changé dans l'existence
De la tribu, et son passé
Est mort. Nouvelle accoutumance :
Il aime leurs bivouacs pressés,
La paresse qui les gouverne,
Leur parler pauvre et cadencé
Et, transfuge de la caverne,
L'hôte hirsute qu'il a dressé.
Devant la foule circonspecte,
Dans les hameaux ils font collecte ;
Rongeant sa chaîne, énorme et lourd,
L'ours gronde et danse au carrefour ;
Le vieux d'une main nonchalante,
Fait résonner le tambourin ;
Aleko montre l'ours et chante ;
Zemphira cueille le butin.
Quand vient la nuit, ils se rassemblent
Autour du grain non moissonné...
Le vieillard sommeille et tout semble
Enfin au repos s'adonner.

[...]

Le père est là chauffant ses os
Au soleil devant une tente,
Zemphira veille le berceau,
Quand Aleko l'entend qui chante.

### ZEMPHIRA

"Vieil époux inhumain,
Brûle ou poignarde-moi,
Je suis ferme et ne crains
Ni flamme ni poignard.

Je te hais, te méprise,
Te hais de tout mon cœur ;
C'est un autre que j'aime,
C'est pour lui que je meurs."

### ALEKO

Tes chansons sauvages me hantent...
Tais-toi, je n'aime pas ces chants !

### ZEMPHIRA

Cela m'est bien indifférent,
C'est pour moi-même que je chante.

"Poignarde ou brûle-moi,
Je ne t'avouerai rien.
Époux vieux et cruel,
Ce secret reste mien.

Plus ardent que l'été,
Il est le printemps même,
Il est jeune et hardi,
Il m'aime ! Ah ! comme il m'aime !

Et je l'ai caressé
Dans l'ombre de la nuit ;
Ah ! que nous avons ri,
Ri de tes cheveux gris !"

### ALEKO

Tais-toi, Zemphira, il suffit...

### ZEMPHIRA

Cette chanson, l'as-tu comprise ?

ALEKO

Zemphira !

ZEMPHIRA
Ainsi qu'un défi,
Tu peux la comprendre à ta guise.

*(Elle s'en va en chantant : "Vieil époux,*
*etc...")*

(Pp. 450-452.)


À peine brillent les étoiles,
De brumes la lune se voile,
Mais sur la rosée, incertains,
Des pas ont marqué le chemin.
Il suit cette trace fatale,
Bientôt une pierre tombale
Devant lui paraît, et voici
Que d'un pressentiment saisi,
En s'arrêtant Aleko tremble,
Et comme en un rêve, il lui semble
Voir un couple qui s'étreint
Au-dessus du tombeau voisin.

1<sup>re</sup> VOIX

Il est grand temps.

2<sup>e</sup> VOIX
Oh, reste encore.

1<sup>re</sup> VOIX

C'est tard...

2<sup>e</sup> VOIX
Restons jusqu'à l'aurore.

1<sup>re</sup> VOIX

Non, non !

#### 2ᵉ VOIX
Timide est ton amour.
Un seul instant...

#### 1ʳᵉ VOIX
Tu veux ma perte,
S'il s'éveillait avant le jour...

#### ALEKO
Je suis éveillé ! Restez... Certes,
Sur ce tombeau vous êtes bien !

#### ZEMPHIRA
Ô mon ami, sauve ta tête !...

#### ALEKO
Mais non, tiens, bel amant... Tiens, tiens !
*(Il lui perce le cœur)*

#### ZEMPHIRA
Aleko ! Aleko, arrête !

#### TSIGANE
Je meurs !

#### ZEMPHIRA
Regarde tout ce sang,
Hélas ! Qu'as-tu fait à présent ?

#### ALEKO
Mais rien... Jouis de ton amant !

#### ZEMPHIRA
Cruel, tu ne me fais plus peur,
Ton crime affreux m'emplit d'horreur.

#### ALEKO
Meurs donc !

*(Il la poignarde)*

#### ZEMPHIRA
Je meurs, mais en aimant...

(Pp. 458-459.)

## La Esmeralda [1]

En examinant de plus près, il s'aperçut que le cercle était beaucoup plus grand qu'il ne fallait pour se chauffer au feu du roi, et que cette affluence de spectateurs n'était pas uniquement attirée par la beauté du cent de bourrées qui brûlait.

Dans un vaste espace laissé libre entre la foule et le feu, une jeune fille dansait.

Si cette jeune fille était un être humain, ou une fée, ou un ange, c'est ce que Gringoire, tout philosophe sceptique, tout poète ironique qu'il était, ne put décider dans le premier moment, tant il fut fasciné par cette éblouissante vision.

Elle n'était pas grande, mais elle le semblait, tant sa fine taille s'élançait hardiment. Elle était brune, mais on devinait que le jour sa peau devait avoir ce beau reflet doré des andalouses et des romaines. Son petit pied aussi était andalou, car il était tout ensemble à l'étroit et à l'aise dans sa gracieuse chaussure. Elle dansait, elle tournait, elle tourbillonnait sur un vieux tapis de Perse, jeté négligemment sous ses pieds ; et chaque fois qu'en tournoyant sa rayonnante figure passait devant vous, ses grands yeux noirs vous jetaient un éclair.

Autour d'elle tous les regards étaient fixes, toutes les bouches ouvertes ; et en effet, tandis qu'elle dansait ainsi, au bourdonnement du tambour de basque que ses deux bras ronds et purs élevaient au-dessus de sa tête, mince, frêle et vive comme une guêpe, avec son corsage d'or sans pli, sa robe bariolée qui se gonflait, avec ses épaules nues, ses jambes fines que sa jupe découvrait par moments, ses cheveux noirs, ses yeux de flamme, c'était une surnaturelle créature.

— En vérité, pensa Gringoire, c'est une salamandre, c'est une nymphe, c'est une déesse, c'est une bacchante du mont Ménalécn !

En ce moment une des nattes de la chevelure de la « salamandre » se détacha, et une pièce de cuivre jaune qui y était attachée roula à terre.

— Hé non ! dit-il, c'est une bohémienne.

---

1. V. Hugo, *Notre-Dame de Paris*, *op. cit.*, pp. 94.95.

Toute illusion avait disparu.

Elle se remit à danser. Elle prit à terre deux épées dont elle appuya la pointe sur son front et qu'elle fit tourner dans un sens tandis qu'elle tournait dans l'autre. C'était en effet tout bonnement une bohémienne. Mais quelque désenchanté que fût Gringoire, l'ensemble de ce tableau n'était pas sans prestige et sans magie ; le feu de joie l'éclairait d'une lumière crue et rouge qui tremblait toute vive sur le cercle des visages de la foule, sur le front brun de la jeune fille, et au fond de la place jetait un blême reflet mêlé aux vacillations de leurs ombres, d'un côté sur la vieille façade noire et ridée de la Maison-aux-Piliers, de l'autre sur les bras de pierre du gibet.

*Pas plus que Preciosa, Esmeralda n'est une vraie gitane. Comme elle, elle a été enlevée par des gitans ; comme elle, mais dans des circonstances beaucoup plus dramatiques, elle retrouvera sa mère.*

## VI - VIE ET MŒURS DES GITANS

*Misères...*

Le jeune homme tira une bourse de brocart qu'il dit contenir cent écus d'or et la donna à la vieille. Mais Preciosa se refusait à ce qu'elle la prît en aucune sorte. Alors la vieille :
— Tais-toi, enfant, le meilleur signe que ce seigneur ait donné d'être rendu, c'est de livrer ainsi ses armes ; et donner, en quelque occasion que ce soit, a toujours été indice d'un cœur généreux ; souviens-toi du proverbe qui dit : « Prier le ciel et jouer du marteau. » Je ne veux pas que par moi les gitanes perdent le renom qu'elles se sont acquis pour de longs siècles d'avaricieuses et d'habiles commerçantes : tu voudrais, Preciosa, que je dédaignasse cent écus — et en or sonnant et trébuchant — qui peuvent aller cousus dans le troussis d'une jupe de deux réaux et y demeurer comme une rente sur les herbes d'Estramadoure ? Que l'un de nos fils, petits-fils ou parents tombe, par quelque disgrâce, aux mains de la justice : y aura-t-il meilleur témoignage à faire parvenir à l'oreille du juge ou du greffier que celui de ces écus s'ils parviennent à leurs bourses ? Trois fois, pour trois délits différents, je me suis presque vue assise à califourchon sur l'âne pour être fustigée ; une fois, un bassin d'argent me sauva ; la seconde, un collier de perles, et la troisième quarante réaux de huit que je changeai en cuartos en glissant vingt réaux par-dessus le marché pour les frais de change. Tu vois, enfant : nous exerçons un métier fort dangereux, plein d'embûches et d'impasses, et il n'est pas de défense qui nous protège et secoure davantage que les armes invincibles du grand Philippe ; il n'y a pas à aller plus loin que le *plus ultra* de leur devise : pour un doublon à deux têtes, celle du procureur qui est si triste s'éclaire et celles de tous les ministres de la mort, qui sont nos harpies, à nous autres pauvres gitancs : ils sont plus heureux de nous peler et écorcher que d'attraper un voleur de grand chemin : jamais, pour rapiécées et loqueteuses qu'ils nous voient, ils ne nous tiennent pour pauvres, ils disent

que nous sommes comme les pourpoints des Franscaillons de Belmonte, déguenillés et graisseux mais pleins de doublons.

Cervantès, *Nouvelles exemplaires,*<br>*op. cit.,* p. 28.

*... et grandeur*

— Cette fillette, qui est la fine fleur de toute la beauté des gitanes d'Espagne, nous te la livrons pour épouse ou pour amie, car en ceci tu peux faire selon ton goût, la libre et large vie qui est la nôtre n'étant sujette ni aux façons, ni aux grimaces. Regarde-la bien et vois si elle te plaît. Ou si tu découvres en elle quelque chose qui te mécontente, choisis parmi les filles qui sont là et nous te donnerons celle que tu auras choisie. Mais sache qu'une fois choisie, tu ne la dois laisser pour aucune autre, ni chercher aventure auprès des autres femmes, mariées ou pucelles. Nous gardons inviolablement la loi de l'amitié ; aucun ne sollicite le bien de l'autre ; nous vivons libres et francs de l'amère pestilence des soins jaloux ; parmi nous, bien qu'il y ait beaucoup d'incestes, on ne compte aucun adultère ; et s'il y a quelque friponnerie chez notre propre femme ou chez l'amie, nous n'allons pas en faire plainte à la justice ; nous sommes nous-mêmes juges et bourreaux de nos épouses ou amies. Nous les tuons et enterrons dans les montagnes et les déserts, aussi aisément que si c'étaient des animaux nuisibles. Il n'est parent qui les venge, ni père qui nous en demande raison. Cette crainte fait qu'elles prennent garde à demeurer chastes et que nous pouvons vivre en sûreté. Peu de choses sont à nous qui ne soient communes à tous, hors la femme ou l'amie, car nous voulons que chacune soit à qui elle échut. Chez nous, la vieillesse fait autant de divorces que la mort. Qui veut peut laisser sa femme vieille, tandis qu'il reste jeune et choisir telle autre qui corresponde au goût de son âge. Grâce à ces lois et statuts et à d'autres, nous nous gardons joyeux ; nous sommes maîtres des plaines, des champs ensemencés, des forêts, des monts, des fontaines et des rivières ; les montagnes nous offrent du bois qui ne nous coûte rien, les arbres leurs fruits, les vignes leurs raisins, les jardins leurs légumes, les fontaines leur eau, les rivières leurs poissons, et leur chasse les bois prohibés, de l'ombre les rochers, un air frais les crevasses, une demeure les cavernes ; pour nous les inclémences du ciel sont zéphyr, rafraîchissements les neiges, bains la pluie, musiques les tonnerres et les éclairs flambeaux ; pour nous les terrains durs sont matelas de molles plumes ; le cuir tanné de nos corps nous sert d'impénétrable harnois ; notre légèreté, ni fers l'embarrassent, ni embourbements la retiennent, ni murailles lui font encombre ; notre courage, ni cordeaux le tordent, ni question le réduisent, ni brocs d'eau l'étouffent, ni chevalets le domptent ; du oui au non, nous ne faisons différence, s'il nous plaît ; et nous nous aimons mieux martyrs que confesseurs. C'est pour nous que l'on nourrit les bêtes de charge dans les champs et qu'on coupe les bourses dans les villes ; ni l'aigle, ni aucun autre oiseau rapace ne se jette plus prestement sur la prise qui s'offre à lui que nous ne nous élançons sur les occasions qui montrent quelque intérêt ; nous connaissons mille habiletés prometteuses d'une heureuse fin ; dans la prison nous chantons, sur le chevalet nous nous taisons, nous travaillons de jour et volons de nuit, et pour mieux dire, nous avisons chacun qu'il vive en prenant soin de regarder où il cache sa fortune ; ni la crainte de perdre l'honneur nous fatigue, ni l'ambition de l'accroître nous éveille ; nous n'entretenons aucun parti, ni ne nous levons à l'aube pour présenter des placets, nous presser à la suite des grands ou solliciter des faveurs. Plus que toits dorés et palais somptueux, nous estimons ces baraques et ces ranchos mobiles ; plus que peintures et paysages de Flandres ceux que la nature, en ces rochers escarpés et neigeux, ces prés étendus et ces épaisseurs, offre à nos yeux à chacun de nos pas. Nous sommes astrologues rustiques, car nous dormons presque toujours à ciel découvert et à toute heure nous savons à laquelle nous en sommes du jour ou de la nuit ; nous voyons comme l'aurore presse en un coin et balaye les étoiles du ciel et comme elle paraît avec l'aube sa compagne, réjouissant l'air, rafraîchissant l'eau et humectant la terre, et derrière elle, le soleil, *dorant les cimes, comme dit le poète, et frisant les boucles des monts ;* nous ne tremblons point de rester glacés par son absence lorsque ses rayons nous frappent de biais, ou embrasés lorsqu'ils nous touchent perpendiculairement ; nous faisons même visage au soleil et au gel, à la stérilité et à l'abondance ; pour conclure, nous sommes gens qui vivons de notre industrie et de notre bec, et, sans nous soucier du vieux proverbe : « Église, ou mer, ou cour du roi », nous avons ce que nous voulons puisque nous nous contentons de ce que nous avons. Je vous ai tenu ce discours, généreux jeune homme, afin que vous n'ignoriez rien de la vie à laquelle vous êtes venu et des mœurs que vous devez professer, toutes choses que je vous ai peintes ici en ébauche : il en est d'autres, en nombre infini, que vous découvrirez avec le temps et qui sont dignes de non moindre considération.

Cervantès, *Nouvelles exemplaires,*<br>*op. cit.*, pp. 39-41.

## VII - MÉRIMÉE SUR LA PISTE DES GITANS

À Édouard Grasset

21 août 1844

[...] À propos de linguistique, j'ai étudié pendant quelques jours le jargon des bohémiens (Zingaris) [...]
Pourriez-vous répondre à ces deux questions — ont-ils une langue particulière ou seulement un patois ? Savent-ils, sait-on l'époque de leur arrivée en Albanie et de quels côtés ils sont venus ? Il y a un allemand [1] qui écrit en ce moment leur histoire et qui me paraît faire une espèce de roman. Un anglais [2], missionnaire ou espion, a fait sur les Gitanos d'Espagne un livre très amusant. C'est un Mr Borrow. Il ment effroyablement mais parfois dit des choses vraies et excellentes. [...]

*Correspondance générale, op. cit.*, t. IV, p. 139.

À Mme de Montijo

16 novembre 1844

[...] Avez-vous connu un George Borrow, missionnaire de la Société Biblique de Londres qui a écrit deux ouvrages

---

1. Aug. Fr. Pott, *Die Zigeuner in Europa und Asien,* Halle, 1844-1845.
2. *The Zincalis : or an account of the Gypsies of Spain,* by George Borrow, late agent of the Brittain and Foreign Bible Society, London, John Murray, 1841. L'ouvrage contient un recueil de chansons, de poésies et un dictionnaire. Comptes rendus dans la presse française : Philarète Chasles : *The Zincalis* par G.B., *La Revue des Deux Mondes,* 1er août 1841 ; Paul Bataillard : *De l'apparition et de la dispersion des Bohémiens en Europe*, Bibliothèque de l'École des Chartes, t. v, mai-août 1844. Sur G. Borrow (1803-1881), cf. René Frechet, *George Borrow...*, 1956.

assez intéressants, *Gypsies in Spain* et *Bible in Spain* ? Il a traduit en *chipe calli,* c'est la *gerigonza*[1] des Gitans, l'évangile de Saint Luc. Cela s'appelle *Embeo e Majaro Luca*[2]. Si le hasard vous faisait rencontrer ce petit volume, tâchez de mettre la main dessus. Quand je retournerai en Espagne j'aurai des recherches à faire sur les Gitanos qu'un protestant et un philanthrope n'a pu faire.

*Ibid.,* p. 208.

À Édouard Grasset

4 août 1845

[...] Parmi les mots bohémiens que vous m'avez envoyés, il n'y en a que deux ou trois qui diffèrent sensiblement du dialecte espagnol. Depuis que je vous ai écrit, j'ai lu l'ouvrage d'un allemand, le Dr Pott, qui donne la grammaire et le dictionnaire de ces gens-là ; du moins il fait une grammaire et un dictionnaire général au moyen de vingt dialectes particuliers. Les mots fournis par la Bohémienne de Janina sont curieux comme spécimens du dialecte turc qui n'a presque point été étudié. Ils prouvent suffisamment l'unité de la langue. Je ne sais ce que vous voulez dire avec une Bohémienne qui ne parle que le Romaïque[3]. Probablement c'est une femme qui fait le métier de Bohémienne et qui n'appartient pas à la race *Calli,* c'est-à-dire aux noirs, c'est le nom qu'ils se donnent eux-mêmes. Lorsque l'occasion s'en présentera, veuillez questionner les γύψοι[4] que vous rencontrerez et tâchez de savoir dans quelle province ils sont nés, ou plutôt dans quel pays ils ont le plus séjourné. Voici quelques mots à comparer. Je les écris suivant la prononciation grecque : λόν sel, μανϱό pain, μᾶς viande, πανί eau, μῶλ vin, μανοῦς homme, μανουσάϱτι femme, ντεμπελ dieu, βεγγι diable, γιάϰε feu, χελί amour, πιϱαφ' je fais l'amour, ϰιλέ, μέντζα

---

1. Le jargon, l'argot. On dit aussi en Espagne *germania.*
2. Publié à Madrid en 1838, cet ouvrage est signalé par Pott dans *Die Zigeuner.*
3. Le grec moderne.
4. Transcription en grec de *Gypsies.*

le premier l'instrument viril, le second l'organe féminin, χάν soleil, τζιμούτρα la lune, μεριπεν la mort, τζιμπέν la vie, χόχανα tromperie, λέν rivière.

[...][1]

Tâchez encore de savoir si les substantifs se déclinent et demandez l'indicatif présent, le prétérit et le participe d'un ou deux verbes. [...]

*Ibid.*, pp. 322-323.

À L. Vitet

16 octobre 1845

[...] J'ai pourchassé aux environs de Metz une horde de Bohémiens qui passaient pour posséder un mss en rommani, historique me disait-on. Je n'ai pas trouvé de mss mais de fort curieuses gens ayant d'admirables figures. Je leur ai parlé dans le dialecte espagnol, ils m'ont répondu dans le dialecte allemand, et comme dit Épistémon, j'ai failli comprendre. [...]

*Ibid.*, p. 389.

À M<sup>me</sup> de Montijo

Barcelone, 15 novembre 1846

[...] J'ai des amis Gitans qui me font des visites. Hier, on est venu me prier à une *tertulia*[2] à l'occasion de l'accouchement d'une Gitane. L'événement avait eu lieu depuis deux heures seulement. Nous nous trouvâmes environ trente personnes dans une chambre grande comme celle que j'occupais à Madrid. Il y avait trois guitares et l'on chantait à tue-tête en rommani et en catalan. La société se composait de cinq *Gitanas*, dont une assez jolie, et d'autant d'hommes de même race, le reste catalans, voleurs je suppose ou maquignons,

---

1. Ici, Mérimée donne la liste des noms de nombre, de 1 à 11, selon la même transcription. Tous ces mots sont empruntés à Borrow.
2. Réunion entre amis.

ce qui revient au même. Personne ne parlait l'espagnol et l'on n'entendait guère le mien. Nous n'échangions nos idées qu'au moyen de quelques mots de bohémien qui plaisaient grandement à l'honorable compagnie. *Es de nostro,* disait-on.

J'ai glissé un *duro* dans la main d'une femme en lui disant d'aller chercher du vin ; cela m'avait réussi quelquefois en Andalousie en de pareilles *tertulias* ; mais le chef des Bohémiens lui a aussitôt arraché l'argent et me l'a rendu, en me disant que j'honorais trop sa pauvre maison. On m'a donné du vin et j'ai bu sans payer. J'ai retrouvé ma montre et mon mouchoir dans ma poche quand je suis rentré chez moi. Les chansons, qui m'étaient inintelligibles, avaient le mérite de me rappeler l'Andalousie. On m'en a dicté une en *rommani* que j'ai comprise. C'est un homme qui parle de sa misère et qui raconte combien il a été de temps sans manger. Pauvres gens ! N'auraient-ils pas été parfaitement justifiés s'ils m'avaient pris mon argent et mes habits et mis à la porte à coups de bâton ? Leur langue est infiniment plus pure que celle des Andalous et ils m'ont assuré qu'ils entendaient des Bohémiens allemands et hongrois qu'ils avaient vus à Reus, il y a quelques années. Je le crois d'après les échantillons qu'on m'a donnés. Ils ont conservé leurs déclinaisons et leurs conjugaisons que les Bohémiens du sud de l'Espagne ont perdues [...]

*Ibid.,* p. 259.

À É. Grasset

[Janvier-février 1847.]

Mon cher ami, je mérite tous vos reproches mais vous savez ce que c'est que la paresse et les mauvaises habitudes. De plus si vous aviez comme moi des écritures officielles en quantité, vous prendriez comme moi le papier et les plumes en horreur. J'ai à vous remercier d'abord d'une lettre que vous m'avez écrite, je n'ose en rechercher la date, pour m'envoyer quelques mots rommani. Sauf deux ou trois tous ceux que vous avez transcrits à Janina sont communs au dialecte allemand et au dialecte espagnol. C'est extraordinaire que cette langue de mendiants se soit conservée si pure partout. J'ai maintenant quantité de glossaires de tous les pays où il y a des Bohémiens. S'il vous en tombe d'intelligents à Thessalonique tachez d'obtenir d'eux la traduction du Pater. Cela me servirait à des comparaisons curieuses.

J'ai vu l'année passée à Barcelone un assez grand nombre de Bohémiens dont quelques-uns plus instruits que je ne l'aurais supposé étaient en état de comprendre des questions grammaticales. On m'a invité à des soirées et à des bals, où j'ai gagné quelques puces, mais on ne m'a rien volé. Je commence à croire que l'on calomnie ces pauvres gens. [...]

T. V, p. 21.

## À X\*\*\*

31 août 1848.

Quant aux bohémiennes, celles d'Espagne se servent quelquefois des jeux de cartes du pays, c'est-à-dire de grandes cartes peintes d'épées, de coupes, de bâtons et de pièces d'or : *Espadas, copas, bastos y oros*. Je n'ai jamais vu entre leurs mains des cartes de tarot. On s'en sert cependant en Espagne pour quelques jeux ; mais pour dire la bonne aventure, des cartes ordinaires suffisent en tout pays. En Allemagne et dans les Vosges, je n'ai pas vu de tireuses de cartes, et partout, en général, les bohémiennes se servent de la chiromancie, comme vous pouvez le voir dans le *Mariage forcé* de feu Molière [1]. Elles lisent encore l'avenir dans du marc de café ou du plomb fondu jeté dans de l'eau. Enfin, elles ont mille procédés d'incantation. La plupart ne croient pas à leurs moyens, quels qu'ils soient, de connaître l'avenir ; mais presque toutes sont convaincues que la divination est une science très réelle. Plusieurs l'étudient de très-bonne foi, seulement dans leur intérêt ; car à l'égard des étrangers *(busnes* ou *payllos),* il suffit de savoir leur prendre leur argent. La plupart des hordes de bohémiens dirigent leur marche d'après des augures tirés du vol des oiseaux ou de la vue de certains animaux. Un lièvre traversant le chemin est un mauvais présage.

---

1. Scène VI : deux Égyptiennes disent la « bonne fortune » à Sganarelle.

J'oubliais de vous dire qu'un de leurs principaux instruments de diablerie est une pierre d'aimant qu'ils nomment *bar lachi,* pierre bonne. Pour revenir aux cartes, je crois qu'elles n'en font usage que sur la demande de leurs pratiques. Quand une bohémienne vous dit la bonne aventure *(penelar la baji)* à sa façon, elle vous demande la main gauche, où elle fait plusieurs signes de croix avec une pièce de monnaie [1]. [...]

*Ibid.,* pp. 388-389.

---

1. L'intérêt de Mérimée pour les gitans ne s'épuise pas avec la rédaction de *Carmen.* S'il faut en croire son ami et correspondant Adolphe de Circourt, il aurait continué ses recherches jusqu'à la fin de sa vie : « La curiosité érudite qui accompagna [Mérimée] dans sa longue carrière littéraire ne se montra nulle part plus marquée que dans ses recherches sur les mœurs, les migrations et la langue des Bohémiens. Cette race étrange [...] avait singulièrement fixé l'attention de Mérimée. Il se proposait de lui consacrer un travail étendu dont les matériaux, recueillis avec un soin minutieux, ont péri [...] dans l'incendie de sa maison [23 mai 1871]... » *Bibliothèque universelle et revue suisse,* février 1874, n° 194, p. 336.

# DOCUMENTS

## I - DE LA NOUVELLE AU LIVRET D'OPÉRA-COMIQUE

1 - *Acte II, scène 5. Don José, sorti de prison, retrouve Carmen à Triana chez Lillas Pastia.*

*(Elle fait asseoir don José dans un coin du théâtre. Petite danse, Carmen, du bout des lèvres, fredonne un air qu'elle accompagne avec ses castagnettes. Don José la dévore des yeux. On entend au loin, très loin, des clairons qui sonnent la retraite. Don José prête l'oreille. Il croit entendre les clairons, mais les castagnettes de Carmen claquent très bruyamment. Don José s'approche de Carmen, lui prend le bras, et l'oblige à s'arrêter.)*

JOSÉ.
Attends un peu, Carmen, rien qu'un moment, arrête.

CARMEN
Et pourquoi, s'il te plaît ?

JOSÉ.
Il me semble, là-bas...
Oui, ce sont nos clairons qui sonnent la retraite
Ne les entends-tu pas ?

CARMEN
Bravo ! j'avais beau faire... Il est mélancolique
De danser sans orchestre. Et vive la musique
Qui nous tombe du ciel !

*(Elle reprend sa chanson qui se rythme sur la retraite sonnée au-dehors par les clairons. Carmen se remet à danser et don José se remet à regarder Carmen. La retraite approche... approche... approche... passe sous les fenêtres de l'auberge... puis s'éloigne... Le son des clairons va s'affaiblissant. Nouvel effort de don José pour s'arracher à cette contemplation de Carmen... Il lui prend le bras et l'oblige encore à s'arrêter.)*

JOSÉ.

Tu ne m'as pas compris... Carmen, c'est la retraite...
Il faut que, moi, je rentre au quartier pour l'appel...

*(Le bruit de la retraite cesse tout à coup.)*

CARMEN, *regardant don José qui remet sa giberne et rattache le ceinturon de son sabre.*

Au quartier ! pour l'appel !
Ah ! J'étais vraiment trop bête !
Je me mettais en quatre et je faisais des frais
Pour amuser monsieur, je chantais... je dansais...
    Je crois, Dieu me pardonne,
      Qu'un peu plus, je l'aimais...
Ta ra ta ta, c'est le clairon qui sonne !
    Il part ! il est parti !
    Va-t'en donc, canari.

*(Avec fureur, lui envoyant son shako à la volée.)*

  Prends ton shako, ton sabre, ta giberne.
Et va-t'en, mon garçon, retourne à ta caserne.

JOSÉ.

C'est mal à toi, Carmen, de te moquer de moi ;
Je souffre de partir... car jamais, jamais femme,
    Jamais femme avant toi
Aussi profondément n'avait troublé mon âme.

CARMEN

Ta ra ta ta, mon Dieu..., c'est la retraite,
Je vais être en retard. Il court, il perd la tête,
Et voilà son amour.

JOSÉ.

      Ainsi tu ne crois pas
À mon amour ?

CARMEN
Mais non !

JOSÉ.
Eh bien ! tu m'entendras.

CARMEN
Je ne veux rien entendre...
Tu vas te faire attendre.

JOSÉ, *violemment.*
Tu m'entendras, Carmen, tu m'entendras !

*(De la main gauche, il a saisi brusquement le bras de Carmen ; de la main droite, il va chercher sous sa veste d'uniforme la fleur de cassie que Carmen lui a jetée au premier acte. — Il montre cette fleur à Carmen.)*

JOSÉ.

I

La fleur que tu m'avais jetée,
Dans ma prison m'était restée
Flétrie et sèche, mais gardant
Son parfum terrible, enivrant.
Et pendant des heures entières,
Sur mes yeux fermant mes paupières,
Ce parfum, je le respirais
Et dans la nuit je te voyais.
Car tu n'avais eu qu'à paraître
Qu'à jeter un regard sur moi
Pour t'emparer de tout mon être,
Et j'étais une chose à toi.

II

Je me prenais à te maudire,
À te détester, à me dire :
Pourquoi faut-il que le destin
L'ait mise là, sur mon chemin ?
Puis je m'accusais de blasphème
Et je ne sentais en moi-même

Qu'un seul désir, un seul espoir,
Te revoir, Carmen, te revoir !...
Car tu n'avais eu qu'à paraître,
Qu'à jeter un regard sur moi
Pour t'emparer de tout mon être,
Et j'étais une chose à toi.
Carmen, je t'aime...

CARMEN

Non, tu ne m'aimes pas, non, car si tu m'aimais,
Là-bas, là-bas, tu me suivrais...

JOSÉ

Carmen !

CARMEN

Là-bas, là-bas, dans la montagne,
Sur ton cheval tu me prendrais,
Et comme un brave, à travers la campagne,
En croupe, tu m'emporterais.

JOSÉ

Carmen !

CARMEN

Là-bas, là-bas, si tu m'aimais,
Là-bas, là-bas, tu me suivrais.
Point d'officier à qui tu doives obéir,
Et point de retraite qui sonne
Pour dire à l'amoureux qu'il est temps de partir.

JOSÉ

Carmen !

CARMEN

Le ciel ouvert, la vie errante
Pour pays l'univers, pour loi ta volonté,
Et surtout la chose enivrante,
La liberté ! la liberté !
Là-bas, là-bas, si tu m'aimais,
Là-bas, là-bas, tu me suivrais.

JOSÉ, *presque vaincu.*

Carmen !

CARMEN
Oui, n'est-ce pas,
Là-bas, là-bas, tu me suivrais,
Tu m'aimes et tu me suivras.

JOSÉ, *s'arrachant brusquement des bras de Carmen.*
Non, je ne veux plus t'écouter...
Quitter mon drapeau... déserter...
C'est la honte, c'est l'infamie,
Je n'en veux pas !

CARMEN
Eh bien, pars !

JOSÉ
Carmen, je t'en prie...

CARMEN
Je ne t'aime plus, je te hais !

JOSÉ
Carmen !

CARMEN
Adieu ! mais adieu pour jamais.

JOSÉ
Eh bien, soit !... adieu pour jamais.
*(Il va en courant jusqu'à la porte... Au moment où il y arrive, on frappe... don José s'arrête. Silence. On frappe encore.)*

H. Meilhac, L. Halévy, *Carmen*,
Calmann-Lévy, 1968, pp. 59-62.

*Après une altercation avec le lieutenant (que Carmen l'empêche de tuer tout comme à l'acte III elle l'empêchera de tuer Escamillo), don José se voit contraint d'entrer dans la bande des contrebandiers dont il mènera désormais « la vie errante » sous le signe de « la chose enivrante, la liberté ! la liberté ! ».*

2 - *Acte III, scène 2. Dans un « site pittoresque et sauvage », au repaire des contrebandiers qui se préparent pour une opération tandis que leurs compagnes tirent les cartes.*

### REPRISE DE L'ENSEMBLE

Parlez encor, parlez, mes belles,
De l'avenir donnez-nous des nouvelles ;
Dites-nous qui nous trahira,
Dites-nous qui nous aimera.
*(Elles recommencent à consulter les cartes.)*

#### FRASQUITA
Fortune !

#### MERCÉDÈS
Amour !
*(Carmen, depuis le commencement de la scène, suivait du regard le jeu de Mercédès et de Frasquita.)*

#### CARMEN
Donnez, que j'essaie à mon tour.
*(Elle se met à tourner les cartes. — Musique de scène.)*
Carreau, pique... la mort !
J'ai bien lu... moi d'abord !
*(Montrant don José endormi.)*
Ensuite lui... pour tous les deux la mort !
*(À voix basse, tout en continuant à mêler les cartes.)*
En vain pour éviter les réponses amères,
    En vain tu mêleras,
Cela ne sert à rien, les cartes sont sincères
    Et ne mentiront pas.
Dans le livre d'en haut, si ta page est heureuse,
    Mêle et coupe sans peur,
La carte sous les doigts se tournera joyeuse
    T'annonçant le bonheur.
Mais si tu dois mourir, si le mot redoutable
    Est écrit par le sort,
Recommence vingt fois.... la carte impitoyable
    Dira toujours : la mort !

*(Se remettant.)*
Bah ! qu'importe après tout, qu'importe ?...
Carmen bravera tout, Carmen est la plus forte !

TOUTES LES TROIS

Parlez encor, parlez, mes belles,
De l'avenir donnez-nous des nouvelles,
Dites-nous qui nous trahira,
Dites-nous qui nous aimera.
*(Rentrent le Dancaïre et le Remendado.)*

*Ibid.*, pp. 72-73.

3 - *Acte III, scène 5 (extrait)*

LE DANCAÏRE

En route... en route... il faut partir...

TOUS

En route... en route... il faut partir...

LE REMENDADO

Halte !... quelqu'un est là qui cherche à se cacher.
*(Il amène Micaëla[1].)*

CARMEN

Une femme !

LE DANCAÏRE

Pardieu, la surprise est heureuse.

JOSÉ, *reconnaissant Micaëla.*

Micaëla !...

MICAËLA

Don José !...

JOSÉ

Malheureuse !
Que viens-tu faire ici ?

---

1. Comme Escamillo le torero, Micaëla est une invention des librettistes. La jeune Navarraise apparaît dès la scène 1 de l'acte I (avant même don José et Carmen) où elle apporte à son « pays » des nouvelles de sa vertueuse mère.

### Micaëla

Moi, je viens te chercher...
Là-bas est la chaumière
Où, sans cesse priant,
Une mère, ta mère,
Pleure son enfant...
Elle pleure et t'appelle,
Elle te tend les bras ;
Tu prendras pitié d'elle,
José, tu me suivras.

### Carmen

Va-t'en ! va-t'en ! Tu feras bien,
Notre métier ne te vaut rien.

### José, *à Carmen*

Tu me dis de la suivre ?

### Carmen

Oui, tu devrais partir.

### José

Pour que toi tu puisses courir
Après ton nouvel amant.
Non, vraiment,
Dût-il m'en coûter la vie,
Non, je ne partirai pas,
Et la chaîne qui nous lie
Nous liera jusqu'au trépas...
Tu ne m'aimes plus, qu'importe,
Puisque je t'aime encor, moi.
Cette main est assez forte
Pour me répondre de toi,
Je te tiens, fille damnée,
Et je te forcerai bien
À subir la destinée
Qui rive ton sort au mien.
Dût-il m'en coûter la vie,
Non, je ne partirai pas,
Et la chaîne qui nous lie
Nous liera jusqu'au trépas.

MICAËLA

Écoute-moi, je t'en prie,
Ta mère te tend les bras,
Cette chaîne qui te lie,
José, tu la briseras.

CHŒUR

Il t'en coûtera la vie,
José, si tu ne pars pas,
Et la chaîne qui vous lie
Se rompra par ton trépas.

CARMEN

C'était écrit ! cela doit être :
Moi d'abord... et puis lui... Le destin est le maître.

MICAËLA

Don José !

JOSÉ

Laissez-moi, car je suis condamné !

MICAËLA

Une parole encor !... ce sera la dernière.
  Ta mère se meurt et ta mère
Ne voudrait pas mourir sans t'avoir pardonné.

JOSÉ

Ma mère... elle se meurt...

MICAËLA

      Oui, don José.

JOSÉ

      Partons...
*(À Carmen.)*
Sois contente, je pars, mais nous nous reverrons.
    *(Il entraîne Micaëla. — On entend le torero.)*

LE TORERO, *au loin.*

Toreador, en garde,
Et songe en combattant
Qu'un œil noir te regarde
Et que l'amour t'attend.

*(José s'arrête au fond... dans les rochers... Il hésite, puis après un instant :)*

### José

Partons, Micaëla, partons.

*(Carmen écoute et se penche sur les rochers. — Les Bohémiens ont pris leurs ballots et se mettent en marche.)*

4 - *Acte IV, scènes 1 (fin) et 2. Les deux scènes du dénouement se déroulent sur « une place à Séville » au milieu de l'agitation d'une foule pittoresque qui attend le début de la corrida où va officier le torero Escamillo, devenu l'amant de Carmen.*

*(Petite marche à l'orchestre. Sur cette marche défile très lentement au fond l'alcade précédé et suivi des alguazils. Pendant ce temps Frasquita et Mercédès s'approchent de Carmen.)*

### Frasquita

Carmen, un bon conseil, ne reste pas ici.

### Carmen

Et pourquoi, s'il te plaît ?

### Frasquita

Il est là.

### Carmen

Qui donc ?

### Frasquita

Lui,
Don José... dans la foule il se cache ; regarde.

### Carmen

Oui, je le vois.

### Frasquita

Prends garde.

### Carmen

Je ne suis pas femme à trembler,
Je reste, je l'attends... et je vais lui parler.

*(L'alcade est entré dans le cirque. Derrière l'alcade, le cortège de la quadrille reprend sa marche et entre dans le cirque. Le populaire suit... L'orchestre joue le motif : Les voici, voici la quadrille, et la foule en se retirant a dégagé don José... Carmen reste seule au premier plan. Tous deux se regardent pendant que la foule se dissipe et que le motif de la marche va diminuant et se mourant à l'orchestre. Sur les dernières notes, Carmen et don José restent seuls, en présence l'un de l'autre.)*

## SCÈNE II
### CARMEN, DON JOSÉ.

#### DUO
#### CARMEN

C'est toi ?

#### JOSÉ

C'est moi.

#### CARMEN

L'on m'avait avertie
Que tu n'étais pas loin, que tu devais venir,
L'on m'avait même dit de craindre pour ma vie,
Mais je suis brave et n'ai pas voulu fuir.

#### JOSÉ

Je ne menace pas, j'implore, je supplie ;
Notre passé, je l'oublie,
Carmen, nous allons tous deux
Commencer une autre vie,
Loin d'ici, sous d'autres cieux.

#### CARMEN

Tu demandes l'impossible.
Carmen jamais n'a menti,
Son âme reste inflexible
Entre elle et toi, c'est fini.

#### JOSÉ

Carmen, il en est temps encore,
Ô ma Carmen, laisse-moi
Te sauver, toi que j'adore,
Et me sauver avec toi.

#### Carmen

Non, je sais bien que c'est l'heure,
Je sais que tu me tueras,
Mais que je vive ou je meure
Je ne céderai pas.

#### Ensemble

| José | Carmen |
|---|---|
| Carmen, il en est temps [encore, | Pourquoi t'occuper encore |
| Ô ma Carmen laisse-moi | D'un cœur qui n'est plus [à toi ? |
| Te sauver, toi que j'adore, | En vain tu dis : je t'adore, |
| Et me sauver avec toi. | Tu n'obtiendras rien de moi. |

#### José

Tu ne m'aimes donc plus ?
*(Silence de Carmen et don José répète.)*
Tu ne m'aimes donc plus ?

#### Carmen

Non, je ne t'aime plus.

#### José

Mais moi, Carmen, je t'aime encore ;
Carmen, Carmen, moi je t'adore.

#### Carmen

À quoi bon tout cela ? que de mots superflus !

#### José

Eh bien, s'il le faut, pour te plaire,
Je resterai bandit, tout ce que tu voudras,
Tout, tu m'entends, mais ne me quitte pas,
Souviens-toi du passé, nous nous aimions naguère.

#### Carmen

Jamais Carmen ne cédera.
Libre elle est née et libre elle mourra.

#### Chœur et fanfares, *dans le cirque.*

Viva ! la course est belle,
Sur le sable sanglant

Le taureau qu'on harcèle
S'élance en bondissant...
Viva ! bravo ! victoire !
Frappé juste en plein cœur,
Le taureau tombe ! Gloire
Au torero vainqueur !
Victoire ! victoire !

*(Pendant ce chœur, silence de Carmen et de don José... Tous deux écoutent... En entendant les cris de : Victoire, victoire ! Carmen a laissé échapper un : Ah ! d'orgueil et de joie... Don José ne perd pas Carmen de vue... Le chœur terminé, Carmen fait un pas du côté du cirque.)*

JOSÉ, *se plaçant devant elle*.

Où vas-tu ?...

CARMEN

Laisse-moi.

JOSÉ

Cet homme qu'on acclame,
C'est ton nouvel amant.

CARMEN, *voulant passer*.

Laisse-moi.

JOSÉ

Sur mon âme,
Carmen, tu ne passeras pas.
Carmen, c'est moi que tu suivras !

CARMEN

Laisse-moi, don José !... je ne te suivrai pas.

JOSÉ

Tu vas le retrouver... tu l'aimes donc ?

CARMEN

Je l'aime,
Je l'aime, et devant la mort même,
Je répéterais que je l'aime.

#### FANFARES ET REPRISE DU CHŒUR
*dans le cirque.*

Viva ! bravo ! victoire !
Frappé juste en plein cœur,
Le taureau tombe ! Gloire
Au torero vainqueur !
Victoire ! Victoire !...

#### JOSÉ

Ainsi, le salut de mon âme,
Je l'aurai perdu pour que toi,
Pour que tu t'en ailles, infâme !
Entre ses bras, rire de moi.
Non, par le sang, tu n'iras pas,
Carmen, c'est moi que tu suivras !

#### CARMEN

Non ! non ! jamais !

#### JOSÉ

Je suis las de te menacer.

#### CARMEN

Eh bien ! frappe-moi donc ou laisse-moi passer.

#### CHŒUR

Victoire ! victoire !

#### JOSÉ

Pour la dernière fois, démon,
Veux-tu me suivre ?

#### CARMEN

Non ! non !
Cette bague autrefois tu me l'avais donnée,
Tiens !

*(Elle la jette à la volée.)*

JOSÉ, *le poignard à la main, s'avançant sur Carmen.*

Eh bien, damnée...

*(Carmen recule... José la poursuit... Pendant ce temps fanfares et chœur dans le cirque.)*

CHŒUR
Toréador, en garde,
Et songe en combattant
Qu'un œil noir te regarde
Et que l'amour t'attend.

*(José a frappé Carmen... Elle tombe morte... Le vélum s'ouvre. La foule sort du cirque.)*

JOSÉ

Vous pouvez m'arrêter... c'est moi qui l'ai tuée.
  *(Escamillo paraît sur les marches du cirque... José se jette sur le corps de Carmen.)*
Ô ma Carmen ! ma Carmen adorée !

FIN

*Ibid.*, pp. 91-95.

## II - DON PÈDRE Ier, ROI DE CASTILLE ET PERSONNAGE DE FICTION

Citons, de Lope de Vega, *Las audiencias del Rey don Pedro* (le roi vengeant un savetier d'une injustice commise par un prêtre, thème repris plusieurs fois depuis Lope, notamment par Zorrilla dans *El zapatero y el Rey*), *El rey Don Pedro en Madrid o el infanzón de Illescas* (inspiré en partie par l'épisode du prêtre de Santo Domingo de la Calzada, apportant au roi un avertissement du destin), *Lo cierto por lo dudoso* (Don Pèdre et son frère Don Henri amoureux de la même dame) ; de Calderon le fameux *Médico de su honra* (où Don Pèdre intervient au dénouement de la sanglante aventure) ; de Vélez de Guevara *El diablo está en Cantillana* (un amoureux se déguise en fantôme pour défendre sa maîtresse contre les desseins de Don Pèdre) ; de Moreto *El valiente justiciero o el rico-hombre de Alcalá* (Don Pèdre ayant humilié un noble est sommé par lui de se battre « en renonçant à sa majesté », et le roi sort vainqueur de l'aventure) ; de Juan de la Hoz y Mota, *El montañés Juan Pascual, primer asistente de Sevilla* (sur la fameuse anecdote du *Candilejo*). Le thème passe même en France, inspire à Laurent Du Belloy une tragédie, *Pierre le Cruel*, qui échoue le 20 mai 1772 ; et une autre à Voltaire, intitulée *Don Pèdre* et imprimée en 1774 avec un Discours historique et critique*. Il n'est pas jusqu'à Alexandre Dumas père qui n'ait repris, lui aussi, sous le titre de *Pierre le Cruel*, l'anecdote du *Candilejo* comme sujet d'une brève nouvelle, tandis qu'à la même époque l'Alexandre Dumas espagnol, le romancier Fernandez y Gonzalez, utilisait la même anecdote comme prétexte à une fiction romanesque plus étendue, qu'il intitulait *La cabeza del rey Don Pedro*. Cette liste n'est pas limitative, mais elle suffira à montrer le relief qu'a acquis ce thème comme une des constantes du patrimoine littéraire en Espagne.

G. Laplane, Préface (pp. XIII-XIV) de l'*Histoire de Don Pèdre Ier, roi de Castille,* Didier, 1961.

---

* Cette tragédie de Voltaire (Don Pèdre et Henri de Transtamare se disputent le trône et la main d'une certaine princesse Léonore) est curieuse en dépit de ses anachronismes ; Don Pèdre, régénéré par l'amour, y devient une sorte de « despote éclairé » victime des factions féodales et de l'obscurantisme, celui-ci étant représenté surtout par l'astucieuse diplomatie franco-pontificale, que sert malgré lui le loyal chevalier Du Guesclin.

## III - LES AMOURS DU ROI DON PÈDRE Iᵉʳ ET DE MARIA PADILLA REINE DES GITANS

Jusqu'à présent on a vu don Pèdre n'avoir d'autres volontés que celles de son ministre : le moment approchait où cette domination allait cesser. Alburquerque et la reine-mère, ayant résolu de marier le jeune prince, avaient jeté les yeux sur la maison de France pour l'union qu'ils projetaient. Pendant la session des cortès de Valladolid, des ambassadeurs s'étaient rendus à Paris, chargés de demander au nom de don Pèdre la main de Blanche, nièce du roi Jean et fille du duc de Bourbon, alors âgée de quinze ans à peine. On vantait partout sa beauté, sa douceur, sa grâce naïve. La princesse, solennellement fiancée au roi de Castille, n'attendait, pour passer en Espagne, que la fin des troubles qui obligeaient don Pèdre à parcourir ses provinces à la tête d'une armée. En même temps que le ministre traitait de cette illustre alliance, il ne dédaignait pas de s'occuper en secret d'une négociation moins honorable, mais dont le succès, selon ses calculs, devait lui assurer la continuation de sa haute influence. Déjà plusieurs fois, l'humeur altière du jeune roi s'était révélée par des velléités d'indépendance, rapides comme des éclairs, alarmantes cependant pour un vieux politique accoutumé à lire dans le cœur de son maître. Il s'apercevait que, pour le détourner de vouloir gouverner par lui-même, il était temps de lui donner des distractions plus puissantes que les plaisirs de la chasse. Le règne de don Alphonse avait prouvé tout ce que peut une maîtresse, et le ministre prudent ne voulut pas abandonner au hasard le choix de la femme destinée à jouer un si grand rôle. Craignant une rivale, il voulut avoir une alliée ou plutôt une esclave. Il choisit donc pour le roi et se trompa lourdement. Il crut trouver la personne la plus propre à servir ses desseins dans doña Maria de Padilla, jeune fille noble, élevée dans la maison de sa femme doña Isabel de Meneses. Elle était orpheline, issue d'une famille illustre, autrefois attachée à la faction de Lara et ruinée par les dernières guerres civiles. Son frère et son oncle, pauvres et ambitieux, se prêtèrent, dit-on, à ce honteux marché. Persuadé que doña Maria, nourrie dans sa maison, le regarderait toujours comme un maître, Alburquerque attira sur elle l'attention de don Pèdre et ménagea lui-même leur première entrevue, qui eut lieu pendant l'expédition des Asturies. Doña Maria de Padilla était petite de taille, comme la plupart des Espagnoles, jolie, vive, remplie de cette grâce voluptueuse particulière aux femmes du Midi, et que notre langue ne sait exprimer par aucun terme*. On ne connaissait encore son esprit que par son enjouement, qui amusait la grande dame chez laquelle elle vivait dans une situation presque servile. Plus âgée que le roi, elle avait sur lui l'avantage d'avoir déjà pu étudier les hommes et d'avoir observé la cour, mêlée parmi la foule. Elle montra bientôt qu'elle était digne de régner.

On aime à croire qu'en se donnant à don Pèdre, cette jeune fille ne céda pas uniquement à des calculs d'ambition. Le roi n'avait que dix-huit ans ; il était bien fait, ardent, magnifique, véritablement amoureux. Sans doute cette passion aurait suffi pour séduire doña Maria, quand même elle n'eût pas été rehaussée par le prestige d'une couronne. Ses protecteurs, sa famille, conspirèrent pour triompher de ses scrupules. Elle se rendit bientôt, peut-être en exigeant du roi une promesse de mariage, ou même, comme l'ont supposé quelques auteurs, l'accomplissement des cérémonies religieuses, qui toutefois auraient été célébrées dans le plus profond mystère. Si ce mariage eut lieu en effet, toute l'Espagne l'ignora d'abord et doña Maria ne passa longtemps que pour la maîtresse du roi. Son oncle, Juan Fernandez de Hinestrosa, la conduisit lui-même à San Fagund où s'arrêta don Pèdre à son retour des Asturies, et la mit, pour ainsi dire, entre ses bras.

*Histoire de don Pèdre I<sup>er</sup>, roi Mérimée de Castille,*
*op. cit., pp. 143-145.*

---

\* Ayala, p. 332. La langue castillane est riche en mots pour caractériser la grâce chez les femmes. L'Espagne est, à la vérité, le pays où cette qualité est le plus commune. Je citerai quelques expressions seulement qui indiquent des nuances plus faciles à apprécier qu'à traduire. *Garbo* est la grâce unie à la noblesse ; *donayre*, l'élégance du maintien, l'enjouement de l'esprit ; *salero,* la grâce voluptueuse et provocante ; *zandunga,* l'espèce de grâce particulière aux Andalouses, un mélange heureux de souplesse et de nonchalance. On célébrera le *garbo* ou le *donayre* d'une duchesse, le *salero* d'une actrice, la *zandunga* d'une bohémienne de Jerez.

Cependant Blanche de Bourbon était déjà en Castille avec un grand nombre de seigneurs français et les ambassadeurs qui étaient allés la demander au roi son oncle. La mère de don Pèdre et la reine doña Léonor s'étaient avancées jusqu'à Valladolid pour recevoir la princesse. C'était dans cette ville que le mariage devait se célébrer, et elles y demeuraient depuis plusieurs mois sans que don Pèdre parût songer à les rejoindre. Délivré de son ministre, séparé de sa mère, il se croyait véritablement roi et s'était établi à Torrijos, près de Tolède, donnant des fêtes et des tournois à sa maîtresse, plus épris d'elle que jamais. Enivré des divertissements et des flatteries de sa jeune cour, il semblait avoir oublié l'alliance qu'il venait de contracter et ne s'occupait qu'à inventer de nouveaux plaisirs. Au milieu des pompes joyeuses de Torrijos parut tout à coup un visage sévère ; c'était Alburquerque, rappelé à l'improviste par le scandale public. Son langage fut triste et grave. Il représenta l'affront fait à la maison de France et l'anxiété de toute la Castille, qui attendait du mariage de son roi une garantie de tranquillité pour l'avenir. Aux troubles qu'avait occasionnés sa maladie, la première année de son règne, don Pèdre pouvait pressentir quelle serait la situation de tout le royaume, si la mort venait à le surprendre avant qu'il eût laissé un héritier direct. Le respect dû à un traité solennel, l'avenir du pays, l'honneur de la couronne, l'obligeaient à se rendre sans plus de retard auprès de la princesse sa fiancée. Don Pèdre, contraint par l'évidence et subjugué par l'ascendant de son austère conseiller, consentit à partir pour Valladolid. Vers le commencement de mai 1353, il laissa Marie de Padilla dans le fort château de Montalvan, sous la garde d'un frère bâtard qu'elle avait, nommé Juan Garcia de Villagera. Toutes les mesures que l'amour put lui suggérer furent prises pour mettre cette retraite à l'abri d'une attaque, et le roi ne cachait à personne que tant de précautions lui paraissaient nécessaires contre le mauvais vouloir d'Alburquerque. Enfin, triste et mal résigné, il s'achemina vers Valladolid.

*Ibid.*, pp. 148-150.

Autant le roi avait montré d'abord d'irrésolution et de lenteur, autant il témoignait à présent d'impatience pour en finir. Toutefois nul ne pouvait attribuer ce changement à l'impression produite par les charmes de Blanche. Le roi y paraissait toujours insensible ; il la regardait à peine ; mais, convaincu que son mariage était un devoir et une nécessité, il avait hâte de l'accomplir pour obtenir le repos. Les deux fiancés furent menés en grande pompe à l'église de Sainte-Marie-la-Neuve.

[...]

Un tournoi, des courses de cannes, un combat de taureaux, suivirent la cérémonie religieuse, et se renouvelèrent le lendemain. Mais, au milieu de ces fêtes, tous les yeux se portaient avec curiosité sur les nouveaux époux. Chacun lisait sur la contenance du roi sa froideur et même son aversion pour sa jeune compagne, et, comme l'on s'expliquait difficilement qu'un homme de son âge, ardent et voluptueux, se montrât insensible aux attraits de la princesse française, plusieurs murmuraient tout bas qu'il avait été fasciné par Marie de Padilla, et que ses yeux, charmés par art magique, lui montraient un objet repoussant au lieu de la jeune beauté qu'il venait de conduire à l'autel*.

*Ibid.*, pp. 155-157.

---

\* L'ensorcellement de don Pèdre par la Padilla est la tradition populaire en Andalousie, où l'un et l'autre ont laissé de grands souvenirs. On ajoute que Marie de Padilla était une reine de Bohémiens, leur *bari crallisa*, partant consommée dans l'art de préparer les philtres. Malheureusement les Bohémiens ne parurent guère en Europe qu'un siècle plus tard. — L'auteur de la *Première Vie du pape Innocent VI* raconte gravement que, Blanche ayant fait présent à son époux d'une ceinture d'or, Marie de Padilla, aidée d'un Juif, insigne sorcier, changea cette ceinture en serpent, un certain jour que le roi s'en était paré. On pense aisément quelle dut être la surprise du prince et celle de toute la cour, lorsque la ceinture commença à s'agiter et à siffler, sur quoi la Padilla trouva facilement occasion de persuader à son amant que Blanche était une magicienne qui voulait le faire périr par la sorcellerie. Baluze, *Hist. des papes d'Avignon,* I, p. 224 ; Ayala, p. 95.

## IV - LA RUE DU CANDILEJO

Accusant son ancien ministre de partialité et d'injustice, il annonçait, avec un peu trop d'assurance peut-être, que, maintenant qu'il régnait seul, ni le rang ni la faveur ne trouveraient accès auprès de lui. La mieux tenue des promesses faites aux cortès de Valladolid fut celle d'écouter toutes les plaintes portées au pied de son trône. Affable avec les petits, souvent dur et hautain avec les grands, il voulait être instruit de tout, voir tout par lui-même. À l'exemple de ces califes dont les légendes avaient sans doute amusé son enfance, il se plaisait à prendre des déguisements et à parcourir seul, la nuit, les rues de Séville, soit pour surprendre les sentiments du peuple, soit pour chercher des aventures et surveiller la police de cette grande cité. Ces explorations mystérieuses ont fourni aux romanciers et aux poètes espagnols le texte de mille récits dramatiques, la plupart peu dignes de créance, remarquables pourtant parce qu'ils s'accordent tous sur le caractère qu'ils donnent à don Pèdre, échos en cela de la tradition populaire, qui pour l'historien n'est pas sans quelque valeur. En effet, le peuple, s'il altère les faits, juge les hommes avec exactitude. Pour lui, don Pèdre fut le protecteur des opprimés, le redresseur des torts, l'ennemi ardent de toutes les iniquités du régime féodal. Il est vrai que le peuple se contente de peu et tient compte à ses maîtres de leurs bonnes intentions. La justice de don Pèdre, demeurée proverbiale, fut celle des souverains musulmans, prompte, terrible, presque toujours passionnée, souvent bizarre dans sa forme.

On me pardonnera de rapporter ici une anecdote singulière sur les courses nocturnes du roi : consacrée par un monument encore existant à Séville, admise par les auteurs les plus graves, elle ne doit pas, je pense, être rejetée par la critique moderne pour les couleurs romanesques qu'une longue tradition a pu lui donner.

On raconte qu'une nuit, le roi, passant seul et déguisé dans une rue de Séville, se prit de querelle avec un inconnu pour un motif frivole\*. Les épées furent tirées et le roi tua son adversaire. À l'approche des officiers de justice, il prit la fuite et regagna l'Alcazar, croyant n'avoir pas été reconnu. Une enquête eut lieu. Le seul témoin du combat était une vieille femme, qui, à la lueur d'une lampe, avait vu confusément la scène tragique. Suivant sa déposition, les deux cavaliers avaient le visage caché sous leur manteau, selon la coutume des galants de l'Andalousie ; mais l'un d'eux, le vainqueur, faisait entendre en marchant un bruit étrange : ses genoux produisaient un léger craquement ; or, tout le monde le savait à Séville, ce craquement des genoux était particulier au roi, par suite d'un défaut de conformation, qui d'ailleurs ne l'empêchait pas d'être agile et adroit à tous les exercices du corps. Un peu confus de leur découverte, les alguazils ne savaient s'ils devaient punir la vieille ou bien acheter son silence. Le roi lui fit donner une somme d'argent et s'avoua coupable. Restait à trouver une peine, chose difficile. La loi était formelle : en pareil cas, le meurtrier devait être décapité et sa tête était exposée sur le lieu du crime. Don Pèdre ordonna que sa tête couronnée et taillée en pierre fût placée dans une niche, au milieu de la rue théâtre du combat. Ce buste, malheureusement renouvelé au dix-septième siècle, se voit encore aujourd'hui dans la rue du *Candilejo* à Séville\*\*.

*Ibid.*, pp. 173-175.

---

\* La tradition, qui n'est jamais à court de circonstances minutieuses, rapporte que l'inconnu gardait une rue, c'est-à-dire qu'il empêchait les passants d'y entrer, soit pour parler en liberté à une femme, soit pour procurer cette facilité à un ami. Cet usage existait encore il y a quelques années en Espagne, et occasionnait souvent des duels.

\*\* On dit que ce nom a été donné à la rue en mémoire de la lampe, *candilejo*, qui éclaira le duel. — Zuñiga, *Anales eclesiásticos de Sevilla*, t. II, p. 136.

## V - *TRA LOS MONTES :* un romantique en Espagne

## En voyage !

Les chevaux nous abandonnèrent à Irún. On attela à la voiture dix mules rasées jusqu'au milieu du corps, mi-partie cuir, mi-partie poil, comme ces costumes du Moyen Âge qui ont l'air de deux moitiés d'habits différents recousues par hasard ; ces bêtes ainsi rasées ont une étrange mine et paraissent d'une maigreur effrayante ; car cette dénudation permet d'étudier à fond leur anatomie, les os, les muscles et jusqu'aux moindres veines ; avec leur queue pelée et leurs oreilles pointues, elle ont l'air d'énormes souris. Outre les dix mules, notre personnel s'augmenta d'un *zagal* et de deux *escopeteros* ornés de leur *trabuco* (tromblon). Le *zagal* est une espèce de coureur, de sous-*mayoral*, qui enraye les roues dans les descentes périlleuses, qui surveille les harnais et les ressorts, qui presse les relais et joue autour de la voiture le rôle de la mouche du coche, mais avec bien plus d'efficacité. Le costume du *zagal* est charmant, d'une élégance et d'une légèreté extrêmes ; il porte un chapeau pointu enjolivé de bandes de velours et de pompons de soie, une veste marron ou tabac, avec des dessous de manches et un collet fait de morceaux de diverses couleurs, bleu, blanc et rouge ordinairement, et une grande arabesque épanouie au milieu du dos, des culottes constellées de boutons de filigrane, et pour chaussures des *alpargatas*, sandales attachées par des cordelettes ; ajoutez à cela une ceinture rouge et une cravate bariolée, et vous aurez une tournure tout à fait caractéristique. Les *escopeteros* sont des gardiens, des *miqueletes* destinés à escorter la voiture et à effrayer les *rateros* (on appelle ainsi les petits voleurs), qui ne résisteraient pas à la tentation de détrousser un voyageur isolé, mais que la vue édifiante du *trabuco* suffit à tenir en respect, et qui passent en vous saluant du sacramentel *Vaya usted con Dios* : allez avec Dieu. L'habit des *escopeteros* est à peu près semblable à celui du *zagal*, mais moins coquet, moins enjolivé. Ils se placent sur l'impériale à l'arrière de la voiture, et dominent ainsi la campagne. Dans la description de notre caravane, nous avons oublié de mentionner un petit postillon monté sur un cheval, qui se tient en tête du convoi et donne l'impulsion à toute la file.

T. Gautier, *op. cit.*, pp. 44-45.

## *En attendant les brigands...*

Un voyage en Espagne est encore une entreprise périlleuse et romanesque ; il faut payer de sa personne, avoir du courage, de la patience et de la force ; l'on risque sa peau à chaque pas ; les privations de tous genres, l'absence des choses les plus indispensables à la vie, le danger de routes vraiment impraticables pour tout autre que des muletiers andalous, une chaleur infernale, un soleil à fendre le crâne, sont les moindres inconvénients ; vous avez en outre les *factieux*, les voleurs et les hôteliers, gens de sac et de corde, dont la probité se règle sur le nombre de carabines que vous portez avec vous. Le péril vous entoure, vous suit, vous devance ; vous n'entendez chuchoter autour de vous que des histoires terribles et mystérieuses. Hier les bandits ont soupé dans cette *posada*. Une caravane a été enlevée et conduite dans la montagne par les brigands pour en tirer rançon. Palillos est en embuscade à tel endroit où vous devez passer ! Sans doute il y a dans tout cela beaucoup d'exagération ; cependant, si incrédule qu'on soit, il faut bien en croire quelque chose, lorsque l'on voit à chaque angle de la route des croix de bois chargées d'inscriptions de ce genre : «*Aquí mataron a un hombre* ». — « *Aquí murio de mano airada* »[1]...

Nous étions partis de Grenade le soir, et nous devions marcher toute la nuit. La lune ne tarda pas à se lever et à glacer d'argent les escarpements exposés à ses rayons. Les ombres des rochers s'allongeaient et se découpaient bizarrement sur la route que nous suivions, et produisaient des effets d'optique singuliers. Nous entendions tinter dans le lointain, comme des notes d'harmonica, les sonnettes des ânes partis

---

1. « Ici on tua un homme. Ici il mourut par une main furieuse.

en avant avec nos bagages, ou quelque *mozo de mulas* chanter des couplets d'amour avec ce son guttural et ces portements de voix toujours si poétiques, la nuit, dans les montagnes. C'était charmant, et l'on nous saura gré de rapporter ici deux stances probablement improvisées, qui nous sont restées gravées dans la mémoire par leur gracieuse bizarrerie :

| | |
|---|---|
| *Son tus labios dos cortinas* | Tes lèvres sont deux rideaux |
| *De terciopelo carmesi ;* | De velours cramoisi ; |
| *Entre cortina y cortina,* | Entre rideau et rideau, |
| *Niña, dime que si.* | Petite, dis-moi oui. |
| *Atame con un cabello* | Attache-moi avec un cheveu |
| *A los bancos de tu cama,* | Au bois de ton lit, |
| *Aunque el cabello se rompa* | Et quand même le cheveu se [romprait, |
| *Segura está que no me vaya.* | Sois sûre que je ne m'en [irai pas. |

Nous eûmes bientôt dépassé Cacín, où nous traversâmes à gué un joli torrent de quelques pouces de profondeur, dont les eaux claires papillotaient sur le sable comme des ventres d'ablettes, et se précipitaient comme une avalanche de paillettes d'argent sur le penchant rapide de la montagne.

À partir de Cacín la route devint horriblement mauvaise. Nos mules avaient des pierres jusqu'au ventre et des aigrettes d'étincelles à chaque pied. Nous montions, nous descendions, côtoyant les précipices, traçant des zigzags et des diagonales, car nous étions dans les Alpujarras, inaccessibles solitudes, chaînes escarpées et farouches, d'où les Mores, à ce que l'on dit, ne purent jamais être complètement expulsés et où vivent, cachés à tous les yeux, quelques milliers de leurs descendants.

À un tournant de la route, nous eûmes un instant de belle frayeur. Nous aperçûmes, à la faveur du clair de lune, sept grands gaillards drapés dans de longs manteaux, le chapeau pointu sur la tête, le *trabuco* sur l'épaule, qui se tenaient immobiles au milieu du chemin. L'aventure poursuivie depuis si longtemps se produisait avec tout le romantisme possible. Malheureusement les bandits nous saluèrent fort poliment d'un respectueux : « *Vayan ustedes con Dios.* » Ils étaient précisément le contraire de voleurs, étant miquelets, c'est-à-dire gendarmes. Ô déception amère pour deux jeunes voyageurs enthousiastes qui auraient volontiers payé une aventure au prix de leurs bagages !

*Ibid.*, pp. 321-323.

## À *l'auberge : le gazpacho*

Ce ne fut pas sans satisfaction intime que j'attachai ma mule aux barreaux de la *posada*.

Notre souper fut des plus simples ; toutes les servantes et tous les garçons de l'hôtellerie étaient allés danser, et il fallut nous contenter d'un simple *gazpacho*. Le *gazpacho* mérite une description particulière, et nous allons en donner ici la recette, qui eût fait dresser les cheveux sur la tête de feu Brillat-Savarin. L'on verse de l'eau dans une soupière, à cette eau l'on ajoute un filet de vinaigre, des gousses d'ail, des oignons coupés en quatre, des tranches de concombre, quelques morceaux de piment, une pincée de sel, puis l'on taille du pain qu'on laisse tremper dans cet agréable mélange, et l'on sert froid. Chez nous, des chiens un peu bien élevés refuseraient de compromettre leur museau dans une pareille mixture. C'est le mets favori des Andalous, et les plus jolies femmes ne craignent pas d'avaler, le soir, de grandes écuelles de cet infernal potage. Le *gazpacho* passe pour très rafraîchissant, opinion qui nous paraît un peu hasardée, et, si étrange qu'il paraisse la première fois qu'on en goûte, on finit par s'y habituer, et même par l'aimer. Par une compensation toute providentielle, nous eûmes, pour arroser ce maigre repas, une grande carafe pleine d'un excellent vin blanc de Malaga sec que nous vidâmes consciencieusement jusqu'à la dernière perle, et qui répara nos forces qu'avait épuisées une traite de neuf heures dans des chemins invraisemblables et par une température de four à plâtre.

*Ibid.*, pp. 329-330.

## *Couleur locale ou modernité ?*

Les femmes ont eu le bon goût de ne pas quitter la mantille, la plus délicieuse coiffure qui puisse encadrer un visage d'Espagnole ; elles vont par les rues et à la promenade en cheveux, un œillet rouge à chaque tempe, groupées dans leurs dentelles noires, et filent le long des murs en manégeant de l'éventail avec une grâce, une prestesse incomparables. Un chapeau de femme est une rareté à Grenade. Les élégantes ont bien dans leur arrière-carton quelque machine jonquille ou ponceau qu'elles réservent pour les occasions suprêmes ; mais ces occasions, grâce à Dieu, sont fort rares, et les horribles chapeaux ne voient le jour qu'à la fête de la reine ou aux séances solennelles du lycée. Puissent nos modes ne jamais faire invasion dans la ville des califes, et la terrible menace renfermée dans ces deux mots peints en noir à l'entrée d'un carrefour : *Modista francesa*, ne jamais se réaliser ! Les esprits dits sérieux nous trouveront sans doute bien futile et se moqueront de nos doléances pittoresques ; mais nous sommes de ceux qui croient que les bottes vernies et les paletots en caoutchouc contribuent très peu à la civilisation, et qui estiment la civilisation elle-même quelque chose de peu désirable. C'est un spectacle douloureux pour le poète, l'artiste et le philosophe, de voir les formes et les couleurs disparaître du monde, les lignes se troubler, les teintes se confondre et l'uniformité la plus désespérante envahir l'univers sous je ne sais quel prétexte de progrès. Quand tout sera pareil, les voyages deviendront complètement inutiles, et c'est précisément alors, heureuse coïncidence, que les chemins de fer seront en pleine activité. À quoi bon aller voir loin, à raison de dix lieues à l'heure, des rues de la Paix éclairées au gaz et garnies de bourgeois confortables ? Nous croyons que tels n'ont pas été les desseins de Dieu, qui a modelé chaque pays d'une façon différente, lui a donné des végétaux particuliers, et l'a peuplé de races spéciales dissemblables de conformation, de teint et de langage. C'est mal comprendre le sens de la création que de vouloir imposer la même livrée aux hommes de tous les climats, et c'est une des mille erreurs de la civilisation européenne ; avec un habit à queue de morue l'on est beaucoup plus laid, mais tout aussi barbare.

*Ibid.*, pp. 262-263.

*Espagnoles*

### Manolas de Madrid...

On nous avait beaucoup vanté les *manolas* de Madrid : la *manola* est un type disparu comme la grisette de Paris, comme les Transtévérins de Rome ; elle existe bien encore, mais dépouillée de son caractère primitif ; elle n'a plus son costume si hardi et si pittoresque ; l'ignoble indienne a remplacé les jupes de couleurs éclatantes brodées de ramages exorbitants ; l'affreux soulier de peau a chassé le chausson de satin, et, chose horrible à penser, la robe s'est allongée de deux bons doigts. Autrefois elles variaient l'aspect du Prado par leurs vives allures et leur costume singulier : aujourd'hui on a peine à les distinguer des petites bourgeoises et des femmes de marchands. J'ai cherché la *manola pur sang* dans tous les coins de Madrid, à la course de taureaux, au jardin de *las Delicias*, au *Nuevo Recreo*, à la fête de saint Antoine, et je n'en ai jamais rencontré de complète. Une fois, en parcourant le quartier du *Rastro*, le Temple de Madrid, après avoir enjambé une grande quantité de gueux qui dormaient étendus par terre au milieu d'effroyables guenilles, je me trouvai dans une petite ruelle déserte, et là je vis, pour la première et la dernière fois, la *manola* demandée. C'était une grande fille bien découplée, de vingt-quatre ans environ, la plus haute vieillesse où puissent arriver les *manolas* et les grisettes. Elle avait le teint basané, le regard ferme et triste, la bouche un peu épaisse, et je ne sais quoi d'africain dans la construction du masque. Une énorme tresse de cheveux bleus à force d'être noirs, nattée comme le jonc d'une corbeille, lui faisait le tour de la tête et venait se rattacher à un grand peigne à galerie ; des paquets de grains de corail pendaient à ses oreilles ; son cou fauve était orné d'un collier de même matière ; une mantille de velours noir encadrait sa tête et ses épaules ; sa robe, aussi courte que celle des Suissesses du canton de Berne, était de drap brodé, et laissait voir des jambes fines et nerveuses enfermées dans un bas de soie noire bien tiré ; le soulier était de satin, selon l'ancienne mode ; un éventail rouge tremblait comme un papillon de cinabre dans ses doigts chargés de bagues d'argent. La dernière des *manolas* tourna le coin de la ruelle, et disparut à mes yeux émerveillés d'avoir vu une fois se promener dans le monde réel et vivant un costume de Duponchel, un déguisement d'Opéra.

*Ibid.*, pp. 130-131.

*malagueñas...*

Les femmes étaient en assez grand nombre, et j'en remarquai beaucoup de jolies. La *Malagueña* se distingue par la pâleur dorée de son teint uni, où la joue n'est pas plus colorée que le front, l'ovale allongé de son visage, le vif incarnat de sa bouche, la finesse de son nez et l'éclat de ses yeux arabes, qu'on pourrait croire teints de *henné*, tant les paupières en sont déliées et prolongées vers les tempes. Je ne sais si l'on doit attribuer cet effet aux plis sévères de la draperie rouge qui encadre leurs figures, elles ont un air sérieux et passionné, qui sent tout à fait son Orient, et que ne possèdent pas les Madrilènes, les Grenadines et les Sévillanes, plus mignonnes, plus gracieuses, plus coquettes, et toujours un peu préoccupées de l'effet qu'elles produisent. Je vis là d'admirables têtes, des types superbes dont les peintres de l'école espagnole n'ont pas assez profité, et qui offraient à un artiste de talent une série d'études précieuses et entièrement neuves. Dans nos idées, il semble étrange que des femmes puissent assister à un spectacle où la vie de l'homme est en péril à chaque instant, où le sang coule en larges mares, où de malheureux chevaux effondrés se prennent les pieds dans leurs entrailles ; on se les figurerait volontiers comme des mégères au regard hardi, au geste forcené, et l'on se tromperait fort : jamais plus doux visage de madone, paupières plus veloutées, sourires plus tendres, ne se sont inclinés sur un Enfant Jésus. Les chances diverses de l'agonie du taureau sont suivies attentivement par de pâles et charmantes créatures dont un poète élégiaque serait tout heureux de faire une Elvire. Le mérite des coups est discuté par des bouches si jolies, qu'on voudrait ne les entendre parler que d'amour. De ce qu'elles voient d'un œil sec des scènes de carnage qui feraient trouver mal nos sensibles Parisiennes, l'on aurait tort d'inférer qu'elles sont cruelles et manquent de tendresse d'âme : cela ne les empêche pas d'être bonnes, simples de cœur, et compatissantes aux malheureux ; mais l'habitude est tout, et le côté sanglant des courses, qui frappe le plus les étrangers, est ce qui occupe le moins les Espagnols, attentifs à la valeur des coups et à l'adresse déployée par les *toreros*, qui ne courent pas d'aussi grands risques que l'on pourrait se l'imaginer d'abord.

*Ibid.*, pp. 336-337.

### ...et cigarières de Séville

Puisque nous sommes en train de visiter les monuments, entrons quelques instants à la manufacture de tabac qui est à deux pas. Ce vaste bâtiment, très bien approprié à son usage, renferme une grande quantité de machines à râper, à hacher et triturer le tabac, qui font le bruit d'une multitude de moulins, et sont mises en activité par deux ou trois cents mules. C'est là que se fabrique *el polvo sevillano*, poussière impalpable, pénétrante, d'une couleur jaune d'or, dont les marquis de la Régence aimaient à saupoudrer leurs jabots de dentelle : la force et la volatilité de ce tabac sont telles, que l'on éternue dès le seuil des salles dans lesquelles on le prépare. Il se débite par livre et demi-livre dans des boîtes de fer-blanc. L'on nous conduisit aux ateliers où se roulent les cigares en feuilles. Cinq ou six cents femmes sont employées à cette préparation. Quand nous mîmes le pied dans leur salle, nous fûmes assaillis par un ouragan de bruits : elles parlaient, chantaient et se disputaient toutes à la fois. Je n'ai jamais entendu un vacarme pareil. Elles étaient jeunes pour la plupart, et il y en avait de fort jolies. Le négligé extrême de leur toilette permettait d'apprécier leurs charmes en toute liberté. Quelques-unes portaient résolument à l'angle de leur bouche un bout de cigare avec l'aplomb d'un officier de hussards ; d'autres, ô muse, viens à mon aide ! d'autres... chiquaient comme de vieux matelots, car on leur laisse prendre autant de tabac qu'elles en peuvent consommer sur place. Elles gagnent de quatre à six réaux par jour. La *cigarrera* de Séville est un type, comme la *manola* de Madrid. Il faut la voir, le dimanche ou les jours de courses de taureaux, avec sa basquine frangée d'immenses volants, ses manches garnies de boutons de jais, et le *puro* dont elle aspire la fumée, et qu'elle passe de temps à autre à son galant.

*Ibid.*, pp. 405-406.

# BIBLIOGRAPHIE

## Mérimée

*Correspondance générale,* 17 volumes, Privat, Toulouse, 1941-1964.
*Histoire de Don Pèdre I$^{er}$, roi de Castille,* Didier, 1961, avec une préface et des notes de G. Laplane.
*Romans et Nouvelles,* Garnier, 1967.
*Théâtre de Clara Gazul,* Garnier-Flammarion, 1968.
*Théâtre,* Éditeurs français réunis, 1970, avec une préface de Louis Aragon.
*Nouvelles corses (Colomba, Mateo Falcone),* Presses Pocket, 1989.

## Ouvrages critiques généraux
(ordre chronologique)

TRAHARD P., *La jeunesse de Mérimée (1803-1834),* Champion, 1925 ; *P. Mérimée de 1834 à 1854,* Champion, 1928.
LÉON P., *Mérimée en son temps,* PUF, 1962.
Numéro spécial de la *Revue d'Histoire littéraire de la France,* janvier-février 1971.
GANS E., *Un pari contre l'Histoire : les premières nouvelles de Mérimée,* Minard, 1972.
Numéro spécial de la revue *Europe,* n° 557, 1975.

## Sur l'Espagne au temps de Mérimée

HOFFMAN L.F., *Romantique Espagne,* PUF, 1961.
HERR E.F., *Les origines de l'Espagne romantique,* Didier, 1974.

## Sur les gitans

BORROW G., *The Zincalis,* London, John Murray, 1846.
SERGE, *La grande histoire des Bohémiens,* Éd. Kardus, 1963.
KENRICK D. et PUXON G., *Destins gitans,* Calmann-Lévy, 1974.
WILLIAMS P., *Tziganes : Identité, Évolution,* Études Tziganes, Syros Alternatives, 1989.

## AUTOUR DE *CARMEN*...

MALHERBE H., *Carmen,* Albin Michel, 1951.
ROBERT F., *G. Bizet,* Seghers, 1965.
MEILHAC H. et HALÉVY L., *Carmen,* Calmann-Lévy, 1968.
CLÉMENT C., *L'Opéra ou la défaite des Femmes,* Grasset, 1979.
NIETZSCHE F., *Le cas Wagner,* Idées Gallimard, 1980.
Numéro spécial de l'*Avant-Scène Opéra,* n° 26, mars-avril 1980.
CARDOZE M., *G. Bizet,* Musique Mazarine, 1982.
ROY J., *Bizet,* Le Seuil, Solfège, 40, 1983.
MAINGUENEAU D., *Carmen, les racines d'un mythe,* Éditions du Sorbier, 1984.
Numéro spécial de l'*Avant-Scène : Opéra Cinéma,* n° 98, mai 1987.
BIZET G., *Lettres,* Calmann-Lévy, 1989.

## Lectures annexes

CERVANTÈS, *Nouvelles Exemplaires,* Folio Gallimard, 1981.
GAUTIER Th., *Voyage en Espagne,* Folio Gallimard, 1981.
POUCHKINE, *Les Bohémiens, Œuvres poétiques,* t. I, L'Âge d'Homme, 1981.
HUGO V., *Notre-Dame de Paris,* Presses Pocket, 1989.

# FILMOGRAPHIE

Avertissement : le nombre des adaptations de *Carmen* défie l'imagination. Il est parfois difficile, en outre, de distinguer entre l'adaptation de la nouvelle de Mérimée et celle de l'opéra de Bizet. Surtout pour les films muets ! On indiquera chaque fois qu'on le pourra cette différence par les sigles :

M (= Mérimée) et B (= Bizet).

1908  Otis Turner, EU.
1909  Gerolamo Lo Savio, IT (B).
1910  André Calmettes, FR (M).
1911  Theo Bouwmeester, GB.
1913  *Amour espagnol,* Urban Gad, ALL/DAN.
1913  Doria et Turchi, IT, (B).
1915  Cecil B. De Mille, EU, (M + B clandestinement !), Carmen : Géraldine Farrar.
1915  Raoul Walsh, EU, (M), Carmen : Theda Bara.
1916  Charles Chaplin, EU (film comique avec Edna Purviance et Charles Chaplin).
1916  Ugo Serra, IT.
1918  Ernst Lubitsch, ALL (M), Carmen : Pola Negri.
1919  *Une Carmen du Nord,* Maurits H. Binger et Hans Nesna, PB.
1926  Jacques Feyder, FR, Carmen : Raquel Meller.
1927  *The Loves of Carmen,* Raoul Walsh, EU, Carmen : Dolores Del Rio (bien que fondé sur la nouvelle de Mérimée, le film était accompagné par un orchestre jouant du Bizet).
1932  *The Idol of Seville,* Howard Higgins, EU (B) sélection de morceaux.
1932  Cecil Lewis, GB.
1938  *Nuits d'Andalousie,* Herbert Maisch, ALL/ESP.

1943   Luis Cesar Amadori, ARG (B, version burlesque modernisée).
1943   Christian-Jaque, FR/IT, Carmen : Viviane Romance.
1948   *The Loves of Carmen,* Charles Vidor, EU, Carmen : Rita Hayworth.
1953   *Carmen fille d'amour,* Guiseppe M. Scotese, IT/ESP.
1954   *Carmen Jones,* Otto Preminger, EU (B, remanié et modernisé), Carmen : Dorothy Dandridge.
1959   *La Carmen de Grenade,* Tulio Demichelli, ESP, Carmen : Sara Montiel (transposition).
1961   Luigi Vanzi, IT (B), Carmen : Marta Rose.
1962   *Carmen 63,* Carmine Gallone, IT/FR, Carmen : Giovanna Ralli.
1968   *L'Homme, l'orgueil, la vengeance,* Luigi Bazzoni, Carmen : Tina Aumont.
1983   *Carmen Story,* Carlos Saura, ESP (M + B).
1983   *La Tragédie de Carmen,* Peter Brook, FR (M + B) (mise en images du spectacle original de Brook au théâtre des Bouffes du Nord en 1981), quatre rôles pour Carmen.
1984   Francesco Rosi, FR (B), Carmen : Julia Migenes-Johnson.

...et sans oublier la version érotique : *Carmen nue* d'Albert Lopez !

# DISCOGRAPHIE
(sélection)

1959 Orchestre : RTF Paris
 Direction : T. Beecham
 Carmen : Victoria de Los Angeles
 Édition : VSM

1963 Orchestre : Suisse romande
 Direction : T. Schippers
 Carmen : Regina Resnik
 Édition : DECCA

1964 Orchestre : Opéra de Paris
 Direction : Georges Prêtre
 Carmen : Maria Callas
 Édition : EMI

1975 Orchestre : Philharmonique de Strasbourg
 Direction : Alain Lombard
 Carmen : Régine Crespin
 Édition : ERATO

1976 Orchestre : London Philharmonic
 Direction : Georg Solti
 Carmen : Tatiana Troyanos
 Édition : DECCA

1978 Orchestre : London Symphony Orchestra
 Direction : Claudio Abado
 Carmen : Teresa Berganza
 Édition : D6

# VIDÉOGRAPHIE
(sélection)

## 1 - Opéra

*Carmen* (H. Von Karajan/Mirella Freni), Beta Film, 163 mn.
*Carmen* (C. Kleiber/Elena Obrazxsova), Beta Film, 176 mn.
*Carmen* (B. Haitink/Maria Eving), NVC/BBC, 180 mn.


## 2 - Cinéma

*Carmen* (F. Rosi), GCR.
*Carmen* (C. Saura), C. Mono.
*Carmen nue* (A. Lopez), Scherzo.

# TABLE DES MATIÈRES

Préface .................................... 5

*Carmen* ................................... 27

*Les Espagnols en Danemarck* .............. 113

*Une Femme est un Diable
ou La Tentation de saint Antoine* ......... 203

*Lettres d'Espagne* ....................... 225

*Correspondance (Extraits)* ............... 295

DOSSIER HISTORIQUE ET LITTÉRAIRE .. 307

- REPÈRES BIOGRAPHIQUES ........... 309
- REPÈRES HISTORIQUES : L'Espagne au temps de Mérimée ..................... 315
- LA MODE ESPAGNOLE EN FRANCE DANS LA PREMIÈRE MOITIÉ DU XIXᵉ SIÈCLE : quelques repères ..................... 319

- **BOHÉMIENS, GITANOS, ZIGEUNER, etc.**   321
  - I   - Histoire et légende ................ 321
  - II   - Persécutions ..................... 325
  - III   - « Gitanerias » (Borrow, Gautier) ... 327
  - IV   - La *Bar Lachi* ou pierre d'aimant (Borrow) ....................... 333
  - V   - Gitanes : ........................ 335
    - - La gitane de Séville (Borrow) ... 335
    - - Preciosa, la « Gitanilla » (Cervantès) 338
    - - Zemphira la Tzigane (Pouchkine) 341
    - - La Esmeralda (Hugo) .......... 347
  - VI   - Vie et mœurs des gitans : .......... 349
    - - Misères... (Cervantès) .......... 349
    - - ...et grandeur (Cervantès) ...... 350
  - VII - Mérimée sur la piste des gitans ..... 353

- **DOCUMENTS**
  - I   - De la nouvelle au livret d'opéra-comique   359
  - II   - Don Pèdre I$^{er}$, roi de Castille et personnage de fiction ................... 374
  - III   - Les amours de don Pèdre I$^{er}$ et de Maria Padilla, reine des gitans .......... 375
  - IV   - La rue du *Candilejo* .............. 379
  - V   - *Tra los Montes* : un romantique en Espagne (Th. Gautier) ............ 381

Bibliographie ........................... 389
Filmographie ........................... 391
Discographie ........................... 393
Vidéographie ........................... 394

# LIRE ET VOIR LES CLASSIQUES
## LISTE DES OUVRAGES PARUS :

### HONORÉ DE BALZAC
EUGÉNIE GRANDET
LA PEAU DE CHAGRIN
LE PÈRE GORIOT
LE LYS DANS LA VALLÉE

### CHARLES BAUDELAIRE
LES FLEURS DU MAL

### ALPHONSE DAUDET
LE PETIT CHOSE

### DENIS DIDEROT
JACQUES LE FATALISTE

### GUSTAVE FLAUBERT
L'ÉDUCATION SENTIMENTALE
TROIS CONTES
MADAME BOVARY

### HOMÈRE
ODYSSÉE

### VICTOR HUGO
NOTRE-DAME DE PARIS

### PIERRE CHODERLOS DE LACLOS
LES LIAISONS DANGEREUSES

### MADAME DE LA FAYETTE
LA PRINCESSE DE CLÈVES

### JEAN DE LA FONTAINE
FABLES

**GUY DE MAUPASSANT**
BEL-AMI
LE HORLA ET AUTRES RÉCITS FANTASTIQUES
PIERRE ET JEAN
UNE VIE

**PROSPER MÉRIMÉE**
COLOMBA ET MATEO FALCONE - NOUVELLES CORSES
CARMEN ET AUTRES NOUVELLES

**CHARLES DE MONTESQUIEU**
LETTRES PERSANES

**EDGAR ALLAN POE**
HISTOIRES EXTRAORDINAIRES

**ABBÉ PRÉVOST**
MANON LESCAUT

**EDMOND ROSTAND**
CYRANO DE BERGERAC

**GEORGE SAND**
LA MARE AU DIABLE

**STENDHAL**
LA CHARTREUSE DE PARME
LE ROUGE ET LE NOIR

**JULES VALLÈS**
L'ENFANT

**JULES VERNE**
LE TOUR DU MONDE EN QUATRE-VINGTS JOURS

**VOLTAIRE**
CANDIDE ET AUTRES CONTES

**EMILE ZOLA**
AU BONHEUR DES DAMES
GERMINAL
LA CURÉE

Cet ouvrage a été composé par
TÉLÉ-COMPO – 61290 BIZOU

IMPRIMÉ EN FRANCE PAR BRODARD ET TAUPIN
Usine de La Flèche (Sarthe), le 21-06-1990.
6660C-5 - Dépôt légal, mai 1990.

PRESSES POCKET - 8, rue Garancière - 75006 Paris
Tél. 46.34.12.80

# Notes

# Notes

# Notes

# Notes

Notes

Notes

Notes

Notes

Notes

# Notes

# Notes

# Notes

## Notes

# Notes

Notes

# Notes